五色石丛书 WUSESHI CONGSHU

文艺研究新视野

现代都市未成型时期的市民文学
——《礼拜六》杂志研究

XIANDAI DUSHI WEICHENGXING SHIQI DE SHIMIN WENXUE
——《LIBAILIU》 ZAZHI YANJIU

刘铁群　著

中国社会科学出版社

图书在版编目（CIP）数据

现代都市未成型时期的市民文学：《礼拜六》杂志研究/刘铁群
著．—北京：中国社会科学出版社，2008.8
　　ISBN 978-7-5004-7068-7

　　Ⅰ．现… Ⅱ．刘… Ⅲ．文学－期刊－研究－上海市－民国
Ⅳ．I209.951

中国版本图书馆 CIP 数据核字（2008）第 103829 号

责任编辑　郭晓鸿（guoxiaohong149@163.com）
责任校对　周　昊
封面设计　格子工作室
版式设计　戴　宽

出版发行　中国社会科学出版社
社　　址　北京鼓楼西大街甲 158 号　　　邮　编　100720
电　　话　010－84029450（邮购）
网　　址　http://www.csspw.cn
经　　销　新华书店
印　　刷　新魏印刷厂　　　　　　　　　装　订　广增装订厂
版　　次　2008 年 8 月第 1 版　　　　　印　次　2008 年 8 月第 1 次印刷
开　　本　710×1000　1/16
印　　张　19　　　　　　　　　　　　　插　页　2
字　　数　260 千字
定　　价　24.00 元

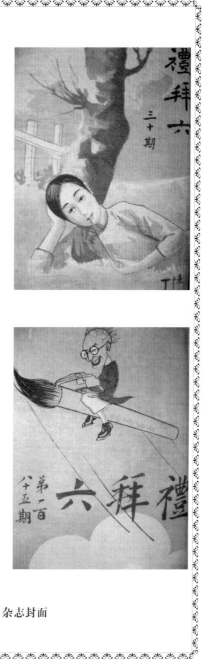

《礼拜六》杂志封面

民国初年市民文学期刊封面

总　序

提 起五色石，有谁不想到它源自中华民族借一位创世女神之巨手，谱写出的那篇天地大文章？一两千年前的汉晋古籍记载了这个东方民族的族源神话：当诸多部族驰骋开拓、兼并融合而造成天倾地裂，水灾火患不息的危难时际，站出了一位曾经抟土造人的女娲"炼五色石以补苍天，断鳌足以立四极"（《淮南子·览冥训》），重新恢复和创造天行惟健，地德载物的民族生存发展的空间。在烈火中创造自己色彩的五色石，凝聚了这种天地创生，刚健浑厚的品格，自然也应该内化为以文学—文化学术创新为宗旨的《五色石丛书》的精神内涵和色彩形态，探索一条有色彩的创新之路。

经由"天缺须补而可补"成为民族精神的象征，其缺者的大与圣，其补者的仁与智，无不可以引发创造精神和神思妙想的大爆发。何况人们又说女娲制作笙簧，希望在创造性的爆发中融入更多美妙动人的音符？李贺诗："女娲炼石补天处，石破天惊逗秋雨。"歌咏的是西域乐器箜篌，朝鲜平民乐曲《箜篌引》，可见精神境界之开放，诚如清人所云："本咏箜篌耳，忽然说到女娲、神妪，惊天入月，变眩百怪，不可方物，真是鬼神于文。"（黄周星《唐诗快》)创造性思维既可以正面立意，又可反向着墨，如司空图《杂言》："乌飞飞，兔蹶蹶（乌与兔是日月之精），朝来暮去驱时节。女娲只解补青天，不解煎胶粘日月。"当然也可以融合多端，开展综合创新，如卢仝的古体诗："神农（应是伏羲）画八卦，凿破天心胸。女娲本是伏羲妇，恐天怒。捣炼五色石，引日月之针，五星之缕把天补。补了三日不肯归婿家，走向日中放老鸦，月里栽桂养虾蟆。"这就把伦常幽默、月宫神话，也交织到炼石补天的神思中了。更杰出的创造，是把炼石补天神话的终点当作新起点的创造。这就是曹雪芹的《红楼梦》，把女娲炼石补天时被弃置的一块顽石当作通灵宝石，带到人间走了阅尽繁华与悲凉的一遭，写成了"无材可去补苍天，枉入红尘若许年"的"天书"与"人书"相融合的精神启示录。由五色石引爆的这些奇正创新，综合创新和跨越式原始创新的丰富思路，应该成为《五色石丛书》的向导，引导我们进行根柢扎实，又五彩缤纷的学术探索，或如宋朝一位隐居黄山的诗人所云："我有五色线，补衮衮可新；我有五色石，补天天可春"（汪莘《野趣亭》）。

我们处在改革开放的时代，世界视野空前开阔，创新欲望空前旺盛，学理思维空前活跃。伴随着中华民族的全面复兴，思想学术文化已经以其无比丰厚的成绩走入了一个新的纪元。但我们也迎接着全球化和市场化的扑面而来的机遇中的严峻挑战。高科技对文学生存方式的强势介入，市场机制对文学生产的批量性推动，消费时尚对文学潮流的极端吸引，以及网络、图像参与其间的新媒体文学表达形态，包括林林总总的电视文学、摄影文学、网络文学、手机文学、图说文学等形态的火爆滋生，令人深刻地感受到今日之文学已远非昔日之文学了。对于原有的文学格局、形态和秩序而言，这里所面临的泛化性的消解和创新的包容的挑战，严峻地考验着当今学术界的学理担当能力。如果说在某些领域，在某种程度上，也出人类审美本性的精髓，从中焕发出现代大国思想文化的独立品格和创新气象。

明诗有云："五色石堪炼，吾将师女娲。"（周瑛《至广德作东园书室》）是我们全面、系统、深入地调动浩如烟海的文化资源和创新智慧，拓展新视野，提出新命题，给出新阐释，师法女娲炼石补天的原始创新行为，炼造出一个东方现代大国的思想学术的五色石的时候了。

杨义

2008 年 6 月 1 日

现了一些与女娲神话类似的"四极废，九州裂，天不兼覆，地不周载"的危机，大概也不应被看作是危言耸听吧。那么，又从哪里找到补苍天的五色石，立四极的鳌足和止淫水的芦灰呢？若能够由此写出女娲炼石补天的新篇，也是本丛书不胜翘首期盼的。

令人满怀信心的是，中华民族的生命力和创造力百摧不折，往往在艰难的挑战中出现超强度的爆发，在爆发中显示了坚毅的魄力和深厚的文化元气。浩瀚雄厚的多地域多民族的历史文化资源和现实文化实践，成为它层出不穷地为人类提供文化经验和创新智慧的不竭源泉。且不说旷世莫比的少数民族神话，即便中原神话虽未衍化为长篇英雄传奇，却散落为遍地开花的民俗奇观。五色石在历朝志怪和许多地理志中，屡有记载，女娲庙在甘肃秦州有，湖北房州也有。女娲抟土造人处据传在汉武帝《秋风辞》吟咏的汾阴，女娲墓则在九曲黄河最大的弯曲处古潼关附近的风陵渡，因为女娲风姓，风陵也就成了娲皇陵了。中华民族是把自己的母亲河和这位创世女神连在一起的。五色石散落之处有广东产端砚的山溪，《元丰九域志》云："端溪山有五色石，上多香草，俗谓之香山。"明代诗人说："女娲炼馀五色石，藏在端溪成紫霞。天遣六丁神琢砚，梦中一笔夜生花。"（张昱《题端古堂》）既然五色石散落岭南，那么炼石的灶口在哪里？在太行山。明人陆深《河汾燕闲录》说："石炭即煤也……（山西）平定所产尤胜，坚黑而光，极有火力。史称女娲氏炼五色石以补天，今其遗灶在平定之东浮山。予谓此即后世烧煤之始。"五色石通过创世女神之手，成为一种天地交泰的文化生命结晶，它一头联结着赋予人类生存以温暖的"坚黑而光"的能源，另一头联结着文化创造的"梦笔生花"的灵性。在如此浩瀚无垠的天地、人类、历史、文化空间进行新世纪的文学学术创造，尽管阅尽风云变幻的价值重建、形式变换和文学边界模糊，但我们的民族也有足够的底气、智慧和能力，在文学研究中注入充满活力的

目 录

序　言

在我的学生当中，刘铁群是年龄偏小可"辈分"却并不低的一位。她的书读得太顺，好像读完本科读硕士，读完硕士读博士，连一眨眼的工夫都没耽搁过。这样，就成了我所在的那个博士点的第一届学生，以下的哪怕是比她大五岁、大十岁的同学也都变作了师弟、师妹。可是世界上的事情总不会那么完美，月满即亏，祸福相依，毕业后刘铁群在生活上便一直不能安下心来，她的第一本书便延宕至今。学术和创作毕竟不同，写诗歌小说或是可以一张纸一支笔地于柴房塘边操作，做学术论文总需放得下一张平静的书桌吧。

毕业后，她走上了大学教师的岗位（我的学生到目前为止还没有一个离开大学教职的），而且工作得不错。我见过她的同事和学生，显然她是个受欢迎、受爱戴的老师。现在又终于交出了取得学位后的第一份"学术成绩单"，我不由感到高兴。她的导师并非我一个，而且她本是以攻近代文学方向为主的，但我还是接受了邀作序文的托付。也因为是推迟出书的缘故，她的这个课题——时段是晚清至民国年间，单作一个文学派别、一种文学期刊还作得很细——在多少年前应当说是颇为前行的，现在则已在学界蔚为风气，成为显学了。我们看待这本著作，这是一个角度。

我还记得，当她的论文写作正值紧张的时间，两百期的《礼拜六》杂志刚刚读完，到苏州、上海访学一圈搜集材料回来，开始酝酿论文提纲了，交谈中我问她有什么心得，刘铁群回答说：我怎么觉得后一百期《礼拜六》的现代性，比起前一百期来不但没有进步，总体上反倒退步了呢？我看现代性这东西不是直线看涨的，礼拜六派也不是直线发展的。她这个想法从一开始就有。我本人一贯要求学生珍惜自己的第一感觉，要进行创造性的阅读，并将这种创造性的阅读作为将来论文的出发点，作为基础。所以我理所当然地支持了她。现在看来，她把这个想法渗透到了整篇论文的始末。这是读她这部修改后的论著，另外可以注意的一点。

从现在完成的书稿看，这本近现代文学转型期间著名的刊物《礼拜六》，总算有了一部名至实归的研究专著了。全书资料翔实，勾勒的历史线索清晰。它所提出的"杂志—都市—文人—文学"这样一个研究结构，是自足且成体系的。如果后起的研究者想了解《礼拜六》产生的社会环境包括与现代都市的关系，还有《礼拜六》文人的习性、观念、修养、情趣，《礼拜六》的文学业绩等，可以从此书得到确切的知识和进一步探讨的启发。而且人们大概会注意到，它在目前近现代通俗文学研究取得令人瞩目的成果的今天，在许多由中外学者建树起来的权威观点的丛林中，还是能辟出自己的一条小径的。比如论证《礼拜六》时期的上海是一个旧文化势力仍然很大的环境，是"民初上海文人的苏州梦境"。述说《礼拜六》派的文人并不具有明确的现代市民意识，他们并不完全是上海文化一脉相承养育出来的，而只是一群初步具有了新身份、新角色、新谋生方式的传统文人。而讲到《礼拜六》式的市民文学，则称它构造的"市井传奇"，叙述野史掌故、英雄侠客、海外奇闻时寄托社会理想，是改革的，有进取的；叙述到日常生活时反倒寄托传统美德、伦常，偏于退守了。这种《礼拜六》的矛盾性的研究，也几乎贯穿了全书。所以它的结论是：《礼拜六》自然不是"现代逆流"，但也不充满"被压抑的现代性"，它并不单纯是为向现代的"过渡"而存在，甚至也不是"同路人"！说到"过渡的意义"，它认为《礼拜六》作家和初期新文学作家的观念、心态都不同。沿着胡适《尝试集》的"过渡"方向往前发展，是可以挣脱中国古典诗歌的传统，建立起现代汉语诗的形式法则的；而沿着《礼拜六》的方向，却不可能发展为五四新文学。有一个比喻用得有点意思：如果说以《礼拜六》为代表的民初（现代都市未成型时期）市民文学的价值和意义仅仅在于它是沟通传统与现代的一座桥梁，那么在新文学站稳脚跟确立历史地位之后，这座桥就失去了它应有的价值，五四新文学家就能够过河拆桥。但是新文学家却拆不掉，因为它根本不是一座桥，而是一条船，它有属于自己的航道。这个问题实在太大了。以刘铁群一己的冲力，以这本书的视野，恐怕还难于完善地、全面地论述。有人或许还不完全同意她的观点，但她毕竟已经认识了，提出了。

现代市民文学的研究尽管已经打开了那只阿拉伯的"魔瓶"，但离构筑成一个真正多彩多姿的世界还有相当的路程。从市民文学本身看，有现代市民社会、市民作者读者编者、市民文学市场、市民文学样式、口头的或文人的市民文学、通俗的或先锋的市民文学、市民文学的语言文字等各色问题需要深入研讨，而市民文学同新文学、传统文学、外国文学的关系和城乡文学、都市文学、左翼文学、主流文学、大众文学等的关系，如何把它们整合到大文学史当中去，显然还有许多的工作要做。而文学史的重写实践和理论的探索显然应是并进的。刘铁群的学术研究只是起步，好在这些市民文学研究的课题也都处在中途，开始的幼嫩是免不了的。记得鲁迅回想初时正是"礼拜六派"出身、后投入新文学阵营的刘半农，说宁愿见他最初"如一条清溪"似的"浅",也比充塞着"沉渣"、"腐草"和"烂泥"的"深渊"好得多(见《忆刘半农君》,收《且介亭杂文》)。我借此话结束这篇短序:愿我的学生连同我自己,都守住那正正派派的"浅",向往真真实实的"深",而不裹脚止步。

吴福辉

2008 年 2 月 8 日戊子年初二于小石居

第　一　章

民初市民文学期刊的代表作

——《礼拜六》杂志的基本情况

与晚清时期声势浩大的近代文学改良运动和五四时期轰轰烈
烈的新文学革命相比，民国初年的文学似乎是中国近现代
文学发展过程中的一个低谷。然而，如果不割断五四新文学和其他
各种类型文学之间的联系，并转换长期以来在研究界所形成的以五
四新文学为唯一的中心和标准的思维方式，从市民文学的角度重新
考察中国近现代文学发展、演变和转型的轨迹，就会发现民国初年
的文学不仅不是一个低谷，在一定意义上还是一种上升。

民国初年，伴随着上海都市的迅猛发展和市民阶层的快速崛
起，以通俗易懂、讲究趣味为主要特征，以小说为主要文体形式，
以期刊杂志和报纸为主要传播媒介，以普通市民为主要读者对象的
市民文学出现了空前的繁荣。蔚为大观的作品，繁多的期刊杂志、
报纸以及市民高涨的阅读热情在民国初年的文坛上形成了一道独特
而又炫目的风景线。值得注意的是，这道风景线一直延续到 20 年
代末。民国初年形成的市民文学热潮并没有像一部分研究者所描述
的那样在五四新文学革命的冲击之下一败涂地，彻底地退出文坛、

销声匿迹，而是在相当长的一段时间内与五四新文学同时存在，相互竞争，并且在竞争中不断地自我调整、自我发展，自我改善，努力地适应着普通市民读者们变化中的阅读需求。根据郑逸梅编著的《民国旧派文艺期刊丛话》① 和范伯群、芮和师等人所编写的《鸳鸯蝴蝶派文艺期刊目录简编》② 的统计，在1911年到1928年的17年间，中国文坛上以普通的市民为主要读者对象的文学期刊已达100种之多。而且这一统计数字是相当保守的。郑逸梅作为当事人——民国初年著名的市民文学作家和重要的市民文学刊物的编辑之一，他的统计主要是依据他本人所掌握的和能查阅到的资料以及他对民国初年文坛掌故的记忆。一些影响不大、朝生夕灭、昙花一现的文学期刊很有可能被他忽略和遗漏。例如，曾经在《申报》上作广告，仅从刊物的名称就明显可以看出是模仿《礼拜六》而创刊的文学杂志《礼拜三》③ 就不在他的统计范围之内。郑逸梅本人在《民国旧派文艺期刊丛话》的《弁言》中也坦率地承认了他的统计很有可能会出现遗漏和谬讹，并对此表示遗憾。他说："民国旧派文艺期刊，多似'雨后春笋'一般，不胜屈指，而且过去从未有人做过提要钩玄的工作。如今由我担当这个不轻易的任务，也没办法可以普遍的作出有系统的介绍，只能重点的抓住几种刊物多谈一些，其余简练一些……遗漏谬讹，在所难免，希望朋友们和读者们随时加以补充和纠正。"④ 与民初作家郑逸梅有所不同，范伯群、芮和师等

---

① 郑逸梅：《民国旧派文艺期刊丛话》，魏绍昌编《鸳鸯蝴蝶派研究资料》，生活·读书·新知三联书店香港分店1980年版。

② 芮和师、范伯群、郑学弢、徐斯年、袁沧洲等编《鸳鸯蝴蝶派文艺期刊目录简编》，《鸳鸯蝴蝶派文学资料》，福建人民出版社1984年版。

③ 1914年9月29日，《申报》刊登了文学杂志《礼拜三》第一期的广告，笑林杂志社出版，主编天兢。

④ 郑逸梅：《民国旧派文艺期刊丛话·弁言》，魏绍昌编《鸳鸯蝴蝶派研究资料》，生活·读书·新知三联书店香港分店1980年版，第275页。

人作为 20 世纪 80 年代开始从事民国初年市民文学研究的学者，他们所作的统计主要是依据遗留下来的历史资料。虽然范伯群等研究者主要聚集在与民初市民文学有着密切渊源关系的城市——苏州，并且临近民初市民文学资料最丰富的城市——上海，可谓占有地利的优势，但由于民国初年的市民文学在五四之后相当长的一段时期内一直受到批判、攻击、冷落甚至歧视，相关的资料没有得到系统的整理、保存，其中还有为数不少的资料在历史发展的过程中已经遗失甚至被人为地毁灭，这给他们的工作带来很大的困难。因此，1911 年至 1928 年之间出现的市民文学期刊的实际数量应该远远超出 100 种。况且在这些文学期刊之外，还有大量的以登载市民文学为主的小报（如《晶报》、《小日报》、《天韵》、《最小报》、《金钢钻报》等）和大报副刊（如《申报》副刊《自由谈》、《新闻报》副刊《快活林》、《时报》副刊《余兴》等）。而在这些种类繁多的市民文学期刊和各种以登载市民文学为主的小报以及大报副刊中，最具有代表性的显然是出版了前后两百期、销售量大并且深受广大读者欢迎的文学周刊《礼拜六》，它堪称民国初年市民文学期刊的代表作。

第一节

前百期《礼拜六》：红极一时

文学周刊《礼拜六》创刊于 1914 年（民国三年）6 月 6 日，由上海的中华图书馆（在河南路广东路口，旧时扫叶山房左隔壁）发行，售价一角（第81期至100期每册售价五分）。编辑部最初设在棋盘街，1915年11月，随中华图书馆的编译所搬迁到宝山路沪宁车站东北角升顺里第二弄第二十五号。[①] 1916年4月29日，《礼拜六》杂志出完第100期宣布停刊。这100期通常被研究者们称为前百期《礼拜六》。

《礼拜六》杂志前18期的版权页上署王钝根编辑。从第19期开始署钝根（即王钝根）、剑秋（即孙剑秋）编辑。实际上王钝根仍然是主要负责人，孙剑秋只是做一些协助性的工作。主编王钝根作为具有丰富编辑经验的资深报人和民国初年文坛领袖的"二巨头"之一，[②] 深知报刊杂志是否能在文学市场中风行的关键所在。文学周刊《礼拜六》能在民国初年竞争激烈的报刊杂志界迅速地取得成功并且在读者中轰动一时，与主编王钝根的精心策划显然是分不开的。在《礼拜六》杂志创刊号的卷首，王钝根发表了他以轻松随意的笔调撰写的《出版赘言》：

> 或问："子为小说周刊，何以不名礼拜一、礼拜二、礼拜三、礼拜四、礼拜五、而必名礼拜六也？"余曰："礼拜一、礼拜二、礼拜三、礼拜四、礼拜五人皆从事于职业，惟礼拜六与礼拜日，乃得休暇而读小说也。""然则何以不名礼拜日而必名礼拜六也？"余曰："礼拜日多停止交易，故以礼拜六下午发行之，使人先睹为快也。"或又曰："礼拜六下午之乐事多矣，人岂不欲往戏园顾曲，往酒楼觅醉，往平康买笑，而宁寂寞寡欢，踽踽然来购汝小说耶？"余曰："不然，买笑耗金钱，觅醉

---

① 《礼拜六》第75期广告，《申报》1915年11月6号。

② 张静庐：《在出版界二十年》，上海书店1984年版，第34页。另一"巨头"为包天笑。

碍卫生，顾曲苦喧嚣，不若读小说之俭省而安乐也。且买笑觅醉顾曲，其为乐转瞬即逝，不能继续以至明日也。读小说则以小银元一枚，换得新奇小说数十篇，游倦归斋，挑灯展卷，或与良友抵掌评论，或伴爱妻并肩互读，意兴稍阑，则以其余留于明日读之。晴曦照窗，花香入坐，一编在手，万虑都忘，劳瘁一周，安闲此日，不亦快哉！故人有不爱买笑，不爱觅醉，不爱顾曲，而未有不爱读小说者。况小说之轻便有趣如《礼拜六》者乎？《礼拜六》名作如林，皆承小说家之惠。诸小说家夙富盛名于社会，《礼拜六》之风行，可操券也。若余则滥竽为编辑，为读者诸君传递书简而已。"读者诸君勿因传书递简者之粗鄙，遂屏弃绝妙之书简而失之，则幸甚！

显然，这篇《出版赘言》既可以看作是《礼拜六》杂志创刊的《发刊词》，也可以看作是一篇向读者宣传、推广《礼拜六》这份新杂志的绝妙的广告词。它在表面上看来虽然写得轻松随意，但实际上却渗透了主编王钝根的良苦用心，而且包含了很多非常重要的信息。

首先，《出版赘言》透露了杂志命名的缘由。在《礼拜六》创刊之前，王钝根就广泛召集当时文坛以及报界的朋友们共同商量这份新策划的周刊应该如何命名。一时间众人各持所见，议论纷纭，莫衷一是。当时在文坛崭露头角、颇有才气的年轻的市民文学作家周瘦鹃想起了美国曾有一本刊物叫《礼拜六晚邮报》，每星期的礼拜六出版一次，创刊于富兰克林之手，历史最长，销行最广、销数最多，是欧美读者最喜欢阅读的刊物之一，就建议以"礼拜六"三个字作为这份新刊物的名称。[①] 王钝根对这三个字产生了浓厚的兴趣，

---

① 周瘦鹃：《〈礼拜六〉旧话》，《工商新闻》副刊《礼拜六》1928 年 8 月 25 日。

《礼拜六》创刊号封面

立即决定采用。"礼拜六"这三个字在今天看来是极为平常的，但它对于近代上海来说却有着非同寻常的意义，因为它标志着城市市民作息制度和娱乐方式的转变。中国传统的作息习惯是与农业生产方式相适应的日出而作、日落而息，民间的消闲和娱乐也主要是以农时为节奏，以家庭村社群体性为特征的年节活动。鸦片战争之后，西方礼拜日休息的习俗才逐渐被中国的一些城市居民所接受。首先是在外国洋行做事的买办、洋仔随其习俗，同时，与洋行有商务关系的中国商贾也慢慢地受到了影响。到了19世纪70年代初，在上海租界等西方人聚居、洋行集中的地区，这种西化、商业化的作息习惯已经开始成为社区工作和消闲活动的主要节奏。1872年的《申报》上出现了不少专门歌咏市民礼拜休闲的竹枝词①和讨论西方国家星期天休息制度优越性的文章②。经过多年的潜移默化，以星期为一个时间周期的概念在19世纪与20世纪交替的几年中已经被社会普遍接受。1902年8月15日，清政府颁布了《钦定中学堂章程》和《钦定高等学堂章程》，规定中等、高等学堂一律实行星期天休息制度。1911年夏天，清政府的中央机构也一律实行了星期天公休的制度。到了民国初年，"星期"已经约定俗成地成为都市生活中的一种新的时间概念。目光敏锐的王钝根明确地意识到了这种新的时间概念不仅深深地影响着都市市民的日常生活，还制约着市民文学刊物的出版和发行。正是为了适应这种新的时间概念给都市市民生活带来的变化，他决定在每个星期的礼拜六出版他新策划的面向市民读者的文学周刊，并接受周瘦鹃的建议以"礼拜六"三个字作为这份刊物的名称。正如他在《出版赘言》中回答为

---

①　1872年7月12日和10月17日的《申报》都登载了咏市民礼拜六休闲的竹枝词。

②　《论西国七日个人休息事》，《申报》1872年6月13日。

什么以"礼拜六"命名小说周刊时所说的,从礼拜一到礼拜五,人们都在为职业而奔波忙碌,难得闲暇,只有礼拜六和礼拜日这两天才有时间读读小说,借此放松、休闲、娱乐。而礼拜日各行业一般都已经停止交易,"故以礼拜六下午发行之,使人先睹为快"。在民国初年众多的市民文学刊物中,《礼拜六》杂志的刊名称得上是既通俗又先锋,既恰当又亲切,而且最能体现这个时代的市民文学的内在精神。一份杂志的名称就如同它的眼睛。在某种程度上可以说,王钝根精心的策划和机智的选择使《礼拜六》拥有了一双明亮而又富有魅力的眼睛。这双眼睛能让市民读者在翻开杂志之前就被它的目光吸引并且激起阅读的渴望和兴趣。

其次,《出版赘言》向读者许诺了《礼拜六》杂志将具有消遣娱乐的功能。在实行了星期天公休制度的民国初年,具有一定的文化水平和经济收入的都市市民在繁忙的工作之余(特别是礼拜六晚上和礼拜日)都会有休闲、娱乐的精神需求。早在1911年8月,王钝根担任《申报》副刊《自由谈》编辑时已经开始有意识地以作品的娱乐性满足市民读者的需求。他在《自由谈》中开设的"游戏文章"、"海外奇谈"、"岂有此理"、"博君一粲"等栏目显然都体现了他注重趣味性和娱乐效果的编辑思想。这种编辑思想在他主编的《礼拜六》杂志中得到了延续。在《礼拜六》的《出版赘言》中,王钝根提到了当时社会上流行的几种"乐事"亦即娱乐方式:"戏园顾曲"、"酒楼觅醉"、"平康买笑"和阅读小说。其中"顾曲"、"觅醉"、"买笑"都是中国传统的娱乐方式,而阅读小说则是在都市迅速崛起、印刷技术比较先进、出版业较为发达、市民阶层的文化水平相对提高的近代社会逐渐推广和普及的娱乐方式。王钝根将这几种娱乐方式进行客观的比较之后提出,从经济上来说,阅读小说更为"俭省"。在当时,一般剧团一般剧目的票价是在二角至四角之间。"觅醉"和"买笑"则会耗资更多。而《礼拜六》封底标明的售价是"每期一角",也就是《出版赘言》中所说的"小银元一枚"。在民国初年,这个价钱一般工薪阶层的市民都是可以接受的。从时间、空间上来说,"顾曲"、"觅醉"和"买笑"必须到戏园、酒楼或妓院才能实现,都明显地受到限制。相比之下,阅读小说是较为自由的。无论文学报刊还是各类书籍都比较轻便,可以随身携带,随时阅读,而且它的乐趣具有持续性,不会转瞬即逝。从消遣娱乐的效果来说,在劳累一周、暂得安闲的周末,市民通过阅读小说可以暂时缓解身体的疲惫和精神的紧张,达到"一编在手,万虑都忘"的效果。通过这些对比和分析,王钝根试图使读者信服阅读小说这种新兴的娱乐方式更具有优越性,从而对物美价廉、"轻便有趣"的《礼拜六》杂志产生兴趣。

再次,《出版赘言》向读者承诺了《礼拜六》杂志有质量的保证。文学周刊《礼拜六》是在文学市场中产生的。一份杂志要在市场的竞争中立于不败之地必须把读者尊为上帝,博得读者的信用。而要博得读者的信用就必须有质量的保证,也就是要达到王钝根所说的"名作如林"。为了保证《礼拜六》杂志中作品的质量,王钝根广泛地聘请"夙富盛名于社会"的诸小说家。民国初年的小说名家周瘦鹃、陈蝶仙(天虚我生)、陈小蝶、严独鹤、俞天愤、李东野、李常觉、叶陶(即五四新文学家叶圣陶)、姜杏痴、包天白、吴双热、丹徒包柚斧(李涵秋)、许指严、胡寄尘、朱瘦菊、刘半侬(五四之后改名为刘半农)、罗韦士、程华魂、叶小凤、小草、觉迷、爱庐、黑子、野民、梅郎、马二先生(冯叔鸾)、幻影女士等都成了前百期《礼拜六》的重要作者。其中,初出茅庐的年轻作家周瘦鹃可以说是前百期《礼拜六》的台柱子,他发表的作品最多。周瘦鹃后来回忆起在前百期《礼拜六》发表小说这段创作历程时曾说:"那时我东涂西抹,出货最多，一百期中，足有八九十篇。"① 另外，王钝根和孙剑秋两人在处理繁忙的编辑事务之余也亲自提笔，参与创作。在某种程度上可以说，作者是报刊杂志生命活力的主要源泉，没有一个强大的作者群体的支撑，杂志就很难有质量的保证。《礼拜六》杂志能在民国初年众多的文学杂志中迅速地脱颖而出，受到了广大市民读者的喜爱和关注，与当时各位小说名家的参与和支持显然是分不开的。

为了抢占市场，打开销路，除了《出版赘言》中提到的巧设刊名、消遣娱乐、广聘小说名家等策略之外，《礼拜六》杂志在广告宣传方面也下了很大的工夫。从《礼拜六》创刊的 1914 年 6 月 6 日开始，《申报》就连续三天登载了《礼拜六》第 1 期的出版告白：《小说周刊〈礼拜六〉出版了》，同时还在告白之下公布了第 1 期的目录。这个目录就相当于产品销售中的"导购"，可以让读者在购买之前了解杂志的主要内容。这一宣传方式直到今天还被各类杂志广泛使用。在前百期《礼拜六》出版发行的近两年时间里，几乎每个星期的《申报》都会出现《礼拜六》的广告。之所以选择《申报》作为宣传《礼拜六》的主要媒介和窗口，是因为《申报》是近代上海乃至全国影响最大的报刊之一。《礼拜六》在《申报》上所作的广告不仅次数频繁，而且花样翻新、富有特色。《礼拜六》善于利用巧妙的广告词勾起读者的阅读渴望。如《礼拜六》第 4 期的广告："本书自第三期增加水彩画封面后，销数骤达一万七千余册。又蒙远近文豪来书褒奖，谓其内容丰美，不图册副中有此观，而海上报界巨子尤为垂青，奖勉之语时见报端。本馆主人应此荣誉深为汗颜。窃念此书之得以见赏于社会，胥赖小说家提携扶助之力。盖诸小说家挟生花之笔挥不尽，愈出愈奇，诚足为本书增色而博得阅者诸君之首肯也。兹当第四期出版，哀艳新奇、豪雄诡谲，此中兼

---

① 周瘦鹃：《〈礼拜六〉旧话》，《工商新闻》副刊《礼拜六》1928 年 8 月 25 日。

而有之。恐阅者诸君展读之际又当赔下许多眼泪，担上许多惊怕，引出一场大笑，掺入几声长叹。或因拍案而手痛，或为叫绝而喉哑。奈何奈何，不得已现将内容揭露如左。"① 这则广告词先以《礼拜六》可观的销售数量和人们对《礼拜六》的赞美、好评提高《礼拜六》在读者心目中的地位，再以《礼拜六》中的小说能产生的各种美学效果调动起读者对《礼拜六》的阅读兴趣。这就很容易抓住读者的胃口。《礼拜六》杂志还常以诗词的方式作广告。第 6 期《礼拜六》的广告词就是一首诗："谁家少女美姿容，斜倚飞轮逐晚风，购得一编《礼拜六》，与郎共读小窗东。"② 这首诗通俗易懂，以短小的篇幅展现了一幅具有动感的画面：一位美貌的妙龄女郎在习习的晚风中乘坐电车去购买新出版的《礼拜六》杂志，归来与情郎坐在窗下共同欣赏、阅读。第 29 期《礼拜六》也同样是用诗歌作广告："何日是星期，日日思念着，口诵女儿经，心念《礼拜六》。"③ 这两则广告都是借用诗歌传达了都市中青年男女对《礼拜六》杂志的喜爱，既形象生动，又颇具雅趣。作为一份面向普通市民读者的文学读物，《礼拜六》的广告设计在适当地追求雅趣的同时，更注重"随俗"。《礼拜六》第 15 期的广告是用上海市民的俗语写成的："强弗强来自家看，弗强里个弗要买，一角洋钿买一册，男女老少用得着。"④ 这样的广告对于上海的普通市民读者来说显然是充满了亲切感，而且非常实在。然而，也有一些《礼拜六》的广告词在"随俗"时稍微过了头，第 23 期《礼拜六》的广告就非常典型："人说烟袋短的好，我说烟袋长的好，短烟袋儿火气多，长烟袋儿火气少。人说胡须短的好，我说胡须长的好，短的好像小拐

11

① 《申报》1914 年 6 月 27 日。
② 《申报》1914 年 7 月 11 日。
③ 《申报》1914 年 12 月 9 日。
④ 《申报》1914 年 9 月 12 日。

子，长的好像大好老。人说老婆短的好，我说老婆长的好，东洋妇人矮脚鸡，西洋女子多窈窕。人说寿命短的好，我说寿命长的好，短的寿命一刻钟，长的寿命活不了。人说小说短的好，我说小说长的好，不信但看本周刊，长篇小说呱呱叫。"① 这则广告为了宣传《礼拜六》杂志中的长篇小说，用"烟袋"、"胡须"、"老婆"、"寿命"等作比喻，虽然迎合了一些市民读者的口味，但格调显然不高，有庸俗化的倾向。不过总体来说，这样的广告只是少数。

除了这些正式的广告，王钝根还利用他主编《申报》副刊《自由谈》的有利条件在《申报》副刊上刊登了为数不少的有关《礼拜六》的诗词和文章，为《礼拜六》作软性广告。1915 年 3 月 11 日的《申报》副刊就有丁自韦的《题〈礼拜六〉第三十八期》、绍彭的《题钝根剑秋所编〈礼拜六〉》和奂庭的《题〈礼拜六〉》三首有关《礼拜六》的诗歌。1915 年 3 月 12 日、4 月 6 日、4 月 30 日的《申报》副刊也分别刊登了程均甫的《水调歌头·题钝根剑秋所编〈礼拜六〉》、定远方景乐的《南通差次题王君钝根孙君剑秋所编〈礼拜六〉应东园之征》和天虚我生的《题钝根剑秋二君编辑之〈礼拜六〉》三首诗词。这些诗章不外乎赞美《礼拜六》杂志内容生动有趣、文字新颖投时、大受读者欢迎，以至于洛阳纸贵，都起到了宣传《礼拜六》的作用。其中不少作品的作者是王钝根、孙剑秋的朋友和《礼拜六》的撰稿人，他们想自我炒作，宣传《礼拜六》杂志的目的更为明显。

与《申报》副刊上关于《礼拜六》的诗词和文章相比，《礼拜六》杂志上围绕"礼拜六"三个字创作的小说则是一种更富有特色的自我宣传。在《礼拜六》第 1 期即创刊号上就有两篇标题为《礼拜六》的小说。一篇署名大错，小说标题旁标明作品类型是"滑稽

---

① 《申报》1914 年 11 月 7 日。

颂辞"。这就暗示了这篇小说的特点是轻松、滑稽、可笑，它的目的是为某一事物唱赞歌。从小说的内容来看，它赞颂的对象就是"礼拜六"，而且这个"礼拜六"有两层含义。第一层含义是作为时间概念的"礼拜六"。在实行星期天公休制度的上海，"礼拜六"对广大市民有着重要的意义。小说通过一个"乡先生"之口讲述了每逢礼拜六出现的丰富多样的休闲方式和热闹非凡的娱乐场景：

> 怪道彼舞台、彼新剧社、彼髦儿戏团一到礼拜六则若名角之颂生、名角之旦、名角之净丑必演双出拿手好戏，而分外卖力，亦分外卖座也。
>
> 怪道彼迎春、彼清和、彼小花园，一到礼拜六则双和、双酒、出局、转局、隔房局、戏馆局、餐馆局去来、来去，花影招招然，龟声吁吁然。而枇杷门巷，马樱花下，逐逐往来者，遂有如鬼影之幢幢也。
>
> 怪道彼汽车、彼马车、一到礼拜六则风驰电掣，毂击肩摩，而五达六达之衢，锣声呜呜，号声得得，轴声辚辚不绝也。
>
> 怪道⋯⋯

戏院、青楼、马路都因礼拜六的到来而异常热闹。显然，作为时间概念的"礼拜六"已经成了广大市民快乐的源泉。"礼拜六"在小说中的第二层含义是指文学周刊《礼拜六》。小说中描绘了如下的场景：

> 咦！咦！咦！礼拜六来了！欢迎！欢迎！礼拜六来了。
>
> 咦！咦！咦！咦！欢迎！欢迎！
>
> 哈哈！礼拜六果然来了，如愿！如愿！

　　愉快！诚大愉快！余自礼拜一始，今儿盼，明儿盼，后儿盼，一日两，两日三，情切切，意悬悬，眼巴巴，手痒痒，不知挨过了多少时候，毕竟也有今日，毕竟也被我盼到手了。真是大大的快事！

　　哈哈！如愿如愿！

　　斜照荧荧，南薰习习，当六月六日礼拜六之下午，此两种语调数数起于棋盘街福州路一带，繄为谁？繄为谁？蓋皆喜孜孜，活泼泼，手一广长四五英寸许新出版小册子而欢迎礼拜六者。

民国初年的市民文学还没采用书名号，以上文字中的"礼拜六"三个字从小说的情节和逻辑关系上看都应该是指文学周刊《礼拜六》。在《礼拜六》的第1期，亦即在《礼拜六》的走红还没有成为事实的情况下，这篇小说中所描绘的人们望眼欲穿地等待《礼拜六》杂志的出版，争先恐后地到棋盘街福州路购买《礼拜六》杂志的场景显然是作者的一种想象和虚构。当然，作者的想象和虚构并不是没有根据的。在民国初年，阅读小说是市民重要的休闲、娱乐方式之一，因此以市民为读者对象，以满足市民休闲娱乐需求为宗旨的小说周刊《礼拜六》将给市民带来快乐。小说中一位喜爱《礼拜六》，购买《礼拜六》的少年向读者传达了《礼拜六》这份杂志的特点、功能和作用：

　　礼拜六每出必以信，与吾人七日一相握手，未尝失时。

　　礼拜六待吾人以平等，无贫富贵贱，一例使之愉快。

　　礼拜六立宏愿曰博爱，专以陶镕人品性，增进人知识，活泼人心志，舒息慰解人之块垒不平为天职。

　　故使人怡怡享家庭之乐者，礼拜六也；使人唧唧笃伉俪之爱者，礼拜六也；使人落落重朋友之交，历历烛社会之奸者，礼拜六也；更使人得种种消遣法，行乐地者，亦礼拜六也；且使人获三倍利市，如接得五路财神，菩萨救世尊广大教主。

　　故知欢迎礼拜六者，皆活天仙；而不知世间有所谓礼拜六三字者，实皆烦恼众生。

作为时间概念的"礼拜六"给市民提供了休息和休闲的机会，以"礼拜六"三个字命名的文学杂志则是市民消遣、娱乐的工具，两者同样都是市民所盼望的。这篇以滑稽、夸张的笔墨写出的小说已经把作为时间概念的"礼拜六"和作为文学杂志的《礼拜六》合二为一了，这就极力渲染了《礼拜六》杂志的魅力。

同期刊登的另一篇小说《礼拜六》是主编王钝根亲自撰写的，小说标题旁标明的作品类型是"短篇瞎说"。所谓"瞎说"即没有根据、随意杜撰。这篇小说写了主人公李伯鲁（礼拜六的谐音）与同学凤珠在英文教师煞透沓（英文礼拜六的译音）夫人的帮助下有情人终成眷属的爱情故事。成婚的日期恰巧是礼拜六，婚后李伯鲁住在学校教书，也只有礼拜六才能回家与爱妻相聚。这使两人对"礼拜六"有特别的感情，朋友也因此称他们为"密司透礼拜六"和"密昔司礼拜六"。第3期《礼拜六》又刊登了大错的"滑稽短篇"《三礼拜六点钟》。这篇小说明显是王钝根创作的《礼拜六》的续篇。小说写密司透礼拜六和密昔司礼拜六的女儿"小礼拜六"与青梅竹马的陆伯侣（是上海话中礼拜六的谐音）在一个礼拜六喜结良缘。当教师的陆伯侣也是只有礼拜六能回家与妻子团聚，夫妻两人都非常喜爱《礼拜六》杂志。这几篇小说都是围绕"礼拜六"三个字大做文章，尽量使小说中的人和事都与"礼拜六"有关，近似于文字游戏。这明显起到了宣传《礼拜六》的广告效果。

《礼拜六》杂志还抓住一切有利的条件和时机组织促销活动。

在民国初年的各种小说期刊中，《礼拜六》的售价是相对较低的。这与同时期一些较有影响的期刊相比较就可以明显看出：

刊名	创刊时间	定价
《礼拜六》	1914 年 6 月	0.1 元
《小说月报》	1910 年 7 月	0.2 元
《中华小说界》	1914 年 1 月	0.2 元
《小说丛报》	1914 年 5 月	1.2 元
《小说大观》	1915 年 8 月	1.0 元

如果不考虑"开张"与页码，仅从定价来看，在上面表格所显示的五种期刊中，《礼拜六》杂志 0.1 元的定价是最低的。这个低廉的定价能使更多的市民读者有能力购买、订阅《礼拜六》，这显然是编辑者薄利多销的经营手段。在价格本已低廉的前提下，《礼拜六》杂志还常常用打折扣和赠送礼品的方式进行促销。例如，《礼拜六》推出了订阅数量越多价格越便宜的规定，订阅 25 期，价钱是 2 元 2 角；订阅 50 期，价钱是 4 元。在 1915 年庆祝新年的喜庆氛围中，《礼拜六》又以优惠的价格和赠送购书券吸引读者订购全年的杂志。促销的具体方式刊登在《申报》上："民国四年正月一号起三十一号止，有定购《礼拜六》全年者仅需四元，本馆除按期付书外另赠书券一元。"[①] 在《礼拜六》即将出满一百期的时候，编辑者又策划将前百期杂志装订出售："《礼拜六》百期汇订，精装拾册，定洋十元。"[②] 诸如此类的促销活动既可以增加《礼拜六》的销售数量，获得更大的商业利润，又可以扩大《礼拜六》影响。

---

① 《申报》1915 年 1 月 3 日，《礼拜六》第 31 期广告。

② 《申报》1916 年 4 月 15 日，《礼拜六》第 98 期广告。

不可否认，精心的策划与到位的宣传在某种程度上成就了前百期《礼拜六》。但一份杂志要取得成功，仅有精心的策划和到位的宣传是不够的。更为重要的是编辑者能否把这些策划和宣传落到实处，保证杂志的质量，真正博得广大读者的信用。关于这一点，主编王钝根显然深知其中利害。从杂志的印制、发行来说，《礼拜六》在每个星期六都按时出版，与读者见面。编辑孙剑秋对此非常自豪，他在第 100 期《礼拜六》（停刊号）上发表的小说《话别》中将《礼拜六》杂志拟人化，并让它以颇为自豪的口吻向读者说："自与诸君缔交以来，光阴如箭，不知不觉，已经过了两百个三百五十天了。这两百个三百五十天中间，每一个礼拜，一定和诸君见面一次。任凭怎样大风大雨，大热大冷，从没有一回失信的。就是去年的大除夕（去年大除夕适逢礼拜六），人家忙忙碌碌，讨账的讨账，避债的避债，在下也如期而至。不肯借着年关两个字，稍稍偷懒。"孙剑秋在此所言绝不是自我吹嘘，制造假象。前百期《礼拜六》的出版和发行的确从未脱期，这一点在当时是很受读者称道的。

从作品的质量来说，前百期《礼拜六》也作出了较为突出的成绩。前百期《礼拜六》共刊载作品六百四十多篇，绝大多数作品为小说，包括翻译和创作两类。其中译作以中长篇为主，而创作则长篇、短篇、中篇并重。从小说的类型来看，前百期《礼拜六》对言情小说、武侠小说、社会小说、政治小说、滑稽小说、侦探小说等民国初年常见的小说类型兼收并蓄，其中数量最多的是言情小说和社会小说。而每一种小说内部又可分为诸多类别。例如在小说标题下标明类别的言情小说就包括"言情"、"艳情"、"写情"、"哀情"、"悲情"、"惨情"、"怨情"、"苦情"、"忏情"、"痴情"、"丑情"、"侠情"等。给小说贴上这些五花八门的标签并没有什么严格的划分标准，也不意味着这些小说之间有什么本质的区别。这种划分在很大程度上是编辑们吸引读者的一种手段。从语言形式来说，前百期《礼拜六》中小说的语言大多采用浅显易懂的文言文，也有少数作品使用白话或文言与白话相夹杂。在前百期《礼拜六》中，比较有代表性的长篇小说有姜杏痴的《剑胆箫心》，梅郎的《双妒记》；比较有代表性的中篇小说有陈小蝶的《塔语斜阳》、《香草美人》，包柚斧的《蝴蝶相思记》，吴双热的《蘸着些儿麻上来》；比较有代表性的短篇小说有周瘦鹃的《行再相见》、《冷与热》、《此恨绵绵无绝期》、《似曾相识燕归来》，叶圣陶的《博徒之儿》，天白的《玉台泪史》；比较有代表性的翻译小说有天虚我生翻译的《孽海疑云》，李常觉、陈小蝶合译的《恐怖窟》，周瘦鹃翻译的《美人之头》、《宁人负我》；这些小说在民国初年的市民文学中都是较为突出的作品。王钝根在《出版赘言》中就强调了小说周刊《礼拜六》将具有的一个特点是"名作如林"。对于前百期《礼拜六》，我们虽然不能说它自始至终都能保持"名作如林"，但如果说它的质量在民初市民文学杂志中属于上乘，则一点也不夸张。

前百期《礼拜六》不仅注重提高所刊载的作品的质量，还在装帧设计上追求美观。《礼拜六》杂志是 32 开本，平装铅印，每册的厚度约 30 至 40 页，每页的字数 500 字左右。既有一定的分量，又比较小巧，便于携带。杂志的封面从第 3 期开始采用水彩画，编辑者在第 3 期《礼拜六》的广告中表明了他们为什么要不惜资本，印制精美的水彩画封面："……承读者诸君错爱如此，本馆同仁感激荣幸之至，特将第三期小说篇数增加一倍并制精印水彩画封面，资本虽巨，在所不惜，良以创办伊始，不求获利，但求读者诸君满意，博得信用也。"① 由此可见，《礼拜六》杂志之所以在装帧设计上下工夫，主要是因为编辑把是否能博得读者的信用放在了相当重

---

① 《申报》1914 年 6 月 20 日，《礼拜六》第 3 期广告。

要的位置上。前百期《礼拜六》封面的水彩画大多数出自丁悚之手。丁悚是民国时期著名的画家，现代画家丁聪的父亲，是 20 世纪二三十年代上海漫画界和月份牌画界的中心人物和组织者。中国第一块"漫画会"的牌子就挂在上海天祥里丁悚家的大门上。丁悚是自学成才，他的绘画兼具中西技法。他为《礼拜六》杂志所绘制的封面既表现了深厚的西画造诣，同时又具有中国传统的线描功力，即使以今人的艺术观点来看，其中不少作品仍不失为珍贵的绘画佳品。从《礼拜六》封面画的内容来看，以仕女图居多，也有漫画和山水画，其中仕女图是最有特色的。丁悚为《礼拜六》封面所画的仕女图雅静俊美，色彩清丽，比起今天众多通俗读物的封面女郎似乎更少造作之气。而且丁悚的可贵之处还在于他超越了古代仕女图仅画仕女、佳人的题材局限，将描绘的对象扩大到现实生活的各个层面，上至太太、小姐、女学生，下至村姑、女佣，都在他的画中得到表现。丁悚的封面画在某种程度上再现了民国初年社会生活中各阶层女性的生活图景。因此这些作品既是精美的杂志封面，也是研究民国初年社会中市井生活的珍贵材料。《礼拜六》的封面除了追求精美还追求趣味。如第 42、47、48 期《礼拜六》的封面是三幅相互关联的趣味性漫画，第 42 期封面画的是一个矮个子悄悄跟在一个高个子身后，图谋出其不意地把高个子绊倒，封面所配文字是"矮子欺负长子"；第 47 期封面画的是高个子眉毛竖立，怒目圆睁，挥拳，踢腿，矮子没有出现在画面上，封面所配文字是"长子把矮子一脚踢到四十八期封面上去了"；第 48 期封面画的则是矮个子仰面摔倒，面露难堪之色，封面所配文字是"矮子摔倒"。这三期封面上的趣味性漫画连接在一起，就产生了与连载小说相类似的效果——"预知后事如何，且听下回分解"，能勾起读者对下一期杂志的猜测和期待。另外，这三个封面的巧妙之处还在于它们

《礼拜六》第 47 期封面

《礼拜六》第 48 期封面

从表面看来虽然是滑稽有趣，引人发笑，但在深层却有着严肃、深刻的内涵。当时正值第一次世界大战，日本对德国宣战后强行将我国山东黄河以南地区划为"中立外区域"，日军可以在划定的区域之内自由行动，并要求我国撤退驻军，后来又提出了"二十一条"的无理要求。这些都激起了国民极大的愤慨，并且在《礼拜六》杂志上得到了反映。《礼拜六》第51至56期连载了王钝根纂述的纪实文学《国耻录》，详细记述了日本帝国主义侵略中国的罪恶行为以及袁世凯卖国的无耻行径。王钝根针对日本对中国的侵略行为提醒同胞："心中有国耻而国耻乃可雪，心中有仇敌而敌无可乘。"①《礼拜六》第50至59期连载了杨汉居士撰写的"滑稽谈薮"《矮国奇谈》，把日本称为矮国，暗讽日本人矮小、丑陋。此外，《礼拜六》还刊登了"同胞速醒"等标语口号，希望以此唤醒、鼓动广大民众共同抗敌。在这一背景下，这三个封面上的"矮子"显然是暗喻日本，"长子"则暗喻中国。矮个子欺负高个子是指日本以卑鄙无耻的手段欺压中国。高个子把矮个子一脚踢出去是指中国强大了，开始向日本反击，日本不敢再欺压中国，结果逃之夭夭，非常狼狈。在此，编辑者通过三幅滑稽有趣的画面表达了当时国人对日本的痛恨，对中国不思振作的痛惜和对中国尽快强大的期待、渴望，可谓用心良苦。《礼拜六》封面上的刊名题字也讲究美观和变化多样，曾给前百期《礼拜六》题写刊名的人有王钝根、旺济远、叶中泠、吴芝瑛、张聿光、张丹斧、姚鹓雏、王大错、刘海粟等。除了精心印制封面之外，前80期《礼拜六》基本上都附有铜版插图两页，到了第80期以后铜版插图开始由两页变成了一页。插图的内容主要有风景名胜和人物。风景名胜以国内的各地风光为主，也有国外的风景。人物有政界人物、艺界人物、普通市民、国内外

---

① 王钝根：《国耻录》，《礼拜六》第50期。

作家、翻译作品中的人物插图，还有不少妓女照片。《礼拜六》刊登妓女照片的行为曾遭到不少人的批判与诟骂。其实，《礼拜六》选用妓女的照片是因为妓女在当时相当于交际花，是社会公众性人物，具有明星的风采。她们的服装和发型都是引导社会新潮流的。在当时，妓女的照片往往被人们当作时装美女图看。民国初年多数的市民文学期刊都刊载过妓女的照片。与《礼拜六》同时期的市民文学刊物《小说时报》还把曾刊载过的妓女照片专门结集出了单行本，由有正书局出版，用铜版纸精印，用锦缎包装封面，取名为"惊鸿艳影"，销量很大，影响一时。在这样的时代氛围中，《礼拜六》杂志选用妓女的照片做插图，显然也是吸引读者的一个有效的手段，不能简单地用格调低下来评价这一现象。除了风景名胜和人物，前百期《礼拜六》还刊载了一些与世界局势有关的时事照片。例如在 1915 年欧洲战事激烈之时，《礼拜六》刊登了不少与欧战相关的照片。包括英法俄联军三大元帅肖像、欧洲战俘生活情况、欧洲战地红十字会病车、比国的装甲车、德国的鱼雷艇等。这些照片可以增加杂志的信息量并开阔读者的眼界。

由于从策划到实际运作都满足了广大市民读者的阅读期待和消费心理，《礼拜六》杂志创刊不久就在民国初年的市民文学杂志中迅速地脱颖而出。发行第二期销数就达一万余册[①]，发行第三期销数骤增至一万七千余册[②]，后来销数最高达到了两万余册[③]。在一般文学期刊销量仅有"一两千册"[④]的民初杂志界，《礼拜六》杂志

----

① 《〈礼拜六〉出版告白》，《申报》1914 年 6 月 20 日。

② 同上书，《申报》1914 年 6 月 27 日。

③ 《礼拜六》第 46 期，天虚我生刊首题诗，序曰："钝根、剑秋编《礼拜六》小说周刊将满五十期矣，风行海内，每期达两万册以上，一般青年于休暇日手此一编，如对良师。"

④ 熊月之主编《上海通史》第 10 卷，上海人民出版社 1999 年版，第 71 页。

霞　晚

《礼拜六》所登妓女照片

真可谓"鸡群之鹤"。觉迷曾专门撰文描绘《礼拜六》畅销的情况："钝根自编小说周刊《礼拜六》以来，社会欢迎万人倾倒。每至礼拜日，棋盘街之车马塞途。或询之，则曰往中华图书馆购《礼拜六》小说也。"① 周瘦鹃在他那篇夫子自道式的《闲话〈礼拜六〉》一文中也描绘了当年《礼拜六》杂志深受读者欢迎的热闹场面："《礼拜六》曾经风行一时，每逢星期六（作者注：《礼拜六》杂志的发行时间是每周星期六下午，读者购买的时间应该是星期六下午或星期天上午，周瘦鹃回忆文章中的'星期六'应该是他记忆的错误）清早，发行《礼拜六》的中华图书馆门前，就有许多读者在等候着。门一开，就争先恐后地涌进去购买。这情况倒像清早争买大饼油条一样。"② 现代出版家张静庐回忆起自己在民国初年因为迷恋小说而做"棋盘街③巡阅使"的少年时代也不由地感叹："《礼拜六》在这时代真是再红也没有的刊物。"④ 《礼拜六》杂志在市民读者中的风行使出版商们意识到出版市民文学期刊有利可图，这对民国初年市民文学期刊的繁荣无疑起到了推波助澜的作用。据不完全统计，与《礼拜六》同年创刊的市民文学杂志有《七襄》、《中华小说界》、《民权素》、《眉语》、《小说丛报》、《香艳杂志》、《好白相》、《销魂语》等二十多种。其中不少杂志与《礼拜六》风格相似，还有一些杂志如《七天》、《礼拜三》等仅从刊物名称就可以看出对《礼拜六》的模仿。

令人遗憾的是，《礼拜六》杂志这种备受欢迎的火旺势头并没

---

① 觉迷：《钝根造孽》，《礼拜六》第 10 期。

② 周瘦鹃：《闲话〈礼拜六〉》，《花前新记》江苏人民出版社 1958 年版。

③ 棋盘街，今天的福州路，《礼拜六》杂志编辑部所在地，也是民国初年上海各类文学期刊杂志编辑、出售最集中的地方。这条街道在今天仍然是上海的文化街。

④ 张静庐：《在出版界二十年》，上海书店 1984 年版，第 36 页。

有一直维持下去。由于主编王钝根后来"倾向于实业",[①]分散了精力，以及时局不靖、经济萧条等多方面的原因，一度辉煌的《礼拜六》杂志出版到七十多期开始精彩渐减，销量也随之下降。1916年12月8日《申报》上刊登了一则广告《〈礼拜六〉大减价》："《礼拜六》为扩充销路起见，自81期起减价为每册五分，物美价廉，欢迎购买。"这则广告并没有反映出《礼拜六》的真实处境。此时的《礼拜六》已经称不上"物美价廉"，而《礼拜六》编辑部的降价措施也不仅仅是为了扩充销路。实际情况是《礼拜六》在多方面因素的冲击之下已经难以为继，勉强支撑，不得已在第80期以后将杂志的厚度减少了一半，售价也从一角减至五分。1916年4月29日，第100期《礼拜六》出版，这一期杂志可以看作是前百期《礼拜六》的一个总结。编辑王钝根在铜版插图上刊登了自己与夫人的照片，以独特的方式向读者告别。瘦蝶的小说《李伯鲁庆寿》表面写众人为李伯鲁（上海话中"礼拜六"的谐音）庆祝百岁寿辰，实际上是庆祝《礼拜六》杂志出满一百期。参加李伯鲁百龄大庆的人都是《礼拜六》的编辑、作者以及《礼拜六》的封面和小说中的人物，李伯鲁在庆祝会上以致辞的方式回顾了前百期《礼拜六》杂志的基本过程和办刊宗旨。孙剑秋的小说《话别》将《礼拜六》拟人化，让前百期《礼拜六》以第一人称"我"向读者讲述自己曾经有过的辉煌和对民国初年杂志界的影响，也表明了自己不忍告别的心情和不得不告别的苦衷。殷义声的小说《送别》也将《礼拜六》拟人化，作为前百期《礼拜六》的印刷经理的殷义声以幽默诙谐的方式为曾经与自己朝夕相处的老朋友《礼拜六》送别，幽默诙谐之中又流露出依依不舍之情。在这些总结性的作品之外，第100期《礼拜六》的卷首刊发了一个停刊启示："敬启者，本周刊发

---

① 周瘦鹃：《〈礼拜六〉旧话》，《工商新闻》副刊《礼拜六》1928年8月25日。

行以来已届百期，从未偶一愆期。虽当去秋全市营业万难之际，亦不敢稍有停顿。惟近来时局不靖，各处运寄不灵，常有邮递不到之处。以至屡遭读者及分售处来函诘责。盖本周刊既系按期出版之书，且又素蒙社会欢迎，则自与他书性质不同过劳。宁盼自非所宜，再者，自迫于欧战影响，非但纸价昂贵，且致来源断绝，况本周刊销数既广，则所需纸料尤多。遭兹时势，实难为继，以此两原因，不得已自百期以后暂停出版。一俟时局平定，商市回复，纸源不虞匮缺，当定期续出，以副爱读诸君子之雅望。谨此布达，即颂。"① 这样，第 100 期《礼拜六》就成了停刊号，前百期《礼拜六》就此结束。

随着《礼拜六》杂志的停刊，曾经繁盛一时的民初市民文学期刊在整体上也迅速走入了低潮。据统计，从 1917 年至 1920 年，社会上公开发行的市民文学期刊仅剩下十余种。

第二节

后百期《礼拜六》：重整旗鼓

1921 年 3 月 19 日，停刊五年的《礼拜六》杂志复刊了，编辑部设在棋盘街 516 号。发行者仍然是中华图书馆，每期售价依旧为 1 角。到了 1923 年 2 月 10 日，《礼拜六》杂志出至第 200 期终刊。复刊之后的这一百期通常被研究者称为后百期《礼拜六》。

---

① 《中华图书馆启示》，《礼拜六》第 200 期。

《礼拜六》复刊号封面

复刊后,《礼拜六》杂志的版权页上最初署编辑者瘦鹃、理事编辑钝根。第157期以后署编辑者钝根、瘦鹃。周瘦鹃在《〈礼拜六〉旧话》中曾说:自1921年9月办《半月》以后,"我却依旧助钝根编《礼拜六》……直到一百三十余期,因自己精神不够才归钝根独编"①。由此可见,尽管后百期《礼拜六》的版权页上一直注有"编辑者瘦鹃"的字样,但只有前三十几期是由王钝根与周瘦鹃两人合作编辑的,余下都是由王钝根一个独编。贯穿后百期《礼拜六》杂志的重要编辑人员仍然是王钝根。周瘦鹃的名字之所以一直保留在版权页上,是因为此时的周瘦鹃已经成了深受广大市民读者关注和喜爱的小说家,成了沪上名人,周瘦鹃的名字本身就是招徕读者的活广告。精明的王钝根显然是想借用周瘦鹃的名气扩大《礼拜六》杂志的影响。

前百期《礼拜六》在创刊号上刊发了王钝根的看似轻松随意,实际上用心良苦的《出版赘言》,后百期《礼拜六》则在复刊号即第101期上发表了周瘦鹃用心血写的《周瘦鹃心血的宣言》:

> 看官们请了!在下是周瘦鹃的心血,向来不值什么钱的,东也洒一些,西也洒一些,直好像自来水一样,七八年来,也不知洒去了多少。其实于人家毫没益处。如今同着王钝根出主意,索性把我们余下来的合在一起,又约了几位老朋友的心血,合伙去浇灌《礼拜六》这块文字的良田。一礼拜七天,天天浇灌,指望它到处开出最美的花来,给看官们时时把玩。每逢礼拜六就能闻到花香,看见花光;月份牌上的礼拜六无穷,愿《礼拜六》的良田不荒;愿《礼拜六》的好花常开。

① 周瘦鹃:《〈礼拜六〉旧话》,《工商新闻》副刊《礼拜六》1928年8月25日。

这篇《周瘦鹃心血的宣言》实际上就是《礼拜六》的复刊宣言。这个复刊宣言包含了以下三方面的重要信息：

第一，编辑者是以严肃认真的态度对待复刊之后的《礼拜六》杂志，他们承诺《礼拜六》将一如既往地以优质的作品为读者服务。在前百期《礼拜六》发行期间，刚从中学毕业不久的周瘦鹃成了《礼拜六》的台柱子，从此走红文坛，人气旺盛。可以说前百期《礼拜六》为刚出道的周瘦鹃提供了一个施展写作才能的平台，培养了周瘦鹃，成就了周瘦鹃。而周瘦鹃的勤奋努力、积极参与也为前百期《礼拜六》的成功立下了不小的功劳。因此，《礼拜六》杂志在周瘦鹃的整个文学创作历程中有着非同寻常的意义。周瘦鹃必然对《礼拜六》有着独特的情感。在周瘦鹃成名的七八年之后，文学周刊《礼拜六》在王钝根的策划下复刊了。此时周瘦鹃的身份已经由《礼拜六》的一名作者变成了作者兼编辑，他决定把自己的全部心血倾注在复刊之后的《礼拜六》上。周瘦鹃把《礼拜六》杂志比喻成"良田"，把《礼拜六》上发表的文学作品比喻成"花朵"，希望在自己和其他众多市民文学作家的心血的共同浇灌之下，复刊后的《礼拜六》杂志能够"良田不荒"，"好花常开"——佳作不断，再度辉煌。

第二，复刊之后的《礼拜六》杂志将拥有更强大的作者阵容。所谓"又约了几位老朋友的心血"，是指后百期《礼拜六》进一步继承和发扬了王钝根在编辑前百期杂志过程中广聘小说名家的策略。任何一个刊物的生存和发展都离不开一个有创作实力、有深远影响的作者群的支撑。已经在民初文坛闯荡多年的王钝根和周瘦鹃当然深明此道，因此他们广泛地邀请圈内的知名作家为《礼拜六》杂志撰稿。可以毫不夸张地说，复刊之后的《礼拜六》杂志几乎聚集了当时文坛所有受市民读者喜爱的小说家，成了市民文学家的大本营。刊物的版权页上开列出了主要"撰述者"的名单：天虚我生

（陈蝶仙）、王西神、王钝根、朱鸳雏、朱瘦菊、江红蕉、吕伯攸、李涵秋、李常觉、吴灵园、沈禹钟、余空我、周瘦鹃、范君博、陈小蝶、徐半梅（徐卓呆）、许指严、张碧梧、张舍我、张枕绿、程瞻庐、程小青、叶小凤、刘麟生、刘凤生、刘云舫、刘豁公、严独鹤；绘画者丁悚、张光宇、杨清磬、谢之光；海外通信记者王一之（奥地利）、江小鹣（法国）、腾若渠（日本）、傅彦长（美国）。与前百期《礼拜六》杂志的作家队伍相比，这份名单所列出的市民文学作家数量更大，影响力更强，范围也更广，并增设了前百期所没有的海外通信记者。而且在这份名单之外，还有一些重要的作家如严芙荪、俞天愤、袁寒云、姚民哀、朱冰蝶、郑逸梅、张丹斧、林纾、顾明道、沈禹钟等也参与了后百期《礼拜六》杂志的创作。后百期《礼拜六》强大的作者阵容也引起了同时期的新文学家的注意，署名微知的作者在《申报》上发表文章指出："旧文坛的机关杂志，是著名的《礼拜六》。几乎集旗下摇头摆尾的文人，于《礼拜六》一炉。"[1] 但是，从第 145 期以后，《礼拜六》的作者阵容发生了变动。在第 145—165 期的杂志中，重要的市民文学作家开始逐渐退出，一些业余作者开始登场，出现了职业作家和业余作者共存的场面。从 166 期开始，一支由学校师生以及各类职员组成的业余作家队伍已经以绝对优势成了后期《礼拜六》的创作主力，只有王钝根、江红蕉、李允臣、觉迷、缪贼菌、严芙孙等专业作家偶尔在杂志上出现。第 166 期以后的《礼拜六》上标明的各类业余作者所属地区及单位覆盖面非常广。如法国里昂大学、北京大学、北京汇文学校、南京正谊中学、天津南开大学、天津北洋大学、上海大同学院、上海南洋大学、沪江大学、杭州甲种商业学校、浙江第五师范、上海惠灵学校、上海民立中学、上海爱国女学、京兆通县基

---

[1] 微知：《从〈春秋〉与〈自由谈〉说起》，《申报》1933 年 2 月 7 日。

督教三路河中学校、安徽工业专门学校、嘉兴电报局、上海城内邮务支局、苏州平安坊、上海汇生洋行、天津中国实业银行、上海汇业银行、上海新华银行、杭州交通银行、保定交通银行、杭州元和钱庄、昆山警务第一分所、上海文化编译社、上海界路合众书局、上海中华书局、奉天小南关、上海青年会、河南郑州青年会、广东新会、上海南洋烟草公司、天津花旗烟草公司、上海电话局、中国电话局等。来自各个行业的业余作者的确缺少知名度，缺少天才和创作实力，但他们的出现说明参与《礼拜六》创作的人更多了，说明一些普通市民不仅参与了文化消费，还参与了文化创造。

　　第三，后百期《礼拜六》仍然具有消遣和娱乐的功能。与前百期《礼拜六》中王钝根强调杂志将具有"一编在手，万虑都忘"的效果相似，周瘦鹃指出后百期《礼拜六》这块文字的良田上将开出最美的花来，"给看官们时时把玩"。这"把玩"二字就点出了阅读《礼拜六》杂志可以作为一种消闲、娱乐的方式，广大读者将如欣赏美丽、芳香的花朵一样获得精神的放松和心灵的愉悦。另外，周瘦鹃在《申报》上介绍后百期《礼拜六》时也特别强调了它的消遣和娱乐的功能，说这份杂志在"茶余酒后，似可作消遣之需"[①]。为了达到消遣、娱乐的目的，编辑继续推崇文学的趣味性，他们在第120期《礼拜六》的《编辑室》启事中写道："我们很欢迎有意思有趣味的小品文字，和有意思有趣味或是很奇怪的照片（风景人物都好），请爱护礼拜六的列位多多寄来。"

　　后百期《礼拜六》仍然把《申报》作为自我宣传的主要窗口，但与1914年《礼拜六》杂志的创刊相比，1921年《礼拜六》杂志的复刊在广告宣传上似乎稍微滞后。复刊后的第1期即第101期《礼拜六》杂志的出版显然是一件非常重要、值得大力宣传的事情，

────────────

① 周瘦鹃：《介绍新刊》，《申报》1921年3月27日。

但在当天的报刊上并没有出现相应的广告宣传。这很可能是编辑们的疏忽造成的。到了1921年3月27日，即第102期《礼拜六》杂志出版的第二天，《申报》上才出现了一则周瘦鹃写的《介绍新刊》："《礼拜六》周刊系由瘦鹃谬为纂辑，由中华图书馆出版。内容奚似，不敢自伐。然除拙作可供覆瓿外，余皆名家手笔，新旧兼备，庄谐杂陈，茶余酒后，似可作消遣之需，敢申一言，以为介绍。"同时也刊登了第102期《礼拜六》杂志的广告："《礼拜六》一百零一期才出版了五天，早把印就的一万册卖完，后来购买的和后来批柝的都空手而返。本馆很为抱歉，这一期印一万五千册，望爱阅诸君快来购买，同行诸宝号快来定配，千万千万。"复刊之后的《礼拜六》在广告中一如既往地宣扬这份杂志的实用与实惠，甚至将它等同于食色。如"胖子爱吃粉蒸肉，戏迷爱看赵君玉，少年爱读《礼拜六》"①；"烟瘾还易过，书瘾最难熬"②。这些广告试图向读者说明阅读《礼拜六》杂志就像吃饭、吸烟或者看戏一样，是市民日常生活中的重要组成部分，而且能让人上瘾。编辑者在广告中强调《礼拜六》杂志实用与实惠的基础上又常常强调它的物超所值，希望以此来勾起读者们购买和阅读的欲望："《礼拜六》一百零四期又出版了，内容无论新旧体，都选得很精，很新鲜，很有趣……爱读《礼拜六》的先生、女士们，大家花一角钱定要你们看出本钱百倍千倍以上，绝不给你们蚀本。"③后百期《礼拜六》还别出心裁地根据不同季节的特征设计广告。关于春天的广告有："花落春残，雨丝风片，闷人天气，还是买本《礼拜六》，消遣消遣。"④关于夏天的广告有："兰汤初罢浴，半臂轻罗縠，竹塌卧当风，闲

---

① 1921年4月23日《申报》，《礼拜六》第106期广告。
② 1921年5月4日《申报》，《礼拜六》第109期广告。
③ 1921年4月9日《申报》，《礼拜六》第104期广告。
④ 1921年4月30日《申报》，《礼拜六》第107期广告。

爱《礼拜六》。这么酷热的天气，礼拜六没有公事，乐得在家乘凉看书，但要看书，最宜《礼拜六》。"①；"《礼拜六》，清心目，解暑毒，辟瘟疫"。② 关于秋天的广告有："持螯对菊，看《礼拜六》，人生一乐。"③ 这些符合季节特征的广告新颖别致，颇引人注意。此外，后百期《礼拜六》还巧妙地借用其他广告为自己做宣传。如《礼拜六》杂志上为中国南洋兄弟烟草公司的大长城牌香烟做的广告是："爱读《礼拜六》者，必喜吸大长城香烟。以《礼拜六》为最流行之小说周刊，大长城为最流行之国货香烟也。"④ 这则广告既宣传了香烟也推广了《礼拜六》，可谓一举两得。再如，王钝根在第 111 期《礼拜六》刊登的《投稿诸君鉴》中声明："上海工商学界集会至多，阅者诸君如欲于《礼拜六》书中预布会期及会中所演音乐、跳舞、戏剧等各种艺术之名目者，请于会期前两礼拜寄到中华图书馆，当为特开一栏登载，不取费。"这则声明从表面上看来是《礼拜六》杂志要为上海工商学界的集会免费做公益广告，但实际上醉翁之意不在酒，在上海工商学界集会至多，颇受市民关注的情况下，《礼拜六》杂志刊登这样的广告恰恰可以扩大自身的影响，赢得更多读者的关注。由于《礼拜六》杂志的广告花样翻新、引人注意，《晶报》上还出现了关于《礼拜六》广告的打油诗："杀脱头中告白鲜，强拉军阀作平肩，可怜盖世吴巡阅，身价如君一角钱。"这首打油诗后附有这样的说明："礼拜六每期告白，必标新语，奉直战后，礼拜六有一告白云：人中有个吴子玉，书中有个礼拜六。'杀脱头'盖 Saturday 之译音也。"⑤

---

① 1921 年 7 月 9 日《申报》，《礼拜六》第 117 期广告。
② 1921 年 7 月 30 日《申报》，《礼拜六》第 120 期广告。
③ 1921 年 10 月 22 日《申报》，《礼拜六》第 132 期广告。
④ 大长城香烟广告，《礼拜六》第 151 期。
⑤ 半打：《稗海打油诗》，《晶报》，1922 年 7 月 3 号。

　　也许是一种巧合，王钝根在创办《礼拜六》杂志之前已经担任了《申报》副刊《自由谈》的编辑，而周瘦鹃在参与编辑后百期《礼拜六》杂志之前（1920 年 4 月）也应《申报》之聘主编副刊《自由谈》。在周瘦鹃所主编的《申报》副刊《自由谈》上有大量的以赞美《礼拜六》为主要内容的文学作品，这与前百期《礼拜六》很相似。显然，周瘦鹃和王钝根都是想利用《自由谈》这块重要的园地为自己所编的杂志作宣传。但与前百期相比，《自由谈》上赞美、宣传后百期《礼拜六》的文学作品数量更多，内容更有特色，形式也更丰富，既有诗词，也有散文。如署名徐帮的《礼拜六之花》就是一篇典型的赞美《礼拜六》的散文：

　　　　寒云主人读小说周刊《礼拜六》而善之，谥之为"礼拜六之花"。此花已开一百二十朵，朵朵新鲜，朵朵馥郁。寂寞徐生，在礼拜六课余之暇，购一朵而玩之，异香扑鼻，娇艳动人，爱不忍释，《礼拜六》洵名蕲哉。爱缀数语，以评此花。

　　　　夫人莫不爱花，以其色香动人也，《礼拜六》定期出版，每至礼拜六，其花怒放，无论晴雨，必无含蕾未吐之忧，故《礼拜六》如月季花矣。

　　　　《礼拜六》又如名园。王钝根之作品如富贵花，以其酣畅富有，不落小家气也；周瘦鹃则如杜鹃花，以其文章如血泪染成红杜鹃，又如紫罗兰，以其哀感顽艳，一握管则不忘紫罗兰也；陈小蝶与其妹翠娜女史之诗文，苏家姐妹，旖旎风流，如一朵姐妹花；徐卓呆善撰滑稽小说，曼倩讽世，令人绝倒，如一朵笑靥花。它若红蕉词藻清丽，如出水莲花；天虚我生高华逸丽，如东篱之菊。而翻译诸作，则移西方之花，植诸中土也，奇花瑶草，触目都是，《礼拜六》洵逸名园哉。

　　　　《礼拜六》又是一解语花也。以诸文家生花之笔，制成各种文章，令人读之如闻呖呖之莺声，吃吃之憨笑，解颐之妙语。①

徐帮这篇散文的标题借用了才子袁寒云赋予《礼拜六》杂志的美称——"礼拜六之花"。内容则呼应了《礼拜六》的复刊宣言——《周瘦鹃心血的宣言》。周瘦鹃在复刊宣言中曾把《礼拜六》杂志比作良田，把刊登在《礼拜六》上的文学作品比作花朵。徐帮将这一比喻进一步展开，以月季花赞美《礼拜六》杂志的按时出版，以花朵的"异香扑鼻，娇艳动人"，让人"爱不忍释"比喻《礼拜六》杂志的魅力，又以各种不同品种的花卉概括王钝根、周瘦鹃、陈小蝶等知名作家的作品的特色。这篇《礼拜六之花》虽然是一篇游戏之文，谈不上什么文学价值，但文章中出现的各种比喻和概括可以说既巧妙又颇为恰当，相信会引起不少读者的共鸣。《礼拜六》复刊之后，与《礼拜六之花》性质相同的文学作品在申报副刊《自由谈》上还有很多。而且其他各类报刊上也有类似的作品。周瘦鹃创办了《半月》杂志之后，刊登了一篇文章《来鸿去雁》，这篇文章用拟人的笔法写了《半月》与《礼拜六》互通书信，《半月》在写给《礼拜六》的信中说："你是我的老前辈，我问心不能不称你一声老兄。因为你年岁太大了，况又早受人欢迎的，至于我呢，产生还没多日，虽有多数的人很加青眼，总不及你那'礼拜六之花'很美的颂词。但是我自问我的能力还是不错……我很愿你从此长生不老，我也同你一样长命百岁的，不知你以为如何呀？"《礼拜六》在写给《半月》的回信中说："来信已读了。与我很同意。我大胆也能算得是你的老前辈，不想你真是一个晶莹如月的好孩子……但愿我们一天一天受人珍赏，使那些看官们将爱花玩月的心都移在我们

---

① 徐帮：《礼拜六之花》，《申报》1921 年 6 月 19 日。

身上，那就不辜负我们涉世的心了。"①《礼拜六》和《半月》在文章中互相赞美、吹捧，显然对两份杂志都有一定的宣传效果。由于各类报刊上赞美《礼拜六》的作品很多，第104期《礼拜六》的卷首还专门刊发了《各大报馆奖语汇刊》，摘录各大报刊对《礼拜六》杂志的赞美和好评。在某种程度上，这类作品虽然不是广告却能产生与广告相同的效应，它能让更多的市民读者了解《礼拜六》，喜欢《礼拜六》，进而购买、阅读《礼拜六》。

与前百期相似，复刊后的《礼拜六》也刊登了不少与"礼拜六"这三个字相联系的作品，以特殊的形式为自己做广告。但后百期所刊登的这一类作品不像前百期仅限于小说，还包括各类诗词、灯谜、杂作，在文体形式上比较丰富。在《礼拜六》的复刊号即第101期上刊登了署名为严独鹤的小说《杀脱头》。这篇小说以游戏、夸张的笔调写了报童叫卖《礼拜六》的场面和人们购买《礼拜六》之后的欢快心情。小说中"杀脱头"的叫卖声是英文"礼拜六"的译音。第111期署名达纾庵的小说《礼拜六之花》和第126期署名金君珏的小说《礼拜六》都是围绕"礼拜六"演绎爱情故事。第119期刘豁庵的《礼拜六之杂观》描述了在各种环境下读《礼拜六》的感受。如在"朝晴野适，解渴茶寮"读《礼拜六》"其味津津，直同沁人心脾"；在"连朝阴雨"时读《礼拜六》"如游大观之园"，"眼前光景无边，心头妙不可言"；在"舟车寂寞"时读《礼拜六》"恍有清风披襟，明月入怀，美眷当前，素心良朋在座，其乐无穷"。第135期柴志清的《礼拜六赞》通过对周末各种流行的娱乐方式的比较强调阅读《礼拜六》的种种好处："礼拜六是做洋行生意的游逛日子，什么窑子里呀，游戏场呀，戏馆里呀，都有他们的踪迹。若是把这一笔钱等到要游逛的日子买一本《礼拜六》小

---

① 王受生：《来鸿去雁》，《半月》1卷10号。

说周刊看看，不但有益，并且省钱。逛窑子、游戏场、看戏，每回所费总在大洋一元以上，而《礼拜六》仅需小洋一角，若是买一本《礼拜六》之外多下来的钱存至银行里，还可以生利取息呢。况且《礼拜六》封面的美女画，她的面孔之美艳，实较窑子里的妓女好得多。里面的文字，比较看戏、逛游戏场的趣味浓厚得多哩。所以我奉劝做洋行生意的每逢游逛的日子将这笔钱来买一本《礼拜六》看看，这好处真说不完呢！"这篇文章明显是回应了王钝根在《礼拜六》杂志创刊号上发表的《出版赘言》中所说的："买笑耗金钱，觅醉碍卫生，顾曲苦喧嚣，不若读小说之俭省而安乐也。"第143期金君珏的《钝根造孽》从标题来看似乎是在骂《礼拜六》杂志的编辑王钝根，但从内容来看，却是正话反说——以骂王钝根造孽这种独特的方式表现读者对《礼拜六》杂志的喜爱已经达到了忘乎所以的地步：

　　哥哥买了一本礼拜六，遮遮掩掩的看得正自有趣。弟弟见了也强着要看。哥哥不让，就吵将起来。冷不防那位宽袍大袖的王先生踱将过来，一把拿了去。就大腿搭着二腿，摇头摆尾的哼起来，声词抑扬，好生有趣。连学生也忘了不放。兄弟俩哭丧着脸，学生们也急得像猴子一般，唉……钝根造孽！

　　老头儿吸着雪茄烟，读着礼拜六。正在津津有味的当儿，那烟渐渐烧到了唇边，他还不觉得。猛可的将胡子烧着，只痛得老头儿跳将起来，掩着嘴道，哎吁吁……钝根造孽！

　　一个少年打扮得像野公鸡一般，买了一本礼拜六，都等不及到家再看。一头走着，一头看着，一跌跌下了水塘，爬起来已经像落汤鸡一般，手里还拿着礼拜六不放。唉……钝根造孽！

　　夫妻俩都爱看礼拜六，新婚第一夜，他也不好先去理他，

他也不好先去理他，只好各自拿一本礼拜六在那里看。一册未完，天已明了。不由各打一个呵欠道唉……钝根造孽！

除了上述作品，第141期晴渊的《礼拜六是我的情人》，第145期郑逸梅的《礼拜六之歌》、第147期孙郎的《我与礼拜六》、第153期王念圣的《我最喜欢礼拜六的原因》、第179期林笔生的《爱阅礼拜六之良果》、第186期杨善鸣的《礼拜六之利害》、第200期郑慰侬的《礼拜六新酒令》、第200期增刊许吟花的《礼拜六巧对》等随笔、杂作也从不同的角度赞美、宣传《礼拜六》杂志。《礼拜六》杂志的这一独特的宣传手段也使其他的刊物受到了启发，如《红》杂志的创刊号上就刊登了与刊名相关的小说《客串红》，《红玫瑰》杂志1卷16期也刊登了与刊名有关的小说《玫瑰女郎》。

为了扩大影响，推广销路，复刊后的《礼拜六》杂志也积极展开了各种吸引读者的促销活动。赠送礼品和优惠券曾是前百期《礼拜六》常用的促销方式，复刊后的《礼拜六》延续了这一做法。在圣诞节即将来临之际，《礼拜六》杂志的编辑试图以附送优惠购书券作为圣诞礼物来刺激杂志的销售。第139期《礼拜六》刊登了以中华图书馆的名义发表的《介绍圣诞礼物》："兹有钱化佛君手绘中国名人画史，当世大人先生均有题跋，诚为洋洋大观。拟于本周刊第一百三十九期附送半价券以表优待爱阅《礼拜六》诸君之诚意。凡凭此券向本馆购名人画史者可照定价对折付款。此书优美高尚，用为圣诞礼物尤为佳品，特为介绍一言于此。"《礼拜六》发行至第150期又向读者承诺订阅全年将附送礼物："《礼拜六》承爱阅诸君之惠，销数日增，获利不浅，饮水思源，无以为报，特于一百五十一期起加赠书画，凡订阅全年五十期者，得赠钝根手书楹联一副（值洋四元）或三色版精印名人画迹四大帧（可装玻璃框），悬之壁间，极美观，若向西洋陈设店购买，须费洋四元，欲书欲画，请来函声明。"① 后百期《礼拜六》还充分利用读者之间相互影响的因素来促进销售，对于推荐亲友订阅《礼拜六》的读者给予一定的实惠。第120期《礼拜六》上刊发的《〈礼拜六〉发售第二届定书券》明确表示："本馆为酬答介绍人雅意，凡爱读《礼拜六》诸君介绍其亲友订阅本书，满十份者，本馆特赠一份。其介绍之十份，如不能一次交足，尽可陆续分交。"另外，编辑者还把前一百期《礼拜六》中刊载的长、中、短篇各体小说九百余种精装汇订成十厚册，并配置一个玻璃书箱，半价出售。这显然是希望借助红极一时的前百期《礼拜六》来唤起读者们对后百期《礼拜六》的兴趣和渴望，进而扩大销量。

在杂志的出版发行方面，复刊后的《礼拜六》杂志坚持了前百期已经形成的严肃认真、按时出版的良好作风。即使在年节时期也不敢稍有懈怠，如遇放假休息，编辑们宁愿提前出版，也不往后拖延。第144期《礼拜六》刊发了一则《中华图书馆启示》，向读者说明提前出版"新年号"的原因："《礼拜六》第一百四十六期应于阳历十二月二十八日（即旧历壬戌元旦）出版，因敝馆照例新年休息五天，故特提前一天即'夏历大除夕'发行，以便爱阅《礼拜六》诸君购作新年消遣之用。"作为周刊，《礼拜六》的出版周期比较短，难免会出现一些错漏之处。对于这些错漏之处，后百期《礼拜六》常以勘误的形式进行校正。如第133期就刊登了程瞻庐的长篇小说《写真箱》的第二回勘误和第三回勘误。勘误的做法表现了编辑们较为严肃的办刊精神。

与前百期相比，复刊之后的《礼拜六》编辑技巧更为花样翻新，内容也更为丰富。前百期只开辟了一个"国耻"专号，后百期专号较多，有"三十节专号"、"复活周年纪念号"、"爱情号"、"新

---

① 中华图书馆：《订阅〈礼拜六〉诸君鉴》，《礼拜六》150期。

年号"、"圣诞增刊"等。这些专号的设置，给杂志增添了活力和新的气息，能激起读者的阅读兴趣。《礼拜六》杂志通过设置专号吸引读者的编辑手段在同类期刊中被广泛借鉴。与《礼拜六》同时和之后的不少杂志都以开辟专号为时尚，出现了消夏号、中秋号、恋爱号、儿童号、情人号、妇女号、离婚号、婚姻号、生育号、武侠号、侦探号、青年苦闷号、处女心理号、解放姜婢号、女学生专号、小说掌故号、小说家号、小说秋季号、国庆特刊号等，可谓名目繁多。在某种程度上，这些专号都是试图以社会关注的热点制造文化市场卖点。前百期《礼拜六》除了从 51 期开始连载的《国耻录》和《矮国奇谈》之外，全是各种小说的创作和译作。后百期《礼拜六》除小说之外增加了笔记、译丛、诗歌、隽语、格言、杂说、俳言、漫言、琐闻、琐记、琐言、轶闻、丛录、生活常识、笑话、谐趣、闲评、闲谈、杂谈、谈屑、谈片、怪问答等栏目，形成了以小说为主，以杂作为辅的多样化格局。从作品数量上来说，后百期《礼拜六》共刊载各类作品一千八百余篇，是前百期的三倍。从语言形式来说，前百期的作品是以文言文为主，只有极少数的作品使用白话。到了后百期，使用白话的作品则明显增多，其中小说的创作与翻译基本上以白话为主，其他各类杂作则文言、白话参半，还有不少作品用了新式标点。后百期《礼拜六》中创作类的小说在类型上与前百期一脉相承，其中以短篇为主，长篇也较为突出，中篇则较少。有代表性的长篇小说有程瞻庐的《写真箱》，江红蕉的《大千世界》，程小青的《断指党》和《长春妓》。在短篇小说中，周瘦鹃的作品是最突出的。周瘦鹃几乎每期发表一个短篇小说，并且作为头条排列在第一篇，如《一诺》、《血》、《留声机片》、《一念之微》、《之子于归》、《父子》、《十年守寡》、《脚》等，这些以悲情为主旋律的短篇小说很受读者的欢迎，可以说是后百期《礼拜六》杂志的招牌作品。其他有代表性的短篇小说还有王钝根的

《汽车之神秘》、《黄钟怨》、《生儿观》、《不是处女的处女》，张枕绿的《毁誉》、《梦中忙活》，张碧梧的《男女平等》、《虚伪的贞操》、《我》，徐卓呆的《二老人》，朱冰蝶的《死后》、《五字狱》，钱小畬的《笋》，严芙荪的《金和银》，刘豁公的《当家的》等。后百期《礼拜六》中所刊载的翻译小说都是短篇，与前百期相比，后百期的翻译类小说数量明显减少，质量却大大提高了，而且有不少世界名著。重要的翻译小说有一圭翻译的《儿时恩物》，徐卓呆翻译的《最后》，林纾翻译的《德齐小传》，周瘦鹃翻译的《末叶》、《友》、《力》、《定数》、《阿弟》、《骏马》、《猫》等。其中，周瘦鹃翻译的小说数量最多，质量也最高，基本上能代表后百期《礼拜六》中翻译小说的最高水平。除了小说，比较重要的各类杂作有王钝根的《拈花微笑录》，严芙荪的《黛红谐乘》，林琴南的《记甲申马江基隆之败》，江红蕉的《武林野话》，余空我的《锁空楼忆语》，刘豁公的《哀梨室戏谈》，姚庚夔的《静香楼随笔》，缪贼菌的《蛰庵捧腹谈》，徐卓呆的《喷饭录》，顾明道的《欧战琐忆》，吕碧城的《美洲通讯》，王一之的《海外归鸿》等。

后百期《礼拜六》杂志还是32开本，平装铅印，厚度也与前百期相似。封面的水彩画仍然是以仕女图为主，但在审美风格上与前百期有所不同。前百期封面上画的女子大多穿传统中式服装，梳传统发型，显示出一种典雅、含蓄的传统美。后百期封面上画的女子有不少是穿西式洋装、高跟鞋，梳新式发型，虽然还谈不上很现代、很开放、很摩登，但比前百期多了一分活泼、明朗。这些不同从一个侧面反映了时代风气的变化。除了仕女图，后百期《礼拜六》杂志的封面还有一些生活场景画、风景画、戏剧演员剧照、儿童照片、漫画和专门配合各种专号以及特定的年节气氛的图画。例如1921年2月25日出版的第115期"爱情号"的封面画的是一个

第 115 期《礼拜六》封面

第 193 期《礼拜六》封面

《礼拜六》"三十节"专号封面

巨大的爱心，一个手抚秀发、凝眸远望的美少女和一个扇翅飞动正在向少女发射丘比特之箭的小爱神，这个封面紧密地契合了专号的主题。1922年圣诞节出版的第193期《礼拜六》的封面画的是一个身着红色衣帽，笑容可掬的圣诞老人背着一个巨大的包裹给人们赠送圣诞礼物，包裹里装的正是第193期《礼拜六》杂志。这个颇有情趣的封面意味着编辑者将《礼拜六》杂志作为一份特别的圣诞礼物送给广大市民读者，祝读者圣诞节快乐。1921年10月10日为纪念中华民国成立十周年而出版的"三十节专号"的封面是以"品"字形排列的三个十字架构成画面的主体，各色行人都在这三个十字架前驻足仰首观望，色调阴沉、凝重。"三十节"也是当时的国庆日，但这个封面却没有一丝喜庆的气氛，相反在庄严、肃穆中明显地流露出沉重和感伤。这是因为当时整个国家处于内忧外患之中，人们对现实感到失望，对前途感到迷惘。周瘦鹃在这个专号上发表了《三十节的哀音》，感叹在"节庆之日，看到的却是地狱中的景象，到处扯着太阳旗"。王钝根在这个专号上发表了《三十节感言》，由对现实的不满生发出对国人的鞭挞，希望国人能"反虚华为真实，化利己为利人，互劝交惩，同趋正轨"。很显然，"三十节专号"的封面设计与这一期杂志所刊载的作品的内容是一致的，都蕴涵了编辑者的爱国之心和忧患之情。为后百期《礼拜六》绘制封面的画家比前百期更多，除了丁悚之外主要有世亨、清磬、之光、仲熊、麟心等人。众多画家的参与使后百期《礼拜六》的封面在风格上比前百期趋于多样化。

后百期《礼拜六》延续了前百期在封面之后附铜版插图的做法，但铜版图的内容比前百期更为丰富，有名胜古迹、西洋名画以及各类人物。其中有不少作家的照片，如周瘦鹃的《淞园吊影图》，袁寒云的《玉泉读书图》，天虚我生的《留园觅咏图》，赵眠云的《玄墓探胜图》都很引人注意，其他如包天笑、谢之光、江小鹣、张光聿、陈小蝶、陈小翠等作家的照片以及一些作家的合影也很有特色。后百期《礼拜六》在向读者展示作者的风采的同时，还别出心裁地给读者提供了一个展示自我的机会，在铜版图中开设了一个"爱阅《礼拜六》者"的栏目，专门刊登喜欢阅读《礼拜六》的读者的照片。这个栏目中的照片既有豆蔻年华的少女，也有白发苍苍的老者，这从一个侧面反映了《礼拜六》具有比较广泛的读者面。另外，还有一些关于民间的奇闻轶事的照片。第104期《礼拜六》的铜版插图就刊登了一个八岁产儿的小姑娘抱着孩子喂乳的照片。这样的照片迎合了一些普通市民读者喜欢猎奇的心理。为了丰富铜版图的内容，后百期《礼拜六》曾经组织"《礼拜六》图片赛珍会"，向社会各界广泛征集各类有趣的、漂亮的照片和图片，被选用者将获得酬金。这一活动吸引了不少市民读者的积极参与。

除了在封面之后附铜版插图，后百期《礼拜六》还经常在卷首刊登一首精选的名人诗词，由画家丁悚根据诗意或词意作画，颇为新颖。如第111期的卷首刊登了汪精卫的诗《见人折车轮为薪有感而作歌》："年年愿蹶关山路，不向崎岖叹劳苦。只今困顿尘埃间，硬质依然耐刀斧。轮兮轮兮，生非阻徕新甫之良材，莫辞一旦为寒灰，君看拨尽红炉中，火光如雪摇熊熊。待得蒸腾荐新稻，要使苍生同一饱。"丁悚为这首诗配了一幅生动的插图：一个壮汉挥舞大斧砍折车轮并投入熊熊燃烧的炉火中，给人沉痛悲壮之感。杂志中的各类小说和杂作也配有为数不少的插图，这使杂志图文并茂，在版式上比前百期更富有艺术美感。如第115期"爱情号"不仅附了大量的插图，还给所有的插图配上了一个心形的轮廓，这一巧妙的处理使杂志处处饱孕着温馨、浪漫的情调和爱的色彩。总的来说，后百期《礼拜六》杂志在装帧设计上比前百期更新颖、更美观、更别致。

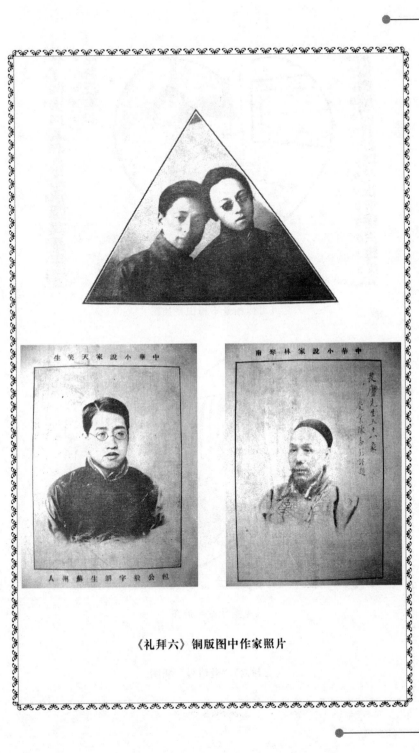

《礼拜六》铜版图中作家照片

《可怜相爱不相识》插图

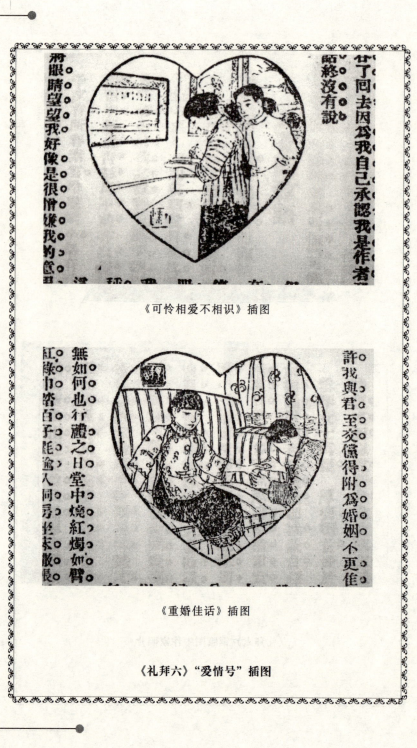

《重婚佳话》插图

《礼拜六》"爱情号"插图

在编辑和作者们的共同努力之下，复刊之后的《礼拜六》杂志重整旗鼓，在文学市场上迅速走红，再次受到了广大市民读者的喜爱。周瘦鹃后来在《〈半月〉之一年回顾》中曾以当事人的身份回顾了《礼拜六》杂志复刊后在文学市场上畅销、走俏的情况："《礼拜六》复活之后，很受社会欢迎，每期销数非常畅旺。"①。作为老牌的市民文学期刊，《礼拜六》杂志在20年代再度走红的同时也不可避免地受到了新文学家们猛烈的攻击与批判。不过，这些攻击与批判并没有使《礼拜六》失去读者。深谙20年代出版界内幕的张静庐客观地指出："民国十二三年间，新书的销行，才渐渐抬起头来；同时'礼拜六派'的势力，也达到'回光返照'时期，全国的读者，很明显地分成两个壁垒。"②而"'回光返照'期的'礼拜六派'在出版物的势力上估计，确比脆弱的新书业为宏大，无论杂志和书籍的销行，也比新文艺更为广远"③。的确如此，五四之后，新文学虽然已经立稳了脚跟并且逐渐地扩大影响，但以《礼拜六》为代表的市民文学还是占据着相当大的读者市场。当时不少新文学家们对这一事实感到悲哀和懊恼。作为新文学革命主将的郑振铎一面极力地批判、攻击以《礼拜六》为代表的市民文学，一面也不得不承认读者界的状况不容乐观，他说："他们（普通市民读者）对于新的作品和好的作品并没有表示十分的欢迎。一种书籍出版，我们以为必有许多人注意的，却等了又等，始终如石沉大海一般并不发生什么影响，譬如《父与子》与《复活》这两部大著作，已介绍了进来了，却没见有一个读者批评的，这是什么缘故呢？……他们似乎对于供消遣的闲书，特别欢迎，所以如《礼拜六》、《星期》、《晶报》

---

① 周瘦鹃：《〈半月〉之一年回顾》，《半月》第2卷第1号。
② 张静庐：《在出版界二十年》，上海书店1984年版，第122页。
③ 同上书，第124页。

之类的闲书，销路都特别的好。"①

　　以倡导文学革命、推动中国文学走向现代化为己任的新文学家们希望改造读者社会，推广新文学。而在文学市场中谋生存，以营利为主要目的的出版商们则不可能无视广大市民读者的阅读口味和阅读需求，就连大力支持五四新文学革命的商务印书馆也不能例外。商务印书馆出版的《小说月报》本来是与《礼拜六》杂志相似的面向普通市民读者的文学月刊，1921 年茅盾接编了这份刊物并对之进行了彻底的改革，从作家群来说，王西神、恽铁樵、周瘦鹃、程瞻庐、程小青等市民文学作家彻底退出，文学研究会的成员成了创作主体；从栏目设置来说，"弹词"、"文苑"、"杂载"等市民文学刊物常用的栏目都被取消，重新设置了体现五四新文学气息的"海外文坛消息"、"社评"、"译论"、"读者文坛"等。改革后的《小说月报》面貌一新，成了文学研究会的会刊，成了新文学家们的一块重要的创作阵地，也成了五四新文学革命的一个重要实绩。但在改革之初，不少普通读者感觉这份刊物不符合自己的阅读趣味，甚至觉得难以读懂，刊物的销量因此明显地下降。具有开放眼光的商务印书馆既想坚持《小说月报》的改革思路，又想挽回经济上的损失，于是他们在 1923 年 1 月 5 日又创办了一个面向普通市民读者的文学周刊《小说世界》，由当时著名的市民文学家叶劲风主编。曾被改革后的《小说月报》彻底封杀的一批市民文学作家几乎都加入了《小说世界》的创作队伍。《小说世界》实际上成了改革前的《小说月报》的替身。商务印书馆显然是希望《小说月报》和《小说世界》这两个杂志能分别占领新旧两个壁垒的读者。商务印书馆的这一举措在社会上引起了强烈的反响。新文学家认为商务

---

　　① 西谛：《读者社会的改造》，芮和师、范伯群等人主编《鸳鸯蝴蝶派文学资料》（下），福建人民出版社 1984 年版，第 739 页。

印书馆是在时间的轨道上开倒车，纷纷撰写文章，对商务印书馆的"重利"表示愤怒、不满和失望："介绍货品是商人的能事，介绍文艺绝不是商人的能事，介绍货品大都可以赚钱，介绍学术难免要赔本的。以牟利为目的的商人，怎么能介绍学术的事业？当初他们以为国人需要新思想、新文艺，他们可以趁火打劫。其实，国人何曾需要什么新思想、新文艺？"[1] "一个《小说月报》改得像样了，它（商务印书馆）就不舒服了，非另找此辈来办一个《小说世界》不可！呜呼！天下竟有不敢一心向善，非同时兼做一些恶事不可的人们！我们对于他们，除了怜悯意外，尚有何话可说！"[2] 同时，也有不少新文学家认为《小说世界》的出现是市民文学家向新文学家的示威和反攻。鲁迅在《上海文艺之一瞥》中就把《小说世界》看作是五四前后市民文学攻击文学研究会的一种具体表现，他说："鸳鸯蝴蝶派，我不知道他们用的是什么方法，到底使书店老板将编辑《小说月报》的一个文学研究会会员撤换，还出了《小说世界》，去流布他们的文章。"[3] 文学周刊《小说世界》的出版的确让市民文学家们感到高兴，受到鼓舞，甚至于感觉自己比新文学家占了上风。在当时上海小报《晶报》上刊登的一首《稗海打油诗》就表达了他们颇有些幸灾乐祸的获胜的心情："看客双眉皱不胜，疯人日记特瞢懂，股东别作周刊计，气煞桐乡沈雁冰。"在诗歌之后还专门附了一段解说："桐乡沈雁冰先生，新文化巨子也，主任商务之《小说月报》，务以精妙深湛自炫，销路转逊于前。商务主人，乃别组'小说周刊'，为桑榆之收焉，'疯人日记'，《小说月报》中名篇也。"[4] 其实，《小说世界》的出现并不能说明新文学家与市民文学

---

① 东枝：《小说世界》，《晨报复刊》1923年1月1日。
② 疑古：《"出人意表之外"的事》，《晨报复刊》1923年1月10日。
③ 鲁迅：《上海文艺之一瞥》，《二心集》。
④ 清波：《稗海打油诗》，《晶报》1923年7月3日。

家之间的竞争孰胜孰负，它只是非常有说服力地证明了像《礼拜六》、《小说世界》这样的市民文学期刊在当时还拥有大量的读者。在大众接受上，新文学并没有战胜以《礼拜六》杂志为代表的市民文学。茅盾后来也坦然承认："事实是，二十年来旧形式只是被新文学作家所否定，还没有被新文学所否定，更没有被大众所否定。这是我们新文学作者的'耻辱'，应该是有勇气承认的。"①

在《礼拜六》杂志复刊并再次走红之后，一度陷入沉寂的市民文学期刊也卷土重来，形成了第二个发展高潮。当时经常为报纸写"报屁股"及补白小品的"补白大王"——市民文学家郑逸梅因此繁忙至极。在1922年，他这样感叹："杂志潮流之盛，不减去岁之交易所也。"② 后来，郑逸梅在回忆青社的文章中再次提到："民十之际（即小说周刊《礼拜六》复刊的1921年），小说杂志（指市民文学期刊），有中兴之象。"③ 市民文学的再次兴盛也引起了正在苦心经营新文学的新文学家们的关注。1922年，巴金在《致文学旬刊》中比较客观地指出："近来《礼拜六》、《半月》、《快活》、《游戏杂志》等等杂志很发达。"④ 同年，成仿吾以困惑和焦虑的口吻说："世间不少奇怪的事，然而最奇怪的，莫过于我们文学界的现状，像革命时的满清督抚一般，一时抱头鼠窜，逃得无影无踪的《礼拜六》，自从去年复帜以来，几个月的工夫，就把她的一些干儿干女，干爹干妈之类的东西，差不多布满了新中国的全天地。"⑤ 这里的"干儿干女，干爹干妈之类"指的就是《礼拜六》复刊后出现

---

① 茅盾：《大众化与利用旧形式》，《茅盾全集》第19卷，人民文学出版社1987年版，第319页。

② 郑逸梅：《谈谈小说杂志》，《天韵报》1922年6月22日。

③ 郑逸梅：《记过去之青社》，《淞云闲话》，上海日新出版社1947年版。

④ 李芾甘：《致文学旬刊》，《文学旬刊》第19号，1922年9月11日。

⑤ 成仿吾：《歧路》，《创造季刊》第1卷第3期，1922年10月。

的市民文学热潮。成仿吾的口气虽然充满了怨怒和歧视，但他无法否认当时市民文学的繁荣。值得注意的是，在这一次小说杂志中兴的潮流中，不少重要杂志的出现与《礼拜六》有着不可分割的关系。周瘦鹃正是因为目睹了《礼拜六》在他手中复活之后的再度风行，意识到"坊间单是这一种小说周刊，不足以供读者的需求，因便决意自办一种杂志，定半个月出版一次"①。这就是 20 年代重要的市民文学期刊《半月》的由来。后来，周瘦鹃回忆起自己创办文学刊物的经历时再次提到了《礼拜六》的重要性："我年来由《半月》而作《紫兰花片》、《紫罗兰》也不得不归功于《礼拜六》引起我编辑杂志的兴味。"② 另外，《礼拜花》杂志就是模仿《礼拜六》而刊行的，每逢周日出版，由赵赤羽、闻野鹤编辑，但是它的出版时间不长，很快就停刊了。③ 而在 20 年代红极一时，销量曾超过五万的《红》杂志也明显是在"仿《礼拜六》式样"④。

《礼拜六》杂志复刊之后大受市民读者欢迎的火热场面持续了将近一年的时间。从第 150 期开始，由于知名的作家逐渐退场，《礼拜六》杂志的质量开始逐渐降低，销数也开始逐渐减少。1923年，它的发行量与复刊之初相比已经"大大退步了"⑤。到了第 200期，主编"钝根兴致已尽，馆主供应也大不如前，于是《礼拜六》寿终正寝了"⑥。

然而，《礼拜六》杂志虽然"寿终正寝了"，但它的深远影响依然存在。直到三四十年代，人们还将一些市民文学读物称为"礼拜

---

① 周瘦鹃：《〈半月〉之一年回顾》，《半月》第 2 卷第 1 号。
② 周瘦鹃：《〈礼拜六〉旧话》，《工商新闻》副刊《礼拜六》1928 年 8 月 25 日。
③ 郑逸梅：《民国旧派文艺期刊丛话》，魏绍昌编：《鸳鸯蝴蝶派研究资料》，生活·读书·新知三联书店香港分店 1980 年版，第 293 页。
④ 郑逸梅：《谈谈小说杂志》，《天韵报》1922 年 6 月 22 日。
⑤ 乙庐：《书铺子人的话》，《小说日报》1923 年 2 月 21 日。
⑥ 周瘦鹃：《〈礼拜六〉旧话》，《工商新闻》副刊《礼拜六》1928 年 8 月 25 日。

六派"。同时，由于《礼拜六》杂志的深远影响，"礼拜六"这三个字在报刊界已经具有了品牌效应。一些出版商想利用这个品牌为自己获取利益，创办了与《礼拜六》同名的刊物。1923年，一份同样取名为《礼拜六》的综合性周刊在上海创刊，由田季恒、吴保中编辑，上海《礼拜六》报馆出版。内容偏重政治、经济、社会、文化等方面，也有文学内容。一些曾经为文学周刊《礼拜六》写稿的重要撰述者包括周瘦鹃、张碧梧等也参与这份综合性周刊的创作。1937年8月出至第703期后停刊。1945年10月复刊，期数另起。1948年10月出至第135期后终刊。前后共出版838期，并有汇订本。后来，还有一份内容偏重于政治、经济、社会的报纸《工商新闻》也将它的副刊取名为《礼拜六》，每个周末出版一次。由上海山东路礼拜六报馆发行，田寄痕编辑。田寄痕还专门出了一张《〈礼拜六〉纪念特刊》，在特刊上发表了王钝根的《想起了当年事》、周瘦鹃的《〈礼拜六〉旧话》以及周拜花的《〈礼拜六〉的回想》等回顾和纪念文学周刊《礼拜六》创刊、出版、发行过程的文章。这显然是想利用《礼拜六》杂志曾经有过的辉煌和几位《礼拜六》杂志的"元老"在市民读者中的影响为自己的副刊创造气势。而今天各类报刊在周末推出的种类繁多的注重娱乐性的副刊在某种程度上也是对《礼拜六》杂志的精神的延续。

综上所述，《礼拜六》杂志的基本过程显示出了它在中国近现代文学史上的独特性和重要性。它在民国初年曾两度出现、两度走红，并两度引起市民文学杂志中兴的潮流，前后出版两百期、影响中国文坛近十年。从出版时间，作者阵容、刊物质量、发行数量等多方面因素来说，《礼拜六》都不愧为民国初年市民文学期刊的代表作。由于其深远的影响和鲜明的代表性，由《礼拜六》杂志而得名的"礼拜六派"在某种程度上已经成了民国初年市民文学的代名词，成了与"鸳鸯蝴蝶派"相等同的概念范畴。加之《礼拜六》前百期与后百期分别处于五四之前和五四之后，这就使得它能在某种程度上勾勒出市民文学在五四前后的发展和演变过程。因此，无论是考察民国初年文学的整体风貌，还是探究市民文学在五四前后的渐变轨迹，《礼拜六》杂志都是无法越过的重要文本。

第二章

从"反动逆流"到"被压抑的现代性"

——对《礼拜六》杂志的评价史

第一节

关于命名：鸳鸯蝴蝶派、礼拜六派与民国旧派小说

文学周刊《礼拜六》的出现和流行是中国文学由近代向现代转型过程中的一个重要的文学现象。但是近百年来，除了周瘦鹃的《〈礼拜六〉旧话》、《闲话〈礼拜六〉》等回忆性文章和郑逸梅的《民国旧派文艺期刊丛话》对《礼拜六》杂志的简要介绍以及范伯群主编的《中国近现代通俗文学史》对《礼拜六》杂志的概述性分析，很少有人以《礼拜六》为研究对象，更没有学者专门针对《礼拜六》这一重要杂志做细致、深入的个案研究。当然，这并不意味着研究界对《礼拜六》杂志一直保持沉默。长期以来，研究界对《礼拜六》杂志的评价基本上蕴含在对"鸳鸯蝴蝶派"、"礼拜

六派"和"民国旧派小说"的研究之中。"鸳鸯蝴蝶派"、"礼拜六派"和"民国旧派小说"这三个概念主要是针对民国初年的市民文学提出来的，它们之间相互交叉、相互补充又相互影响，而且与《礼拜六》杂志都有一定的关系。因此，要梳理学术界对《礼拜六》杂志的研究和评价的历史，首先应该弄清楚这三个概念之间的关系。

在这三个概念中，出现最早、影响最大的是"鸳鸯蝴蝶派"。"鸳鸯蝴蝶派"作为中国近现代文学史上一个重要的文学派别，它并不是某一类思想倾向、文学观念、艺术追求和创作风格相似的作家自觉地走到一起而结成的文学流派，也没有明确的纲领、宗旨和严密的组织。正如宁远在《关于鸳鸯蝴蝶派》一文中所说："所谓鸳鸯蝴蝶派既不像武术界中所分的少林、武当、峨嵋各派那样师徒相承，真有这么一种派别；也不像后来出现在文坛上的文学研究会派和创造社派那样的有组织、有规章，还有机关刊物，公然挂着牌子。……至于哪些人是鸳鸯蝴蝶派作家，历来也不曾在哪儿见过一份完整的名单，只在人们心中约略有个数而已。"[①] 那么，"鸳鸯蝴蝶派"这个名称是怎样产生的呢？关于这一问题，民国初年的作家平襟亚曾经写了一篇非常生动的文章：《"鸳鸯蝴蝶派"命名的故事》。文中说：

> 关于"鸳鸯蝴蝶派"一词的来源，据我所知，有这样一段故事。记之于下，姑存一说。
>
> 记得在 1920 年（五四运动后一年）某日，松江杨了公做东，请友好在上海小有天酒店叙餐。座中有姚鹓雏、朱鸳雏、成舍我、吴虞公、许瘦蝶、闻野鹤及笔者等……有人叫局，征

---

① 宁远：《关于鸳鸯蝴蝶派》，香港《大公报》1960 年 7 月 20 日。

及北里名妓当时号称四大金刚之一的林黛玉，她爱吃洋面粉制的花卷，故杨了公兴发，以"洋面粉"、"林黛玉"为题作诗钟。当场朱鸳雏才思最捷，出口成句云："蝴蝶粉香来海国，鸳鸯梦冷怨潇湘"。合座称赏。正欢笑间，忽来一少年闯席，即刘半侬（五四之后改名为刘半农）也。

......

刘入席后，朱鸳雏道："他们如今'的、了、吗、呢'，改行了，于我们道不同不相为谋了。我们还是鸳鸯蝴蝶下去吧。"杨了公因此提议飞觞行令，各人背诵旧诗一句，要含有鸳鸯蝴蝶等字。逢此四字，满饮一杯。于是什么"愿作鸳鸯不羡仙"，"中庭一蝶一诗人"等等都搬了出来，合席皆醉。

杨了公又言，"鸳鸯"两字，入诗最早，《毛诗》中即有"鸳鸯于飞"之句，入于古文也不一而足。更有一事：晚清某年科举，主考官黄体芳见有人在八股文内引用"鸳鸯"二字，批斥道："鸳鸯二字，不见经传。"可是他忘了《毛诗》是五经之一。作此文的举子吕翔，把落第卷子领出一看，如何肯依，便把《毛诗》封好，上题"海外奇书"四字，面呈黄主考。黄知错了，吕只是要评理。黄无奈，只好奏明皇帝，称吕为博学鸿儒，逸才也，例应选拔，邀特达之知。皇帝乃钦赐进士及第。因为鸳鸯获此奇遇，故人称"鸳鸯进士"。

座中又有人说"鸳鸯蝴蝶"入诗，并无不可，要看如何用它。最肉麻的如"愿为杏子衫边蝶，一嗅余香梦也甜"；最恶俗的如"屏开卅六鸳鸯住，帘卷一双蝴蝶飞"，有人插言道："这两句送给'烟花间'做门联，再贴切没有了。"闻者大笑。又有人说："最要不得的是言之无物，好为无病呻吟，如'卅六鸳鸯同命鸟，一双蝴蝶可怜虫'，说明什么呢？"刘半侬认为骈文小说《玉梨魂》就犯了空泛、肉麻、无病呻吟的毛病，该列入"鸳鸯蝴蝶小说"。朱鸳雏反对道："'鸳鸯蝴蝶'本身是美丽的，不该辱没了它，《玉梨魂》使人看了哭哭啼啼，我们应当叫它'鼻涕眼泪小说'。"一座又笑。刘半侬又说："我不懂何以民初以来，小说家爱以鸳蝶等字做笔名？自陈蝶仙开了头，有许瘦蝶、姚鹓雏、朱鸳雏、闻野鹤、周瘦鹃等继之，总在禽鸟昆虫中打滚，也是一时风尚所趋吧。"其实，何止于此，如陈蝶仙创制的"无敌牌"牙粉用一双蝴蝶做商标；徐枕亚与状元小姐的结婚书上有"福禄鸳鸯"一语，简直可以说是在这都是。

这一席话隔墙有耳，随后传开，便称徐枕亚为"鸳鸯蝴蝶派"，从而波及他人。真如俗语所云：孔雀被人打了一棒，几乎所有长尾巴的鸟都含冤莫白了。

后来某一次，姚鹓雏再遇刘半侬时说："都是小有天一席酒引起来的，你是始作俑者啊！"刘顿足道："真冤枉呢，我只提出了一个徐枕亚，如今把我也编派在里面了。"又说："左不过一句笑话，总不至于名登青史，遗臭千秋，放心就是。"姚说："未可逆料。说不定将来编文学史的把'鸳蝴'与桐城、公安一视同仁呢。"刘说这是笑话奇谈。后来揆之事实，竟不幸而言中。[①]

从平襟亚所讲述的这个颇有趣味的故事来看，"鸳鸯蝴蝶派"这一名词似乎是局内人调笑打趣的酒后戏言，无意中被编派出来，又出乎意料地被写进了文学史。事实上，"鸳鸯蝴蝶派"虽然不具备严密的组织，但其名称的来历也并非如此简单、随意。平襟亚所

---

① 平襟亚：《"鸳鸯蝴蝶派"命名的故事》，载魏绍昌编《鸳鸯蝴蝶派研究资料》，生活·读书·新知三联书店香港分店1980年版。

讲述的故事发生在五四运动的后一年，即1920年。而"鸳鸯蝴蝶派"这一流派的命名则始于五四运动之前。命名的起因主要是五四新文学与民国初年市民文学之间的斗争，命名的对象最初主要是指以徐枕亚的长篇小说《玉梨魂》为代表的骈体长篇小说。

民国初年，徐枕亚以才子与寡妇相恋相爱为题材创作的长篇小说《玉梨魂》在《民权报》上连载，人人争阅，轰动一时。当事人郑逸梅曾这样回忆这部小说大受市民读者欢迎的情景："《玉梨魂》一书，既轰动社会，上海明星影片公司把这部小说由郑正秋加以改编，搬上银幕，摄成十本。张石川导演，王汉伦饰梨娘，王献斋饰梦霞……演来丝丝入扣，且请枕亚亲题数诗，映诸银幕上，女观众有为之揾涕。既而又编为新剧，演于舞台，吸引力很大。那《玉梨魂》一书，再版三版至无数版，竟销三十万册左右。"① 这部小说采用半骈半散的文体形式，行文中有大量的四六对句和有关鸳鸯蝴蝶的香艳词章，如"茫茫后果，鸳鸯空视，长生贞贞前缘，蝴蝶遽醒短梦"，"梦为蝴蝶身何在，魂傍鸳鸯死也痴"，"蝴蝶一生真幻相，鸳鸯隔世未忘情"，"一样可怜虫，几为同命鸟"等等。《玉梨魂》在文学市场上走红之后，徐枕亚又以骈散结合的形式将《玉梨魂》改写为长篇日记体小说，题名《雪鸿泪史》，在他本人主编的《小说丛报》创刊号上开始连载。为了引起读者的好奇和兴趣，打开销路，徐枕亚假托这部作品是《玉梨魂》主人公何梦霞生前留下的亲笔日记，自己偶然得之，公之于众，以飨读者。由于《玉梨魂》曾经风行，与之密切相关的《雪鸿泪史》也引起了读者的广泛瞩目，销量也非常大。有的新文学家针对这一现象愤怒地说："徐枕亚的《玉梨魂》骗了许多钱还不够，就把它改编成一部日记小说《雪鸿

---

① 郑逸梅：《我所知道的徐枕亚》，《大成》第154期，1986年9月1日出版。

泪史》又来骗人家的钱。"① 当时与《玉梨魂》风格相似且影响较大的长篇小说还有吴双热的《孽冤镜》、李定夷的《霣玉怨》等。这些作品后来都成了五四新文学家们重点批判、攻击的对象。

周作人1918年4月19日在北京大学文科研究所的小说研究会上作了题为《日本近三十年小说之发达》的演讲。在这次演讲中，周作人对民国初年的文学（主要是指民初的市民文学）提出了批判。他认为："现代的中国小说，还是多用旧形式者，就是作者对于文学和人生，还是旧思想；同旧形式，不抵触的缘故。作者对于小说，不是当他作闲书，便当作教训讽刺的器具，报私怨的家伙。至于对着人生这个问题，大抵毫无意见，或未曾想到。所以做来做去，仍在这旧圈子里转。"在具体论证这一观点时，周作人提到了徐枕亚的小说《玉梨魂》，并将当时与《玉梨魂》的文体、风格相似的小说称为"《玉梨魂》派的鸳鸯蝴蝶体"②。1919年1月9日钱玄同在《"黑幕"书》一文中指出："人人皆知'黑幕'书为一种不正当之书籍，其实与'黑幕'同类之书正复不少。如：《艳情尺牍》、《香闺韵语》，及'鸳鸯蝴蝶派'的小说等等，皆是。"③ 在此，钱玄同将"鸳鸯蝴蝶派"作为一个文学流派提出来。接着，周作人在1919年2月2日出版的《每周评论》上发表了《中国小说里的男女问题》，也将"鸳鸯蝴蝶派"作为一个文学流派的名称。他在文章中指出："近时流行的《玉梨魂》，虽文章很是肉麻，为鸳鸯蝴蝶派小说的祖师，所记之事，却可算是一个问题。"④ 显然，"鸳鸯蝴蝶派"这个名称是五四新文学家在批判民国初年以徐枕亚的小说《玉梨魂》为代表的市民文学的过程中提出来的，在某种程

---

① 志希：《今日中国之小说界》，《新潮》第1卷第1号，1919年1月。
② 周作人：《日本近三十年小说之发达》，《新青年》第5卷第1期。
③ 钱玄同：《"黑幕"书》，《新青年》第6卷第1期。
④ 周作人：《中国小说里的男女问题》，《每周评论》1919年2月2日。

度上可以说，它是新旧文学斗争中的产物。之所以用"鸳鸯蝴蝶"来命名这个流派，是因为新文学家们认为《玉梨魂》等小说在思想和形式上都没有走出旧文化的圈子，而且充斥着四六对句和有关"鸳鸯蝴蝶"的香艳词句。另外，这类作品大多是描写才子与佳人之间哀感缠绵的恋爱故事，这种故事模式也很容易让人们联想到鸳鸯和蝴蝶的意象。就像鲁迅在《上海文艺之一瞥》一文中分析这类作品的故事情节时所说："这时新的才子＋佳人小说便又流行起来，但佳人已是良家女子了，和才子相悦相恋，分拆不开，柳阴花下，像一对蝴蝶，一双鸳鸯一样，但有时因为严亲，或者因为命薄，也竟至于偶见悲剧结局，不再都成神仙了。"①

值得注意的是，五四新文学家提出"鸳鸯蝴蝶派"这个概念并不是为了给《玉梨魂》这一类文学作品寻找一个恰当的名称，也不是为了深入研究这一类文学作品在中国近现代文学发展历程中的价值和意义。他们最重要的目的是对民国初年的市民文学进行批判，希望通过这种批判确立五四新文学的地位。当他们把批判的矛头指向了《玉梨魂》、《霣玉怨》、《孽冤镜》等描写才子佳人的言情小说，并以"鸳鸯蝴蝶派"这个明显带有贬义和歧视性的概念对之进行命名之后，民国初年其他类别的市民文学也相继遭到批判。在批判的过程中，五四新文学家并没有下工夫去分析、辨别民国初年各类市民文学之间的联系和区别。在他们看来，其他各种类别的市民文学与《玉梨魂》等作品性质相似，都是供小市民消遣、娱乐的玩物，是陈旧的、落后的、有害的、应该彻底退出历史舞台的。基于这种认识，其他各类市民文学也逐渐被五四新文学家看作是"鸳鸯蝴蝶派"作品。可见，虽然"鸳鸯蝴蝶派"在命名之初主要是指称《玉梨魂》等言情小说，但五四新文学家在具体运用这一概念时，

---

① 鲁迅：《上海文艺之一瞥》，《二心集》，《鲁迅全集》第4卷。

它的"所指"却不断地发生漂移，远远超出了《玉梨魂》等言情小说的范畴。随着"所指"的漂移，"鸳鸯蝴蝶派"这个概念的"能指"就不断地扩大，并且变得含混。可以说，民国初年关于市民文学的书籍和报刊杂志上所标举的各种小说类型如：社会、时事、黑幕、娼门、言情、哀情、惨情、奇情、艳情、家庭、伦理、风俗、警世、寓言、战争、爱国、武侠、侦探、科幻、滑稽、神怪、历史、宫闱等都被纳入了"鸳鸯蝴蝶派"的行列。与此同时，民国初年市民文学作家所创作的散文、杂谈等其他各种体裁的作品也都被贴上了"鸳鸯蝴蝶派"文学的标签。后来甚至打破了"民国初年"的时间界线，把三四十年代张恨水等市民小说家创作的作品也归入"鸳鸯蝴蝶派"。钱杏邨在《上海事变与鸳鸯蝴蝶派文艺》一文中就把 30 年代张恨水和徐卓呆等市民文学家的创作视为"鸳鸯蝴蝶派"。他指出，在上海事变期间，作为封建余孽的"鸳鸯蝴蝶派"作家仍然受封建余孽以及部分小市民读者的欢迎。① 这种宽泛的时间范畴被不少后世的研究者沿用。魏绍昌在编辑《鸳鸯蝴蝶派研究资料》时作了这样的归纳："回顾鸳鸯蝴蝶派的名家名作，最杰出的是'五虎将'和'四大说部'：前者是徐枕亚、李涵秋、包天笑、周瘦鹃、张恨水；后者是《玉梨魂》、《广陵潮》、《江湖奇侠传》、《啼笑因缘》。"② 随着"能指"的不断扩大，"鸳鸯蝴蝶派"这一概念已经涵盖了从民国初年到三四十年代的大部分市民文学，并且与游戏的、消遣的、趣味主义的文学观画上了等号。这就使它与另外一个概念"礼拜六派"形成了交叉和重叠。

　　"礼拜六派"（也有人称之为"《礼拜六》派"，这两种说法在内

---

　　① 钱杏邨：《上海事变与鸳鸯蝴蝶派》，转引自载范伯群等主编《鸳鸯蝴蝶派文学资料》，福建人民出版社 1984 年版，第 864 页。原载《现代中国文学论》，合众书店 1933 年版。
　　② 魏绍昌：《鸳鸯蝴蝶派研究资料·叙例》，上海文艺出版社 1984 年版。

涵上没有区别）显然是因为民国初年市民文学期刊的代表作——《礼拜六》杂志而得名。有的研究者认为，"礼拜六派"是民国初年市民文学家的自我命名。范伯群曾指出，由于"鸳鸯蝴蝶派"这一流派名称在新文学阵营与"鸳鸯蝴蝶派"的论战中变得不大光彩，"他们中的成员有不少人都否认自己曾经隶属于这一文学派别。他们通常所持的理由是：鸳鸯蝴蝶派是有的，但仅限于徐枕亚、李定夷等人，只有那些写四六骈体言情小说的，才是名实相符的鸳鸯蝴蝶派。于是，这一流派中的有些人，就以他们所办的周刊《礼拜六》命名，自称'礼拜六派'。"① 这种情况确实存在，周瘦鹃就曾在回忆《礼拜六》杂志基本情况的文章中说："我是编辑过《礼拜六》的，并经常创作小说和散文，也经常翻译西方名家的短篇小说，在《礼拜六》上发表的。所以我年轻时和《礼拜六》有血肉不可分开的关系，是个十十足足，不折不扣的《礼拜六》派……《礼拜六》的内容，前后共出版两百期中所刊登的创作小说和杂文等等，大抵是暴露社会的黑暗，军阀的横暴，家庭的专制，婚姻的不自由等等，不一定都是些鸳鸯蝴蝶派的才子佳人小说，并且我还翻译过许多西方名家的短篇小说，如法国大作家巴比斯等的作品，都是很有价值的……至于鸳鸯蝴蝶派和写四六句的骈俪文章的，那是以《玉梨魂》出名的徐枕亚一派，《礼拜六》派倒是写不来的。当然，在二百期《礼拜六》中，未始捉不出几对鸳鸯几只蝴蝶来，但还不至于满天乱飞，遍地皆是吧。"② 周瘦鹃在这篇文章中强调了《礼拜六》杂志中所刊登的作品与被称为"鸳鸯蝴蝶派"的《玉梨魂》等小说是有明显区别的，不能简单地将两者等同。他因此不承认自己属于"鸳鸯蝴蝶派"而自称为"礼拜六派"。然而，除了周

① 范伯群：《再论鸳鸯蝴蝶派》，《新文学论丛》1982 年第 4 期。
② 周瘦鹃：《闲话〈礼拜六〉》，《花前新记》，江苏人民出版社 1958 年版。

瘦鹃，并没有其他否认自己属于"鸳鸯蝴蝶派"的作家明确称自己为"礼拜六派"。周瘦鹃的说法仅仅是一个孤证。例如，与周瘦鹃同时代的市民文学家包天笑也否认自己属于"鸳鸯蝴蝶派"，但具体情况却不相同。包天笑在 1960 年发表的《我与鸳鸯蝴蝶派》中说："宁远先生写了一篇《关于鸳鸯蝴蝶派》，其中似有为我辩护的话。他说我'以风格而言，倒还不是地道的鸳鸯蝴蝶派'。云云，至为感谢。据说今有许多评论中国文学史实的书上，都目我为鸳鸯蝴蝶派，有的且以我为鸳鸯蝴蝶派的主流，谈起鸳鸯蝴蝶派，我总是首列。我于这些刊物，都未曾寓目，均承朋友告知，且为之不平者。我说：我已硬戴定这顶鸳鸯蝴蝶的帽子，复何容辞。行将就木之年，'身后是非谁管得'，付之苦笑而已。"[①] 包天笑否认自己是"鸳鸯蝴蝶派"的理由是他从未向《礼拜六》杂志投稿，也不认识徐枕亚其人。显然，包天笑一方面与周瘦鹃一样极力与徐枕亚划清界线，另一方面却与周瘦鹃相反，恰恰将鸳鸯蝴蝶派与《礼拜六》杂志视为同类。而且，上述周瘦鹃自称"礼拜六派"的文章是出自他 1958 年出版的散文集《花前新记》，而"礼拜六派"这一名称早在五四时期已经出现。因此，把他的说法当作"礼拜六派"名称的来历是不科学的，也是没有说服力的。

民国初年，面向市民读者的文学周刊《礼拜六》两度出现，两度走红，并两度引起市民文学期刊的高潮。《礼拜六》杂志所产生的巨大影响使它像徐枕亚的《玉梨魂》等作品一样成了五四新文学家们重点批判的对象。在批判的过程中，《礼拜六》杂志逐渐被视为民国初年以消遣、娱乐为主要特征的市民文学的代表。不少新文

---

① 包天笑：《我与鸳鸯蝴蝶派》，香港《文汇报》1960 年 7 月 27 日。

学家将民初面向市民读者的小说称作"《礼拜六》式的小说"①，将民初的市民文学作家斥为"《礼拜六》那一类文丐"②，将民初市民文学及其刊物所产生的影响称为"《礼拜六》式的'瓦釜雷鸣'"③。由于《礼拜六》杂志在某种程度上已经成了民初市民文学内在精神和外在形式的体现者，有些新文学家就开始以"礼拜六派"来命名民国初年的市民文学。1922年，郑振铎在《新文学观的建设》一文中指出中国传统的文学观可分为两大派，它们都是谬误的、相互矛盾的。一派是主张"文以载道"的，文非有关世道不作。另一派则是与之极端相反，以为文学只是供人娱乐的。"现在《礼拜六》派与黑幕派的小说所以盛行之故"，就是因为后一派的文学观念"几乎充塞于全国的'读者社会'与作者社会之中"。④ 在此，郑振铎不仅将"礼拜六派"作为文学流派的名称，还明确指出了这一流派的突出特征是坚持以文学供人消遣、娱乐的文学观念。由于吴宓在《中华新报》上写了名为《写实小说之流弊》的文章，将俄国写实小说和《礼拜六》、《快活》、《星期》、《半月》等杂志上的作品相提并论，引发了不少新文学家的不满。一位署名 C. P. 的作者在《文学旬刊》的"杂谈"栏目上发表批判吴宓的文章时用了"礼拜六派"一词，他在文章中说："吴宓骂黑幕小说与礼拜六派小说，我们很赞成。但他竟把俄国小说也混在一起骂了，未免有些盲目。"⑤ 沈雁冰也专门写了《"写实小说之流弊"？——请教吴宓君：

---

① C. P. :《白话文与作恶者》，载范伯群等主编《鸳鸯蝴蝶派文学资料》，福建人民出版社 1984 年版，第 738 页。

② 郭沫若：《致郑西谛先生信》，1921 年 6 月 30 日《文学旬刊》第 6 号。

③ 记者：《通讯》，1921 年 9 月 10 日《文学旬刊》第 13 号。

④ 西谛：《新文学观的建设》，1922 年 5 月 31 日《文学旬刊》第 38 号。

⑤ C. P. :《未免有些盲目》，载范伯群等主编《鸳鸯蝴蝶派文学资料》，福建人民出版社 1984 年版，第 741 页。

黑幕派和礼拜六派是什么东西!》① 一文批判吴宓的观点。这篇文章
的副标题就出现了"礼拜六派",文中又多次用"礼拜六派"这一
概念。沈雁冰认为《礼拜六》、《快活》、《星期》、《半月》等定期刊
物上所登的小说根本不属于写实派文学,将俄国的写实小说等同于
中国的黑幕派和"礼拜六派"小说是不科学的。显然,"礼拜六派"
命名的过程与"鸳鸯蝴蝶派"相似,它也是五四新文学家们对民国
初年的市民文学进行批判的产物,而且在命名之初它也是一个带有
贬义和歧视性的名称。

"礼拜六派"这一名称出现后,与"鸳鸯蝴蝶派"一样在文坛
上产生了深远的影响。到了20世纪三四十年代,不少活跃在文坛
上的市民文学家仍然被称为"礼拜六派"。瞿秋白就认为,张恨水
的小说与民国初年的市民文学是一脉相承的,可以看作是"礼拜六
派"的变体。他在《鬼门关以外的战争》中指出:"辛亥革命之后,
《民权日报》有《民权素》,《申报》有《自由谈》,《新闻报》有
《快活林》等等——这些'报屁股'的出现,是所谓'礼拜六派'
的老祖宗",而30年代在新式学生中相当有销路的张恨水的《啼笑
因缘》则标志着"广义的礼拜六派内部的转变"②。在抗日战争爆发
之后,叶素在《礼拜六派的重振》一文中强调,在"全民族共生
死,政治上集合一切阶级力量的共同对外战斗中",应该团结"旧
文艺工作者——礼拜六派的文人"③。在40年代,佐思发表了名为
《礼拜六派新旧小说家的比较》的文章,将民国初年出现的市民文

---

① 沈雁冰:《"写实小说之流弊"?——请教吴宓君:黑幕派与礼拜六派是什么东
西!》,《文学旬刊》第54号,1922年11月1日。

② 瞿秋白:《鬼门关以外的战争》,载范伯群等主编《鸳鸯蝴蝶派文学资料》,福建
人民出版社1984年版,第784页。

③ 叶素:《礼拜六派的重振》,载范伯群等主编《鸳鸯蝴蝶派文学资料》,福建人民
出版社1984年版,第814页。

学家称为"礼拜六派旧小说家"，将三四十年代出现的市民文学家称为"礼拜六派新小说家"。他认为礼拜六派新旧小说家中的大多数都憧憬悠闲自在的生活，"专门写些供悠闲阶层作茶余酒后消遣的作品"，只有极少数成员能表现出进步的倾向。得到他认可的两个"礼拜六派"作家是包天笑和张恨水。他指出包天笑有热情，有正义感，勇往直前，越老越勇，是"礼拜六派"旧小说家中的佼佼者，而张恨水的一些作品充满了战斗精神，态度积极，"他的艺术才能是一般礼拜六派的新小说家可望不可即的"①。显然，在这些文章中，"礼拜六派"这个概念和"鸳鸯蝴蝶派"一样被描述成了一个动态的、发展的过程，这个概念在时间界线上已经从民国初年扩展到了三四十年代。新中国成立之后，茅盾谈起民初市民文学的命名，充分肯定了"礼拜六派"这一名称的合理性，他说："我以为在'五四'以前，'鸳鸯蝴蝶'这名称对这一派人是适用的。（何以称之为'鸳鸯蝴蝶'，据说是他们写的爱情小说，常用'卅六鸳鸯同命鸟，一双蝴蝶可怜虫'这个滥调之故）。但在'五四'以后，这一派中有不少人也来'赶潮流'了，他们不再是某生某女，而居然写家庭冲突，甚至写劳动人民的悲惨生活了，因此，如果用他们那一派最老的刊物《礼拜六》来称呼他们，较为合适。"②

由于"鸳鸯蝴蝶派"和"礼拜六派"这两个概念的产生、发展、内涵、外延都有诸多的相似之处，研究者在运用这两个概念时就逐渐将两者相等同。朱自清在《论严肃》一文中对新文学运动的斗争对象作了这样的概括："新文学运动开始，斗争的主要对象主要是古文，其次是《礼拜六》派或鸳鸯蝴蝶派的小说，又其次是旧

---

① 佐思：《礼拜六派新旧小说家的比较》，载范伯群等主编《鸳鸯蝴蝶派文学资料》，福建人民出版社 1984 年版，第 885 页。

② 茅盾：《复杂而紧张的生活、学习与斗争》（上），《新文学史料》1979 年第 4 辑。

戏，还有文明戏。"① 显然，朱自清是将"鸳鸯蝴蝶派"和"礼拜六派"相等同，认为新文学运动对"礼拜六派"的批判和对"鸳鸯蝴蝶派"的批判在本质上没什么区别。新中国成立后，很多研究者也把"鸳鸯蝴蝶派"和"礼拜六派"看作是同一文学流派的两种不同的称谓。以下是一些重要的论著和研究资料对这两个概念之间关系的描述：

> 鸳鸯蝴蝶派作品基本上出现在辛亥革命之后，民国二十年以前，而在民国十年前后尤其风行。那时上海有许多杂志，像《小说月报》、《游戏世界》、《小说海》、《红玫瑰》、《紫罗兰》等等，专门大量刊载这类作品，销路都非常好，遍及全国各地。其中影响最大的是每星期出版一次的《礼拜六》，所以鸳鸯蝴蝶派亦称礼拜六派。②

> 鸳鸯蝴蝶派在自清末至新中国成立前的四五十年里，是作家作品很多、活动时间很长、影响范围很广的一个流派，由于他们认为文学是游戏的，消遣的，所写的多半是言情、黑幕、武侠、侦探、宫闱、滑稽等作品……鸳鸯蝴蝶派的名称是因为他们多写爱情作品，才子佳人，柳阴花下，像一对蝴蝶，一双鸳鸯……又因为鸳鸯蝴蝶派的作品题材，不仅是爱情，还有其他种种，而有代表性的刊物《礼拜六》又影响很大，也有人称之为'礼拜六派'，他们也乐于自承。③

> 鸳鸯蝴蝶派，亦名礼拜六派，是现代文学史上宣扬趣味主义的一种流派。他们将文学当作高兴时的游戏或失意时的消

---

① 朱自清：《论严肃》，1947年《中国作家》创刊号。
② 宁远：《关于鸳鸯蝴蝶派》，香港《大公报》1960年7月20日。
③ 范伯群等主编：《鸳鸯蝴蝶派文学资料》，福建人民出版社1984年版，第901页。

遗；并披着"超政治"的外衣，以闲书或娱乐品的面貌出现，一味投合小市民读者的口味。①

鸳鸯蝴蝶派，盛行于辛亥革命后至五四运动前后的文学流派。大量发表以文言文描写的才子佳人的哀情小说。"鸳鸯蝴蝶"是一种借喻性说法。代表作家有徐枕亚、吴双热、李定夷等。代表作有《玉梨魂》、《兰娘哀史》、《美人福》等。"五四"以后，又将言情小说、黑幕小说、侦探小说、武侠小说等都包括在内，也被统称为"民国旧派小说"。20年代后逐渐渗透到通俗文学领域。主要刊物有《小说时报》（1909—1917）、《民权素》（1914—1916）、《小说丛报》（1914—1919）、《小说大观》（1915—1921）等。1914—1923年刊行的《礼拜六》周刊，其主要作者虽亦兼用白话文写作，但内容与鸳鸯蝴蝶派作品同一性质，故称为"礼拜六派"，也被认为是"鸳鸯蝴蝶派"。②

"礼拜六派"，即"鸳鸯蝴蝶派"，为民国初期小说流派。因上海《礼拜六》周刊（1914—1923）是"鸳鸯蝴蝶派"主要阵地，且影响最大，故名。③

这些资料表明，在很多研究者看来"鸳鸯蝴蝶派"和"礼拜六派"是可以相等同、相替换的文学概念。当人们约定俗成地认为"鸳鸯蝴蝶派"就是"礼拜六派"，而在使用的过程中又对这两个名称难以取舍时，有的研究者就把这两个名称合并在一起，提出了"鸳鸯

---

① 魏绍昌：《鸳鸯蝴蝶派研究资料·叙例》，生活·读书·新知三联书店香港分店1980年版。

② 《辞海》，上海辞书出版社1999年版，第5031页。

③ 王广西、周观武编撰：《中国近现代文学艺术辞典》，中州古籍出版社1998年版，第239页。

蝴蝶——礼拜六派"，认为这样能更恰当、更全面地概括民国初年的市民文学。汤哲声在《鸳鸯蝴蝶——礼拜六小说观念的价值取向及其评价》一文的标题中就合并了两个概念。不少版本的文学史也使用"鸳鸯蝴蝶——礼拜六派"这个概念。《中国现代文学三十年》（修订本）论述到民国初年的市民文学时指出："从1912年（民国元年）到1917年这五年，是所谓'鸳鸯蝴蝶——礼拜六派'文学的繁盛期。"① 范伯群主编的《中国近现代通俗文学史》中也将民国初年的市民文学称为"鸳鸯蝴蝶——《礼拜六》派"②。

除了"鸳鸯蝴蝶派"和"礼拜六派"，与民国初年市民文学相关的重要概念还有"民国旧派小说"。"民国旧派小说"是民初市民文学家对自己的作品的界定，它在命名之初不像"鸳鸯蝴蝶派"和"礼拜六派"带有明显的贬义和歧视性。一些民初市民文学家把五四新文学家的创作称为新派，把自己的作品称为旧派。如范烟桥的《民国旧派小说史略》和郑逸梅的《民国旧派文艺期刊丛话》都是自称旧派。从时间跨度来说，"民国旧派小说"与"鸳鸯蝴蝶派"、"礼拜六派"一样，都是从民国建立延伸到20世纪三四十年代；从体裁来说，"民国旧派小说"针对的是小说，而"鸳鸯蝴蝶派"和"礼拜六派"是以小说为主，也涉及其他文体；从侧重点来说，"鸳鸯蝴蝶派"侧重于言情小说，"礼拜六派"侧重于文学的消遣和娱乐功能，"民国旧派小说"则侧重于带有中国传统色彩的章回体小说。范烟桥在《民国旧派小说史略》的《概述》中明确指出，"这

---

① 钱理群、温儒敏、吴福辉：《中国现代文学三十年》（修订本），北京大学出版社1998年版，第91页。

② 范伯群主编：《中国近现代通俗文学史·绪论》，江苏教育出版社1999年版，第17页。

里说的民国小说，是指旧派小说，主要又是章回体的小说"①；从影响来说，"鸳鸯蝴蝶派"影响最大，运用最广泛，"礼拜六派"次之，"民国旧派小说"的影响相对小一些。

总体上来说，"鸳鸯蝴蝶派"、"礼拜六派"和"民国旧派小说"这三个概念是相互关联、气脉相通的。而且，它们都在很大的程度上涵盖了《礼拜六》杂志。基于这一具体情况，本章将从近百年来关于"鸳鸯蝴蝶派"、"礼拜六派"和"民国旧派小说"的研究成果中梳理学术界对《礼拜六》杂志的评价史。

第二节

"反动逆流"：一顶难以摘下的帽子

处于中国文学近现代转型期的《礼拜六》杂志作为一种重要的文学现象在相当长的时间内遭受到的是研究者的歧视与不屑。从新文学酝酿、产生的阶段开始，以《礼拜六》杂志为代表的民初市民文学即被视为文坛上的一股反动逆流而屡遭挞伐。《新青年》、《小说月报》、《文学旬刊》等新文学刊物都曾经是"讨逆"的主要阵地。沈雁冰、郑振铎等新文学家都曾经是"讨逆"的战斗健将。沈雁冰晚年回忆起这件事时这样说："我偶然地被选为打开缺口的人，

① 范烟桥：《民国旧派小说史略·概述》，载魏绍昌编《鸳鸯蝴蝶派研究资料》，生活·读书·新知三联书店香港分店1980年版，第167页。

又偶然地被选为进行全部革新的人，然而因此同顽固派结成不解的深仇。这顽固派就是当时以小型刊物《礼拜六》为代表的所谓鸳鸯蝴蝶派文人。"①

新文学家对以《礼拜六》杂志为代表的民初市民文学的批判是全方位的，可以说，民初市民文学的内容与思想，形式与技巧，内部演变与革新，作家的创作目的、文学观念以及作家本人都遭到了彻底的批判和否定。

新文学家们认为《礼拜六》等杂志所刊登的小说多以青年男女婚姻恋爱等无关国家社会的小事为题材，"内容单薄，用意浅显"②，受到谴责和批判是理所应当的。在新文化运动的感召下由市民文学创作转入新文学阵营的刘半农直接从题材的角度彻底否定了这些作品的价值，甚至否认这些作品是文学。他指出："余赞成小说为文学之大主脑，而不认今日之红男绿女之小说为文学（不佞亦此中之一人，小说家幸勿动气）。"③ 李大钊则从这些题材造成的社会影响指出："以视吾之文坛，堕落于男女兽欲之鬼窟，而罔克自拔，柔靡艳丽，驱青年于妇人醇酒之中者，盖有人禽之殊，天渊之别矣。"④ 郑振铎也持同样的看法，他认为这样的作品不过是"以靡靡之音，花月之词，消磨青年的意志"⑤。他还进一步强调，这类文学作品都是消极的，不合时宜的。他在《血和泪的文学中》针对这种不合时宜发出了呼吁："我们现在需要血的文学和泪的文学似乎要比'雍容尔雅'，'吟风啸月'的作品甚些吧……萨但日日以毒箭射

---

① 沈雁冰：《革新〈小说月报〉前后》，《我走过的道路》，人民文学出版社 1981 年版。

② 沈雁冰：《自然主义与中国现代小说》，《小说月报》13 卷 7 号，1922 年 7 月。

③ 刘半农：《我之文学改良观》，《新青年》第 3 卷，第 3 号，1917 年 5 月 1 日。

④ 李大钊：《〈晨钟〉之使命》，《晨钟报》创刊号，1916 年 8 月 15 日。

⑤ 西谛：《新旧文学果可调和么?》，《文学旬刊》第 6 号，1921 年 6 月 30 日。

我们的兄弟,战神又不断的高唱他的战歌。武昌的枪声,孝感车站的客车上的枪孔,新华门外的血迹……忘了么?虽无心肝的人也难忘了吧!'雍容尔雅'么?恐怕不能吧!'吟风啸月'么?恐怕不能吧!然而竟有人能之:满口的纯艺术,剽窃几个新的名词,不断的做白话的鸳鸯蝴蝶式的情诗情文、或是唱道着与自然接近、满堆上云、月、树影、山光等字;他们的'不动心',真是孔孟所不及。"①

在否定题材、内容的基础上,新文学家们对以《礼拜六》为代表的民初市民文学的思想内涵也进行了彻底的否定和猛烈的批判。他们普遍认为《礼拜六》等刊物上的作品所传达出的思想是罪恶的、陈腐的、纯粹旧式的。成仿吾将民初市民文学家在作品中体现出的思想归纳为三个方面:"第一,他们是赞美恶浊社会的,他们阻碍社会的进步与改造。第二,他们专以鼓吹骄奢淫逸为事,他们破坏我们的教育。第三,他们专以丑恶的文章,把人类往地狱中诱惑,他们是我们思想界与文学界的奇耻。"②他指出,这三方面的思想流毒都是丝毫不能宽容的。浩然与成仿吾持同样的观点,他对成仿吾所提出的思想流毒作了更具体的描述。在他的描述中,所谓的"思想流毒"包括"提倡三纲五常,提倡嫖赌,提倡纳妾,提倡画脸谱的戏剧,提倡杀人不眨眼的什么大侠客,提倡女人缠足,反对女人剪发,反对生育限制,反对自由恋爱,反对文学"③等等。浩然还非常自信地强调自己的结论是正确的,一点儿都没有"冤枉他们(他们指民国初年的市民文学家)"。

在新文学家的眼中,《礼拜六》等刊物上的作品不仅内容和思想是旧式的、陈腐的、罪恶的、有毒的,形式和技巧也是陈旧的、

---

① 西谛:《血和泪的文学》,《文学旬刊》第 6 号,1921 年 6 月 30 日。

② 成仿吾:《歧路》,《创造季刊》第 1 卷第 8 期,1922 年 10 月。

③ 浩然:《论上海滩的文人》,《晨报副刊》,1923 年 1 月 26 日。

笨拙的、幼稚的、可笑的。新文学家们认为新小说与旧小说的区别既在于思想，也在于形式，因为"旧小说的不自由的形式，一定装不下新思想"[①]。沈雁冰在《自然主义与中国现代小说》[②] 中将民初市民文学家创作的小说分为三种类型。第一种是"旧式章回体的长篇小说"。第二种是"不分章回的旧式小说"和"中西混合的旧式小说"。第三种是文言白话都有的短篇小说，但由于没有真正学到西洋小说的布局，"那些短篇只不过是字数上的短篇小说，不是体裁上的短篇小说"。显然，这三种类型的小说基本上都是采用传统的旧形式。沈雁冰在分析这三类小说的过程中进一步指出，对于传统的旧形式，"天才的作者尚可籍他们超绝的才华补救一些过来，一遇下才，补救不能，圈子愈钻愈紧"，旧形式的弱点就全部暴露出来了。在沈雁冰看来，民国初年的市民文学家基本上都属于"下才"，因为他们根本不懂描写的手段和技巧。"他们书中描写一个人物第一次登场，必用数十字乃至数百字用零用账似的细细地把那个人物的面貌，身材，服装，举止，一一登记出来，或做一首'西江月'，一篇'古风'以为代替。全书的叙述，完全用商家'四柱账'的办法，笔笔从头到底，一老一实叙述，并且以能交待清楚书中一切人物（注意：一切人物！）的结局为难能可贵，称之曰一笔不苟，一丝不漏"。他们以这种笨拙的"记账式"的叙述法来做小说，"连篇累牍所载无非是'动作'的'清账'，给现代感觉敏锐的人看了，只觉味同嚼蜡"。志希在《今日中国之小说界》[③] 中也将民初市民文学家创作的小说分为三种类型，第一种是"罪恶最深的黑幕派"，第二种是"滥调四六派"，第三种是"笔记派"。与沈雁冰主要着眼

---

① 周作人：《日本近三十年小说之发达》，《新青年》第 5 卷第 1 号，1918 年 7 月 15 日。

② 沈雁冰：《自然主义与中国现代小说》，《小说月报》第 13 卷 7 号。

③ 志希：《今日中国之小说界》，《新潮》第 1 卷第 1 号，1919 年 1 月。

于形式的分类不同，志希的分类标准包括了内容与形式两方面。但他同样强调并批判了这些小说在形式上的陈旧、落后和在技巧上的单调、幼稚、低下。他在文章中说："论起他们的辞藻来，不过把几十条旧而不旧的典故，颠上倒下。一篇之中，'翩若惊鸿宛若游龙'、'芙蓉其面杨柳其眉'的句子不知重复到多少次，我真替他们惭愧死了。论起他们的结构来也是千篇一律的。大约开首总是某生如何漂亮，遇着某女子也如何漂亮。一见之后，遂恋恋不舍，暗订婚约。爱力最高的时候，忽然两个又分开了。若是著者要作艳情小说呢？就把他们勉强凑合拢来。若是著者要作哀情小说呢？就把他们永远分开，一个死在一处地方，中间夹几句香艳诗，几封言情信。"新文学家们在批判民初市民文学的形式与技巧的基础上进一步彻底否定了它在文学上的价值，正如胡适在《建设的文学革命论》中所说，这类作品"既不知布局，又不知结构，又不知描写人物，只做成了许多又长又臭的文字；只配与报纸的第二张充篇幅，却不配在新文学上占一个位置"[①]。

以《礼拜六》杂志为代表的民初市民文学并不是一成不变的固定存在。随着时代的发展和社会的变迁，它也在不断地调整自身，以适应读者变化中的阅读需求。但新文学家在极力批判民初市民文学内容与思想、形式与技巧的陈旧的同时也否定了民初市民文学变革自身的努力。在新文学家看来，这种变革自身的努力不过是剽窃几个新名词，是赶时髦，甚至是作恶。五四之后，越来越多的市民文学家开始采用白话文进行创作。后百期《礼拜六》杂志中的白话文作品已经明显超过了文言文作品。对于这一现象，新文学家们并没有产生好感，瞿秋白指出，这些市民文学家在创作中以白话文代替文言文不是观念的进步，而是受市场支配的结果。他说："礼拜

---

① 胡适：《建设的文学革命论》，《新青年》第 4 卷第 4 号，1918 年 4 月 15 日。

六派在'五四'之后，虽然在思想上没有投降新青年派，他们也决不会投降，可是在文艺腔上却投降了。礼拜六派的小说，从那个时候起，就一天天的文言的少，白话的多了。可是，这亦只是市场公律罢了。并不是他们赞成废除文言的原则上的主张，而是他们受到市场的支配。"① 署名 C. P. 的作者更为激烈地指出："《礼拜六》式的小说，已渐趋于用白话。近来所出版的《星期》征文上也大大的声明，稿件以白话为主。然而这可以算是新文学运动的势力扩充么？唉！不忍说了！这可以说是加于新文学运动的一种侮蔑而已。"②

在时代新潮流的冲击下，不仅民初市民文学的形式发生了变化，其内容和思想也都发生了变化，不少市民文学家在创作中关注社会现实，反映社会问题。一些新文学家把这种现象看作无聊、低俗、浅薄的追赶时髦的行为。佩韦谈到这一现象时以充满讽刺的口吻说："'现在'是新思潮勃发的时候，他们（指民初市民文学家）也就学时髦来做新思想的小说了！这批小说大家是中国特有的，是上海的特产！现时代是人心迷乱的时代，是青年彷徨于歧途的时代，试问这种文学家有什么帮助什么贡献！'非特无益，反又害之！'"③ 沈雁冰也认为这是盲目模仿、跟风的行为。他很无奈地指出："近来的通俗刊物却模仿新文学（虽然所得者只是皮毛），新文学注意劳动问题、妇女问题、新旧思想冲突问题，通俗刊物也模仿，成了满纸'问题'。"④ 显然，新文学家是将新文学与民初市民

---

① 瞿秋白：《鬼门关以外的战争》，转引自范伯群等编《鸳鸯蝴蝶派文学资料》，福建人民出版社 1984 年版，第 786 页。

② C. P.：《白话文与作恶者》，《文学旬刊》第 38 号，1922 年 5 月 21 日。

③ 佩韦：《现在文学家的责任是什么?》，《东方杂志》第 17 卷第 1 号，1920 年 1 月 10 日。

④ 沈雁冰：《反动?》，《小说月报》13 卷 11 号，1922 年 11 月。

文学视为完全对立而不能转化、融合的双方。他们认为市民文学家的变革行为不是真正的观念更新，而是以旧式冒充新式的假革命，正如郑振铎所说："《礼拜六》的诸位作者的思想本来是纯粹中国旧式的。却也时时冒充新式，做几首游戏的新诗；在陈陈相因的小说中，砌上几个'解放'，'家庭问题'的现成名辞。"郑振铎还否认了市民文学家"革命"的资格，他以"不许革命"的口吻警告市民文学家："旧的人物，你去做你的墓志铭，孝子传去吧。何苦来又要说什么'解放'，什么'问题'。"① 新文学家的批判使民初市民文学陷入了两难的境地，彻底守旧，当然要遭到批判，变革自身，还是要遭到否定。处境十分尴尬。

民国初年的市民文学家是一群依托于文学市场，依靠写作谋生（即出售作品）的文人。写作是他们养家糊口、安身立命的主要手段。他们也承认获取利益是他们重要的创作目的之一。民初市民文学家李涵秋就公开表示："吾文是售世的，不是寿世的。"② 这种以写作谋生的创作目的既不符合中国传统知识分子"著书不为稻粱谋"的人生信条，也不符合五四新文学家以文学为人类最高精神产物的价值观念。五四新文学家非常鄙视这种创作目的，认为"他们不过应了这个社会的要求，把'道听途说'的闲话，'向空虚构'的叙事，勉勉强强的用单调干枯的笔，写了出来，换来几片面包，以养活他自己以至他的家人而已"③。叶圣陶把市民文学家通过文学营利的行为看作投机行为，把市民文学的创作与出版事业称为"投机事业"。他指出，民国初年市民文学之所以勃然繁兴，是因为市民文学家意识到"有许多人爱看那一类书，所以乘此机会做一番投

---

① 西谛：《思想的反流》，《文学旬刊》第 5 号，1921 年 6 月 20 日。
② 贡少芹：《李涵秋》，天忏室出版部 1923 年版，第 35 页。
③ 西：《悲观》，《文学旬刊》第 36 号，1922 年 5 月 1 日。

机事业。更因那一类书的感染力造成了许多新染嗜好的人，于是他们的营业愈益发达"。叶圣陶呼吁市民文学家们"自问一番，省察一番"，放弃投机事业，"改换以文艺营业的态度"①。然而，叶圣陶的呼吁并没有起作用，市民文学依然有广阔的文化市场。面对市民文学的繁荣，新文学家在指责拿文学作品到市场上叫卖挣钱是无耻行为的同时也只能表示无奈。他们感叹："如果这个社会里一般读者的眼光不变换过，他们这班'卖文为活'的人，是绝对扫除不掉的。即使他们知道忏悔，竟而改过了，仍旧会有一班后起者来填补他们的缺的。"②

民初市民文学家依靠写作谋生，将文学视为可以盈利的商品，自然需要考虑消费者即读者的需求和好恶，投合甚至迎合的意图势不可免。这就导致了供读者消遣、娱乐的作品大量出现。新文学家认为，这些作品体现了市民文学家消遣娱乐的文学观念，而消遣游戏的文学观念是市民文学家思想上最大的错误，因为这种观念是对纯洁、高尚、神圣的文学的玷污。郑振铎指出，《礼拜六》等市民文学杂志都是持消遣娱乐的文学观念，"以为文学只是供人娱乐的"，这种观念必须打破。因为"文学虽是艺术，虽也能以其文字之美与想象之美来感动人，但却绝不是以娱乐为目的的……文学就是文学，不是为娱乐的目的而作之读之……如果以娱乐读者为文学的目的，则文学之高尚使命与文学的天真，必扫地以尽"③。一位署名为蠢才的作者以更为激愤的态度指出："文学总是人类最高的精神产物，文学的地位，总是超于物质之上，文学总不是满足人类的肉欲的要求的。那么文学的事业，是何等高贵，文学者的人格，应

---

① 叶圣陶：《文艺谈》，《晨报副刊》1921 年 5 月 25 日。
② 西：《悲观》，《文学旬刊》第 36 号，1922 年 5 月 1 日。
③ 西谛：《新文学观的建设》，《文学旬刊》第 38 号，1922 年 5 月 11 日。

该何等尊重，便不难想见了。但世间竟有无耻的文学者，情愿卖去了自己的人格，拿高贵的文学，当做消闲娱乐满足肉欲的东西，还怕人家不知道，更在报上登起广告来，说是'宁可不讨小老婆，不可不看《礼拜六》。'小老婆是什么东西，难到小说能做小老婆的代用品吗？……神圣清白的文学事业，真已被玷污了不可洗刷的污点。"① 在批判消遣娱乐的文学观念的同时，新文学家们明确地宣称："将文艺当作是高兴时的游戏或失意时的消遣的时候，现在已经过去了。我们相信文学是一种工作，而且又是于人生很切要的一种工作；治文学的人也当以这事为他终身的事业，正同劳农一样。"② 这实际上是表明了与市民文学家不同的立场和观念。

在批判创作目的和文学观念的基础上，新文学家又把批判的矛头直接指向了民初的市民文学家本身，并且把一系列侮辱性的称号加在他们的头上。不少新文学家把市民文学家称为"文丐"，署名C. P. 的作者在《丑恶的描写》中以轻蔑的口吻指出："不长进的上海'文丐'们偶然拾得报纸上不全的'介绍文'，所谓'写实主义'就是丑恶的描写的一二句话，便大鼓吹其黑幕主义。"③ 郭沫若在《致郑西谛先生信》一文中回应郑振铎对市民文学家的批判时明确表示自己也要向"《礼拜六》那一类文丐"们宣战："先生攻击《礼拜六》那一类文丐是我所愿尽力声援的，那些流氓派的文人不攻倒，不说可以夺新文学的朱，更还可以乱旧文学的雅。我敢说非真正了解新文学的人不能了解我国真正的国粹；我国的周诗和楚辞等艺术品绝不是那些百无聊赖的浪荡儿所能了解的。攻击哟！攻击哟！我不久也要来助战了。"④ 不少新文学家们认为对于市民文学家

---

① 蠢才：《文学事业的堕落》，《文学旬刊》第 4 号，1921 年 6 月 10 日。
② 《文学研究会宣言》，《小说月报》第 12 卷第 1 期。
③ C. P.：《丑恶的描写》，《文学旬刊》第 38 号，1922 年 5 月 21 日。
④ 郭沫若：《致郑西谛先生信》，《文学旬刊》第 6 号，1921 年 6 月 30 日。

来说"文丐"是个恰当的称号，正如郑振铎所说的"他们对于人生也便是抱着这样的游戏态度的。他们对于国家大事乃至小小的琐故，全以冷嘲的态度出之。他们没有一点的热情，没有一点的同情心。只是迎合着当时社会的一时的下流嗜好，在喋喋的闲谈着，在装小丑，说笑话……溢之曰'文丐'，实在不是委屈了他们"①。"文丐"已经是明显的带有侮辱性的称号，但有的新文学家认为称他们（民初市民文学家）为"文丐"，似乎还嫌太轻描淡写了，就他们专好迎合普通市民读者的心理这一点而言，简直应该称为"文娼"。署名为 C. S. 的作者专门撰写了标题为《文娼》的文章，具体分析为什么要称市民文学家为"文娼"。他声明："我以为'文娼'这两字，确切之至。他们像娼妓的地方，还不止迎合社会心理一点。我且来数一数：（1）娼只认得钱，'文娼'亦知捞钱；（2）娼的本领在应酬交际，'文娼'亦然；（3）娼对于同行中生意好的，非常眼热，常想设计中伤，'文娼'亦是如此。所以什么《快乐》，什么《红杂志》，什么《半月》，什么《礼拜六》，什么《星期》，一齐起来，互相使暗计，互相拉顾客了。"② 有些新文学家认为市民文学家所产生的危害远远超出了"丐"和"娼"，他们简直就是满身罪孽、十恶不赦的妖魔。因此除了"文丐"和"文娼"，市民文学家还曾被称为"文妖"。成仿吾在《歧路》中指责市民文学家拿龌龊的杂志来骗钱，像妖魔一样蛊惑、毒害青年："我说他们卑鄙，我说他们的出版物误人，除了少数自觉了的青年之外，多数的不自觉的青年，与一般老妖恶少，或许说我是过了火。我们知道这些卑鄙的文妖，不仅有一般老妖恶少，为他们的中坚，他们还用种种下贱龌龊

---

① 郑振铎：《文学论争集·导言》，上海良友图书公司 1935 年版。

② C. S.：《文娼》，范伯群等主编《鸳鸯蝴蝶派文学资料》，福建人民出版社 1984 年版，第 740 页。

的文字，专门迎合一般人盲目的浅薄劣等的心理，把多少无知的青年蛊惑了。然而我们对于他们是不惜最后的一弹的。"他在指责市民文学家的基础上警告青年读者们要想一想那些"把害人的文字换了钱，吃得猪一般肥的作家们，想起他们那油滴滴的脸，想起他们那快心的冷笑"，"不要不加思考，顺势同那些文妖恶少，走上那条歧路"①。成仿吾还认为，这些"文妖"是建设新文学路途中的重要障碍，必须将其彻底扫除。他在《编辑余谈》中进一步强调："我们一方面要与全国的同志们，建设我们的新文学，一方面对于我们前面的妖魔，也应当援助同志们，不惜白兵的猛击。这丑恶的妖群，固然不免可惜了我们很贵重的弹药，然而他们的横奔，是时代的污点，是时代的奇辱，时代要求我们把他的污点揩了，把他的奇辱雪了，朋友们！请来同我们更往前方追击。把他们的战线一条条的夺了，把他们由地球上扫除了罢！"②

五四新文学家从多角度、多侧面彻底批判并否定了以《礼拜六》为代表的民初市民文学。在新文学家眼中，民初市民文学没有任何价值，只是一股反动逆流。沈雁冰曾经概括性地指出这一类作品在新文学和旧文学中都没有地位和价值，他说："《礼拜六》派的小说在思想方面技术方面，都是和新派小说相反的。""但它也不配称旧文艺，它们在文学上的恶影响也要使在历史上有相当价值的中国旧文艺蒙受意外的奇辱"③。在他看来，《礼拜六》等杂志的流行不过"是潜伏在中国国民性里的病菌得了机会而作最后一次的——也许还不是最后一次——发泄罢了"④。郑振铎与沈雁冰同样彻底否认这一类作品的价值。而且他认为《礼拜六》等杂志中的作品根本

---

① 仿吾：《歧路》，《创造季刊》第 1 卷第 3 期，1922 年 10 月。
② 仿吾：《编辑余谈》，《创造季刊》第 1 卷第 3 期，1922 年 10 月。
③ 沈雁冰：《真有代表旧文艺的作品么?》，《小说月报》13 卷 11 号。
④ 沈雁冰：《反动?》，《小说月报》13 卷 11 号，1922 年 11 月。

不配称为文学，他提出："上海滑头文人所出的什么《消闲钟》、《礼拜六》，根本上就不知道什么是文学。"[①]《文学旬刊》的记者在一则《通讯》中也指出："《礼拜六》那一类东西诚然是极幼稚的……根本要不得。""若在'文学'两字立脚点上说，《礼拜六》简直不配称为文学作品，它根本不能成立"[②]。持相似观点的作家还有很多。

值得注意的是，新文学家们对《礼拜六》杂志等民初市民文学的批判并不是建立在他们对这类作品的广泛、细致的阅读和严密的分析、论证的基础上。他们对这类作品表现出明显的厌恶、排斥，觉得不屑一读。成仿吾就针对《礼拜六》等杂志明确表示："这些卑鄙的文妖所出的恶劣的杂志，我因为不甘糟蹋了宝贵的光阴，所以从来没有仔细看过，然而我们只要把它翻一翻，就可以得到一个确切的评语，就是'该死'二字。"[③] 成仿吾一方面坦白了他"从来没有仔细看过"《礼拜六》等市民文学刊物，最多只是翻一翻；另一方面又以理直气壮的姿态宣布这一类刊物所登载的作品"该死"。这种思维方式在新文学家中是非常典型的。陈君清在评价中国电影时也因为大量"礼拜六"派文人参与剧本创作而推断出这些电影不值得看，没有价值。他说："影戏的第一个根本要件是剧本，剧本里包含有思想，结构，风格等……中国的影戏的剧本，只要一看他们编剧者的姓名，已够使我们领教而有余了，虽则也有几个例外。他们不大都是一些著名的'海派文人'即所谓《礼拜六》派的文丐吗？你想！叫这等人编剧，能有什么有思想有结构有特创的风格的作品吗？"[④] 很多新文学家对《礼拜六》等市民文学都是避而远之

① 西谛：《新旧文学的调和》，《文学旬刊》第4号，1921年6月10日。
② 记者：《通讯》，《文学旬刊》第13号，1921年9月10日。
③ 仿吾：《歧路》，《创造季刊》第1卷第8期，1922年10月。
④ 陈君清：《所谓中国影片》，《文学周报》第4卷合订本，1927年。

的。鲁迅的杂文《名字》很形象地概括了这一现象：

> 我看了几年杂志和报章，渐渐的造成一种古怪的积习了。
> 这是什么呢？就是看文章先看署名。对于这署名，并非积极的专寻大人先生，而却是消极的这一方面。
> 一、自称"铁血""侠魂""古狂""怪侠""亚雄"之类不看。
> 二、自称"蝶栖""鸳精""茅侬""花怜""秋瘦""春愁"之类的又不看。
> 三、自命为"一分子"，自谦为"小百姓"，自鄙为"一笑"之类的又不看。
> 四、自号为"愤世生""厌世主人""救世居士"之类的又不看。①

文章中归纳的四种类型的署名正是民国初年的市民文学家们喜欢用的一些笔名。鲁迅见到了这四类署名就认为其作品是"消极的"并拒绝阅读的"古怪的积习"也正是当时多数新文学家所坚持的阅读习惯。

新文学家对民初市民文学不经过仔细阅读就猛烈攻击的做法也引起了市民文学家们的不满。求幸福斋主人（何海鸣）谈起新文学家的阅读习惯时无奈地说："他们新得厉害，除了《小说月报》以外，是万万看不起什么《星期》、《礼拜六》的，并且不必看，就一口咬定这满是坏东西。"② 张舍我也曾非常愤怒地说："一部分自命新文化小说家……以为要看我们十几个人的著作的个性、文风、特

---

① 鲁迅：《名字》，《晨报副刊》，1921 年 5 月 7 日。
② 求幸福斋主人：《小说话》，《晶报》，1922 年 4 月 15 日。

点和主张。只要费小洋一角，买一本《礼拜六》一翻便够了。所以我们费尽了心血，或自信也许有人赞许于文艺上有价值的作品。他们也绝不肯一看。等到要作批评小说的文字，便闭着眼瞎说一句'他是礼拜六派，是一篇卑鄙的黑幕小说。'"①张舍我认为新文学家对民初市民文学的批评是不公正的。他还进一步指出，新文学家的眼光只是"专注在同党同会里作品上。他们所有的光阴，也专费在拜读同党同会里的作品上。对于形式不同的异党的创作，简直是个故犯的盲子。他们既执着成见，不肯细读，又秉着牢不可破的谬想，闭着眼乱骂。所以他们的批评文学，并不是公正无偏的指导的评语。乃是他们成见谬想乱骂的结晶。"②针对这种不公平的批评现状，张舍我向青年读者做出了恳切的提示："青年们啊，你们读了他们的誉颂文或是谩骂文以后，可曾用你们自己的理解，自己的慧辨，自己的见识，去寻求真知么？可曾平心静气地阅读那被誉颂或是谩骂的作品，而下一公正的评判吗？我恳切地求一般青年，用你'自我'的见识慧辨和理解，来批评那些不用新式符号的小说。"③

　　新文学家对以《礼拜六》杂志为代表的民初市民文学的猛烈批判并非都是成见、谬想和谩骂，但他们不肯平心静气地细读这类作品却是事实。而他们未经冷静细读所得出的结论却使日后的文学研究者们受到了无穷的"启迪"。抗日战争爆发后，随着国内形势的变化，革命文学阵营在抗战的问题上尽量团结民初以来的市民文学家，争取他们加入抗日民族统一战线。在 1936 年 10 月联合发表的《文艺界同人为团结御侮与言论自由宣言》上签名的既有鲁迅、郭沫若、茅盾、巴金等革命文学阵营中的作家，也有包天笑、周瘦鹃

---

① 张舍我：《什么叫做"礼拜六派"？》，《最小》第 13 号。
② 张舍我：《批评小说》，《最小》第 5 号。
③ 同上。

等民初成名的市民文学家。但在文学问题上革命文学阵营对市民文学家仍然是以批判和斗争为主。就像鲁迅在《答徐懋庸并关于抗日统一战线问题》一文中明确指出的："我以为文艺家在抗日问题上的联合是无条件的，只要他们不是汉奸，愿意或赞成抗日，则不论叫哥哥妹妹，之乎者也，或鸳鸯蝴蝶也无妨。但在文学问题上，我们仍可以相互批判。"①

新中国成立后，以《礼拜六》为代表的民初市民文学在建国初所编定的各类文学史中基本上都被视为新文学的对立面，继续遭到猛烈的批判。北京大学中文系文学专门化 1955 年级集体编著的《中国文学史》②认为"在民国初的七八年中，犹如政治上革命高潮的低落一样，晚清批判现实主义小说的主流也暂时退潮了，泛滥文坛的是喧嚣一时的反动逆流"。在这一时期从事创作的作家根本"不懂得文学的真正使命，积极宣扬文学上的趣味主义。如在刊物的引言上明确主张'无论文言俗语，一以兴味为主。'（《小说大观》）'所撰小说均……最益身心最有兴味之作。'（《小说画报》）他们有时也似乎主张小说要'于社会有益'，但其实质却是'使人得种种消遣法，行乐地者，亦《礼拜六》也。且使人获三倍利市如接得五路财神者，亦《礼拜六》也。……'（大错：《礼拜六》）这样就把小说从改造社会的工具堕落为消遣游戏品。创作态度更是极不严肃，为了牟取稿费，竟不惜胡乱杜撰。"《中国小说史稿》③也认为以《礼拜六》杂志为代表的鸳鸯蝴蝶派是没有价值的，是一股反动"逆流"，是"反动的垂死的封建统治阶级的文学"。复旦大学中

---

① 鲁迅：《答徐懋庸并关于抗日统一战线问题》。

② 北京大学中文系文学专门化 1955 年级集体编著：《中国文学史》，人民文学出版社 1959 年 9 月修改本初版。

③ 北京大学中文系 1955 年级《中国小说史稿》编辑委员会编著：《中国小说史稿》，人民文学出版社 1960 年版。

文系 1957 年级文学组学生集体编著的《中国现代文艺思想斗争史》① 明确地为当年的文学论争定性，指出五四进步文艺界针对以《礼拜六》杂志为代表的鸳鸯蝴蝶派的斗争"实际上是对当时一股反动文艺思想的斗争"。"这类反动派别，没有明确的文艺理论，也没有什么有影响的人物，他们只是一班封建遗少，一班没落的封建阶级的病态人物，一班中了西方反动文艺思想的毒素并传布这种毒素的资产阶级文人。他们尽日在《礼拜六》、《红杂志》等刊物上叫什么'醉呀！''美呀！'，他们的作品只是红男绿女的色情生活，腐朽的资产阶级的颓废情调和没落的封建阶级的苦闷哀鸣。""他们完全把文学当作个人发泄颓废感情的工具，搞一些文学游戏。这实质上是反对文学为革命服务，取消文学的正面社会教育作用"。山东师范学院中文系编著的《中国现代文学史》则进一步批判《礼拜六》杂志等民初市民文学对青年读者的"恶影响"，认为"礼拜六派作品的内容，主要是描写低级下流的庸俗趣味；宣扬及时享乐与世无争的消极反动思想。《礼拜六》的编者周瘦鹃、王钝根等，除了制作这一类小说之外，还用一些淫秽的语言、香艳的故事，去回答他们的读者来信。他们竟然会发明什么'爱情日历'，去迎合读者的庸俗趣味。这实际上是麻醉青年的进取精神，使他们消极颓废、脱离现实斗争，对革命事业起着很大的破坏作用"②。

　　显然，五四新文学家们将民国初年的市民文学作为反动逆流的论断在新中国成立初期所编撰的各类文学史中得到强烈的回响、共鸣，以《礼拜六》为代表的民初市民文学因此变得声名狼藉。

---

　　① 复旦大学中文系 1957 年级文学组学生集体编著：《中国现代文艺思想斗争史》，上海文艺出版社 1960 年版。

　　② 山东师范学院中文系编著：《中国现代文学史》（初稿）第一册第十章第二节，1960 年 7 月，转引自魏绍昌编《鸳鸯蝴蝶派研究资料》，生活·读书·新知三联书店香港分店 1980 年版，第 118 页。

直到 20 世纪 80 年代以后，仍有一些研究者以激烈的言辞否定以《礼拜六》杂志为代表的民初市民文学。王智毅在《鸳鸯蝴蝶派的主要阵地——〈礼拜六〉周刊》一文中简要介绍了《礼拜六》周刊前后两百期的情况，在此基础上指出："《礼拜六》周刊所发表的小说作品，除了极少部分宣扬爱国主义和表现劳动人民疾苦的外，绝大多数是描写男女爱情婚姻的所谓'言情小说'、'哀情小说'、'惨情小说'、'艳情小说'等等……这些作品在思想内容上一无可取之处……充斥着庸俗无聊的哀感顽艳。有的竟流于低级下流，粗野狠以至成为'文学上的手淫'"。[①]"文学上的手淫"正是借用茅盾在五四时期批判民初市民文学的说法。刘扬体在 80 年代初曾与五四新文学家一样，把民国初年的市民文学斥为"病态文学"，他认为"鸳派的衰亡首先是由于这个派别的思想和艺术倾向大大落后于时代前进的步伐，不但与历史进程中已经产生和发展起来的革命力量有很大差距，甚至在一定时期还与之处于对立地位，因而违背广大人民群众的意愿和历史发展的规律所造成的。伴随这一根本问题而出现的，是它同时还违反了文学作品必须反映生活真实这一基本规律。"[②] 90 年代以后，还有研究者针对《礼拜六》杂志的内容、发刊词、广告指出："鸳鸯蝴蝶派给予读者的恰恰是精神上的抚慰和麻痹。他们自己所说的平康买笑、酒楼觅醉，非抚慰与麻痹而何？更有甚者，在广告语中还说：'宁可不娶小老嬷，不可不看《礼拜六》，那是更下流了。'""总之，作为旧文化的一个组成部分而言，鸳鸯蝴蝶派不是发展了中国文化的优秀传统，而是发展了它的糟粕部分。这样的艺术流派，而能延长那么长的时间，实在并不

① 王智毅：《鸳鸯蝴蝶派的主要阵地——〈礼拜六〉周刊》，《文学知识》1990 年第 2 期。

② 刘扬体：《病态文学的盛衰》，《中国现代文学研究丛刊》1982 年第 1 期。

是什么好事。"① 从这些80年代以后的研究者的观点可以看出五四新文学家的观点对后来的研究者影响之深。

第三节

"前现代性":传统与现代的桥梁

20世纪80年代以来,虽然还有一些研究者简单地否定以《礼拜六》杂志为代表的民初市民文学,但是,随着文学研究格局的多元化、文学史观念的更新和通俗文学对文坛的冲击,已经有不少研究者开始重新审视这一类文学,以科学的分析代替简单的批判,并试图在中国近现代文学发展的大背景下探究它的独特价值和历史贡献。这一时期的研究论文和著作从表面上看来主要是针对鸳鸯蝴蝶派,但内容大多都包含了对《礼拜六》杂志的评价。其研究成果主要体现在以下六个方面:

第一、对资料的钩沉、整理。

以《礼拜六》杂志为代表的民初市民文学的相关资料大多分散在民国初年数量繁多的期刊、大报副刊和各类小报上,因此对资料的钩沉、整理就成了民初市民文学研究中的一项非常重要而艰难的工作。这项工作虽然在新中国成立初期已经开始,但成果不多。这给研究工作带来极大的不便。新中国成立之初,民初重要的市民文

---

① 吴中杰:《鸳鸯蝴蝶派与消闲文艺》,《上海大学学报》1996年第2期。

学家范烟桥撰写了《民国旧派小说史略》①，这部著作对民国初年市民文学的几种重要类型如言情小说、社会小说、历史传奇小说、武侠小说、翻译小说、侦探小说、短篇小说（附笔记）作了较为全面的研究，还具体介绍了民初市民文学家成立的两个重要的文学社团：青社和星社。另一位民初重要的市民文学家郑逸梅在1961年撰写了《民国旧派文艺期刊丛话》②，对民国初年多似"雨后春笋"的市民文学期刊作了较为细致的梳理，介绍了《小说时报》、《小说月报》、《眉语》、《礼拜六》等13种杂志，《申报附刊》、《新闻报附刊》、《时报附刊》、《民权报附刊》等四种大报附刊，《晶报》、《天韵》、《长青》、《最小报》、《金钢钻报》等45种小报。这是从未有人做过的提要钩玄的工作。1962年，魏绍昌选编的《鸳鸯蝴蝶派研究资料》（史料部分）出版，该书最早较全面地介绍了鸳鸯蝴蝶派的资料。这些著作为研究民国初年的市民文学提供了重要的历史资料，但在当时的社会环境下，它们只能被淹没在各种对民初市民文学的批判声中，直到80年代以后才真正引起研究界的关注。

1984年，范伯群、芮和师、郑学涛、徐斯年、袁沧洲编的《鸳鸯蝴蝶派文学资料》出版，梳理了鸳鸯蝴蝶派的文学见解、作家小传、小说目录以及五四新文学家对鸳鸯蝴蝶派的评论。1993年，王智毅主编的《周瘦鹃研究资料》由天津人民出版社出版，该著较全面地梳理了《礼拜六》杂志的重要作家、编者周瘦鹃的资料。1994年，范伯群主编的《中国近代通俗作家评传》由南京出版社出版，共11卷，收入了几乎所有重要的民初市民文学家的评传及代表作，这是首次对民初市民文学家的资料进行全面的整理。

---

① 范烟桥：《民国旧派小说史略》，载魏绍昌编《鸳鸯蝴的派研究资料》，生活·读书·新知三联书店香港分店1980年1月版。

② 郑逸梅：《民国旧派文艺期刊丛话》，载魏绍昌编《鸳鸯蝴的派研究资料》，生活·读书·新知三联书店香港分店1980年1月版，第275页。

但遗憾的是，这套丛书对作家的介绍比较简略，主要的篇幅是刊载各位作家有代表性的作品。这当然与这些作家的资料难找有关。除此之外，《鸳鸯蝴蝶派早期代表作家周瘦鹃》①、《周瘦鹃和〈礼拜六〉》②、《开文人下海先河的鸳鸯蝴蝶派作家》③、《"云间二雏"评说》④、《关于包天笑的"鸳鸯蝴蝶派"问题》⑤、《"鸳蝴派"始基徐枕亚的舛错婚恋与哀情文学生涯》⑥、《〈工商业尺牍偶存〉所载鸳鸯蝴蝶派小说家史料辑考》⑦ 等文也都介绍了相关的作家资料。

这些研究成果在一定程度上补正了以往之不足，但这项工作做得还远远不够，很多散落在旧期刊、旧杂志中的资料没有得到系统的整理。资料的欠缺依然是民初市民文学研究中存在的严重的问题。

第二、对历史源流的研究。

20世纪80年代以来，不少研究者能冷静地审视以《礼拜六》为代表的民初市民文学，对它的发生与发展做出有意的探究。范伯群在《再论鸳鸯蝴蝶派》⑧ 一文中指出："鸳鸯蝴蝶派发端于清末，鼎盛于袁世凯称帝前后。这个文学流派的形成与当时的社会背景密不可分。""租界洋场的开辟，畸形大都会的糜烂生活，使鸳鸯蝴蝶派的萌发，具备了社会基础；而袁世凯图谋称帝而大肆推行复古主

---

① 王智毅：《鸳鸯蝴蝶派早期代表作家周瘦鹃》，《苏州大学学报》1985年第4期。

② 范伯群：《周瘦鹃和〈礼拜六〉》，《苏州大学学报》1988年第1期。

③ 王轶：《开文人下海先河的鸳鸯蝴蝶派作家》，《光彩》1997年第9期。

④ 芮和师：《"云间二雏"评说》，《苏州大学学报》1992年第4期。

⑤ 王穆之：《关于包天笑的"鸳鸯蝴蝶派"问题》，《宿州学院学报》2004年第4期。

⑥ 陈世强：《"鸳蝴派"始基徐枕亚的舛错婚恋与哀情文学生涯》，《南京理工大学学报》2005年第1期。

⑦ 潘建国：《〈工商业尺牍偶存〉所载鸳鸯蝴蝶派小说家史料辑考》，《明清小说研究》2003年第3期。

⑧ 范伯群：《再论鸳鸯蝴蝶派》，《新文学论丛》1982年第4期。

义，以及在这种政治形式下，几类作者的合流，为鸳鸯蝴蝶派的步入鼎盛时期创造了有力的繁殖条件。"这篇文章还对鸳鸯蝴蝶派名称的来历、"鸳蝴派与礼拜六派"、鸳蝴派作者的分化和发展等问题作了梳理。这是范伯群发表于 1982 年的文章，与他之后的文章相比，观点还相对保守。但该文能在多数研究者对民初市民文学还彻底持否定或谨慎态度时对之做出严肃的研究，并理清一些历史问题，可谓开风气之先，具有重要的意义。曾经将鸳鸯蝴蝶派斥为"病态文学"的刘扬体在 90 年代以新的姿态推出了他新的研究成果《流变中的流派——"鸳鸯蝴蝶派"新论》①。在这篇文章中，刘扬体出于正确对待文学史，正确对待现代文学和现代通俗文学现象的目的对鸳鸯蝴蝶派的发生、发展和流变做出探讨。他指出，"'鸳鸯蝴蝶派'的兴起不是偶然的"。上海开埠以来经济文化的迅猛发展为这派文学的孳生、发展和繁衍提供了历史条件和土壤。它的出现和发展，也是"新旧过渡时代不同文化在冲突与交融过程中必然会出现的一种文学选择"。同时，它还是"清末民初文学走向市场，文学向商品化认同的表现"。魏景学在《主流下的潜流——试论鸳鸯蝴蝶派文学的发生及发展》② 一文中指出，一些研究者把鸳鸯蝴蝶派视为晚清小说的末流的观点是不科学的，因为晚清小说在 20世纪初已经出现了多元化、商业化，他认为鸳鸯蝴蝶派小说是"晚清小说在半殖民地政治经济撞击下的变形。鸳派文学实乃新旧文学过渡时期的产物，带有中国社会新旧交替的时代特点。"与上述研究者不同，徐采石、金玉燕的《鸳鸯蝴蝶派与吴文化》③ 从地域文

---

① 刘扬体：《流变中的流派——"鸳鸯蝴蝶派"新论》，中国文联出版公司 1997 年版。

② 魏景学：《主流下的潜流——试论鸳鸯蝴蝶派文学的发生及发展》，《北方论丛》1991 年第 2 期。

③ 徐采石、金玉燕：《鸳鸯蝴蝶派与吴文化》，《中国文化研究》2001 年冬之卷（总第 34 期）。

化入手，认为吴地为鸳鸯蝴蝶派提供了丰富的作家资源，这个作家群体的形成是吴地教育发达、人文荟萃的文化传统的结晶，体现了吴文化尚文重教的文化性格。鸳鸯蝴蝶派所选择的民间立场，与吴地文人墨客积淀下来的隐士、逍遥哲学有着渊源关系，是隐逸文化传统的延续，在 20 世纪初则演变为闲适文化。

第三、对叙事技巧的研究。

叙事技巧的陈旧与拙劣曾是以《礼拜六》杂志为代表的民初市民文学曾遭受猛烈批判的焦点之一。20 世纪 80 年代以来，一些研究者认为民初市民文学在叙事技巧上也作出了一定的成绩，应该给予肯定。汤哲声在《蜕变中的蝴蝶——论民初小说创作的价值取向》① 一文中涉及对民初市民文学叙事技巧的研究。汤文指出，民国初年，"中国传统小说的叙事模式开始发生重要的变化"，但"民初小说叙事模式的变革是在中国传统文化框架中进行的，换言之，是在坚持中国文化的前提下的中国传统小说与外国小说创作方式的一次磨合。"相比之下，黄丽珍的《鸳鸯蝴蝶派小说叙事模式的新变》② 一文对民初市民文学的叙事技巧作出了更全面的探讨。文章指出："近代小说在叙事模式上已经开始了变革，鸳鸯蝴蝶派小说则将这些变革加以拓展，使传统小说的叙事模式进一步解体。"在叙事结构上，鸳鸯蝴蝶派突破了传统小说开头、结尾的模式；在叙事时间上，鸳鸯蝴蝶派由传统小说"重视历时性的叙述和纵向展开"转向"以局部显示整体，在共时性的叙事中见出历时性"。在叙事角度上，鸳鸯蝴蝶派努力突破"以说书人身份出现的第一人称叙事者来统摄全篇"，尝试让叙事者介入小说，普遍运用第一人称

---

① 汤哲声：《蜕变中的蝴蝶——论民初小说创作的价值取向》，《文学评论》2001 年第 2 期。

② 黄丽珍：《鸳鸯蝴蝶派小说叙事模式的新变》，《理论学刊》2002 年第 2 期。

叙事，还创作了不少日记体、书信体小说。在肯定鸳鸯蝴蝶派叙事模式新变的基础上黄丽珍进一步探讨了产生这些新变的原因："鸳蝴派小说在叙事模式上产生的这些新变，从表面上看，缘于该派对小说趣味性、娱乐性的艺术追求，是来自吸引读者的需要，而其深层的原因则在于近代中国社会及文化的变动。"陈静的《鸳鸯蝴蝶派与言情小说模式的现代性流变》① 也对鸳鸯蝴蝶派小说对传统小说叙事模式的突破作出了探讨。陈文认为鸳鸯蝴蝶派对传统才子佳人小说向现代言情小说的嬗变起了重要作用。它以其总体上的悲剧结局，对"情"的主题的高扬，叙事技巧的现代性，突破了传统言情小说封闭、精致的内向性结构，初步呈现出外向性，为五四新小说作了历史的铺垫。

第四、与其他作家、文学派别相比较。

有些研究者立足于通俗文学，将民初市民文学与 20 世纪文学史上不同时期的通俗文学进行比较。李荣合将鸳鸯蝴蝶派与以赵树理为代表的 40 年代解放区的通俗小说相比较，指出以赵树理为代表的通俗小说以农民文化为本位，它"把通俗化、大众化作为一种如何发挥文学政治、教化功能的手段"。而鸳鸯蝴蝶派是以市民文化为本位，以商业功利性与人们情感上的娱乐性为其审美价值取向。李荣合在一定程度上肯定了鸳鸯蝴蝶派的商业功利性和娱乐性，并强调"文学要发展，必须更新自己的文学观念，由单一的审美功能向多元的审美功能发展"。② 闵建国将鸳鸯蝴蝶派与新时期的通俗文学相比较。在对比两者产生背景与发展水平的基础上指出，"提高目前通俗文学的品位，发展高档次的通俗

---

① 陈静：《鸳鸯蝴蝶派与言情小说模式的现代性流变》，《安徽教育学院学报》2003年第1期。

② 李荣合：《鸳鸯蝴蝶派与四十年代解放区通俗小说比较》，《孝感师专学报》1997年第4期。

文学"应当借鉴鸳鸯蝴蝶派作家的创作,"加强对鸳蝴派的介绍和研究,客观全面地衡量鸳蝴派文学创作的思想艺术价值"具有重要的意义。①

也有研究者将鸳鸯蝴蝶派与海派文学相比较。徐仲佳从性爱观念入手,对比了鸳鸯蝴蝶派与新感觉派在市民形象塑造上的差异。他在文章中指出:"市民形象的塑造是都市文学现代性的一个重要表征,鸳鸯蝴蝶派和新感觉派因为其不同的性爱观念决定了他们小说中的市民形象的面貌。性爱道德的游移使鸳鸯蝴蝶派塑造了新旧交替的市民,而对现代都市性爱观念的肯定使新感觉派笔下的市民在都市的商业规则中游刃有余。这也是他们在中国的现代性题域中的不同选择的结果。"②包燕将鸳鸯蝴蝶派的言情小说和张爱玲的小说相比较,指出鸳蝴派小说在情感叙写上"以'情'为观察人生几乎唯一的尺度,而这种'情'的发现显然建立在对真情存在的肯定基础上,体现出一种情感上的乐观主义。而以此视角观照张爱玲之小说,我们则发现了一个异趣的世界,那就是对纯情的解构和冷观。""鸳蝴派的小说展示更多的是紧贴现实的社会悲剧,色调是浓重而热烈的;张爱玲之小说则更多是阴郁而冷色的,写的是小市民中的男女之情,展示的却是对人生悲剧性的体验,没有宣泄,只有启示,一种苍凉的启示"。"鸳蝴派小说在当时占据了大量的读者群,在很大程度上是以迎合市民消费心理的类型化创作为代价的"。张爱玲则"能够游离于时代

---

① 闵建国:《对通俗文学创作的思考——试论鸳鸯蝴蝶派作家和新时期通俗小说创作》,《当代文坛》2000年第5期。

② 徐仲佳:《中国都市文学的现代性问题:性爱观念与市民形象的塑造——以鸳鸯蝴蝶派与新感觉派小说为例》,《社会科学辑刊》2005年第5期。

的交响乐，而做出个性化的探索"①。

还有一些研究者将民初市民文学与外国文学相比较。王向远的《中国的鸳鸯蝴蝶派与日本的砚友社》② 将鸳鸯蝴蝶派与 1886 年成立于日本的文学团体"砚友社"相比较，指出两者在形成背景、创作态度、作品特征以及创作方法上都有一致性和共通性。但砚友社的创作得到了日本学者较为客观公正的评价，而鸳鸯蝴蝶派在中国却长期作为新文学的对立面遭到批判。作者在此基础上提出中国的研究者也应该客观地看待鸳鸯蝴蝶派的成败得失和历史地位。袁狄涌的《鸳鸯蝴蝶派小说与西方文学》③ 探讨了早期鸳鸯蝴蝶派中的言情小说与西方文学的关系，并以《小说月报》、《礼拜六》等杂志中的作品为例指出近代言情小说是在西方文学的刺激和启迪下产生和发展起来的。

第五、对大众接受的研究。

以《礼拜六》杂志为代表的民初市民文学的发生、发展与市民读者的支持分不开。20 世纪 80 年代以来，一些研究者开始运用接受美学的理论透视民初市民文学与大众接受的关系。马以鑫在《鸳鸯蝴蝶派与大众接受》④ 一文中提出应该从接受美学"没有读者，就没有作品创作的最后完成"的观点出发重新认识民初市民文学。他指出鸳鸯蝴蝶派文学与新文学相比在持续时间、作品数量、读者数量等方面都占有优势。这首先是因为鸳鸯蝴蝶派作家"时时刻刻不忘读者的创作宗旨"和消遣、游戏的文学观念有一定的合理性，

①　包燕：《从传统走向现代——张爱玲与鸳鸯蝴蝶派言情小说之比较》，《浙江工业大学学报》2003 年 6 月。

②　王向远：《中国的鸳鸯蝴蝶派与日本的砚友社》，《北京师范大学学报》1995 年第 5 期。

③　袁狄涌：《鸳鸯蝴蝶派小说与西方文学》，《贵州社会科学》1997 年第 7 期。

④　马以鑫：《鸳鸯蝴蝶派与大众接受》，《华东师范大学学报》1990 年第 3 期。

而且使其作品在读者中产生了广泛的影响；其次是由于鸳鸯蝴蝶派努力缩小"现实的读者"与"意向上的读者"之间的距离，尽力通俗化、世俗化、故事化；第三是由于鸳鸯蝴蝶派能很好地维持作者、作品、读者三者之间的平衡，使这一流派具有了持续的生命力。在此基础上马文也提出，鸳鸯蝴蝶派"只是停留在'迎合'和'媚悦'上，他们没有迈出更大的一步"，这是他们的局限所在。与马以鑫相似，陈瑜在《论鸳鸯蝴蝶派与大众接受》①一文中也指出鸳鸯蝴蝶派顽强的生命力的根基在于它拥有新文学所远远不及的广大读者群。文章从作者、文本、读者三方面分析了其原因所在，并提出应该以此作为发展新时期文学的前鉴。刚欣的《另一种角度看鸳鸯蝴蝶派》②也从大众接受出发，分析了市民读者阅读视野的构成和它对文学作品的要求以及鸳鸯蝴蝶派作家对它的迎合。文章指出，"市民阶层相比于精英知识界具有浓重的滞后性、稳定性，更多的拒绝向上的精神要求，选择向下的逃脱焦灼感的出口"，这就决定了他们在文学世界里期待的是"对个体市民迁就或抵抗生活与欲望要求的琐屑状况的关注，也就是模拟出日常生活的形态"。而鸳鸯蝴蝶派正满足了这一期待，它"具体表达的内容满足了市民进入隔膜感日深的社会的心理渴望"。由于契合了市民读者的期待视野，鸳鸯蝴蝶派"尽管受到知识精英的鄙视，却仍然顽强地存在并繁荣"。

第六、对历史地位与贡献的研究。

随着研究的不断深入，不少研究者认为应该重新思考以《礼拜六》杂志为代表的民初市民文学的历史地位与贡献。

范伯群对以往民初市民文学所背负的三大"罪状"进行了剖析

---

① 陈瑜：《论鸳鸯蝴蝶派与大众接受》，《保定师范专科学校学报》2004 年第 1 期。
② 刚欣：《另一角度看鸳鸯蝴蝶派》，《鞍山师范学院学报》2002 年第 12 期。

和清理：首先，鸳鸯蝴蝶——《礼拜六》派绝对不存在所谓的"买办思想"，相反，"反帝爱国思想是他们在'五四'前后一贯具备的主要品质之一"；其次，"所谓鸳蝴——《礼拜六》派是十里洋场和殖民地租界的产儿的结论是似是而非的"。它其实是具有"中国传统风格的都市通俗小说流派"。最后，五四时期批判鸳鸯蝴蝶——《礼拜六》派的游戏消遣的金钱主义的文学观念是中肯的，但是，"文学在本质上毕竟不是政治机器上的螺丝钉——通俗文学和传统文学也应该有他们一定的位置"。[①] 范伯群在清洗长期以来民初通俗文学所背负的三大"罪状"的基础上指出，文学母体应分为"纯"、"俗"两大子系。纯文学子系的大多数作家以自己的文学功能观和对文学事业的信念构成了一个"借鉴改革派"，通俗文学作家的大多数则构成了一个"继承改良派"。而对于"继承改良派"来说，"改"的目的是为了"良"，在特定的情况下也不失为前进的一种方式。它与激进的"革"是为了要对方的"命"的方式相对照而存在，对不同的时代和不同的对象可以也应该采取不同的方式而获得相同的前进的效果。[②] 范伯群对民初市民文学的研究可以说作出了非常突出的贡献。他不仅在资料的钩沉、整理上做了大量的工作，编写了《中国近现代通俗文学史》，主编了《鸳鸯蝴蝶——〈礼拜六〉派作品选》、《民初都市通俗小说丛书》，还发表了大量的论文反思民初市民文学所受到的不公正的批判，并以严肃的态度思考它在中国文学发展进程中的历史地位与贡献。中国台湾《国文天地》1997年第5期《编辑部报告》中说："长期被学者否定和批判的鸳鸯蝴蝶派小说，在近年来逐渐受到学界的重视，这其中一位功臣便是苏州大学中文系的范伯群教授。"

---

① 范伯群：《对鸳鸯蝴蝶〈礼拜六〉派评价之反思》，《上海文论》1989年第2期。
② 范伯群：《中国近现代通俗文学史·绪论》，江苏教育出版社2000年版。

汤哲声的观点与范伯群一脉相承。他将清末民初的通俗小说放在中国现代小说史的基本格局中思考，提出"中国小说的现代化起点是以清末民初的小说改革为标志的，它和'五四'小说改革构成了中国小说现代化进程中的两个阶段"①。程文超对民初文学的市民情调给予了特别的关注，他认为"鸳鸯蝴蝶派强化了市民情调，用不可阻挡的世俗性向封建文化权威的神圣性进行有力的冲击和嘲笑"，并在此基础上进一步指出"鸳鸯蝴蝶派的市民情调是'民智'在传统礼教文化里得到开启的结果之一，它在疏离传统文化上迈出了 20 世纪最初的步伐。是中华民族向'现代'进军的早期表现。在疏离传统、向现代进军这一点上，它所要做的，正是'五四'新文化所要做的。鸳鸯蝴蝶派的市民情调里的思想、文化、艺术在某种程度上起到了为'五四'开路的作用"②。旷新年也认为五四新文学和纯文学的发展是以清末民初的通俗文学的发展为基础的，"文学革命的发生就是蕴含于晚清以来包括'礼拜六'派在内的各种现代性拓展中"③。另外，刘国清的《历史地评价鸳鸯蝴蝶派》④，彭彩云的《正视鸳鸯蝴蝶派的历史地位及影响》⑤，凌敏的《正统的与异端的——鸳鸯蝴蝶派小说再认识》⑥ 等文章也对民初市民文学的历史地位与贡献进行了探讨。

上述研究成果表明 20 世纪 80 年代以来，以《礼拜六》杂志为代表的民初文学在文学史中的面貌大为改观。在多数研究者的视界中，民初市民文学不再是一股无关紧要的逆流，而是在中国文学发

---

① 汤哲声：《中国现代通俗小说史》，重庆出版社 1999 年版，第 31 页。
② 程文超：《1903：前夜的涌动》，山东教育出版社 1998 年版，第 261—262 页。
③ 旷新年：《现代文学与现代性》，上海远东出版社 1998 年版，第 23 页。
④ 刘国清：《历史地评价鸳鸯蝴蝶派》，《南昌大学学报》1996 年第 1 期。
⑤ 彭彩云：《正视鸳鸯蝴蝶派的历史地位及影响》，《云梦学刊》2001 年 5 月。
⑥ 凌敏：《正统的与异端的——鸳鸯蝴蝶派小说再认识》，《延安大学学报》1994 年第 2 期。

展的关键时期具有过渡意义的重要流派。不再是五四新文学的对立面，而是曾起过先导作用的具有"前现代性"的同路人。

第四节

"被压抑的现代性"：烧饼又翻了过来

与国内研究界相比，海外的中国现代文学研究者们对清末民初时期的文学表现出了更大的热忱，并且给予了更高的评价。夏济安早在 1970 年就尖锐地提出："清末小说和民国以来的《礼拜六》小说艺术成就可能比新小说高，可惜不被人注意"。① 夏济安的学生李欧梵将 1895 年至 1927 年间的中国文学概括为"对现代性的追求"，并强调民国初年"鸳鸯蝴蝶派小说的盛行，表明新的甚至更激进的一代人的那种别开生面、创立另一种通俗文学样式作为一场整个知识界革命的一部分这样一种强烈欲望"②。

王德威更是极力强调清末民初的中国文学的价值不可低估，他在《没有晚清，何来"五四"?》③一文中提出应该对晚清文学进行重新定位。他所谓的晚清文学，指的是"太平天国前后，以

① 夏志清：《夏济安对中国俗文学的看法》，《爱情·社会·小说》，纯文学出版社 1970 年版。

② 李欧梵：《现代性的追求》，生活·读书·新知三联书店 2000 年版，第 192 页。

③ 王德威：《没有晚清，何来"五四"?》，《如何现代，怎样文学? ——十九、二十世纪中文小说新论》，台湾麦田出版股份有限公司 1998 年版。

至宣统逊位的六十年；而其流风遗绪，时至'五四'，仍体现不已"。这显然包括了以《礼拜六》杂志为代表的民国初年的市民文学。王德威对历来学者囿于狭义的五四传统，不能对小说众声喧哗的面貌细加考察的学术现状表示不满。他指出："'五四'运动以石破天惊之姿，批判古典，迎向未来，无疑可视为'现代'文学的绝佳起点。然而如今端详新文学的主流'传统'，我们不能不有独沽一味之叹。所谓的'感时忧国'，不脱文以载道之志；而当国家叙述与文学叙述渐行渐近，文学革命变为革命文学，主体创作意识也成为群体机器的附庸。文学与政治的紧密结合，是现代中国文学的主要表征，但中国文学的'现代性'却不必化约成如此狭隘的路径。"落实到晚清文学，他又指出："以往'五四'典范内的评者论赞晚清文学的成就，均止于'新小说'——梁启超、严复等人所提倡的政治小说。殊不知'新小说'内包含了多少旧种子，而千百'非'新小说又有多少诚属空前的创造力。"基于这些思考，王德威主张消解奉"五四"为圭臬的研究思路，从典范边缘、经典缝隙间重新认识中国文学现代性之路的千头万绪。他认为，"西方的冲击并未'开启'中国文学的现代化，而是使其间转折更为复杂，并因此展开了跨文化、跨语系的对话过程"。中国作家将文学现代化的努力，未尝较西方为迟，这股跃跃欲试的努力不始自五四而发端于晚清。晚清以来的作者们推陈出新、千奇百怪的实验冲动，较诸五四毫不逊色。他们"大胆嘲弄经典著作、刻意谐仿外来文类，笔锋所至，传统规模无不歧义横生，终而摇摇欲坠"。而"'五四'精英的文学口味其实远较晚清前辈为窄。他们延续了'新小说'的感时忧国叙述，却摒除——或压抑——其他已然形成的实验。面对西方的'新颖'文潮，他们推举了写实主义——而且是西方写实主义最安稳的一支——作为颂之习之的对象。至于真正惊世骇俗的（西方）现代主义，除了新感觉派部分作家外，在二三十年代的中国乏人问津"。因此王德威强调，晚清以迄民初的文艺动荡"不只是一个过渡到现代的时期，而是一个被压抑了的现代时期，'五四'其实是晚清以来中国现代性追求的收煞——极匆促而窄化的收煞而非开端"。

上述分析表明，虽然没有研究者对《礼拜六》杂志做深入、细致的个案研究，但从研究界对"鸳鸯蝴蝶派"、"礼拜六派"和"民国旧派小说"的评价可以看出，近百年来，人们对《礼拜六》杂志的评价形成了三种有代表性的观点，即"反动逆流"，具有"前现代性"和过渡意义的重要文学现象以及"被压抑的现代性"。显然，从五四时期被彻底否定，斥为"反动逆流"到20世纪80年代以来被认可为具有"前现代性"和过渡意义的重要文学现象再到一些海外研究者视之为"被压抑的现代性"，烧饼似乎又被翻了过来。到底应该如何评价《礼拜六》杂志？为了解决这一问题，本书拟对《礼拜六》做文学现象学的研究。即悬搁以往研究者对《礼拜六》的各种评价与界定，将《礼拜六》放在具体的历史语境中，通过对《礼拜六》创刊的背景、《礼拜六》创作主体的文化姿态以及《礼拜六》小说的文化风貌和文体特征等多方面的探讨尽量客观地还原出《礼拜六》杂志的真实面貌，进而澄清以下问题：第一、《礼拜六》作为民国初年轰动一时、广受欢迎的市民文学期刊，它是在怎样的历史条件下产生的。它的出现是历史发展的必然，还是对历史潮流的反逆。第二、《礼拜六》的创作主体即从事市民文学创作的民初文人是否已完成从传统士大夫到现代市民知识分子的身份转型。他们是否能真正认可自己的世俗角色，并站在现代市民社会的立场上反思传统的价值体系，使市民文学在他们手中实现由"旧"向"新"的移位。第三、《礼拜六》的小说是否反映出了伴随着中国都市文明和资本主义经济发展而出现的新的城市生活和现代新市民的精神风貌与价值观念。小说中的世俗精神面貌来自现代还是来自传统。在澄清以上问题的基础上，本书希望能给《礼拜六》杂志一个尽量客观、公正的评价，能对近现代文学史的现有研究有所补充。

第 三 章

失衡的都市

——《礼拜六》创刊的背景

在 某种程度上可以说，中国的小说本来就是市井的产物。中国文学发展史中小说的繁荣往往与经济的发展、都市的形成、市民阶层的壮大有密切的关系。从唐传奇、宋话本到元明清的小说，都莫不与此息息相关。民国初年，以小说为主要文体形式的市民文学的空前兴盛也是伴随着近代大都市上海的崛起而出现的。根据郑逸梅的《民国旧派文艺期刊丛话》① 和芮和师、范伯群、徐斯年等人所编的《鸳鸯蝴蝶派文艺期刊目录简编》② 的统计，在 1911 年至 1928 年间，中国文坛上出现的 100 种市民文学期刊中只有一种创刊于常熟，四种创刊于苏州，余下的 95 种都创刊于上海。这一统计数字充分表明了民国初年市民文学的繁荣与近代大都市上海之间的密切关系，在某种意义上甚至可以说民国初年的市民文学

---

① 郑逸梅：《民国旧派文艺期刊生活》，魏绍昌编《鸳鸯蝴蝶派研究资料》，生活·读书·新知三联书店香港分店 1980 年版。

② 芮和师、范伯群、郑学弢、徐斯年、袁沧洲编：《鸳鸯蝴蝶派文艺期刊目录简编》，《鸳鸯蝴蝶派文学资料》，福建人民出版社 1984 年版。

就是上海的市民文学。是近代上海经济的发展、都市的繁荣和市民阶层文化消费需求的不断升温为众多的市民文学期刊提供了一块赖以生存的土壤，而这些市民文学期刊也正是上海近代化进程中的产物。因此，要对民初市民文学期刊的代表作《礼拜六》作出深入的考察，必须从近代大都市上海发展的特征谈起。

文化学家将各个国家走向现代化之路归纳为两种形态："早发内生型现代化"和"后发外生型现代化"。"早发内生型现代化"以英、美、法等国为代表，它们的现代化进程在 16、17 世纪起步，其现代化启动的因素主要来自社会内部，也可以说它们的现代化是其自身历史的自然延续。"后发外生型现代化"主要是指德国、俄国、日本以及当今众多的发展中国家，它们的现代化进程基本上在 19 世纪起步，其现代化动因主要来自外部的生存空间的保存和争取，以及既有的现代化模式的示范效应。① 中国显然属于"后发外生型现代化"国家，但中国与德国、俄国、日本等国家面对现代化的挑战所表现出的"冲击—回应"的基本模式又有很大的不同。相对来说，中国的现代化进程在一定的程度上是被动的。中国是在西方的入侵、土地的割让、租界的划分的代价中步履蹒跚地踏上了现代化之途。近代大都市上海的崛起就典型地体现了这一特征。近代上海社会并不是古代上海社会自然发展、演变的结果。它的崛起带有明显的"后起性"和"速成性"。可以说是 1843 年的开埠通商以及随后租界的建立突然打断了上海自身发展中缓慢的中世纪步伐，并将其迅速拖入了现代化的进程。这一被动而又残酷的过程使上海这座城市获得了超乎寻常的发展，同时也使它严重地失去了平衡。一方面，上海的租界和老城厢在发展速度上出现了很大的差距。另一方面，上海市民文化心态和文化观念的演变没有跟上上海政治、

① 孙立平：《后发外生型现代化模式剖析》，《中国社会科学》1991 年第 2 期。

经济发展的步伐。近代上海发展过程中严重的失衡现象必然给上海的政治、经济、文化带来无法忽视的影响，民国初年以《礼拜六》杂志为代表的市民文学显然也不能例外。

第一节

上海在失衡中崛起

一

对于上海的历史，虽然有人强调其悠久性，提出了"历史六千年"① 的说法，但是，在中国灿若群星的名城古都中，古代上海并不具备耀眼的光芒。它不曾作过政治中心、军事重镇，没有可以播扬美名的丰富物产。从全国范围来说，它远远比不上西安、开封、洛阳、北京。仅就江南地区来说，它也不曾占据十分突出的地位。曹聚仁提起古上海时曾指出，中国历史最悠久、最热闹的江南城市是扬州②，而不是上海。古上海只是"长江黄浦江交流处的一个小港口，三百年前比不上浏河，百五十年前，只敢以苏州相比，夸下口来说：'小小上海比苏州'。至于扬州，实在太光辉了，怎敢比拟

---

① 张仲礼：《东南沿海城市与中国近代化》，上海人民出版社 1996 年版，第 38 页。
② 扬州虽地处长江北岸，但扬州地区文化的历史存在与江南文化特征存在着客观相似性。因此，在"文化区"上将扬州分属"江南"已成为共识。隋唐时期，随江南的经济和文化中心偏移扬州，扬州开始被称为"江之都"，这表明当时人事实上已把它作"江南"看待，或在文化环境上将扬州认同于"江南"。

得上?"① 的确如此。隋唐时期,当扬州已经成为江南重要的经济和文化中心,并被公认为"江左大镇"、"江吴大都会"和江南风流胜地的时候,上海还只是一个海滨渔村,居民寥寥无几。自宋代起,上海因为有枕江滨海之便逐渐发展成了一个港口商镇。元二十八年(1291年),上海才开始设县治。《法华县志》称:"上海一隅,本海疆瓯脱之地。有元之时,国家备海寇,始设县治于浦滨,斥卤方升,规模粗具。"这时的上海也不过"是人口不足30万、有县无城的普通县城"②,在江南地区很不起眼。到了明清时期,上海终于获得了较快的发展,但是与当时江南重要的经济、文化中心苏州相比,仍然远为逊色。

有明一代,当上海的商业贸易日渐兴盛,城市初步走向繁荣的时候,苏州已经发展成了全国首屈一指的商业都市和超区域的经济中心,具有吸收和辐射的开放性功能。当时不仅江南城乡的货物在苏州集散,全国各地乃至海外的商品也云集于苏州的市场。可谓商贾辐辏,百货骈阗,贸易之盛,甲于天下。明末到过苏州的意大利耶稣会士利玛窦说:"许多来自葡萄牙和其他国家的商品,经由澳门运到这个口埠。一年到头,苏州的商人同来自国内其他贸易中心的商人进行大宗的贸易,这样交换的结果,人们在这里几乎没有买不到的东西。"③ 商业贸易的发达使苏州呈现出一派繁盛的景象,当时人们甚至认为苏州城的繁华程度完全可以与京师相比。有人曾用这样的诗句来赞美苏州:"繁而不华汉川口,华而不繁广陵阜,人

---

① 曹聚仁:《上海春秋》,上海人民出版社1996年版,第3页。
② 张仲礼:《东南沿海城市与中国近代化》,上海人民出版社1996年版,第40页。
③ 利玛窦、金尼阁:《利玛窦中国札记》,何高济、王遵仲、李申译,中华书局1983年版,第338页。

间都会最繁华，除是京师吴下有。"① 已经可与京师平肩的苏州所取得的经济地位显然是上海这座滨海县城所无法企及的。当时的上海颇以能比附苏州为荣，明中叶的上海人陆辑就曾这样自夸："吾邑僻处海滨，四方之舟无不一经其地，号谚小苏州。"② 可见，繁华的苏州已经成了上海人羡慕、追随的对象。

清代康熙至道光年间，是古代上海发展的关键时期。康熙二十四年（1865年），清政府解除海禁，设立海关，部分开放海区，准许开展海上贸易。这使上海摆脱了清初"海禁严切，四民失调"的困境。雍正七年（1729年），海禁完全解除，海区大开，上海获得了更大的发展机遇。随着国内外贸易的发展，上海在周边地区的地位日益突出。清嘉庆《上海县志》记录了上海贸易的繁盛和城市地位的重要："闽、广、辽、沈之货鳞萃羽集，远及西洋暹罗之舟，岁亦间至，地大物博，号称繁剧，诚江海之通津，东南之都会。"然而，由于历史条件以及环境、制度的制约，已成为"江海之通津、东南之都会"的上海仍然无法与苏州相比。在嘉庆末年，东印度公司为了扩大对华贸易，曾想在广州之外另辟一个通商口岸，当公司内部因地点问题而争论不休时，东印度公司著名的中国问题专家塞缪尔·鲍尔（Samuel ball）主张把通商口岸定在上海。但是醉翁之意不在酒，塞缪尔之所以看重上海是因为他觉得上海对于苏州有着独特的重要性。他指出，苏州是英国货物最大的市场，而上海是苏州的门户，"上海作为一个贸易口岸，其重要性取决于苏州

---

① 佚名：《韵鹤轩杂著》，转引自谢国桢《明清笔记谈丛》，上海古籍出版社1981年版，第123页。

② 陆辑：《兼葭堂杂著摘抄》，转引自熊月之主编《上海通史》第5卷，上海人民出版社1999年版，第13页。

府"，"对进口贸易来说，苏州府或许是全国最适宜的地点"①。

明清时期，上海的经济地位无法超越苏州，上海的文化地位更不能与苏州相比。中古以来，江浙两省就逐渐成为全国重要的文化发达区域。到了明清时期，文化尤其发达。其中苏州作为吴文化的核心地带更是人文荟萃、文化兴盛，书法、绘画、文学、园艺等各方面都人才辈出。明中叶，江苏的书法、绘画艺术形成了著名的"吴门派"，该派的重要书画家沈周、文徵明、祝允明、王宠、唐寅、仇英等都为苏州人士。明中叶以后，白话小说创作出现繁荣的局面，其中苏州人冯梦龙所纂辑的《三言》尤为突出。明清时期江苏欣欣向荣的戏曲文学也以苏州一带最为繁荣，苏州人李玉、朱㿟、尤侗都是其中名家，而以李玉为代表的"苏州派"是公认的清初传奇的重要流派。至于苏州的诗人、词人更是不可胜数，而诗、词、书、画皆精者也为数甚众。除书画、文学之外，苏州源远流长的园林艺术和盆景艺术在明代也形成了清秀、古朴、雅致的"苏派"风格，并获得了"甲天下"的美誉。另外，苏州还是有名的"状元渊薮"，"自顺治至光绪，状元凡一百十余人，苏州人便有二十四人之多，且有父子状元、祖孙状元"②，成了广为流传的佳话。江南温暖、湿润的土壤和柔媚、秀丽的山水孕育了多才多艺的苏州文人。多才多艺的苏州文人缔造了异彩纷呈的苏州文化。而一代代的苏州文人身上所显露出的放浪不羁的才子风情和典雅脱俗的名士气度本身也形成了一种魅力独具的文人文化。这种文人文化已经成了以苏州为主的江南文化家族的精神标记，它总是或多或少或深或浅地刻在一代又一代的江南文人的灵魂深处。到了清末民初，随着

---

① 转引自李荣昌：《上海开埠前西方商人对上海的了解与贸易往来》，《史林》1987年第3期。

② 郑逸梅：《味灯漫笔》，古吴轩出版社1999年版，第162页。

科举制度的废除，一大批刚走上科举之路和正准备走上科举之路的
江浙文人只能改变传统的谋生之路，他们中的不少人来到大都市上
海，进入文学市场，成为书局报馆的编辑、主笔或卖文为生的职业
作家。其中，苏州籍作家数量最多。苏州因此由"状元渊薮"变成
了作家之乡。在这批以苏州人为主的作家身上，江南文化家族的精
神标记依然清晰可见，《礼拜六》作家就是其中重要的一群。显然，
与人才辈出、群星灿烂的苏州相比，明清时期的上海在文化上显得
沉寂而平庸。它虽然也在文化发达的江浙文化圈内，但却长期处于
圈内的落后地位。明清时期，大部分上海人还在拓荒围田，与海潮
奋斗，生活艰辛。他们还不能像江南其他地区的人民那样，有较多
的闲暇去休闲、娱乐、交往和读书。咸丰年间，苏州才子王韬来到
上海，他对上海人的评价是："濒海之民，弇鄙近利，尤好争斗。"
"盖海滨之民，气质刚劲，举止率卤，读书子弟亦皆俗氛满面，绝
无深识远虑可与谈者。"① 开埠之前，上海在全国文化中还没有什么
重要地位。

　　经济的繁荣与文化的兴盛使明清时期的苏州散发出上海无法比
拟的魅力，它无论在文化层面还是在社会风气层面都对江南地区乃
至全国产生了深远的影响，以至于各地惟苏州马首是瞻，以苏州的
时尚为时尚，以苏州的是非为是非，"苏人以为雅者，则四方随而
雅之；俗者，则随而俗之"。② 位于苏州附近的上海更是深受其影
响。可以说，明清时期的上海一直在追随苏州、模仿苏州，但却无
法真正超越苏州，它最值得骄傲的历史就是因为与苏州相似而被称
为"小苏州"。在光彩四射、魅力无穷的苏州面前，上海就像一位

---

　　① 王韬：《瀛壖杂志》卷一，光绪元年刊本。
　　② 王士性：《广志绎》卷 2。转引自王卫平《明清时期江南城市研究》，人民出版社
1999 年版，第 97 页。

暗淡无光的灰姑娘，难以引起人们的关注。然而，灰姑娘并非真正的暗淡无光，只要具有慧眼的王子发现她的价值，给她穿上适合她发展的"水晶鞋"，她就会在转瞬之间变成高贵美丽、光彩照人的公主，并焕发出压倒群芳的魅力。

二

上海在明清时期虽然明显地落后于苏州，但上海却比苏州更具有发展的潜力。上海有着优越的地理位置，它位于东亚中部，是东亚海岸线的中心，不仅拥有优良的海港，还拥有中国最大的水系和最优良的航道——长江的出海口，河、海航运都极为便利。上海的地理位置决定了它的外向性格，决定了它的命运将与对外贸易联系在一起，将与世界经济联系在一起。"只有在对外贸易不断发展的情况下，才会有人意识到上海的地位，只有在中国的经济转向世界，上海才能成为联结中国经济与世界经济的纽带，成为中国的经济中心……只有在从闭关锁国的状态走向世界经济的近代，它才能获得迅猛发展"①。但令人遗憾的是，首先从世界经济的角度发现上海的价值的不是中国的统治者，而是西方侵略者。1832年，东印度公司派遣林塞、郭士立随英商船阿美士德号顺着中国的海岸线北上考察，寻求新的通商地点，他们到了上海，发现了上海优越的地理位置及其在国内外贸易中的重要地位。② 1840年，英国商人在一封致侵华英军司令的信中也强调了上海的重要性，认为上海是最值

---

①　陈伯海、袁进主编：《上海近代文学史》，上海人民出版社1993年版，第2—3页。

②　列岛：《鸦片战争史论文集》，生活·读书·新知三联书店1958年版，第110页。

得作为英国臣民居住和贸易的口岸之一。① 由此，上海被英国列为在中国开拓商路的首要目标。鸦片战争之后，上海的名字就与屈辱的《南京条约》联系在一起，成为中国首批被迫开放的口岸之一，并于 1843 年 11 月依约开埠，与外国通商。

就上海社会的演变而言，1843 年开埠通商无论从哪个角度看都是一个重要的转折点，它标志着上海社会逸出了传统的发展轨道，并开始以惊人的速度朝着近代化国际性大都市迈进。然而，上海在经由外力的强烈刺激之后的快速崛起并不是一种平衡的发展。

开埠以前，被誉为"小苏州"的县城即上海老城厢一直是城市的中心，那里热闹繁华、人烟稠密、几无隙地，人们谈论上海主要以那里为代表。县城之北则阡陌田野、芦苇纤道、河汊纵横、坟冢累累。然而，上海城北这块历来被中国官民忽视的荒僻之地在列强的眼中却变成了蕴含着巨大发展潜力的宝地，他们透过荒烟蔓草和青冢白杨预见了它在通商时代的巨大的商业价值，预见了它将成为中国最富足地区的登陆地和走向世界的出发地。开埠以后，英、美、法三国竞相在上海城北地带划定各自侨民的居留地。随着租界的划定，外侨的到来，一个迥异于县城的被称为"夷场"（后来被称为洋场）的社区在沪北的荒僻之地迅速崛起。上海在中外贸易上优越的地理环境吸引了大量的洋行、外国金融机构在黄浦江外滩落户。仅开埠的第一年，就有八家英国洋行向当地中国人租借土地，建造洋房。到了开埠后的第五年即 1848 年，在上海居住的外国人已有 159 人，他们开设了 24 家外国商行和 25 家商店。② 与此同时，外国领事馆也逐渐进驻外滩。1848 年，王韬随父初到上海，他所

---

① 列岛：《鸦片战争史论文集》，生活·读书·新知三联书店 1958 年版，第 54—55 页。

② 汤志钧主编：《近代上海大事记》，上海辞书出版社 1989 年版，第 31 页。

看到的黄浦滩头是由拔地而起的洋行、银行和领事馆构成的绵延的西式建筑群，这一切已经与昔日景象大不相同："上海与泰西通商，气象顿异。余入黄歇浦，从舟中遥望之，烟水苍茫，帆樯历乱，浦滨一带，率皆西人舍宇，楼阁峥嵘，缥缈云外，飞甍画栋，碧槛珠帘。此中有人，呼之欲出，然几如海外神仙，可望不可及也。"[①] 虽然当时沪北的繁荣仅限于外滩一带，在整体上仍然人烟稀少，空旷荒僻，正如王韬在发现沪北租界变化的同时也承认，"泰西亦设官以理商事，办事处亦有公署。北门外虽有洋行，然殊荒寂，野田荒地之余，垒垒者皆冢墓也。其间亦有三五人家零星杂居，类皆结茅作屋，种槿为篱，多村落风景，殊羡其幽。"[②] 但是不可否认，经过近十年的开发，沪北的租界的确发生了很大的改观，租界社区的雏形已经形成，一座"新的城市"已经崛起，一种与中国传统城市完全不同的新的生活形态也正在形成。一位在开埠之初曾到过上海的英国学者在 1848 年旧地重游，面对黄浦滩巨大的变化，他惊异地感叹：在沪北"破烂的中国小屋地区，在棉田及坟地，已经建起规模巨大的一座新的城市了"[③]。

当沪北的租界已经建起一座规模巨大的新的城市的时候，上海的县城并没有因开埠通商而走出中世纪的格局。传统的城池依然破败、拥塞："街道纵横狭隘，阔只六尺左右，因而行人往来非常混杂拥挤，垃圾粪土堆满道路，泥尘埋足，臭气刺鼻污秽非可宜"[④]。李维清在《上海乡土志》中曾做了这样的比较："租界马路四通，城内道途狭隘；租界异常清洁，车不扬尘，居之者几以为乐土，城

---

① 王韬：《黄浦樯帆》，《漫游随录》卷 1，湖南人民出版社 1982 年版，第 50 页。

② 同上。

③ 姚贤镐编：《中国近代对外贸易史资料》第 1 册，中华书局 1962 年版，第 562 页。

④ 蒯世勋编：《上海公共租界史稿》，上海人民出版社 1980 年版，第 623 页。

内虽有清道局，然城河之水，秽气触鼻，僻静之区，坑厕接踵，较之租界，几有天壤之异。"① 相比之下，老城厢的市政建设进展比较缓慢，虽然城内的街道已由嘉庆年间的 63 条扩展到一百余条，但总体来说，老城厢的建筑、外貌、规模依旧。市民的交通工具依然以小车、轿子为主。城内原有的商业闹市区依然是一派繁荣景象，城隍庙四周的小街弄依然是各种手工业铺子汇集之所。"每年农历二月二十一日，城隍庙内依然游人如潮，去庆祝城隍的'诞辰'。每年八月初五，由县官领衔，士民官绅照常在文庙内举行一年一度的秋祭，城隍的外园和街道上，到处有'放生羊'在悠闲地游荡"。② 与城北迅速崛起的"新的城市"相比，这个繁荣、热闹中又透出悠闲、散漫的古老县城基本上还是一个"小苏州"。

显然，在开埠之初，上海已经被城北租界和老城厢划分成了两个不同的世界，一个是快速崛起的"新的城市"，一个是富庶的中世纪县城。这两个世界按照各自的发展逻辑演进，上海的发展从此失去了平衡。

19 世纪五六十年代是近代上海社会发展的一个关键时期。这一时期上海县城及周边地区发生的一系列重大事件特别是小刀会起义和太平军战事对上海社会的变迁产生了重大的影响。接连的战乱给上海县城带来了毁灭性的破坏，"千家万户的财产悉告毁灭，上海县城完全沦为废墟"，"城内所有的精华尽毁于火"。③ 人口也减少了四分之三。与老城厢恰恰相反，租界不仅没有受到战乱的威胁，

---

① 李维清：《上海乡土志》第 10 课，《道路》，转引自熊月之主编《上海通史》第 5 卷《晚清社会》，上海人民出版社 1999 年版，第 143 页。

② 熊月之主编：《上海通史》第 5 卷《晚清社会》，上海人民出版社 1999 年版，第 50 页。

③ ［美］泰勒：《晏玛太传》，载《上海小刀会起义史料汇编》，上海人民出版社 1980 年版，第 538 页。

还因此获得了空前的发展机遇。战火的威逼使上海周边地区和江浙一代居民如潮水般涌入被认为是安全区域的租界社区，所谓"江浙两省绅商士庶丛集沪城"①。租界由开埠之初单纯的外侨聚居区变成了"华洋杂处"的世界。随着人口的快速膨胀，原先空旷、宁静的租界一下子变得热闹拥挤起来，租界内房地产业的发展状况随之迅速改观。紧接着商业重心北移，钱庄北移。这一切都带动了相关产业的兴起和租界内的市政建设的完善。到了六七十年代，中国人在租界开的大大小小的商家店号已经是成百上千，不可胜数。在中外贸易和周边战乱等内外多重因素的综合作用下，租界就像被施了魔法一样迅速地走向繁荣，它的面貌也发生了惊人的变化。19 世纪60 年代，一位曾到上海住过一年的内地文士这样描述当时租界的情形："自小东门吊桥外，迤北而西，延袤十余里，为番商租地，俗称'夷场'。洋楼耸峙，高入云霄，八面窗棂，玻璃五色，铁栏铅瓦，玉扇铜环。其中街衢弄巷，纵横交错，久于其地者，亦易迷所向。取中华省会大镇之名，分识道里。街路甚宽阔，可容三四马车并驰。地上用碎石铺平，虽久雨无泥淖之患。"② 租界这种繁华、整洁的景象与开埠之初相比显然已不可同日而语了。1869 年，法国人达伯理到上海考察几天之后，由衷地赞叹法租界在过去十年的惊人变化，他情不自禁地给外交部写信说："回忆过去，我想起了十年前的上海法租界，我很奇怪，在这块冲积地上，有害的疫气使人住在那里既不舒服又有危险，怎么在如此短的时间内，竟然像施了魔法般地出现了一座美丽的城市，它的雄伟的建筑物和各种设施都堪与欧洲相比，这座城市将近有四万名各种国籍的居民，在我们

---

① 王萃元：《星周纪事》卷下，上海古籍出版社 1989 年版，第 52 页。
② 黄楙材：《沪游脞记》，转引自熊月之主编《上海通史》第 5 卷，上海人民出版社 1999 年版，第 103 页。

的旗帜的保护下过着安全、平静和清洁的生活。"① 法租界如此，工部局管理下的公共租界也同样经历了近乎魔幻般的神奇变迁。在19世纪70年代，上海商业繁盛甲于天下的盛景常使一些初到之人叹为观止。1871年，一位署名"醒世子"的人在《上海新报》发表文章表达他对上海的惊奇："出延袤一二十里不知天日，由城东北而西折，半属洋行。黄埔溶溶，环绕其旁。人杂五方，商通四城。洋货、杂货，丝客、茶客，相尚繁华，钩心斗角，挤挤焉，攘攘焉，蜂屯蚁聚，真不知其几多数目。"② 1873年，一位署名"黄浦江头冷眼人"的游客也在《申报》上撰文也对上海的繁华赞叹不已："洋人租界地方，熙来攘往，击毂摩肩，商贾如云，繁盛甲于他处。"③ 另外还有人专门作竹枝词，题咏上海租界今昔的变迁："四围马路各争开，英法花旗杂处来。怅触当年丛冢地，一时都变作楼台。"④ 上海的巨大变化在《礼拜六》杂志的小说中也有反映。秀英女史在小说《死缠绵》中写道："电车如龙，游人如蚁。列肆辉煌，洋货充斥。此非上海之英大马路耶？五十年前，乃为一片荒凉之地，居是区者，孰料今日有如许之热闹哉？沧海桑田，世事变幻，诚不可测也。"⑤

超乎寻常的发展速度使上海租界很快就超过了苏州和扬州在历史上有过的曾令上海羡慕的繁盛景象，成了全国最大、最繁盛的通商巨埠。1901年《申报》刊发的一篇文章这样写道："夫论中国商贾云集之地，货物星聚之区，二十余省当以沪上为首屈一指，无论

① 梅朋、傅立德：《上海法租界史》，倪静兰译，上海译文出版社1983年版，第437页。
② 醒世子甫脱稿：《洋场风俗》，《上海新报》1871年12月5日。
③ 黄浦江头冷眼人：《论洋泾浜小本经纪宜体恤事》，《申报》1873年2月4日。
④ 龙湫旧隐稿：《前洋泾竹枝词》，《申报》1872年6月13日。
⑤ 秀英女史：《死缠绵》，《礼拜六》第66期。

长江上下、南北两洋，以及内地市镇，皆视沪市如高屋之建瓴，东西各邦运物来华亦无不以上海为枢纽。"[①] 以前是上海城中慕苏、扬余风，现在轮到苏、扬来沐浴海上的"洋气"了。以前是上海以号称"小苏州"为荣，现在苏州将城内一条宽阔清洁的街道自夸为"苏州城内之四马路"[②]。以前是"天下之财货莫不聚于苏州，苏州之财货莫不聚于阊门"[③]，现在上海成了名副其实的万商之海，也成了苏州人心目中的购物天堂。程瞻庐连载于《礼拜六》杂志126期至163期的长篇小说《写真箱》中写了居住在苏州阊门城外的富家之女石掌珠婚期将至，嫁妆未办，其母急得不知所措，女儿掌珠却轻松地说："只消我拼着半天功夫，向上海去走一趟，跑到先施公司、永安公司，电梯上，电梯下，三层楼，四层楼，团团周围，走一个遍，要什么，办什么，只要肯花钱，什么东西都跟着我走，哪怕赶办不及。"[④] 上海已经成了都市生活方式的先锋标本，长期"主天下雅俗"的苏州和扬州在不旋踵间瞠乎落于上海之后了。

然而，当城北租界像被施了魔法般以超乎寻常的速度向前发展的同时，上海县城却在经历了战火的创伤之后继续以中世纪的步子艰难地向前挪移。虽然在租界发展的刺激和示范之下，老城厢的市政建设也有了一些进展，但与租界的发展速度已不可相提并论。县城很快就失掉了它往日在上海的地位，租界这个异质的社会实体则以绝对的优势成为上海新的城市中心，人们开始以十里洋场作为上海的代表。

---

① 《申报》1901年2月13日。

② 黑子：《苏州城内之四马路》，《礼拜六》第14期。四马路是上海英租界内繁华的商业娱乐中心，崛起于19世纪80年代。

③ 郑若曾：《江南经略》卷2上，转引自王卫平《明清时期江南城市史研究》，人民出版社1999年版，第96页。

④ 程瞻庐：《写真箱》（第六回），《礼拜六》第131期。

可见，近代上海崛起的过程并不是整个城市自然、均衡发展的过程，而是城北租界这个新建的、异质的社会实体经过超常的发展取代县城成为上海新的城市中心的过程。正如曹聚仁所说："近百年的上海，乃是城外的历史，而不是城内的历史。"① 城外的租界在转瞬之间经历了沧海桑田般的变迁，而曾被誉为"小苏州"的上海县城即老城厢却没有发生多大的变动。开埠之后的上海显然失去了平衡，它已不是从前那个被称为"小苏州"的上海，但也没有完全变成新的上海，它还拖着一条长长的"苏州"的尾巴。

不过，从城市格局和社会空间来说，租界毕竟已经以绝对的优势成了上海的主体。而当租界反客为主，成为上海城市的主体的时候，上海的社会性质就发生了本质的变革，从政治和经济两方面来说，上海租界和当时的全国其他各地完全是两种不同的体制，政治上从封建专制转变为现代自治，经济上则从封建农业转变为现代资本主义工业。上海不再是过去那个传统的棉花和棉布生产基地，也不再是一个滨海小县城，而是中国最大的贸易中心，远东的国际商港。因此，上海在开埠之后对苏州的超越已不是中国传统都市发展格局中的起浮升降，而是一个近代大都市对一个中世纪城市的超越。

三

在上海的社会性质发生了本质变革的同时，上海的文化形态也发生了深刻的变化。随着近代上海社会普遍的市场化、商业化，随着西方先进印刷术的引入，市民阶层的崛起，大众文化消费需求的迅速升温，具有近代商品经济性质的文化市场因此应运而生了。而

---

① 曹聚仁：《上海春秋》，上海人民出版社 1996 年版，第 9 页。

上海文化市场的建立必然会导致文化的大众化与平民化倾向。

在文字产生以后，它的记载和传播必须经过写、刻、印等物质手段才能够实现。在科学技术不发达、生产力落后的时代，记载和传播文字的物质手段都非常昂贵，这必然导致书籍价格的昂贵，一般的平民百姓因此买不起书。而买不起书又会导致他们缺少识文断字的能力，难以掌握文字记载的信息。在我国漫长的封建社会中，文字载体与文字信息就几乎被士大夫阶层垄断，大多数普通的平民百姓与之无缘。在近代上海，这一情况发生了很大的转变。开埠通商以后，西方金属活字印刷的机器设备和先进的书籍制作技术陆续引入中国，作为文字载体的印刷品真正做到了物美价廉，普通老百姓也能买得起。再加上近代教育的推动，广大市民的文化水平普遍有所提高，具有了一定的阅读能力，阅读需求也不断增强。阅读文字不再是少数人享有的特权。更为重要的是，随着近代文化市场的形成，文字载体与文字信息进入市场，成了可以交换的商品。在市场经济中，经营文化产业的出版商首先考虑的是如何扩大自己产品的销路，增加出版物的发行量，从而增加利润。为了增加发行量和利润，出版商必须使自己的出版物能被更多的人看懂，能被更多的人喜欢，能让更多的人掏钱包。而这"更多的人"显然主要是指作为最大的读者群体的市民阶层。这样，把满足大众的文化消费需求作为第一宗旨就成了市场经济中出版商必须遵守的基本规律。正是在这条规律的支配下，适应城市大众文化生活需要的通俗性报刊杂志在近代上海的文化市场上大量涌现。

1872 年，英国商人美查看中了上海文化市场的巨大潜力，创办了《申报》。作为商人，美查办报纸的主要目的是为了营利。在此之前，他已经为经营棉花和茶叶亏了本，这一次他必须通过发行《申报》赚钱，挽回以往的经济损失。多年的从商经验让他意识到要在文化市场中营利就要以"面向大众、贴近生活"为编辑方针。

因此，美查在《申报》创刊之日就表明了它的大众化倾向。在该刊创刊号的《本馆告白》中，编者就指出中国传统的记事文的明显局限是"篇幅浩繁，文辞高古，非缙绅先生不能有也，非文人学士不能观也"。在指出这一局限的同时，编者宣布《申报》上的文章将克服这种贵族化的倾向，做到"纪述当今之事，文则质而不俚，事则简而能详，上而学士大夫，下及农商贾，皆能通晓者，则莫如新闻纸之善矣"①。为了争取读者，打开销路，《申报》登载了大量浅显易懂且反映现实生活的"竹枝词"、"新乐府"和散文、杂论等，将报纸办得生动有趣、雅俗共赏。《申报》因此受到广大市民的欢迎，影响力越来越大，以至于后来很多人把上海发行的报纸都称为"申报纸"。一份报纸的名称能成为一部分报纸的代名词，可见当时这份报纸的权威。1877 年，《申报》上刊发的《论本报之销路》一文强调了走大众化、世俗化的道路是《申报》受欢迎的主要原因之一："余尝闻之售报人言，皆谓阅报之人市肆最多。吾等亦询之店肆友君等，何以众皆喜阅《申报》？肆人应曰：《申报》文理不求高深，但欲浅显，令各人一阅而即知之。购一《申报》，全店传观，多则数十人，少则十数人，能识字即能阅。既可多知事务，又可学演文墨，故自《申报》创设后，每店日费十余文，可以有益众友徒，亦何乐而不为哉？"② 后来《申报》馆又创办了以文学为主的通俗性综合杂志《瀛寰琐记》、《四溟琐记》和《寰宇琐记》等。

继《申报》与《瀛寰琐记》等刊物之后，上海又出现了一大批以普通市民为读者对象的通俗性报刊，有的还直接标明以文化水平较低的妇孺、下层人等为读者对象。1876 年《申报》馆又创办了通俗性报纸《民报》双日刊，该报在告白中表明："此原非为文人

---

① 《本馆告白》，《申报》创刊号，1872 年 4 月 30 日。
② 《论本报之销路》，《申报》1877 年 2 月 10 日。

雅士起见，只为妇孺、拥工、粗涉文理者设也……务使措辞宁质而无文，记事宜显而弗晦，俾女流童稚以贩夫工匠辈，皆得随时循览"①。同年，文学月刊《候靖月刊》在上海创刊，第一卷有蔡尔康叙云："搜瑰玮之撰述，联翰墨之因缘。行文则或整或散，要以不戾乎古；纪事则可惊可愕，总期不诡于正。旁逮诗歌、下及词曲……异事同登，奇文共赏。"② 由此可见该刊适合普通市民读者的旨趣和内容。19 世纪 80 年代，上海出现了大量的画报，如《图画新报》、《瀛寰画报》、《点石斋画报》等，以形象直观的图画来传播各种信息，特别适合中下层人阅看，甚至不识字的文盲和小孩也可以翻看，大大地扩展了传播面。其中，《申报》馆创办的《点石斋画报》影响很大。美查在《点石斋画报》创刊时曾宣称办这份画报的一个重要目的是向人们提供茶余饭后的谈话资料。《点石斋画报》的确做到了这一点，它主要以奇事、异事、战事、洋事、洋物、流氓、妓女、和尚、天灾、惩善扬恶、因果报应等作为图画的题材，这些也正是当时的市民们茶余饭后在饭桌上、茶馆里共同谈论的热门话题。可见《点石斋画报》在迎合、满足市民阅读情趣上颇下了一番工夫，显示出了鲜明的世俗化、大众化色彩。1897 年，李伯元在上海创办了专供普通市民休闲娱乐的《游戏报》。他在《游戏报》的《告白》中强调：这份报纸将"以诙谐之笔，写游戏之文。遣词必新，命题皆偶。上自列邦政治，下逮风土人情。文则论辩、传记、碑志、歌颂、诗歌、词曲、演艺、小唱之属，以及楹对、诗钟、灯虎、酒令之制；人则士农工贾、强弱老幼、远人逋客、匪徒奸宄、娼优下贱之俦，旁及神仙鬼怪之事，莫不描摹尽致，寓意劝

① 《劝看〈民报〉》，《申报》1876 年 5 月 19 日。

② 转引自李长莉主编《近代中国文化变迁录》第 1 卷，浙江人民出版社 1998 年版，第 420 页。

惩"。这则《告白》表明了《游戏报》中文章的体裁是老百姓感兴趣的词曲、演艺、灯虎、酒令等，内容主要是老百姓的日常生活，发行对象也是"士农工贾"等普通百姓。《游戏报》创刊之后很快受到了消费者的热烈欢迎。它所产生的影响"足以倾靡社会，于是冠裳之辈，货殖者流，莫不以披阅一纸《游戏报》为无上时髦"①。吴趼人在《李伯元传》中说李伯元创办的《游戏报》"为我国报界辟一别裁，踵起而效颦者无虑十数家"②。的确如此，继《游戏报》之后，与之风格相似的《同文消闲报》、《采风报》、《奇文报》、《笑林报》、《春江风月报》、《及时行乐报》、《花天日报》、《世界繁华报》等纷纷创刊。

这一系列面向普通市民读者的通俗性报刊的相继涌现推动了近代上海文化的大众化与平民化。而在这些报刊流通的过程中，通俗有趣，可供消遣、娱乐的文学作品特别是小说越来越受到读者的青睐。由此，近代上海文化市场的一个分支——文学市场在清末民初迅速地得到了开拓。

从晚清开始，小说已经在一般市民中日益流行，以刊载小说为主的报刊也逐渐增多。其中最有影响的是梁启超创办的《新小说》以及晚清小说期刊"四大名旦"：《绣像小说》、《月月小说》、《新新小说》、《小说林》。有不少研究者认为是以梁启超为代表的维新派人士对"小说界革命"的鼓吹，造成了小说的流行，提高了小说的地位。其实这只是问题的表面。维新派人士对小说的倡导主要是在戊戌变法失败之后。戊戌变法失败之后，梁启超逃亡日本，生存问题很快出现了危机。梁启超一介书生，最适合他的谋生手段当然是舞文弄墨。而且为了宣传维新变法，他也必须舞文弄墨。于是在康

① 郑逸梅：《南亭亭长与安垲弟》，《孤芳集》，益新书局 1932 年版。
② 吴趼人：《李伯元传》，《月月小说》1 卷 3 号，1906 年 11 月。

有为的支持和策划之下，他决定办报刊，办书局。1898 年在日本横滨创办了《清议报》，1902 年又先后创办了《新民丛报》和《新小说》。同时在上海开设广智书局。梁启超创办的报刊和书局都实行股份制，它们既是宣传维新思想的工具，同时也是以营利为目的的企业。梁启超因此成了市场经济的参与者，他必须为他办的报刊和书局承担经济责任，必须在编辑方针上走面向大众，贴近生活，满足大众文化消费需求这条路。怎样才能面向大众，贴近生活？梁启超在文学体裁上选择了小说。曾经靠诗文中举并且做官的梁启超擅长的显然是诗歌、散文而不是小说。他之所以放弃自己熟悉的诗歌、散文而去经营自己比较生疏的小说，是因为他意识到了普通民众喜爱的是小说，小说有着比诗文更广阔的文化市场。他在《清议报》第一册的《译印政治小说序》中非常赞同南海先生康有为对小说市场的看法："善乎南海先生之言也，曰'仅识字之人，有不读经者，无有不读小说者'。"① 康有为的看法不是凭空捏造的，而是实地考察的结果。他曾这样总结自己考察上海书籍销售的情况："我游上海考书肆，群书何者销流多？经史不如八股盛，八股无如小说何。郑声不倦雅乐睡，人情所好圣不呵。"② 康有为看到了小说在读者中具有普及性，读者对小说的喜爱超过了经史和八股，而且这是"人情所好"，即使孔圣人知道了也不会去呵斥。可见，梁启超是在了解文化市场基本状况的基础上经营小说生意的。从《清议报》第一册开始，小说就被梁启超列为主要经营的品种之一。1902年出版的《新小说》则是专门刊登小说的文学月刊。但梁启超毕竟不是普通的商人，他还是个政治家。因此，他在遵循市场的运作规

121

---

① 梁启超：《译印政治小说序》，《清议报》第一册。

② 康有为：《〈日本书目本〉识语》，《日本书目本》，上海大同译书局1897年版，转引自陈平原、夏晓虹编《二十世纪中国小说理论资料》第1卷，北京大学出版社1997年版，第29页。

律，争取利用小说营利，解决衣食住行等基本问题的同时，也在充分利用小说进行政治宣传。在《新小说》的创刊号上，梁启超发表了作为这份刊物宣言的重要论文《论小说与群治之关系》。在这篇论文中，梁启超正式提出了"小说界革命"的口号，把小说推为文学之最上乘，并以夸张的笔调强调了小说与社会改造即维新派所提倡的"新民"之间的关系："欲新一国之民，不可不先新一国之小说。故欲新道德，必新小说；欲新宗教，必新小说；欲新政治，必新小说；欲新风俗，必新小说；欲新学艺，必新小说；乃至欲新人心，必新小说。何以故？小说有不可思议之力支配人道故。""故今日欲改良群治，必自小说界革命始；欲新民，必自新小说始。"

在梁启超提出"小说界革命"的口号之后，小说获得了前所未有的崇高地位，迅速地从文学结构的边缘向中心地带位移，晚清的小说创作也以惊人的速度走向繁荣。1907年2月，黄摩西在《小说林发刊词》中描述了小说风行于世的景象："新闻纸报告栏中，异军特起者，小说也；四方辐至，掷作金石声，五都标悬，烁若云霞者，小说也。""遂发学童，峨眉居士，上自建牙张翼之尊严，下迄雕面糊容之琐贱"，每人一卷，"不忍遽置"。的确如此，小说的风行使出版商觉得有利可图，几乎所有的书局都争相出版刊载小说的报刊和书籍。甚至一些与出版业毫无关系的企业也经营和出版小说。比如，鲁迅和周作人在东京印制的《域外小说集》第一、二集，在东京的销售点是"群益书社"，在上海的销售点则是"广兴隆绸缎庄"；又比如，八宝王郎（王浚卿）的《东厕牡丹》的出版者竟是上海的"自强轩药局"。① 然而，这一切都是"小说界革命"推动的结果吗？梁启超创办报刊、书局，发起"小说界革命"的整个过程启示我们，与其说是梁启超等维新派人士对"小说界革命"

---

① 鲁湘元：《稿酬怎样搅动文坛》，红旗出版社1998年版，第107页。

的倡导提高了小说的地位，促成了小说的繁荣，不如说是梁启超等人因为意识到了人们对小说的喜爱，意识到了刊载小说的报刊、书籍在文学市场中的独特优势，才产生了利用小说营利和进行政治思想宣传的愿望，并提出"小说界革命"的口号，制造了一个小说可以"新民"、救国、立国的神话。梁启超倡导的"小说界革命"显然是一场以文学市场为依托的文学革命。另外，20世纪初年是整个社会政治热情空前高涨的时期，梁启超利用小说抨击时政、倡导维新以及对"政治小说"的特别提倡可谓恰逢其时，正好满足了多数读者的阅读期待。文学史家阿英在回顾晚清小说的特色时曾指出："两性私生活描写的小说，在此时期不为社会所重，甚至出版商人，也不肯印行。杂志《新小说》、《绣像小说》所刊载的作品几无不与社会有关。"[①] 可见，梁启超是幸运的，他对"小说界革命"的倡导之所以能在短时间内产生深广的影响，并为小说的发展推波助澜，与当时特定的经济条件与文化环境是分不开的。

梁启超在小说界革命中提出了"小说救国论"和"小说新民论"之后，小说的地位的确大大提高了。但梁启超的小说理论所重视的与其说是小说本身不如说是小说具有的救国、新民的崇高功能。一旦时代高涨的政治氛围消散，小说身上附加的光环就会消失，人们对小说的看法也会随之改变。到了民国初年，这种变化不可避免地出现了。民国初年，人们的政治热情逐渐消退，曾经火暴一时的政治小说已不能再引起人民的热切关注，失去了原有的文学市场。与此同时，梁启超曾经描述的小说可以救国、新民的神话并没有实现，社会依然黑暗。人们开始意识到小说并没有扭转乾坤、塑造社会的巨大能力。包天笑在《〈小说大观〉宣言短引》中以不无讽刺的口气反省了小说界革命之后的状况："其推崇小说家也，

---

① 阿英：《晚清小说史》，人民文学出版社1980年版，第5页。

曰大豪杰，曰大圣贤，曰大教育家，其位置之高，将升诸九天以上。今竟何如乎？则曰群治腐败之病根，将籍小说以药之，是盖有起死回生之功也；而孰知憔悴委病、惨死堕落，乃益加甚焉！……向之希望过高者，以为小说之力至伟，莫可伦比，乃其结果至于此，宁不可悲也耶？……子将以小说能转移人心风俗耶？抑人心亦足以转移小说。"① 的确如此，小说没有转移社会人心，反而是社会人心改变了小说和小说观念。不少小说家放弃了小说可以改良群治、救国新民的幻想，适应都市经济和市民社会的发展，以满足广大市民的文化消费需求为自己的创作目的。各种供普通市民休闲、娱乐需要的文学期刊（以小说为主）因此在上海的文化市场上风起云涌，如《小说月报》、《小说时报》、《自由杂志》、《游戏杂志》、《中华小说界》、《民权素》、《礼拜六》、《小说丛报》、《快活世界》、《繁华杂志》、《香艳杂志》、《消闲钟》、《小说新报》、《小说大观》、《小说画报》、《小说俱乐部》、《小说霸王》、《新声杂志》、《游戏世界》、《消闲月刊》等。其中最有代表性的就是文学周刊《礼拜六》。这一类文学期刊几乎都在发刊词中表明了要力求通俗、讲究趣味，以适应广大市民读者的阅读需求。与《礼拜六》杂志的发刊词所标榜的"一编在手，万虑都忘，安闲此日，不亦快哉"② 相似，《消闲钟》在发刊词中宣称："南部烟花，余香犹在。东山丝竹，真相荡然。花国征歌，何如文酒行乐。梨园顾曲，不若琴书养和。仗我片言、集来尺幅，博人一噱，化去千愁，此消闲钟之所由刊也。"③《游戏世界》杂志的发刊词向读者许诺："《游戏世界》是诸君排闷消愁的一条玫瑰之路。其中有甜甜蜜蜜的小说、浓浓郁郁的谈话、

---

① 包天笑：《〈小说大观〉宣言短引》，转引自陈平原、夏晓虹主编《二十世纪中国小说理论资料》（第一卷），北京大学出版社 1989 年版，第 487 页。

② 王钝根：《〈礼拜六〉出版赘言》，《礼拜六》第 1 期。

③ 李定夷：《〈消闲钟〉发刊词》，《消闲钟》第 1 期。

奇奇怪怪的笔记、活活泼泼的游戏作品……诸君吓，快到这开放的玫瑰之路上来，寻点新趣味回去。"①《快活杂志》在发刊词中直接声明："现在的世界，不快活极了，上天下地，充满着不快活的空气，简直没有一个快活的人。做专制国的大皇帝，总算快活了，然而小百姓要闹革命，仍是不快活。做天上的神仙，再快活没有了，然而新人物要破除迷信，也是不快活。至于做一个寻常的人，不用说是不快活的了。在这百不快活之中，我们就得感谢《快活》的主人，做出一本快活的杂志来，给大家快活快活，忘却那许多不快活的事。"②《繁华杂志》的题词则向读者坦言："谁道书成了无益，茶余酒后尽人欢。"③ 显然，这些依靠市场而生存的文学期刊为争取读者，都将文学的休闲和娱乐功能发挥得淋漓尽致。

认为文学具有休闲和娱乐功能的看法，自古就有。有的文学理论家甚至认为，文学的某些品种，就产生于休闲和娱乐。鲁迅就曾提出："在文艺作品发生的次序中，恐怕是诗歌在先，小说在后的。诗歌起于劳动和宗教。其一，因劳动时，一面工作，一面唱歌，可以忘却劳苦，所以从单纯的呼叫发展开去，直到发挥自己的心意和感情，并谐有自然的韵调；其二，是因为原始民族对于神明，渐因畏惧而生敬仰，于是歌颂其威灵，赞叹其功烈，也就成了诗歌的起源。至于小说，我以为倒是起于休息的。人在劳动时，既用歌咏以自娱，借它忘却劳苦了，则到休息时，亦必要寻一种事情以消遣闲暇。这种事情，就是彼此谈论的故事，而这谈论的故事，正是小说的起源。——所以诗歌是韵文，从劳动时发生，小说是散文，从休

---

① 《玫瑰之路》（《游戏世界》广告），《星期》第28号。
② 周瘦鹃：《〈快活〉祝词》，《快活》旬刊第1期，1923年。
③ 《题辞》，《繁华杂志》创刊号。

息时发生的。"① 同时鲁迅还特别强调:"在实际上,悲愤者和劳作者,是时时需要休息和高兴的。"② 显然,鲁迅不仅从文学的起源肯定了它具有休闲和娱乐功能,还进一步分析了这种功能存在的合理性和必要性。但是,在漫长的文学发展历程中,文学的休闲和娱乐功能却总是遭到压抑。诗歌、散文和小说这三种文体在古典文学中悬殊的地位就很能说明问题。诗歌和散文在古典文学中有着很高的地位。这与我国古代发达的审美教化意识是分不开的。审美教化意识把人类的审美活动与人类道德的完善看作是有着必然联系的过程,它要求文学家在进行美的创造的同时,要给人以有益的启示,唤起人们的道德良知和向善的愿望。审美教化意识源于儒家礼乐文化,最早表现在诗学观念中。孔子论诗,认为诗可以"兴、观、群、怨","迩之事父,远之事君".③《毛诗序》论诗,以为诗可以"经夫妇,成孝敬,厚人伦、美教化"。这种诗学观把审美与伦理教化、国家政治紧密联结在一起,强调了诗歌的社会功能。诗歌因此得到了莫大的殊荣,成了文学中的最高贵的一族。继诗歌之后,散文的功能又有载道和明道之说。这样,散文就取得了与诗歌并肩的资格。"诗裨政教,文以载道"被历代文人津津乐道,诗歌和散文就占据了高贵的地位。相比之下,小说却被视为"小道"、末流,没有诗文的殊荣。它只是收集异闻杂说或志怪志异,是人们茶余饭后的消遣和娱乐。班固在《汉书·艺文志》中将小说家列为九流之外的第十家:"小说家者流,盖出于稗官,街谈巷语,道听途说者所由造也。"班固对小说这种文体的界定是"或托古人,或记古事,托人者似子而浅薄,记事者近史而悠谬"。真正改变压抑文学的消

---

① 鲁迅:《中国小说的历史变迁·第一讲》,《鲁迅全集》第 9 卷,人民出版社 1981
年版。

② 鲁迅:《过年》,《鲁迅杂文精编》,漓江出版社 1998 年版,第 330 页。

③ 《论语·阳货》。

遣和娱乐功能的观念，改变小说受歧视的地位，并且把文学和消遣、娱乐联系起来，形成一种势头，是在文学进入市场、市民阶层壮大、阅读成为消费的近代社会才有的现象。民国初年以《礼拜六》杂志为代表的市民文学期刊的繁荣以及它们掀起的消闲之风正是近代上海文学市场运作的结果，也可以说是近代上海经济、文化发展的结果。

第二节

城与人的疏离

在近代上海崛起的过程中，随着租界以绝对的优势取代了县城成为上海新的城市中心，上海的社会性质即政治体制与经济体制也迅速发生了本质的变革。政治与经济的变革必然会引起市民文化心态上的变化，但是对于近代上海这座"后起的"、"速成的"都市来说，市民文化心态的转变要比政治、经济领域的转变艰难得多，缓慢得多，复杂得多。当上海在经济上迅速超越苏州并以惊人的速度向近代化国际性大都市迈进的时候，上海市民的文化心态与文化观念并没有获得同步的发展，它在很大的程度上依然停留在"苏州"的状态。城与人之间出现了严重的疏离。而城与人之间的疏离必然会对当时的文人以及以《礼拜六》杂志为代表的市民文学带来影响。

一

近代上海是一个典型的移民城市，来自各地的移民构成了这座城市居民的主体。开埠之前，上海就已经有相当数量的移民，索号"五方杂处"。但当时的上海只是一个普通的县级城市，就业机会不多，除了经商和当水手之外很难找到其他的职业，人口容量十分有限。开埠以后，情况发生了很大的变化。随着中外贸易的扩展，上海城市的经济迅速转型，已经发展成为与以往附属于农业、手工业的传统城镇大为不同的发达的商业性城市。上海洋场的繁盛孕育了众多的商机，提供了更多的谋生方式和谋生机会。与此相适应，城市的人口容量大幅度地增长，各地移民蜂拥而入。

英、法、美在上海划定租借地之后，外国商民便带着发财的梦想跨洋过海，来此地经商、居住。他们可以说是上海租界的第一批移民。但在开埠之初，由于实行"华洋分居"的政策，除了原有住民之外，其他中国商民不得随意移居租界，因此租界内的人口增长缓慢。1853 年后，由于小刀会起义，占领了上海县城，城内的居民在战乱中纷纷涌入租界寻求安全保障，这就打破了"华洋分居"的局面。同时，1853 年太平天国建都南京后，江苏、浙江的大量流民为避战乱而流入上海。紧接着，1860 年和 1862 年，太平军两次进攻上海，又引起了两次城内居民涌入租界的热潮，造成租界人口的激增。与此同时，随着上海在对外贸易中的地位日益上升，闽粤一带的商贾贩夫和周边地区困于生计的各色男女也相继来到上海，寻求发展和谋生的机会。这些都致使上海的人口迅速增长。到了民国建立之前的 1910 年，整个上海地区的人口已经从 1852 年的 54 万余人迅速地增至 128 万余人，增加了一倍以上。其中华界人口增长很少，大部分人口增长在租界。公共租界从开埠后的几百人

发展到 1910 年的 50 万余人，法租界也从几百人发展到 1910 年的
11 万余人①。公共租界和法租界的大部分人口都是来自各地的移
民。据统计，1885 年、1895 年、1905 年和 1910 年，上海籍人口
在公共租界总人口中所占比例分别为 15％、19％、17％、18％。②
法租界从未调查过界内人口的籍贯，但根据 1946 年原法租界
（1942 年租界取消）地区人口调查资料显示，上海籍人口仅占该地
区总人口的 13％。③ 各地移民在上海总人口中所占比例之高，在国
内是罕见的。从晚清到民国初年，上海这个大舞台基本上由来自各
地的移民唱主角，无论在商业活动还是在政治活动和社会文化活动
中，由上海"土著"担任的角色很少。这种客强主弱的格局使迁居
上海的外地人不用担心会遭到本地人（土著上海人）的歧视和排
挤。《沪江商业市景词》中有这样一首词："他方客弱主人强，独有
申江让旅商，各操土音无敢侮，若能西语任徜洋。"④

　　上海的移民包括两类，一类是国际移民（外侨），一类是国内移
民（客籍移民）。上海的外侨来自英、法、美、日、德、俄、意、葡、
波兰、捷克、印度等近 40 个国家。1915 年以前以英国人为主，1915
年以后以日本人为主。就人数而言，外侨在租界人口总数中只占极小
的一部分。到 1910 年，居住在上海的外侨虽然已由 1843 年的 26 人
增至 15012 人，⑤ 但也仅占当时租界总人口的 2.4％。这为数不算巨
大的外侨的到来对上海的影响却是巨大的，是他们在上海造成了一种
与中国传统都市不一样的城市模式。外侨人口的增加和影响力的不断

---

① 邹依仁：《旧上海人口变迁的研究》，上海人民出版社 1980 年版，第 7 页。
② 同上书，第 112 页。
③ 熊月之主编：《上海通史》第 5 卷，上海人民出版社 1999 年版，第 441 页。
④ 颐安主人：《沪江商业市景词》卷 4，顾炳权编著：《上海洋场竹枝词》，上海书
店出版社 1996 年版，第 182 页。
⑤ 熊月之主编：《上海通史》第 5 卷，上海人民出版社 1999 年版，第 223 页。

扩大使外侨的生活成了上海的一道独特的、不可忽视的风景，并且进入了作家的视野。清末民初，出现了不少描写外侨生活的小说。第3期《礼拜六》上刊登的周瘦鹃的小说《行再相见》写的就是中国女子桂芳与外侨即上海英国领事属秘书玛希儿弗利门相爱的故事。同期《礼拜六》上刊登的了青的小说《中国难得之少年》写的则是中国某青年与一对外国男女在电车上发生矛盾的故事。

构成上海移民主体的是国内的客籍移民。上海的客籍移民主要来自江苏、浙江、安徽、福建、广东、山西、云南、东三省等18个省区。在开埠之初，上海的客籍移民中以闽广籍势力最大。但在小刀会起义之后，这种格局发生了根本性的变化。由于小刀会起义始终以闽广籍商民为主体，起义被镇压之后，清朝地方政府制定了一系列的"善后"措施，对"作乱"的广东帮和福建帮进行制裁性的"清厘"，使闽广移民在上海受到严重的打击。与此同时，受太平军战事的驱赶而饱受离乱之苦的江浙一带的富豪和士绅们"争趋沪滨"。于是，上海由闽广人的天下一变而为江浙人的天下。到了1885年，公共租界内的广东籍移民降至21013人，福建移民降至708人。而江浙籍移民则增至80908人。① 江浙移民数量的猛增，对近代上海经济与文化的发展都带来了不可忽视的影响。19世纪60年代以后，江浙商人很快成为左右上海商界的最大势力。上海金融业和工商业的巨头多为江浙人，过去"半皆粤人为之"的洋行和银行买办也大多被江浙势力所占据。其中"外国银行买办以苏州洞庭山商人居多"②。到20世纪20年代，上海90位著名的买办中，江浙籍占了74人，广东籍仅有7人。③ 从文化上来说，大量满腹诗

---

① 邹依仁：《旧上海人口变迁的研究》，上海人民出版社1980年版，第114页。

② 乐正：《近代上海人的社会心态》，上海人民出版社1991年版，第169页。

③ 〔美〕郝延平：《十九世纪的中国买办：东西间桥梁》附录4，上海社会科学出版社1988年版，第64页。

书、能文善墨的江浙文人进入上海后，顺应社会的转型和时代的需求，开始谋食于城市新式的文化事业机构，以传播西学或从事城市大众文化事业为主要职责。其中成为编辑、报人和职业作家者数量尤多。文学周刊《礼拜六》的编辑和重要作者就几乎都是江浙籍文人。江浙籍文人对上海文化事业的参与使他们自身受到了新式文化机构的制约和改造，在一定程度上实现了身份、角色和谋生方式的转变。同时，近代上海的文化气氛也深深地染上了江南文人的文化色彩。另外，江浙地区自中古以来就是全国重要的文化发达区域，因此江浙籍移民在上海客籍移民中的文化水平会相对偏高。据统计，19 世纪末，江苏粗识文字的男子，要占 60% 左右；学者文人占 5%—10%；有阅读能力的妇女占 10%—30%，其中会做诗的占 1%—2%。① 具有相当文化程度和一定阅读能力的江浙籍移民进入上海后必然会扩大上海市民的文化消费需求，从而促进文化市场的迅速繁荣。以《礼拜六》为代表的文学期刊在民国初年风行一时，与上海市民文化素质的提高和文化消费需求的增强显然也是分不开的。

涌入上海的各地移民共同促进了近代上海经济与文化的繁荣，给上海带来了新的命运。但是，在开埠通商后的相当长的时间内，多数外来移民对上海并没有一种故乡的认同感，更不具备主人的姿态。上海走向近代化历程的复杂性造成了上海居民心态的失衡。吴圳义在分析清末上海租界社会时提出："如单以人口来看，上海租界可算是华人的城市。但如以政治、司法和经济等方面来看，则上海租界又是个外国人的世界。华人在租界社会的地位，就好像生活在外国人的殖民地一般。"② 的确如此，居住在上海的外侨虽然在条

---

① 徐雪筠：《上海近代社会经济发展概况》，上海社会科学出版社 1985 年版，第 96 页。

② 吴圳义：《清末上海租界社会》，台湾文史哲出版社 1978 年版，第 37 页。

约制度下夺取了租界的行政权、司法权，成了一帮享有特权的群类，但他们毕竟是漂洋过海而来的异乡人，他们生活在非西方的世界里，始终处于人多势众的华人群体的包围之中，是华人眼中陌生的闯入者，异乡感和孤立感无往而不在。身处中西文化的对立和冲突之中，他们对华人社会往往既鄙视又无奈。他们竭力保持西洋的生活方式，与华人社会冷漠地保持着距离，甚至不屑与华人交往，因为在他们眼里华人不讲信义、品格低下，与他们交往有失身份；但同时他们又不得不面对难以驯服的人多势众的华人世界，因为他们的巨大利益就存在于这个世界之中，这使他们常常处于无奈的状态。另外，从法理上来说，租界只是租借地，它的主权仍归中国。作为租借地，就必然存在一个归还的问题，它的生命是有限的。这就注定了上海这座城市并非外侨的永久性乐园。因此，不少外侨是抱着临时的观念在这里活动的，他们只顾谋取利益，对华人社会和华人生活漠不关心。对他们来说，上海只是一个夺取财富的生意场，一个冒险者的赌场。他们希望在这个据传充满了发财机会的海禁初开的国度里发一笔横财就滚蛋。19世纪50年代，一位在上海做房地产投资生意的英国商人曾非常直率地对英领事阿礼国表露他来上海的目的："您是女皇陛下的领事官，职责所在，自然不得不为国家谋永久的利益。可是我所关心的，却是如何不失丝毫时机，发财致富……我希望至多在两三年内发一笔横财就离开此地（上海）；日后上海要是被火烧了或是水淹了，对我有什么关系。你不能希望处在我这样地位的人为了后代的利益把自己长期流放在这气候恶劣的地方，我们是要赚钱的、现实的人。我们的职业是赚钱，尽多地尽快地赚钱——为了这一目的，只要法律允许，一切方式和方法都是好的。"① 这段话赤裸裸地道出了不少来沪外侨的

① 姚贤镐：《中国近代对外贸易史资料》第1册，中华书局1962年版，第441—442页。

"淘金"心态。他们关心的是商业利益和发财良机而不是上海的命运。上海不是他们真正的家园，他们也无论如何都不是这座城市的主人。

居住在上海租界的客籍移民虽然在数量上远远超过外侨，但他们却处于无权状态，必须服从外国人的管理与制裁，并且受到了种族歧视。他们多数是为了避难或谋生来到这个与他们的家乡有很大不同的充满了机会也充满了陷阱的近代都市。中国人素有重视血缘、地缘等亲缘关系的传统。在清末民初上海客籍移民的身上，这一特点也非常突出。他们从了解关于上海的信息，到决定离开家乡移居上海，再到正式居住上海，经商、某事，往往都是靠亲友、同乡的引介和关照。在很大的程度上，这些来自各地的移民对上海缺少精神上的认同，对同一原籍的人却有一种本能的信任感。居住在上海的人时常会谈论起"你是哪里人"这样的话题，人们初次见面也总是先通报彼此乡里。同乡是上海居民最亲密的关系之一，同乡会则是他们最熟悉的组织。晚清时期，许多移民到上海之后还有同一原籍同乡聚集在一个地方居住的习惯。例如，"斜桥一带曾经是安徽人比较集中的区域，虹口一度多广东居民"①。另外，上海居民还往往依据地域及行业结成一定的联盟关系。这种联盟关系的典型形态就是以有势力的绅商为中心，兼具有"叙同乡之谊，联桑梓之情"等功能的会馆、公所。比较有影响的如浙江宁波人的"四明公所"、广东人的"广肇公所"等。乡缘的纽带不仅联系着生者，还维系着死者，上海居民都习惯于将其去世的亲友的棺木停放于本乡的会馆。民国初年，出生于上海的苏州籍作家周瘦鹃在其兄长死后，因为不能将其棺椁停放在本乡的会馆而深感痛心和内疚。他在《哭阿兄》一文中向亡兄倾诉了心中的不安："你现在暂厝的会馆，

---

① 张仲礼：《东南沿海城市与中国近代化》，上海人民出版社 1996 年版，第 649 页。

不是我们苏州本乡的，不知你和你的鬼邻可能合得上来？也许有举目无亲之感么？阿兄啊，今且忍耐一下子，今年冬至节，我一定送你到七子山下，葬在祖父和父亲的一旁，那时你就不嫌寂寞了。"①对原籍的忠诚和对故乡的眷恋表明，根植于农业文明的乡贯文化依然缠绕着进入上海的各地移民。这些移民并不是以主人的姿态而是以外来人的姿态居住在上海，他们还不习惯把自己或他人看成"上海人"。19世纪70年代，上海爆发了"四明公所"事件，在上海的宁波籍移民与法租界当局发生冲突，上海当地谁也不认为那是上海人的事情，而只认为那是宁波人的事情。小刀会起义失败后，上海地方当局也不认为那是上海人的事情，而只认为那是福建人、广东人的事情。所以，清政府采取的惩办小刀会的十条规定中，有三条是明确针对福建人、广东人的。② 居住在上海的外来移民与上海之间显然还存在着难以消除的心理距离，他们总是以一种局外人的眼光打量着这座与他们朝夕相处的近代都市，似乎上海只是他们的客居之地，而他们也只是上海的过客。

从1843年开埠通商到民国初年，上海基本上还没有形成一个由真正的"上海人"组成的市民群体。不仅外侨和客籍移民不是上海的主人，连上海的土著居民也不认为自己是上海人。当迥异于上海县城的租界以惊人的速度建成一座"新的城市"并取代老城厢成为新的城市中心的时候，他们并不认为那是属于自己的上海。由于他们大多数人的居住地偏离繁华喧闹的城市中心，他们总把到市中心去说成是"到上海去"③。可见，他们在很大程度上依然保持着昔日"小苏州"的心态。在清末民初，上海还是一座没有"主人"的

---

① 周瘦鹃：《哭阿兄》，《半月》第2卷第23号。

② 熊月之：《闲话上海人》，《海上文坛》1994年第6期。

③ 张仲礼：《东南沿海城市与中国近代化》，上海人民出版社1996年版，第647页。

城市，而没有主人的上海自然无法产生真正反映近代上海都市特征的文学。民国初年，随着广大市民读者文化消费需求的不断升温，大批的江浙籍文人进入上海并在文学市场中谋求生存，参与文学创作和文学期刊的编辑，促进了民初上海市民文学的繁荣。但是，他们并没有写出真正的上海。这些江浙籍文人主要来自苏州或来自一个类似于苏州的江南城市。他们谋食于繁华的十里洋场，心中却眷恋着那个苏州式的江南古城。从某种程度上说，他们不是上海人，而是生活在上海的苏州人。他们在发表作品的时候常常在自己的署名中标明籍贯，如周瘦鹃曾署名为"吴门瘦鹃"，包天笑曾署名为"吴门天笑生"，李涵秋曾署名为"江都李涵秋"。强烈的苏州情结使他们的作品不可避免地染上了江南文化的色彩。透过民初上海蔚为大观的小说作品和繁多的小说类期刊杂志，我们所能感受到的与其说是受西方文化强烈冲击的近代上海，不如说是宁静的古城苏州。巡视一下《礼拜六》前后两百期的封面，那一幅幅古典而又妩媚的仕女图让人联想到的往往是恬静的苏州少女而绝不会是上海的摩登女郎。再一期期地翻阅《礼拜六》所刊载的小说，不管它写的是哪一座城市，那种感伤的情调、怀旧的文笔、缓慢的节奏似乎都能让读者嗅到或浓或淡的苏州气息。民国初年活跃在上海文学市场中的江浙文人并不是真正由近代上海都市文明培养起来的新型市民文学作家，他们还不能以一个上海的主人的眼光去打量上海，还不能把握上海都市发展的脉搏和神韵，这就注定民初在上海掀起的市民文学热潮还无法走出苏州的梦境。

二

　　从 1843 年开埠通商到民国初年，居住在上海的市民不仅没有在精神上认同上海这座城市，成为真正的"上海人"，同时也还没有真正具备近代市民的文化观念。

近代上海都市的崛起带有明显的"速成性"。然而，都市可以速成，市民的文化观念却是无法速成的。作为近代上海城市中心和主体的租界是西方列强用强权移植在中国土地上的一个"外来近代小社会"，是中国政府权力所不及的"化外之地"。对于西方强权来说，他们可以在整个清代社会还处于中世纪状态时将西方近代城市的发展模式移植到沪北，以惊人的速度把租界建成一座"新的城市"，并强行以西方人的生活习惯和西方城市的管理方式对中国居民进行管理，但他们却无法将西方市民的文化观念迅速地移植到来自中世纪的中国市民的头脑中。对于居住在上海的市民来说，他们大多数是来自江浙地区的移民。他们带着江南城市的市民意识和观念从原住地到迁入地——上海，并不仅仅是一种地理位置上的水平移动，更重要的是一种跨文化的移动，即从中世纪到近代文明的跨越。他们为了谋生或避难，在行为上可以迅速跨越地理的界线，但要在观念上跨越中西文化的界线却步履维艰。

在中国的传统观念中，市民是与乡民相对的概念范畴，一个人居住在乡间就是乡民，居住在城市就是市民。这与近代意义上的市民概念是迥然不同的。近代意义上的市民不能简单地理解为居住在城市的居民，它是属于公共领域（Pulic Sphere）的概念，指的是城市自由民或公民（Citizen）。简单地说，它包含两层意思：一层意思是"不出代议士，不纳租税"（No taxation without representation），每一个市民都享有一定的权利和义务，纳税是义务，选举以至被选举为议员，参与市政，便是权利；另一层意思是由一己之私变为关注全市之公，热心公益，关心有关公众之事。① 不可否认，

---

① 唐振常：《市民意识与上海社会》，上海地方志办公室编《上海研究论丛》第9辑，上海社会科学出版社1993年版，第1—2页。

与中国传统的乡民和市民相比，清末民初从各地移居上海的居民在身份、角色、观念上都发生了一定的变化。但他们与近代意义上的市民还存在着不小的差距。上海近代史研究专家一般在社会学意义上把上海的市民群体的构成划分为资本家、职员、产业工人、苦力四个层次。无论属于哪一个层次，他们都与农民、乡民不同。由于上海城市经济的近代化，他们所依赖的经济基础不再是土地而是市场，他们通过参与产品制造、商品交换、提供劳务等独立谋生，具有比农民大得多的生存自由。而当他们获得更大的生存自由和更多的谋生机会的同时也必须面对无处不在的风险和激烈的竞争所带来的压力。为了适应社会的需要，在新生存的环境中立稳脚跟，进而谋求发展，他们不得不积极追求近代知识和各种专业技能，努力改善自身的文化素质，提高谋生的能力。与此同时，清末民初上海各种大众传播形式的涌现，西学的大量输入，新式学堂的普及，以及租界市政管理规章制度的合理性和优越性所起到的示范作用都为市民素质的提高提供了有利的条件。上海市民在不断地改善、提高自身素质，在自己的劳动创造财富的过程中推动了上海的进一步发展，也在一定程度上促进了自身思维方式和价值观念的转变。例如，他们"逐渐摈弃尊文教、耻营求的传统价值观，由重士转为重商、崇商、追求实学"[①]。在近代上海这座城市中，一个人的经济成就是衡量一个人是否成功的重要尺度。商人已经从传统社会格局中"士农工商"的四民之末变成了吃香的职业，成了社会舞台上的重要人物和市民关注的中心。在商业氛围的引导下，上海市民的竞争意识、创新意识以及独立的个人奋斗的人格也开始逐渐形成。但是，上海城北的租界毕竟不是上海政治经济自然发展的产物，而是

---

① 熊月之主编：《上海通史》第5卷（晚清文化），上海人民出版社1999年版，第398页。

西方强权侵略中国的结果，它不可能真正具备平等的竞争机制。在租界这个"外来近代小社会"，占人口总数极小一部分的外侨，特别是英、法、美等国的外侨凭借不平等条约始终拥有特权，居于主导地位。而占人口总数大部分的华人却处于无权状态，他们虽然比传统的农民、乡民具有更大的生存自由和更多的谋生机会，但他们不可能真正享有属于近代市民的一切权利和义务。同时，上海都市发展的失衡注定了上海市民文化观念嬗变的复杂性。

伴随着政治经济的转变，上海市民的文化观念的确发生了不小的变化，但这种变化是艰难而不彻底的。它往往亦中亦西，不中不西，新中有旧，旧中有新。有旅游者称之为"表面上的西化，内里的中国精神"（Chinese spirit inside with Westernized out looking）；中国人自己则称之为"西方的制度，中国的文化"。[①] 西方文明与中国精神之间的关系不是水和乳的交融而是水和油的混合，油浮在水面，内里主要还是中国的精神。总体来说，清末民初的上海市民可以享受都市的繁华、逐渐接受来自西方的物质文化设施和市政管理制度，却难以在短期内改变传统的文化心理。而且，即使是物质文化设施和市政管理制度，如果违背了传统伦理观念也很有可能会遭到市民的抵制。拿饮食来说，清末民初，西餐在上海不仅被很多市民所接受而且已经成为一种时尚。孙玉声 1903 年问世的《海上繁华梦》就描述了上海英租界四马路番菜馆的兴盛。民国初年也有很多小说写了到西餐馆吃大菜的情节，如刊载于《礼拜六》第 158 期至第 175 期的长篇小说《大千世界》。但是，作为西餐精神体现的以个体为本位的分食制却无法在市民中推行，因为它与以群体为本位的中国伦理文化精神相抵触。以美容为例，西式美容护肤品进入近代上海后，很快得到了女性的青睐。《礼拜六》杂志作为一种文

---

① 陈伯海：《近四百年中国文学思潮史》，东方出版中心 1997 年版，第 681 页。

学期刊也曾登载过大量的西式美容品广告，包括在今天依然畅销的旁氏化妆品的广告。然而，当西式化妆品在近代上海长驱直入时，作为美容最高技艺的整容却难以被市民接受。因为传统观念认为身体发肤受之父母，不得轻易毁伤，整容使人蹈不孝之愆，是有违伦理之举。再以市政管理为例，租界当局从一开始就比较重视市政管理，形成了一整套市政管理制度，对居民的居住、行路、卫生等做出了许多具体的规定。早在 1876 年之前，租界的禁例就有 20 条之多。[①] 大到租界市政机构的构造，小到公众生活的琐细之事，无不有严格的规定。如不准随时随地倾倒垃圾，不得在公共场所随地便溺，挑粪过街需加桶盖，甚至于不准倒提鸡鸭等。专门化、法制化的管理方式使租界市政井然有序，不像华界那样肮脏混乱。随着租界的快速发展，上海市民对租界市政管理规章制度的优越性和西方人现代化生活习惯的合理性也逐渐表示认同、接受和赞美。但是，如果与民族文化心理相抵触，他们仍然会表示排斥。《礼拜六》杂志上刊登的小说《中国难得之少年》[②] 就以赞赏的笔调写一个青年违背社会公德的行为。小说开头写道："春申江上，某星期日之夕，街净无尘，明月如画。南京路各电车，正风驰雷动，往来如梭。"这描写的正是上海租界繁华地带南京路市政建设的整洁而有秩序。然而，在这整洁而有序的环境中，一位中国青年在电车两轨之间拦截一对西侨夫妇，"操极纯粹之西语，侃侃而谈，若有所评论"，使车辆无法通行，造成交通混乱。青年与西侨争论的原因是西侨阻止他在电车上吸烟，侵犯他的自由。结果西侨"惭沮万状，急与少年行握手礼，殷勤道歉而别"。小说的情节是否真实已经无法考证，但少年在公众场合吸烟污染环境且有害他人健康，与西侨争论时阻

---

① 葛元煦：《沪游杂记》，上海古籍出版社 1989 年版，第 3 页。
② 了青：《中国难得之少年》，《礼拜六》第 3 期。

《礼拜六》中的化妆品广告

止电车前行，妨碍交通秩序。这些违背社会公德的行为本应遭到指责，作者却因青年在与西侨争论的过程中占了上风而称赞他是"中国难得之少年"，并感叹："余作是篇毕，而生无穷之奢望也，安得吾国外交家，尽如少年其人者乎？呜呼。"中国近代外交史上的确留下了无数的屈辱记录，但少年的行为并没有为中国赢得尊严。相反，恰恰暴露了国人修养的欠缺，素质的低下。少年的所作所为与其说是自尊自强，还不如说是阿Q式的盲目自大，这正是民族文化心理的弱点。以这样的心理对待西方文化，不可能走向真正的自强。民族文化心理具有稳定的传承机制，是社会变革中最难触动的层面。在近代上海，对于一些社会表层的变革通常比较容易得到人们的认同，但当社会的变革深入到伦理道德和文化观念时，社会的认同便困难得多。

近代上海是西学输入的窗口，是中西文化交汇、碰撞的前沿，也是反叛传统文化、抨击封建礼教和儒家思想的主要阵地。然而无论是对西学的引入还是对陈旧的传统思想的反叛基本上都局限于高层文化人士和少数报刊，对一般市民影响并不大。上海开埠之后，讲西学、信科学的主张开始被一些有识之士大力提倡，但是传统的迷信观念在这座近代都市中仍然相当普遍，并常常与西方文化和现代文明发生冲突。早在1865年，西人就酝酿在上海建电报线以改善通讯状况，但当地官民惑于风水的传统迷信观念坚予拒绝。直到1870年，上海租界内才架起了电报线。1873年，法国天主教会在上海徐家汇设立气象台，预报气象。这是中国最早设立的民用气象台。然而就在同一年，由于上海地区久旱不雨，官民依然沿惯例纷纷设坛祈雨。当时一般人沿袭传统观念，认为旱涝灾害是上天对人们行为过失的惩罚，唯有虔诚祈祷才能感动上天。当时人的议论是："旱之降也，或因连年大熟，民生骄佚之心，数载丰收，民忘复载之德，勿再怨恨犯天，惟当虔诚祷雨，感激从前雨泽调匀之大恩。思弭如今雨水愆期之祸。"① 甚至因祈雨不至,人们就怀疑有人斋戒不严,不够虔诚。② 可见,在开埠多年的上海,传统天人感应的自然观和迷信形式仍然为一般民众所遵从。晚清时期,西方新科技以前所未有的速度传入中国,但在作为西学输入之窗口的上海,各种迷信活动、左道邪术仍然时有出现。从 1899 年 1 月底至 3 月初,仅月余时间,对上海市民影响最大的《申报》就刊登了三则荒诞不经的迷信广告和启事。其中包括符水治病的启事一则③,相面算命的广告三则④,仙人传授延嗣药丸的广告一则⑤。在近代上海,西方现代科学思想在一般民众当中远未达到普及。民国初年,《礼拜六》的作家周瘦鹃对自己的母亲曾经"割股疗亲"的行为深表敬佩与赞赏,他深信是母亲"延了外祖母十二年寿命"⑥。受过新式中学教育的周瘦鹃尚且没有摆脱愚昧落后的观念,一般市民的思想文化水平就可想而知了。

上海是开化较早,受欧风美雨浸润最深的地区。但是西方文化的冲击并没有在短期内动摇传统文化观念在市民心目中的主导地位。民国初年,伴随着文化领域内保守主义的迅速蔓延,上海屡次掀起尊孔高潮,成了全国尊孔的主要阵地,政界、商界、学界的尊孔活动都十分踊跃。1913 年 9 月 27 日,上海举行了隆重的祀孔典礼,庆祝孔子诞辰。"自清晨起至中午上,在沪各团体及各学校教习及男女陆续诣庙行祝礼,多至三千余人"⑦。民初上海尊孔活动的

---

① 《申报》馆:《劝民说》,《申报》1873 年 8 月 5 日。
② 《申报》馆:《求雨反晴》,《申报》1973 年 7 月 24 日。
③ 《灵符治病》,《申报》1899 年 1 月 26 日。
④ 《浙绍许春阳相法》,《申报》1899 年 2 月 27 日;《王瀛洲相命》,《申报》1899 年 3 月 3 日;《活佛点化半颠僧相命》,《申报》1899 年 3 月 4 日。
⑤ 《赤脚大仙鱼鳔丸》,《申报》1899 年 3 月 7 日。
⑥ 周瘦鹃:《我的家庭》,《游戏世界》第 17 期。
⑦ 《孔子诞日之祝典》(本埠新闻),《申报》1913 年 9 月 28 日。

盛行虽说与袁世凯政府的提倡与利用有关，但与广大市民的文化心理和知识结构显然也是分不开的。毕竟几千年的尊孔观念已深入人心，要使全社会的人都能正确地评定孔子的地位绝非短时间内能够奏效。1913 年，江苏省第一师范学校招考生徒，应考者三百余人，都是中小学生，"校长杨月如先生嘱各举崇拜人物，以表其景仰之诚"。这份考卷实际上是一个难得的民意测验，答卷者基本上都是对社会问题有一定敏感力的知识青年，他们的选择和追求反映了民众的思想走向。答卷的统计结果是崇拜孔子和孟子的人超过三分之二，崇拜西方著名政治家、思想家的人只有少数。① 这一方面表明社会上儒学的影响还十分深远，尊崇孔孟的观念仍然很流行。另一方面也表明了当时中下层读书人以中学为主、西学为次的文化构成。他们主要处于传统文化的熏陶之中，这份问卷的调查虽然发生在江苏省内，但它在某种程度上正体现了民国初年到上海谋生的大量江浙籍文人的文化取向。

在西方的现代科学思想和文化观念无法深入社会底层的情况下，以女性观念、婚恋观念为主的伦理道德观念不可能在近代上海发生深刻的、彻底的变革。不可否认，关于妇女解放的问题，近代上海一直走在中国的前列。近代女权运动的两项主要内容戒缠足和兴女学在上海都取得了比较突出的成绩。早在 19 世纪 70 年代，上海就出现了主张兴办女学的呼声，并且得到了舆论的呼应。1876年，《申报》发表了一系列的文章，对兴女学问题进行讨论。② 多数论者都批判了"女子无才便是德"的传统旧观念，为中国女子失学弃用而大声呼冤，主张根据西方国家女子与男子同受教育的情况在

---

①　《考师范之笑话》，上海《时报》1913 年 7 月 1 日，转引自罗检秋《近代中国社会文化变迁录》第 3 卷，浙江人民出版社 1998 年版，第 129 页。

②　棣华书屋：《论女学》，《申报》1876 年 3 月 30 日；棣华书屋：《再论女学》，《申报》1876 年 4 月 11 日；《申报》馆：《论设女教以端习》，《申报》1876 年 11 月 1 日。

中国兴办女学。1897年，梁启超、谭嗣同等发起上海不缠足会，宣布以上海为全国总会，号召各省成立分会。在上海不缠足会的感召下，各地不缠足运动呈蓬勃之势，形成了一场规模巨大的改革社会风俗的运动。然而，值得注意的是，当兴女学和戒缠足在上海获得迅速发展的同时，传统的女德和女教并没有受到多大的冲击。即使在兴女学的呼声中，真正从男女平等、男女并重的近代观念出发提倡女子教育的也只是少数人，多数倡兴女学、女教者立论的主旨在于女子接受教育可以知礼明义、相夫教子乃至娱乐丈夫。这种为培养传统的贤母良妻而提倡女学的观点显然是"男尊女卑"、"男主外女主内"的传统性别观念的一个变种，它在本质上与妇女解放和男女平等的进步潮流是背道而驰的。"贤母良妻"的女学宗旨几乎贯穿在整个近代上海的女子教育中，并得到广泛的社会认同。1898年，第一所由中国人自己创办的女子学校——经正女学（又名中国女学会书塾）在上海成立。这所开中国女子教育风气之先的学校提倡教学课程中西并重，并声明其教育目的是欲"启其智慧，养其德性，健其身体，以造就其将来为贤母为贤妇之始基"①。民初上海著名的务本女学也是一所培养"贤母良妻"的学校，该校因大力提倡家事教育而受到社会上广大民众的赞扬和瞩目。当时颇有名气而且注重职业教育的黄韧之在1916年务本女学的毕业会上说："惟余所最注重之要点在贵校得风气之先，创设模范家庭，如洒扫、煮饮、洗濯之类，所授科学均切实用，迥异寻常。大凡女子对于家庭应负完全责任，无论富贵，莫非如此。"②民国初年，上海大量的报刊杂志都明显地表现出对"贤母良妻"的提倡，以提倡女学、研究女学而著名的《妇女杂志》在其广告中表明了它的办刊目的："本杂志

---

① 《中国女学会书塾章程》，《湘报》第64号。
② 《务本女学毕业纪事》，天津《大公报》1916年7月17日。

以提倡女学、辅助家政为宗旨，而教养儿童之法尤为注意，既是为一般贤母良妻之模范，又为研究教育者所必当参考之书。"①《妇女杂志》是在上海的文化市场中诞生，面向市民读者，迎合市民口味，以营利为目的的通俗读物。它的办刊宗旨和审美情趣基本上反映了当时市民的价值选择和社会舆论的倾向。

对"贤母良妻"的片面强调必然导致对女子走出家庭、参与社会的反感。随着近代上海快速的城市化和商业化，妇女传统的生活方式和社会角色受到了冲击，一些妇女开始走出闺门、走出家庭、参与社会生活。但是，当时妇女参与社会生活这种可贵的走向解放的行为却很少能得到社会舆论的支持。一些女性进入工商活动领域后立即遭到种种非议。不少人从"男子治外、女子治内"的古训出发，认为妇女参加传统上属于男子领域的活动是有悖妇道的越轨行为。更有甚者认为妇女在公共活动场所出现会引诱男人、导致淫乱、致使男人破财毁业，任之发展，则"风化之案必将层出无数矣"②。女子进入工商活动领域难以得到社会的支持，女子参政更是受到讽刺与挖苦。民国初年，上海的《民立报》、《申报》发表了一系列的文章，指责女子参政的风潮，认为女子知识贫乏，目光短浅，若责以庶政大计，只能阻遏政治进步。还讽刺女子参政如"牝鸡司晨"，是不祥之兆，将导致家庭崩溃，社会紊乱。③ 这种观点得到了不少人的认同，甚至女界也有不少人附和。上海的"女子进德会"就把从政、做议员列为禁条。④

与妇女就业、参政受到强烈的指责与讽刺相反，妇女守节殉烈的愚昧行为在受西风熏染多年的近代上海社会常常受到鼓励、赞

---

① 《大刷新之广告》，《妇女杂志》4卷1期，1918年1月。
② 《申报》馆：《女工不如男工说》，《申报》1894年6月23日。
③ 空海：《对女子参政权之怀疑》，《民立报》1912年2月28日。
④ 《民立报》1912年3月7日。

赏、称誉。自 1895 年起，《申报》在提倡西学、劝诫缠足、鼓励女子读书等方面发文甚多，而对于妇女的节烈观却往往还是停留在封建时代的旧观念中。1896 年，《申报》特发社论，对直隶和汉口等地妇女中所发生的节烈之举表示赞颂，推崇"自来节烈之事，为中国妇女所最重"①，并认为节烈的行为可以为世道人心劝。② 晚清以来虽有少数先进思想家已经从男女平等的角度批判了陈旧的节烈观念，但曲高和寡。民国初年，人们对旧的伦理道德仍然缺乏深入的认识和批判。因此，袁世凯政府褒扬贞节烈女的落后、荒谬的举措在社会上几乎没有受到多大的谴责。民国初年，上海各类面向市民读者的报刊出现了一些对妇女再嫁持宽容态度的作品，但同时也充斥着对贞节烈妇的赞美。由《礼拜六》的重要作家天虚我生主编的《女子世界》就以宣传旧的纲常伦理为主要内容，大量刊载贞节烈女的事例，颂扬烈女殉夫的愚昧现象，在婚姻问题上主张男子多妻纳妾而要求女子独守贞操。《小说新报》仅 1916 年第 9 期至第 11 期的"谈荟"栏目就出现了《李节妇》、《黄节妇》、《谢烈女》、《孔节妇》、《王节妇》、《张烈妇》六篇直接以节妇烈女为标题的纪实性杂谈。小说周刊《礼拜六》在登载了一些同情妇女再嫁的作品的同时也刊登了不少宣扬节烈的小说，如第 7 期的《孤凤操》，第 66 期的《死缠绵》，第 110 期的《赤城环节》等。1918 年，新文化运动已推向高潮，新文化先驱们对封建礼教展开了全面的批判，其中周作人的《贞操论》、鲁迅的《我之节烈观》，胡适的《贞操问题》、《论贞操问题》等文章集中对传统贞节观念和褒扬贞节的旧制度进行了有力的抨击。但是这种有力的抨击没有广泛地抵达社会底层，也没有迅速唤醒普通民众，因此不可能彻底扭转整个社会的文化风

① 《申报》馆：《论本报记徐女殉夫事》，《申报》1896 年 8 月 27 日。
② 《申报》馆：《节孝可风》，《申报》1896 年 9 月 22 日。

气。1918年，上海的江氏女未婚夫死，殉节不遂则抱木成亲。"亲操井臼，上待太姑，下抚嗣子，含辛茹苦"，得到了不少人的赞扬。① 同年，上海陈氏女未婚夫王某死后"背人仰药自尽"，与王某合葬，将男女主牌行阴配礼，一时往观者途为之塞，咸谓陈女贞烈可风。② 有关人士还为陈烈女专门开追悼大会，男女来宾两千余人，有人在追悼会上发言："陈烈女殉夫难能可贵，于世道人心大有关系，追悼会之本意盖欲激励社会高洁之道德。"③ 显然，在民国初年的上海，贞节烈女的圣洁光环仍然闪耀于不少市民的道德评判中，传统贞节观念仍然束缚着人们的思想。

在近代上海，女性观念的变革艰难而缓慢，婚恋观念的递变同样举步维艰。"男女有别"是中国礼教大防。自古以来，"男女授受不亲"、"男女七岁不同席"是不可逾越的礼教规范，男女社交受到严格限制。上海开埠以后，这种顽固而又牢固的礼教大防受到了冲击，并打开了缺口，随着近代上海城市化和商业化的发展，城市妇女的生活方式开始发生了改变，社会交往范围扩大。男女之间的交往由原来的隔绝、封闭趋于自由、开放。同时，西方自由平等思想的传播和西方礼俗的输入也触发了人们对传统礼教规范和婚姻习俗的不满。清末民初，有识之士开始批判中国传统的婚姻制度，呼吁婚姻自由。经济的推动和新思潮的影响使上海这个开化较早的地区在婚姻习俗上出现了可喜的变化。一些人开始勇敢地破除习俗偏见，实行自由择偶，抗婚、逃婚的故事也逐渐增多。在民国初年，很多以爱情为题材的市民文学都反映了这种变化。如刊载于《礼拜六》杂志的《双落泪》（第10期）、《情场惨劫》（第37期）、《采桑

---

① 《女士贞节可风》（本埠新闻），《申报》1918年4月18日。
② 《烈女殉夫之可敬》（本埠新闻），《申报》1918年5月5日。
③ 《陈烈女追悼大会详记》（本埠新闻），《申报》1918年8月5日。

女》（第 39 期）、《鬼之情人》（第 46 期）、《死缠绵》（第 66 期）、《一诺》（第 101 期）、《逼死》（第 131 期）、《痛语》（第 157 期）、《又断送了一个好女子》（第 162 期）等都描写了青年男女渴望婚恋自由以及抗婚、逃婚的行为。另外，冗长、繁芜的传统婚礼仪式已被一些开明人士摒弃。文明结婚开始成为时尚。有人赞之曰："文明婚礼，盛行海上，新妇则以轻纱绕身，雾影香光，尤增明艳，每共拍一照，以为好合百年之谐。"① 但是，这些可喜的新气象还只限于少数上流社会和商学阶层。直到民国初年，新的婚姻观念包括男女自由交往、自由结婚、自由离婚并没有被多数人所接受。青年男女对婚恋自由的追求往往遭到来自家庭的阻力。同时，上海地方当局对男女交往还有种种限制。民初上海有男女同车出行遭拘禁②和男女在公共场合彼此谈笑被巡警斥为违章③的事件。男女同台演戏也屡遭禁止，舆论还对男女杂坐观戏表示不满："古时妇女观剧，必先垂帘，避伶人之眼线也，而今日场中，男女杂坐，眉目勾淫。"④ 类似的较保守的议论为数不少。五四之前，上海青年会就针对"男女同校"的问题展开辩论，结果是以反方否定"男女同校"而获胜，这显然反映出社会上否定男女同校还是主流。在这种陈旧保守的文化氛围中，获得婚恋自由的幸运者只是少数，多数人仍然是传统婚姻制度和习俗的牺牲者。民国初年，上海轰动一时的周静娟案就清楚地表明了当时追求婚恋自由者的悲惨遭遇。周女士为上海务本女塾、竞化师范毕业生，后至浦东某女校任教员，与徐某共

---

① 《海上新竹枝词》，上海《时报》1913 年 4 月 4 日，转引自罗检秋《近代中国社会文化变迁录》第 3 卷，浙江人民出版社 1998 年版，第 103 页。
② 罗检秋：《近代中国社会文化变迁录》第 3 卷，浙江人民出版社 1998 年版，第 105 页。
③ 《巡警干涉男女谈笑之冲突》（本埠新闻），《申报》1914 年 6 月 13 日。
④ 海寥无我：《自由谈话会》，《申报》1913 年 11 月 13 日。

事相恋并在校举行婚礼。其父怒其伤风败俗，骗其归家，途中推女落水，周女士因此被父亲蓄意淹死。[①]　当时不少市民文学作家对婚恋不自由都有切身体会，《礼拜六》杂志的作家程小青曾有一个性情投契的恋人江黛云，但由于两家贫富悬殊，江氏父亲横加阻挠，终致好事未谐。《礼拜六》杂志的编辑、作者周瘦鹃也因门第悬殊、父母反对与相爱的女学生周吟萍难成眷属，抱恨终生。周吟萍的英文名是"violet"，即紫罗兰。周瘦鹃把他创办的杂志命名为《紫罗兰》、《紫兰花片》，将他在苏州的住所命名为紫兰小筑，可见他对周吟萍念念不忘，对那段伤心恋情念念不忘。周瘦鹃本人曾坦率地说："我之与紫罗兰，不用讳言，自有一段伤心影事，刻骨铭心，达四十年之久，还是忘不了……我往年所有的作品中，不论是散文、小说或是诗词，几乎有一半儿都嵌着紫罗兰的影子。"[②]　显然，周瘦鹃所经历的爱情悲剧直接影响了他的小说创作，后来他在《礼拜六》等杂志上创作了大量的悲情小说，被誉为民初文学界著名的"哀情巨子"都与他的恋爱经历有着直接的关系。周瘦鹃的朋友陈小蝶对周瘦鹃因难忘旧情而大量创作哀情小说感叹不已，专门在周瘦鹃的小说《午夜鹃声》之后写道："瘦鹃多情人也，平生所为文，言情之作居什九，然多哀艳不可卒读。"并题诗云："弥天际地只情字，如此钟情世所稀。我怪周郎一枝笔，如何只会写相思。"[③]　周瘦鹃的另一位朋友，经常为《礼拜六》绘制封面的丁悚也曾发出类似的感叹："瘦鹃平昔似抱有无穷之感，每为言情之作，多悲痛噍杀之音。不以有情人双双置之死地不置。"[④]　婚恋自由的实现是一件非常艰难的事情，它涉及经济发展、价值观念的更新、道德伦理的

①　疑痴：《自由谈话会》，《申报》1913 年 10 月 12 日。
②　周瘦鹃：《拈花集》，上海文艺出版社 1983 年版，第 304 页。
③　陈小蝶：周瘦鹃著《午夜鹃声》篇后题诗，《礼拜六》第 38 期。
④　瘦鹃、丁悚：《情天不老》，《礼拜六》第 38 期。

重构以及文化传统的变革等许多方面。而在民初上海这个经济与文化观念的发展严重失衡的社会里，还不可能真正实现婚姻观念的本质飞跃。民初上海婚姻习俗上出现的一些新变化只能说是在旧的一潭死水中掀起了一道道美丽的浪花。在这样的社会氛围中，民国初年以《礼拜六》杂志为代表的市民文学中的言情小说大多以悲剧结局就在情理之中了。

可见，近代上海在西方文化的冲击下虽然出现了许多迥异于传统的新气象，社会风俗发生了深刻的变化，近代都市生活方式也逐渐形成，但从社会的文化氛围和市民的文化观念来说，直到民国初年，上海在很大程度上还是一个传统的社会。而在这样一个传统的社会显然难以产生具有全新市民观念的市民文学。

第四章

"脚踏两城"的民初文人

——《礼拜六》的创作主体

《礼拜六》杂志的创作主体即《礼拜六》杂志的作家在总体上可分为两大类。第一类是以写作为主要谋生方式的知名职业作家，他们的创作基本上集中在第 145 期之前。第二类是由各类职员、教师和学生组成的业余作者，他们从第 145 期开始参与《礼拜六》杂志的创作，在 166 期之后逐渐成了《礼拜六》杂志的创作主力。第一类作家是民国初年文坛上非常活跃的一群，他们的创作代表了《礼拜六》的最高成就，决定了《礼拜六》的文化风貌，并对整个民国初年的文学都有着不可低估的影响。而第二类作家缺少知名度和创作实力，他们对《礼拜六》以及当时文坛的影响比第一类作家小得多。他们很可能是小说的热心读者，出于兴趣，偶尔试笔。而且，他们参与创作的时期不是《礼拜六》辉煌、走红的时期，而是走下坡路，销量渐减的时期。因此他们的作品不能代表《礼拜六》的成就。本章所论及的《礼拜六》杂志的创作主体主要指第一类作家。另外，由于《礼拜六》的编辑人员都是重要作家，而《礼拜六》的重要作家也常常团结在编者的周围，为刊物出谋划策，因此，本章所谈论的重要作家兼及编者。

《礼拜六》杂志的重要作家都在上海卖文为生，但是按照籍贯，他们却没有一个是上海人氏。他们主要来自江浙地区，其中又以苏州人居多。近代上海经济的发展、报刊杂志的繁荣、市民文化消费需求的升温为这批江浙文人参与大众文化事业提供了有利条件。他们也充分利用这些有利条件使自己在市民社会中获得名与利。然而，这批以苏州人为主的江浙文人与多数的移民一样，对上海并没有精神上的认同感。他们没有真正融入上海这座近代都市，更没有成为真正的"上海人"。他们一只脚踏进了上海，另一只脚却留在了苏州。上海是他们赖以存活的谋生之地，苏州则是他们魂牵梦绕的精神家园。他们在谋生的过程中显示出了勤劳、务实、趋利的市民本色，在生活中却追求、向往闲适、优雅、浪漫、脱俗的士大夫作风。郑逸梅为上海小报《天韵》写补白时曾在苏东坡的诗句"宁可食无肉，不可居无竹，无肉令人瘦，无竹令人俗"之后戏谑地加了一句"不瘦亦不俗、要吃笋烧肉"①。这句戏言典型地道出了民初市民文学家"脚踏两城"的文化姿态。他们离不开"食有肉"的物质之城上海，更难以忘怀"居有竹"的优雅之地苏州。

为了对《礼拜六》作家"脚踏两城"的独特的文化姿态做出进一步的深入分析和探讨，现将 28 位《礼拜六》重要作家的生卒年、初入文坛的时间、籍贯、受教育的情况、曾参与编辑的报刊、曾从事的编辑工作，以及写作、编辑之外兼有的谋生方式列表如下：

---

① 郑逸梅：《呵呵录》，《天韵》1923 年 3 月 16 日。

姓名	生卒年	初入文坛时间	籍贯	受教育情况	曾参与编辑的报刊及曾从事的编辑工作	写作、编辑之外兼有的谋生方式
李涵秋	1874—1923	1902	江苏扬州人	曾受私塾教育。	《小时报》《小说时报》《快活》	早年为书塾先生，在家设帐授徒。1910年在两淮高等小学任教师，1913年在江苏省立第五师范学校任教师。
许指严	1875—1923	1911	江苏武进人		《小说新报》	1906年在上海徐家汇南洋公学任教师，1911年在南京金陵高等学校任教师。曾任财政部机要秘书，因书生意气，与同僚落落寡合，不久便辞职归沪。曾任某银行文书主任。曾卖字。
程瞻庐	1879—1943	1911年之后	江苏苏州人	童年入私塾、弱冠少年进紫阳校土馆读书，24岁入江苏省高等学堂（苏州中学前身）读书。		曾在五湖两级学堂、苏州晏城中学、振华中学、慧灵中学、景海女校任教师。

续表

姓名	生卒年	初入文坛时间	籍贯	受教育情况	曾参与编辑的报刊及曾从事的编辑工作	写作、编辑之外兼有的谋生方式
陈蝶仙 （天虚我生）	1879—1940	1895 年之前	浙江钱塘人	童年入私塾，曾得优贡生。	《著作林》 《游戏杂志》 《女子世界》 《申报》副刊《自由谈》	1901 年在杭州开设萃利公司，次年又开石印公司。1909 年在浙江的绍兴、靖江、淮安等县当幕僚和小官吏。1918 年创立家庭工业社股份公司，发售无敌牌牙粉。后又分设酿酒、制汽水及碳酸镁玻璃诸厂。
徐卓呆 （徐半梅）	1880—1961	1910 年前后	江苏苏州人	曾受私塾教育后留学日本、学体育，是早期日本留学生。	《时事新报》 《晨报》 《笑画》 《笑话》 《新上海》	曾在上海南通伶工学校、通鉴学校任教师。曾创办中国体操学校。曾任戏剧演员、电影演员。曾与邑优游合办中心影片公司，后又开办"蜡烛"影片出售。曾自制良美牌酱油出售。
刘铁冷	1881—1961	不详	江苏保应人	上海龙门师范毕业。	《民权报》 《民权素》 《小说丛报》	曾在徐汇公学、育才中学、开明中学、青年中学、宝应中学任教师。曾经营出版业，先后开设中原书局、崇文书局、真美书店。

姓名	生卒年	初入文坛时间	籍贯	受教育情况	曾参与编辑的报刊及曾从事的编辑工作	写作、编辑之外兼有的谋生方式
俞天愤	1881—1937	辛亥革命前后	江苏常熟人	不详	不详	不详
王西神（王蕴章）	1884—1942	辛亥革命之前	无锡人	曾入私塾，16岁中举，曾入江苏省高等学堂。	《小说月报》、《妇女杂志》、《明星画报》、《新闻报》	曾佐南京政幕，曾为书佣，曾主持正风学院，曾为沪江大学国文教授。
吴双热	1884—1934	不详	原籍江苏吴县（今苏州，自祖辈移居常熟）	不详	《民权报》文艺附刊、《小说丛报》、《五铜圆》、《大同日报》、《琴心报》	曾在南京正道中学任教师。
叶小凤（叶楚伧）	1887—1946	1908	江苏吴县周庄人（今苏州）	童年先后寄读于吴江同里任氏、叶氏家塾，1902年参加县试名列前茅。院试时落第，科举废除后考入上海南洋公学，后就读于浙江南溪公学及江苏苏州高等学堂。	《太平洋日报》、《民立报》、《民国日报》、《生活日报》	曾任上海城东女学、竞雄女学、开明女学任教师。曾任"民鸣新剧社"编剧。曾任中国国民党宣传部长、"中央"第一届执行委员会委员、妇女部长、历任上海执行部青年部长、江苏省主席、"中央"宣传部长、中央政治会议秘书长、立法院副院长、江苏省党委主席、中央编辑委员会委员、"中央"出版事业管理委员会主任委员等诸职。

续表

姓名	生卒年	初入文坛时间	籍贯	受教育情况	曾参与编辑的报刊及曾从事的编辑工作	写作、编辑之外兼有的谋生方式
王钝根	1888—1952	1911	江苏青浦人	幼年从祖父家王鸿钧读书，年十二学八股，清廷下诏废入股后专力于古文。曾入门方言馆学习外语。后入南青书院（该院只重经史）。	青浦《自治旬刊》、《申报》副刊《自由谈》、《心声》、《游戏杂志》、《社会之花》、《东方小说》、《说部精英》、《新申报》与《自由闲话》、《新上海》、《戏考》	曾在本邑创办小学，自任教师。后出故乡短暂参与政界之事，曾卖字。曾设立明记公司，经营铁业。
严独鹤	1899—?	1914	浙江桐乡县乌镇人	6至9岁学于私塾，9至14岁从母舅费费翼枭读（浙中名士）。	《新闻报》副刊《快活林》、《新闻夜报》副刊《夜声》、《红杂志》、《红玫瑰》、《侦探》、《月亮》、《中华》、《上海生活》 曾任中华书局编译员	曾在江南上饶厂倌中学、务本女塾、私立新闻学院任教师。曾在上海某学校当文牍员。曾创办大经中学，亲任校长。
姚鹓雏	1892—1954	1918	松江人	幼年读《四书》，12岁应童子试，16岁毕业于松江府中学堂。后入京师大学堂，为林琴南得意门生。	《七襄》、《申报》副刊《自由谈》、《民国日报》、《国民日报》 曾任进步书局编辑	曾在东南大学、河海工程学院、南京美专、江苏政文医校任教师。

续表

姓名	生卒年	初入文坛时间	籍贯	受教育情况	曾参与编辑的报刊及曾从事的编辑工作	写作、编辑之外兼有的谋生方式
程小青	1893—1976	1914	江苏苏州人	幼年入私塾，家贫早年失学。16岁一边当学徒一边在附近学校学习英文。1924年函授学习美国某大学的犯罪心理学。	《锡报》副刊《啸傲》《侦探世界》《新月》	1915年苏州天赐庄东吴大学附属中学任临时教师。1923年被东吴大学英语科破例聘为正式教师，教西人学习华语。曾与徐碧波合资创办苏州公园电影院。曾为上海友联影片公司、明星影片公司、国华影片公司改编电影剧本。
姚民哀	1893—1938		江苏常熟人	15岁毕业于虞西民立小学。	《世界小报》《小说霸王》	曾在美商花旗烟草公司任文牍。
范烟桥	1894—1967	1915	江苏吴江县同里镇（今属苏州）人	幼年跟随父亲读诗经，15岁投师领金天翮门下，学习唐末文及近代文，18岁入苏州草桥中学，后转杭州之江学堂，后因受不了教会学校拘束改入南京民国大学商科。	《同言》《吴江周刊》《苏民报》副刊《余勇》《星报》《星光》《苏州明报》《新鲁日报》副刊《新语》《消闲月刊》	曾在北垾第一小学、北垾女子小学、吴江县第二高等小学、吴江县第一女子小学、正风中学、上海持志大学、东吴大学附中、正风中学、省立苏州中学任教师、大夏大学、大同中学任教师。曾在上海明星、国华、金星等影片公司任职。

续表

姓名	生卒年	初入文坛时间	籍贯	受教育情况	曾参与编辑的报刊及曾从事的编辑工作	写作、编辑之外兼有的谋生方式
范烟桥	1894—1967	1915	江苏吴江县同里镇（今属苏州）人		《珊瑚》《苏州明报》副刊《明晶》《新吴江》《文汇画报》	曾售卖书屏。曾从事投机事业。
周瘦鹃	1895—1968	1911	江苏苏州人	童年曾入私塾，后转入小学和中学。18岁毕业于上海民立中学。	《礼拜六》、《游戏世界》、《半月》、《紫罗兰》、《紫兰花片》、《紫葡萄画报》、《新家庭》、《乐观》、《良友》、《中华》、《上海画报》、《申报》副刊《自由谈》、《春秋》《儿童》《衣食住行》	曾在上海民立中学任教师。曾供职上海明星影片公司。曾在上海辟"香雪园"（展览花卉，盆景）以获利。
郑逸梅	1895—1992	1910	江苏苏州人	幼年从祖父识字。8岁入私塾，后入敦仁学堂，苏州长元和公立高等小学。15岁就读于苏州草桥江苏省立第二中学。	《游戏新报》《消闲月刊》《金钢钻报》《永安月刊》《明星日报》《联益之友》《华光》	曾在徐汇中学、务本女学、国华中学、江南联合中学、上海音乐专修馆、志心学院、诚明文学院任教师。曾任上海影戏公司撰述、新华影戏公司宣传主任。

续表

姓名	生卒年	初入文坛时间	籍贯	受教育情况	曾参与编辑的报刊及曾从事的编辑工作	写作、编辑之外兼有的谋生方式
冯叔鸾	不详	1911	江苏扬州人		《神州报》	曾做文明戏演员。曾任宁省视学员。曾任上海文明戏演员。曾在南方大学任教师。
张舍我	1896—？	1920年前后	江苏川沙县人	上海瀓衷小学毕业,后入读上海沪江大学高级预科。	《盖簪》《千秋》	曾任记者,后经商。曾在小学任教师。曾在商务印书馆任校对。曾在英美烟草公司、金星保险公司、友邦人寿保险公司任职员。曾在上海西门外创办"小说专修学校"。
张碧梧	1897—？	1916年前后	江苏扬州仪征县人	曾就读扬州两淮两等小学,因家贫而早年缀学。	《商务时报》《浔溪日报》《乐园日报》	曾任先施公司、永安公司任职员。曾为"艺辉"、"徐胜记"、"正兴"、"环球"等印刷厂绘制月份牌画。
江红蕉	1898—1972	1917	江苏苏州人	苏州草桥中学毕业。	《家庭杂志》《银灯》	曾任浙江萧山县沙田局会计。

续表

姓名	生卒年	初入文坛时间	籍贯	受教育情况	曾参与编辑的报刊及曾从事的编辑工作	写作、编辑之外兼有的谋生方式
陈小蝶	1898年前后出生、卒年不详	1914年之前	浙江钱塘人	14岁入法政大学，后入约翰大学，曾因兴趣不合、中途放弃	不详	助其父陈蝶仙从事家庭手工业。
张枕绿	不详	1918	江苏	3岁开始认字，6岁进家塾	《沪江月》、《横行报》《最小报》、《良晨》《长青》	曾创办印刷公司经营出版业。
沈禹钟	1898	不详	浙江嘉善人	曾入私塾，后就读于朱氏私立志本学堂。	《东方朔》《社会之花》	不详
严芙孙	不详	14岁开始创作小说	浙江桐乡人	不详	《雏报》、《新新思潮》、《青声周刊》、《锡报》、《小说日报》《月亮》《蔷薇花》	不详
刘豁公	不详	1913	安徽桐城人	由安徽陆军小学升送保定速成大学。	《民品报》、《心声》、《明报》、《说部精英》、《小说季刊》《三日画报》	不详

第一节

在上海的市民社会中谋生存

一

我国古代并不存在作为现代社会分工角色意义上的职业作家，那些从事文学创作的士大夫并不是为了赚取稿酬、以此谋生。他们之所以热衷于文学，多半是因为他们满怀着兼济天下、移风易俗的人生抱负，是因为他们肩负着载道言志的社会责任，是因为他们有积压在内心想一吐为快的情绪需要宣泄。但是，伴随着近代上海经济的发展、都市的繁荣、市民阶层的崛起和文学市场的建立，这种情况发生了改变。在资本主义商业运行机制所主宰的文学市场中，文学成了可以交换的商品，写作成了可以谋生的职业。

我国文人真正以领取稿酬的方式直接介入文学生产这一商业性活动并成为职业作家始于晚清。因为翻译《巴黎茶花女遗事》而走红文坛的林纾就是晚清典型的职业作家。据今人连燕堂、裴效维的考证和统计，林纾翻译并出版的小说共 181 部，每部字数均在 20 万字以上。① 其中一些作品是先在期刊上发表，然后出版单行本，发表和出版时均有稿酬。郑逸梅曾回忆说，林译小说"在清末民初很受读者欢迎。他的译稿，交商务印书馆出版……稿费也特别优厚。当时一般的稿费每千字二三元，林译小说的稿酬，则以千字六元计算，而且是译出一部就收购一部"。② 如果以每部 20 万字计算，

---

① 鲁湘元：《稿酬搅动文坛》，红旗出版社 1998 年版，128 页。
② 转引自《中国近代文学史论文集·小说卷（1949—1979）》，中国社会科学出版社 1983 年版，第 688 页。

只计出版不计发表稿酬，林纾可得稿酬 217100 元。若分一半给合译者，林纾可得稿费 108600 元。这比 1901 年的诺贝尔文学奖金还多 2 万余元。在清末民初能有这样的收入，林纾的生活费用当毫无问题。晚清另一位典型的职业作家是吴趼人。长篇小说《二十年目睹之怪现状》使吴趼人一炮走红。从 1913 年到 1910 年去世的 8 年间，吴趼人一共发表和出版了 11 部长篇小说和大量中短篇小说、小品以及随笔，总字数在 250 万字以上。按当时较低的稿酬标准每千字 2 元的标准计算，吴趼人可以依靠笔耕的收入过得衣食无忧。他完全可以以写作为谋生的职业，事实也正是如此。吴趼人曾在他的小品文《咬文嚼字》中幽默而又坦率地表明他与传统士大夫不同的创作动机和创作目的。他说：

> ……我佛山人，终日营营、以卖文为业。或劝稍节劳。时方饭，指案上曰："吾亦欲节劳，无奈为了这个。"或笑曰："不图先生吃饭，乃是咬文嚼字。"①

吴趼人吃饭，就是在"咬"他自己写的文，"嚼"他自己写的字，他完全以写作为谋生的职业，"咬文嚼字"这个成语因此获得了新的内涵。

到了民国初年，上海的文学市场得到了进一步的开拓，它所能容纳的文化人要比晚清时期多得多。另外，科举制度已经废除，传统文人在由士而仕的官道彻底断绝之后必须寻求新的谋生之路。这就使得晚清时期的职业作家吴趼人所说的"咬文嚼字"开始成为更多文人的可能的和自觉的谋生方式。《礼拜六》杂志的重要作家正是在这一时期适应社会的转型和时代的需求进入了上海的文学市

---

① 我佛山人：《咬文嚼字》，《新小说》1903 年第 10 号。

场，以写作和编辑报刊为谋生的职业。

《礼拜六》杂志的创办人王钝根是古文家王鸿钧先生之孙，父亲是秀才出身，家学渊源，他被选拔到南青书院读书后，感到自己不能再走祖父和父亲的谋生之路，所学经史也已经不合世用，于是补习英文。辛亥革命前夕，王钝根在家乡清浦创办了《自治旬报》，一时名播乡里。之后，他应主办《申报》的同乡席子佩的邀请到上海参与《申报》的编辑工作，1911 年 8 月 24 日，他首创了《申报》副刊《自由谈》，之后编辑《自由杂志》。1914 年，他又创办了红极一时的文学周刊《礼拜六》。王钝根的一生主要是在文学市场中谋生存，他主持创办的期刊多达十余种。他在编辑工作之余，也勤于笔耕，在《礼拜六》周刊上发表的笔记、闲评、琐言、小说和游戏文就有六十余篇。《礼拜六》杂志的编辑、重要作家周瘦鹃幼年丧父、家贫如洗，全靠母亲为"虞德记"做女红度日。从小学到中学，因为成绩优异，他的学费均得减免。中学时期，周瘦鹃把《浙江潮》上的一篇笔记改编为五幕剧《爱之花》，以泣红为笔名投寄商务印书馆的《小说月报》，被主编王蕴章采纳，获得了十六元银洋的稿酬。这使全家人欢喜无比，因为"那时的十六块大洋钱可以买好几石米"[①]，可以解决家中的大问题。这次投稿的成功提高了周瘦鹃写作的兴趣，从此踊跃投稿。周瘦鹃从上海民立中学毕业后就留校任教，后来他看到上海的文艺刊物如风起云涌，小说大受市民读者欢迎，就辞去了令他活受罪的教书职务，正式下海，干起了笔墨生涯，以卖文所得为母亲分担养家的重任。1914 年，周瘦鹃成为《礼拜六》的台柱子之后，稿费收入已颇为可观，他的母亲不必再为"虞德记"做女红。后来为了筹备一笔结婚的费用，他将一

---

① 周瘦鹃：《笔墨生涯五十年》，《紫兰忆语》，古吴轩出版社 1999 年版，第 240 页。

部翻译书稿以四百元的价钱卖给了中华书局。新中国成立后，他在写给爱女瑛儿的信中回忆起此事不无自豪地说："为了娶你母亲，筹措一笔结婚费，因将曾在各种报刊发表过的历年所译欧美十四国的名家短篇小说五十篇，全部搜集起来，编成一部《欧美名家短篇小说丛刊》，卖给中华书局，得稿费四百元，下一年我就像模像样地跟你母亲结了婚。以后二十年间，生下了你们兄弟姐妹七个；细想起来，你们七个孩子都可算得是我这部书的副产品，而都是从我一枝笔上生发出来的。"① 周瘦鹃主要依靠写作和编辑报刊谋生，他娶妻生子、养儿育女的费用都来自他的一支笔。比周瘦鹃年轻的张碧梧幼年聪颖过人，在读小学期间颇得老师李涵秋先生的赏识，但却因家道中落而过早失学。为了谋生，他跟随表兄——《小说时报》的主笔毕倚虹到上海，翻译了《断指手印》、《海盗欸》、《电贼》等中、长篇小说。在长辈的鼓励下，张碧梧开始尝试小说创作。不久就以其勤奋与才华跻身于当时的作家群。在 1921 年《礼拜六》复刊时，张碧梧的名字已经作为"撰述者"被列入了周瘦鹃在版权页上所开列的《礼拜六》主要作者的名单之上了。《礼拜六》杂志的重要作家虽然并不是每个人都像周瘦鹃和张碧梧这样为了摆脱贫困线上的挣扎而投入写作，但他们中的大多数人的确是以创作小说和编辑报刊为主要的谋生方式。在某种程度上可以说，文学已经成了他们养家馈口、安身立命之所在。张枕绿就曾坦率地说："我没有多大的本领赚钱，只能把所作的小说换几个钱。当我十九岁前，我把稿费充零用，很是宽裕……当我十九岁上娶了妻子，自立门户之后，要把赚来的钱补助家庭的开销了。"②

---

① 周瘦鹃：《笔墨生涯五十年》，《紫兰忆语》，古吴轩出版社 1999 年版，第 242 页。

② 张枕绿：《我从事著作前的预备》，《最小报》1922 年 12 月 5 日。

写小说可以谋生在民国初年已经成了多数人的共识，写作这一职业也开始受到不少人的羡慕。这就使得民初文人不仅能以写小说为职业，还能以传授写小说的技能为职业。民初的报刊上常常登载"招收学生、教授小说"的广告。有的是以个人的名义招收弟子，①有的则是开办"小说专修学校"或"小说函授社"，颇似今日的职业技能培训班。其中成立于 1923 年的上海小说专修学校主要是由《礼拜六》杂志的作家联合创办的。该校的校长张舍我，教员中的江红蕉、张枕绿、程小青、胡寄尘、赵苕狂，赞助员中的王钝根、周瘦鹃、徐卓呆、刘豁公、严独鹤等都是《礼拜六》的重要作家。②

《礼拜六》的作家以创作小说和编辑报刊为谋生的职业，读者就是他们的衣食父母，这就决定了他们必须以迎合广大市民读者的文化消费需求为编辑方针和创作宗旨。张丹斧在谈起办报纸的心态时曾说："我们报界，照人家说起来，本应该主持清议，指导国民。但是，既羼了点营业性质，就不免像汪容甫先生说的俯仰异趣，哀乐由人了。"③ 关于编者要在某种程度上迎合读者的问题，具有丰富编辑经验的周瘦鹃曾做过一个非常生动的比喻，他说："编辑看似容易，实在不是一件容易的事。编辑者选择稿件，一方面既要适合自己的眼光，而一方面又要迎合读者的心理。读者们的心理，又各有不同。有的爱这样，有的却爱那样。俗语所谓公要馄饨婆要面，岂不使做媳妇的左右为难呢？杂志和报章的编辑人，也就好似做媳妇。对于公啊婆啊，一一都要迎合。所以在下就一面做馄饨给公公吃，一面又做面给婆婆吃。总之，样样都做一些，让人家各爱其所就是了。如今广州有一位读者……要求我们多登些风景照片和有关

---

① 《许廑父招收遥从弟子》，《小说日报》1923 年 7 月 21 日。
② 《上海小说专修学校招生及章程》，《红》第 2 卷第 13 号。
③ 丹翁：《迎合》，《晶报》1920 年 5 月 24 日。

国内外电影的图画文字。那就好似馄饨和面以外，又有一位叔公要吃大包子了，做媳妇的胆敢不依么？"①《礼拜六》的作家们正是这样努力地调制着广大市民读者所喜爱的口味。

为了迎合读者休闲、娱乐的精神需求，《礼拜六》杂志始终追求杂志的趣味性。在创刊号的《出版赘言》中，主编王钝根就向读者许诺了杂志的娱乐功能："买笑耗金钱、觅醉碍卫生，顾曲苦喧器，不若读小说之省俭而安乐也。且买笑觅醉顾曲，其为乐转瞬即逝，不能继续以至明日也。读小说则以小银元一枚，换得新奇小说数十篇，游倦归来，挑灯展卷，或与良友抵掌评论，或伴爱妻并肩互读，意兴稍闲，则以其余留于明日读之。晴曦照窗，花香入坐，一编在手，万虑都忘，劳瘁一周，安闲此日，不亦快哉！故人有不爱买笑、不爱觅醉、不爱顾曲，而未有不爱读小说者。况小说之轻便有趣如《礼拜六》者乎？……"② 这段文字实际上表明了《礼拜六》是适应广大市民工作之余的休暇而创办的消遣性刊物，它具有"省俭而安乐"和"轻便有趣"的特征。1921 年，《礼拜六》杂志复刊后，编辑周瘦鹃在《申报》上所刊登的《出版告白》中再次强调了刊物的消遣和娱乐功能，他指出：该刊"皆名家手笔，新旧兼备，庄谐杂陈，茶余酒后似可做消遣之需"③。

《礼拜六》的作家在他们的文学生产活动中始终将市民读者放在重要的位置上，读者们的阅读期待甚至可以改变作者的创作初衷。周瘦鹃因善写爱情悲剧而被誉为民初文坛的"哀情巨子"。然而，当几位读者写信劝他少作哀情小说之后，这位"哀情巨子"不得不委屈己意，"强作欢颜"，用他惯写悲情的笔创作了美满团圆的

---

① 周瘦鹃：《编辑漫谈》，《良友》第 8 期。
② 王钝根：《礼拜六〈出版赘言〉》，《礼拜六》第 1 期。
③ 周瘦鹃：《介绍新刊》，《申报》1921 年 3 月 27 日。

《喜相逢》，他在小说的结尾交代了写作风格转变的原因："他们（反对周瘦鹃作哀情小说的读者）要是仿照英日同盟般结了同盟，以后不看我的小说，我难道自己做了给自己看么？因此这一回连忙破涕为笑，做这一篇极圆满的小说，正不让私订终身后花园、落难公子中状元呢。"①为了迎合新年的喜庆气氛，投读者之所好，作为《礼拜六》编辑理事的孙剑秋虽然本人无意为欢娱之辞，还是专门创作了小说《莺啼燕语报新年》，他在著者附志中表明："剑秋草此篇，自知毫无意味，但此吾国旧俗，新年中例应作吉利语，故草此英雄儿女富贵团圆之作，以博爱读诸君一粲。"②为了调动广大市民读者的阅读兴趣，《礼拜六》杂志的编撰者还以各种方式加强读者对杂志的参与，如设置"怪问答"栏目，向读者征集答案；组织照片赛珍会，让读者参与比赛；举行有奖征文，让读者尝试写作；在铜版图中辟设"爱读《礼拜六》者"，刊登读者照片，给读者以展示风采的机会。读者的参与使《礼拜六》达到了编者、作者、读者共娱的效果，使刊物在读者心中的地位更加稳固。

《礼拜六》的作家以写作为职业，以满足广大市民读者的文化消费需求为创作宗旨和编辑方针必然会导致文学的世俗化和大众化。在他们的文学生产活动中，文学不再是统治的工具，不再是为官的途径，而是市民茶余饭后的消遣，是广大公众所共享的事业。这就使文学真正从庙堂走向民间，从知识分子精英走向普通大众，打破了文化的等级制，消解了文学的神圣性，对传统的文以载道的文学观念形成了反叛。在文学走向世俗化与大众化的过程中，文学的门槛降低了，不少市民读者开始从消费文学走向参与市民文学的创作。《礼拜六》自第145期之后，重要的作家开始退场，各类职

---

① 周瘦鹃：《喜相逢》，《礼拜六》第120期。

② 孙剑秋：《莺啼燕语报新年》，《礼拜六》第38期。

员以及学校师生逐渐成了杂志的创作主力。虽然在重要作家退出，普通市民参与创作后《礼拜六》的质量明显降低，但从另一个角度来看，在我国封建社会，平民百姓与文字载体和文字信息几乎无缘，而民国初年的普通市民不仅能成为享受文学作品的读者，还能尝试文学创作并且有发表的机会，这不能说不是社会的一大进步。

值得注意的是，《礼拜六》作家的文学生产活动在事实上对传统文学观念形成了反叛并不能简单地等同于他们已经具有了反传统的文学观念。与晚清"新小说"的倡导者相比，"新小说"的倡导者们在一定的程度上是观念先行，他们先提出了小说为"文学之最上乘"，"有不可思议之力支配人道"①，以对抗视小说为小道的传统观念，然后再以这种功利性的小说观念指导创作，掀起了"小说界革命"的热潮。《礼拜六》杂志的作家则不同，他们并不是为了反叛传统文学观念、追求文学的世俗化与大众化而投入市民文学的创作。相反，是社会转型的急剧使他们不得不改变传统的谋生方式，是时代潮流的冲击使他们滑入了文学市场，是进入文学市场所必须遵循的文学运作方式使他们的文学创作走向了世俗化与大众化，并在事实上对传统文学观念形成了反叛。长期以来，将"游戏、消闲、娱乐"作为《礼拜六》作家的文学观念几乎成了一种定论，获得这种定论的依据是《礼拜六》作家曾编辑过的各类文学期刊的发刊词，其中最典型的是刊登在《礼拜六》创刊号上的《出版赘言》。然而，这类发刊词与其说体现了作家的审美趣味，不如说是体现了市民读者的阅读要求；与其说是作家的文学宣言，不如说是一则推销文学产品的精制的广告；与其说是作家的文学观念，不如说是作家进入文学市场的行为策略。排除这类发刊词，《礼拜六》作家关于小说的言论很少主张"游戏"和"消闲"，而面对五四新文学家

① 梁启超：《论小说与群治之关系》，《新小说》第1卷第1号。

的批判，他们也很少能理直气壮地为自己的"游戏"和"消闲"作出有力的辩解。《礼拜六》杂志的作家虽然热情地参与市民文学创作，但他们并没有自觉地、明确地形成一种世俗的文学观念，他们在文学创作中的世俗化、大众化倾向以及对传统文学观念的反叛在很大程度上是文学市场运作的结果而不是作家文学观念变革的结果。

二

科举制度的废除的确曾使不少文人从物质到精神都受到了严重的打击。但是对于告别传统谋生方式，走入近代上海文化市场的文人来说，他们的生存状况并没有恶化。相反，一些文人依靠写作、编辑报刊不仅过上了较好的生活，还在一定程度上获得了精神与人格的独立。

在中国传统社会，能够通过科举成为官员的读书人毕竟只是一小部分，多数人的谋生方式是做官员的幕僚或当私塾学馆的先生，基本上都地位低微、收入微薄、生活清苦。与《礼拜六》作者群同时代的职业作家包天笑青年时代曾在家乡苏州做塾师，最初束修（酬金）每月一元，① 中了秀才之后才将束修提高到每月三元。② 后来包天笑尝试翻译小说，将《三千里寻亲记》和《铁世界》两部小说的译稿交上海文明书局出版社，一次性获版权费一百元，③ 这几乎相当于一个普通私塾先生三年的收入。包天笑因此感觉到卖文为生"比了在人家做一教书先生，自由而写意得多了"④。1906 年包

① 包天笑：《钏影楼回忆录》，香港大华出版社 1971 年版，第 123 页。
② 栾梅健：《通俗文学之王包天笑》，上海书店出版社 1999 年版，第 21 页。
③ 包天笑：《钏影楼回忆录》，香港大华出版社 1971 年版，第 173 页。
④ 同上书，第 175 页。

天笑应邀进入上海《时报》馆，月薪 80 元。他同时兼任了《小说林》杂志的编辑，月薪 40 元。这样他每月已经有了 120 元的固定收入，况且他还有写小说的额外进款。① 这与当年的书塾先生相比，简直不可同日而语。

虽然在近代上海文化市场中谋生的文人不可能都获得包天笑这样的成功，但是如果具有一定的知名度，在写小说之外能兼任报刊的编辑工作，至少能达到中等或中等以上的生活水平。《礼拜六》的重要作家们正是如此。在图表中所统计的 28 位《礼拜六》的重要作家中就有 24 人曾不同程度地参与过报刊的编辑工作。其中周瘦鹃、王钝根所编辑过的报刊已多达十种以上。集编撰于一身的《礼拜六》作家基本都能以一份固定的编辑收入和一份创作小说及各类杂作的稿酬换取充足的生活费用，改善自己的生活状况。周瘦鹃把他的大部分精力投入到写作和编辑之中，每天都要工作 15 小时，自称"文字劳工"。《晶报》上有一首打油诗，形象地描绘了周瘦鹃写作与编辑报刊的繁忙："半月居然赋小星，紫兰花片想娉婷，春来难怪周郎瘦，锄月栽花手不停。"② 周瘦鹃就是以"锄月栽花手不停"的辛勤笔耕改善了全家人的处境。他在自传体小说《九华帐里》对妻子凤君说，自己"每日伸纸走笔，很有兴致，一切用度还觉充足……后来进了中华书局，两年来笔耕墨耨，差足温饱。"③ 其实，不仅用度充足，差足温饱，周瘦鹃很快就让全家搬出了小东门内县西街简陋的小屋，住进了"法租界恺自尔路的一所小洋房"④。到了 1921 年，周瘦鹃想要再次改善他的住房条件。他在《礼拜六》杂志上刊登了寻找住房的《瘦鹃启事》："瘦鹃现拟迁居，需两幢屋

① 包天笑：《钏影楼回忆录》，香港大华出版社 1971 年版，第 324 页。
② 清波：《稗海打油诗》，《晶报》1922 年 7 月 3 日。
③ 周瘦鹃：《九华帐里》，《小说画报》第 6 期。
④ 同上。

一宅，以阳历九月初一起租，租价每月约二十元至三十元，满意者可酌加，读者诸君中如有自置之产出租，或有余屋分租者，请投函西门黄家阙瘦鹃寄庐。"① 据有关资料统计，在 20 世纪 20 年代，上海一般的市民家庭（五口之家）月收入为 66 元，其中用于住房的月租金平均为 5 元。② 这就说明，周瘦鹃每月所支付的租房费用可供当时上海一般市民交半年的房租，况且他还表示"满意者可酌加"。后来，周瘦鹃又回到故乡苏州买地造屋，建起幽雅别致的园林式住所——"紫兰小筑"。而《礼拜六》的另外两位重要作家程小青和程瞻庐也因笔耕所得在支付生活费用之外还很有余裕，分别回苏州为自己建造了风雅宜人的居所"茧庐"和"望云庐"。③ 从这些耗资不菲的造屋行为可以看出，他们至少达到了中等以上的生活水平。

在上海这座近代城市，一个人的社会地位与经济成就有着直接的联系。在金钱面前，原来受到尊敬的官爵和高贵的血统以及令人羡慕的功名仕途等都逐渐失去了原有的光泽。这里流行的是独立的个人奋斗的人格。要想在这座城市立足，就必须寻找机会，以自己的才智去赚更多的钱。在这样的环境中，摆脱了传统谋生方式的民初市民文学家们作为独立的个体劳动者也都尽一切努力去为自己争取一份较好的生活。恽铁樵和陆士谔都是一边办刊物、写小说，一边开门诊；毕倚虹一边写文章一边替人打官司，还请朋友同行代拉生意，他在写给郑逸梅的信中说："以后如有吃官司者，还乞介绍，代拉生意。"④ 这种兼职和争取多渠道谋生的现象在《礼拜六》作家中也很普遍。如图表中所统计的资料显示，《礼拜六》的重要作家

① 周瘦鹃：《瘦鹃启事》，《礼拜六》第 124 期。
② 陈明远：《文化人与钱》，百花文艺出版社 2001 年版，第 76—77 页。
③ 郑逸梅：《侦探小说家程小青》，《味灯漫笔》，古吴轩出版社 1998 年。
④ 郑逸梅：《说林珍闻》，《半月》4 卷 21 号。

在写作和编辑报刊之外几乎都兼任过教师，有部分作家还曾卖字、当职员、从商、办实业。在上海的各类报刊上，经常可以看到《礼拜六》作家明码标价的卖字广告。如《半月》第 1 卷第 1 号上就刊登了《钝根自定鬻书例》、《寒云自定鬻书例》。《永安月刊》第 74 期刊登了一则范烟桥与朋友陶冷月卖诗及字画的详细启示："烟桥社兄，近作杂诗二百绝，怀旧论史，纪事咏物，抒情述志，包罗万象。系以跋语，更见隽语。今愿书于便面，以广墨源。每帧取润二千金，复与冷月社兄合作，有诗有画，相得益彰。例依冷月，不复增加，更为难得之机会，亦可点品命题，则令酬四千金，乐为介绍，以供同好。"① 周瘦鹃、郑逸梅、范烟桥、程小青等都曾供职于上海的各类影戏公司。张舍我曾在英美烟草公司、金星保险公司和一家外国人办的人寿保险公司任职员。张碧梧曾在先施公司、永安公司任职员，并且曾为上海各印刷厂绘制月份牌。王钝根曾一度倾向实业，1915 年 3 月，他设立明记公司，经营铁业。后加入了陈蝶仙的家庭工业社股份两合公司，并担任公司的"监察人"。另外，他还试图入工商界。徐卓呆曾"拟筑一生圹于虎埠山麓"②，没有付诸实践，后来卖起自制的酱油，自称"卖油郎"。他的酱油生意十分红火，常对别人幽默地说"妙不可酱油"。他专门写了一篇名为《妙不可酱油》③ 的散文，这篇文章既向读者介绍了酿制酱油的方法，也为自己做了广告宣传。相比之下，从事实业取得最显著成绩的《礼拜六》作家是当时被友人戏称为中国的"大小仲马"的陈蝶仙（天虚我生）和陈小蝶父子。陈蝶仙在绍兴当幕僚时结识了一些日本人，向他们学习了一些化学知识，对工业化学产生了兴趣，萌

---

① 郑逸梅：《范烟桥卖诗》，《永安月刊》第 74 期。
② 苏龙：《稗海一勺》，《天韵》1924 年 5 月 28 日。
③ 徐卓呆：《妙不可酱油》，袁进主编《尘封的风景》，东方出版中心 1997 年版。

生了进军中国日用化学品市场的念头。1917 年，陈蝶仙正式"下海"从商，生产洁齿、擦面兼用的牙粉。他把自己的产品命名为"无敌牌"，在产品包装上设计了一只蝴蝶，蝴蝶不仅包含了陈蝶仙、陈小蝶父子的名字，还是上海话中"无敌"的谐音。有着精明的商业头脑的陈蝶仙先将牙粉免费赠送给名烟纸店试销，由于质量过硬，价格低廉，产品很快在市场上流行起来。1918 年，陈蝶仙组织家庭工业社，自己亲自担任经理，儿子陈小蝶担任副经理。为了扩大规模，工业社实行股份制。最初股份总额 1 万银元，每股100 元；1919 年，增加股本 4 万元；1920 年，又增加股本 5 万元；1922 年，公司再次增加股本 40 万元，总计股金已达 50 万元。① 随着五四之后国民抵制日货的情绪的高涨，他们的"无敌牌"牙粉已经取代了当时流行的日本"金刚石牌"牙粉，销量大大增加。由于资本雄厚，销路畅旺，陈蝶仙逐渐扩充产业，除了发售无敌牌牙粉之外，又分设了酿酒、制汽水及碳酸镁玻璃瓶诸厂。② 陈蝶仙与儿子陈小蝶因做家庭工业社之大股东获红利甚巨，"乃营华屋，出入乘汽车，俨然富家翁矣"③。上述作家的行为表明，《礼拜六》杂志的作者们在谋生的过程中并不羞于言利，他们有时已经放下了传统士大夫的矜持和顾虑，就像普通的市民一样勤勤恳恳、付出劳动、收取报酬。

在近代上海文学市场中谋生的文人靠写作的稿酬和编辑报刊的收入而立足于世，不用再仰人鼻息、受人供养、寄人篱下，这就使他们逐渐摆脱了在封闭性的农业经济社会里知识分子对官府由人身依附到人格依附的附庸地位，成为自食其力的社会个体。

---

① 陈蝶仙：《公司注册文件》，《工商业尺牍偶存》，家庭工业社 1928 年版。
② 王钝根：《本旬刊作者及诸大名家小史》，《社会之花》第 1 卷第 1 期。
③ 同上书，第 1 卷第 3 期。

　　早在晚清就已经出现了拒绝官场与功名的诱惑，全身心投入到小说创作中的文人。吴趼人就"不治功令文"，"不治经生家言"，认为它是"愚黔首者"。他拒绝功名，大力创作小说，"先是湘乡曾慕陶侍郎饫耳君名，疏荐君经济，辟应特科，知交咸就君称幸。君夷然不屑曰：'与物亡竞，将焉用是？吾生有涯，姑舍之以图自适。'遂不就征"①。李伯元也因不愿入朝做官拒绝了曾侍郎的推举，并且表示"使余而欲仕，不及今日矣"②。林纾则更是自豪地宣扬："幸自少至老，不曾为官，自谓无益于民国，而亦未尝有害。屏居穷巷，日以卖文为生。"③

　　如果说晚清时期具有边缘姿态的职业作家还只是少数，那么到了民国初年，在上海这座城市已经有相当数量的文人开始远离政治与意识形态中心，走入文学市场，在市民社会中安置自己的人生。《礼拜六》杂志的重要作家就是其中非常典型的一群。图表中所显现的资料表明，《礼拜六》的重要作者除了叶小凤（叶伧楚）一人曾长期从政外，基本上都远离官场。叶小凤是《礼拜六》作家群中的一个特例，他青年时代开始接受并传播民主革命思想，曾加入同盟会，而且是早期南社社员，这些都培养了他的政治热情。而对于其他大多数《礼拜六》作家来说，在他们求学的少年时代，科举制度已经废除；在他们真正步入文坛之前，辛亥革命已经结束。他们既没有在科举取士的官道上苦苦求索的回忆，也没有为辛亥革命摇旗呐喊的经历。虽然有不少人曾参加南社，但那是在辛亥革命之

---

　　① 李葭荣：《我佛山人传》，魏绍昌编《吴趼人研究资料》，上海古籍出版社 1980 年版，第 12—13 页。

　　② 吴趼人：《李伯元传》，《月月小说》第 1 年第 3 号，1906 年。

　　③ 林纾：《〈践卓翁小说〉自序》第 1 辑，北京都门印刷局 1913 年版。

后，① 南社已告别了它激昂高歌的时代，成了诗酒风流的文人集会。他们不可能像早期激进的南社成员那样拥有强烈的"封侯"的梦想。另外，他们从传统私塾教育转入新式学堂的知识结构又让他们能很快地摆脱传统文人的谋生方式，适应城市新兴的大众文化事业，在经济上获得独立。因此，他们虽然不乏爱国之心，但却没有多少做官的兴趣和政治的热情。他们也对民国初年混乱的社会政治表示极度不满，但他们却认为自己无权也没有能力去改变这一切。相比之下，他们更愿意把精力花在大众文化事业上，既是以此为生，也是从中寻找精神寄托和人生乐趣。正如《繁华杂志》的创刊号题词中所感慨的"莽莽神州世变多，繁华如梦感春婆。笑驱三寸毛锥子，忽惹千秋千字魔。容我著书消岁月，管他飞檄动兵戈。醉心常当中山酒，一册编成一月过。"周瘦鹃为《游戏世界》所作的《发刊词》也表达了同样的心态："列位，我虽是个书贾，也是民国的一分子，自问也还有一点热心！当这个风雨如晦的时局，南北争战个不了，外债借个不了，什么叫护法，什么叫统一，什么叫自治，名目固然光明正大，内中却黑暗得了不得！让他虚虚实实、真真假假，有权有势的向口头报上尽力去干，向来轮不到我们的——我们无权无势，只好就本业上着想，从本业做起：特地请了二三十位的时下名流，名尽所长地分撰起来，成了一本最浅最新的杂志，贡献社会，希望稍稍弥补社会的缺陷！"②

既没有政治上的兴趣和野心，又能够在上海的文学市场中取得经济的独立使《礼拜六》的作家们不必也不愿依附于官场。天虚我生曾一度囊笔作幕游，但很快就感到厌倦，他对王钝根表示："案

---

① 王钝根 1911 年创办《申报》副刊《自由谈》之后加入南社；范烟桥 1912 年结识柳亚子之后加入南社；周瘦鹃 1915 年 3 月经民立中学国文老师孙警僧介绍加入南社。

② 周瘦鹃：《游戏世界·发刊词》，《游戏世界》创刊号。

牍劳形，颇复厌苦，愿得沪滨一席地、安笔砚、展琴书，日对良友，以诗词小说唱和，生平之幸也。"① 后在王钝根的帮助下，他由官场转入文学市场，开始了笔墨生涯。掌故小说家许指严也曾短暂从政，任某政部机要秘书，但因书生意气、与同僚落落寡合，不久便辞职回到上海，以卖文为生。李涵秋因才华出众被不少当道者看重，争欲罗致幕下。李涵秋则"婉言谢绝，以为一入政界，有如素质之衣，染成皂色，虽掬水洗濯，恐不能还其本来面目矣"②。在为官从政和卖文为生这两种谋生方式中，《礼拜六》的作家们往往自觉地选择后者。

由于经济独立、不依附于官场和权贵，《礼拜六》作家可以以在野之身利用报刊等传播媒介发表自己的意见，而不必听命于某一外在的权威。这就使他们能在某种程度上获得了精神与人格的独立。1915 年日本强迫中国接受"二十一条"之际，王钝根因"主张激昂，与主者意见相左"③，愤然辞去《申报·自由谈》编辑之职。王钝根不必左顾右盼，察言观色地迎合所谓的"主者"，说自己违心的话。作为一个有实力的资深报人，他在文学市场中有广阔的道路可供选择，命运掌握在他自己手中。王钝根辞职之后，他的生存没有出现任何危机，而《申报·自由谈》却因失去了一个得力的编辑而受到重大影响，销量下降。同样，任《新申报》所属之《小申报》主任的江红蕉在报上公开骂赫赫威严的在任总理张绍曾，这一举动与报馆的许总理发生了冲突。"许总理发布了一道命令给总主笔，吩咐总主笔交代江红蕉，以后不可再写张绍曾。江红蕉却将原命却还，随后一封辞职书递了过去，便决然的脱离了《小申

① 王钝根：《本旬刊作者诸大名家小史》，《社会之花》第 1 卷第 1 期。
② 纸帐铜瓶室主：《说林涸谢录》（一），《永安月刊》第 50 期。
③ 王钝根：《王钝根启示》，《礼拜六》第 44 期。

报》的关系。"① 江红蕉辞职之后，《新申报》的另一位编辑彭凡子"因译某新闻忤馆主意，亦浩然而去"②。江红蕉和彭凡子宁愿另觅谋食之地，也不愿勉强屈从馆主的意旨的行为受到时人的赞赏。有人专门为此事作《报界竹枝词》："《新申报》馆电灯黄，多事之秋主笔房。孤愤几人提起笔，江郎而后有彭郎。"③

在文学市场中谋生存的《礼拜六》作家靠的不是皇帝、总统、官员，而是作为衣食父母的广大市民读者，在他们的眼中，当政者并不具备什么神圣的光环。张枕绿主编的《最小报》上就曾经刊登调侃总统，抬高小报文学的文章《最高与最小》。文章中说："大家一听得最高二字，便知是谈总统了；一听得最小二字，便知是谈本报了。现在把最高与最小比较一比较。总统是人民的公仆，称总统的位置为最高，名不符实；本报提倡小说艺术，即闲文栏也不登谈花史及谈腐败旧剧之稿，宗旨很光明正大，称为最小报，也名不副实。名不副实是相同的。作最高运动的一般官僚政客，以造祸人生为目的；作最小运动的一般文人墨士，乃以裨益人生为目的。其造祸作福的目的不同，而使人生因那运动而有所感受，却也是相同的。"④《礼拜六》作家努力地迎合读者的阅读口味，但决不迎合当政者的喜好，更不会违心地为统治者歌功颂德。1921 年 10 月 10日，《礼拜六》推出"三十节"国庆专号。但这为国庆所设的专号却没有一丝喜庆气氛，相反，呈现出一片哀音。另外，《礼拜六》复刊后正值军阀混战，后百期的《礼拜六》刊登了大量讽刺军阀当局的小品。还有一件事也许更能说明问题。在民国十四、十五年之际，有几位星社成员应聘到济南为"长腿将军"张宗昌办《新鲁日

---

① 清波：《江红蕉与张绍曾》，《晶报》1923 年 5 月 18 日。
② 茜门：《报界竹枝词》，《晶报》1923 年 5 月 24 日。
③ 同上。
④ 风云女士：《最高与最小》，《最小报》1923 年 7 月 17 日。

报》，参加星社的几位《礼拜六》重要作家郑逸梅、程小青、程瞻庐等人都认为这是"代军阀司喉舌，大有道不同不相与谋之慨"，于是就在《新闻报》和《申报》上登广告声明脱离星社。① 直到几位应聘者回归，星社才恢复活动。

《礼拜六》的作家不需要在当政者面前取媚逢迎，也不需要在作为洋场特权阶层的西方人面前卑躬屈膝。周瘦鹃爱好园艺，曾四次参加在上海举行的中西莳花会。1939 年、1940 年两届年会，周瘦鹃以优雅别致、富有中国诗画情趣的插花、盆景两次获奖，得到英国彼得葛兰爵士大银杯一座。当周瘦鹃精美的盆栽在莳花会上被西侨误认为是扶桑人的作品时，他立即挺身而出，说明自己是中国人，西侨都和他握手道歉。② 1941 年，周瘦鹃第四次参赛，他以中国古画意境制作盆景，极为出色而且有新意。本可保持前两次所获的总锦标，来一个连中三元，但由于西人评委对中国人的歧视，总锦标被沙逊爵士夺走，周瘦鹃屈居第二。周瘦鹃在愤怒中当场用英语演讲，对评委有意贬低中国人的不公正行为提出抗议，并从此退出莳花会，维持了一个中国人的人格和尊严。③

三

民国初年历来被公认为是中国文人精神历程极其灰暗的年代。对于那些满怀济世之心的知识分子来说，的确如此。因为在这一时期的国家政治生活中，已经没有持守文人立场的人可扮演的角色，他们的济世精神无不受到极大的挫伤。失败感、无用感、颓丧感、

① 纸帐铜瓶室主：《星社文献》，《永安月刊》第 57 期。
② 周瘦鹃：《我与中西莳花会》，《永安月刊》第 20 期。
③ 苏州老作家王染野口述。

无奈感几乎把他们彻底推入了痛苦的深渊。然而,对于那些远离政治与意识形态中心,在上海的文学市场中谋生存的文人来说却完全是另一番景象。不少文人因为掌握传媒,参与大众文化娱乐事业在市民社会中取得了令人无法忽视的地位,并且受到广大市民的热情关注,甚至成为市民心目中的明星。《礼拜六》杂志的重要作家就是其中的一群。

《礼拜六》的重要作家几乎都参加过报刊的编辑工作,因此他们基本上都兼有作家与报人的双重身份。民国初年,随着报纸、杂志等传媒在上海市民生活中的作用日趋重要,供职于书局报馆的文人虽谈不上具有非常显赫的地位,却也是一个无法忽视的社会角色。民初作家松庐曾在一篇游戏之作中以一位老人在 50 年后回忆当年的口吻描述了民初作家与报人的风光:"那时候的著作家,是何等的威风啊。在报馆里当一个编辑,每月多则三四百元,至少也要拿五六十元的薪俸……并且那时候的小型文艺刊物,也着实不少,即如上海一隅而论,也有五六十种。最可笑的,就是那些伟人和名伶,凡是初到上海,必得恭赴一家家报馆去拜谒。"① 这篇文章虽是游戏笔墨,但也并没有过分地夸张。民初的优伶要想在上海立稳脚跟、打开局面,的确离不开报刊的宣传和炒作。京剧演员梅兰芳第一次到上海,便到《时报》及其他各报馆拜客。② 他在上海演出的过程中还多次拜访周瘦鹃。③ 梅兰芳因此得到了报界的大力支持,不少刊物登载了梅兰芳的广告,周瘦鹃还为他专门写过长篇报道《探梅记》,连日刊于报端。④ 梅兰芳虽然演技超群,但他能在上海迅速地大红大紫,离不开报人的热心捧场。由于报人能以在野的

① 松庐:《五十年后的文艺界》,《社会之花》第 1 卷第 2 期。
② 包天笑:《钏影楼回忆录续编》,香港大华出版社 1973 年版,第 1 页。
③ 王染野:《响竹斋散墨》,百花文艺出版社 1999 年版,第 22 页。
④ 同上。

身份抨击官场、政界，那些官员、政客们虽然有时对报人怀恨在心，但表面上却不敢对其表示轻视，甚至还要陪上几分小心。《小说新报》上刊登的一则"谐薮"就生动地表现了堂堂知事惧怕"报馆中人"的丑态："现任某某知事上省，在俱乐部中大嫖大赌、吃醋打降、无所不为。某妓院之正房间内先来一客，知事大发标劲，敲台拍案，群客和之。某客惧，愿让正房，通融办理。知事之科员忽就知事耳语，知事色陡变，请罪某客，卑躬屈节，强笑承迎，备诸丑态。某客受宠若惊，大有手足罔措之状，不及席终，抱头鼠窜而去，问之娘姨，方知错误，盖误以报关行中人为报馆中人云。"①与今日举行重大活动都要请新闻界人士参加一样，民初的作家、报人也常常在各种重要的场合露面，其中包括很多《礼拜六》杂志的作家。张裕酿酒公司开幕时专门在"太平洋"欢宴报界，周瘦鹃就是座上嘉宾。② 淞沪警务日报曾假座四马路倚虹楼宴请报界人士，江红蕉也在应邀之列。③ 上海市民为筹集赈灾款而搭台演戏，袁寒云是作为吸引市民的公众人物登台献艺。④ 在民初的上海，由于报人的地位日益重要，做报人已经成了既出风头又受人关注、令人羡慕的职业。一时间，文人纷纷投身报馆，颇以能跻身报界为荣。张丹斧因此做竹枝词讽之："时髦报纸各家同，后幅文章苦费功，落得头衔署编辑，狗头名士一窝蜂。"⑤

如果说编辑报刊、掌握传媒使民初文人在社会生活中取得了不可忽视的地位；那么在报刊上发表他们创作、翻译的小说，参与大

---

① 无愁：《此亦报馆中人》，《小说新报》第1卷第1号。

② 蓝剑青：《识荆录》，《半月》第4卷第22号。

③ 蓝剑青：《识荆录》，《半月》第4卷第23号。

④ 丹翁：《海上竹枝词》，《晶报》1919年10月21日。"夏家兄弟可人儿，为赈灾黎集戏资，多谢寒云具袍笏，万人喝彩出台时。"

⑤ 同上书，1999年10月21日。

众娱乐事业则使他们成了广大市民关注的焦点。翻阅民国初年上海的各类小报，市民们最热心谈论的话题有三个：妓女、名伶和小说家。时人也常在文章中将三者相提并论。如《礼拜六》杂志在广告中将小说家比作优伶，向读者许诺"《礼拜六》特烦名角开演拿手好戏"①。周瘦鹃将以幽默著称的市民文学家徐卓呆比作"名丑"，他在徐卓呆的作品《喷饭录》前写道："徐半梅是新剧界的名丑，他说的话，往往使人笑痛肚皮，《礼拜六》老店新开，就请他开场说几句笑话，也叫看官们开开笑口。"② 还有人直接将小说家比作妓女，戏言"李涵秋仿佛红倌人"③。深受市民喜爱的《晶报》上还出现了《上海之报馆与戏馆》④、《上海之报馆与妓馆》⑤、《小说杂志与龟鸨》⑥ 等一系列文章。在当时的社会背景下，将小说家与名伶、妓女相比，将报馆与戏馆、妓馆并列并不是对小说家与报馆的轻视、贬低、侮辱与讽刺。相反，它说明报馆与戏馆、妓馆是民国初年大众娱乐事业中鼎足而三的势力，说明小说家、名伶、妓女是当时引人注目的公众性人物，说明阅读小说已成了广大市民休闲娱乐的重要方式之一。

由于广大市民对阅读小说有着浓厚的兴趣，随着一部部小说在市民读者中风行，一位位小说家也会在社会上走红，并以特有的光环吸引市民读者的眼球。当时，知名的小说家在一般公众心目中具有明星般的风采。在民国初年，徐枕亚就因为长篇小说《玉梨魂》的轰动而一举成名，成为上海滩的热门小说家，受到市民的关注和

① 《礼拜六》第 76 期出版告白，《申报》1915 年 11 月 13 日。
② 半梅：《喷饭录》，《礼拜六》，第 102 期。
③ 老嫖客：《小说杂志与龟鸨》，《晶报》1922 年 7 月 6 日。
④ 碧云：《上海之报馆与戏馆》，《晶报》1921 年 7 月 3 日。
⑤ 碧云：《上海之报馆与妓馆》，《晶报》1921 年 8 月 1 日。
⑥ 老嫖客：《小说杂志与龟鸨》，《晶报》1922 年 7 月 6 日。

追捧，尤其得到青年读者的青睐。中国历史上最后一名状元刘春霖的女儿刘沉颖在读了徐枕亚的《玉梨魂》和悼念亡妻的《悼亡词》之后对徐枕亚本人顿萌敬慕之心，以至于寝食难安，言语无常。她开始和徐枕亚互通书信并发誓非徐不嫁。1924年秋，徐枕亚与刘沉颖在北京举行婚礼。《晶报》专门刊载了《状元小姐下嫁记》。《礼拜六》的重要作家周瘦鹃也是一位明星式的人物。他因善写言情小说而在上海滩上名声大振，令许多读者倾慕不已。"少男少女，几奉之为爱神。女学生怀中，尤多君之小影"①。一位见过周瘦鹃的读者这样表达他对周瘦鹃的迷恋和赞赏："曾看见过小说家周瘦鹃的样子，他是个很漂亮的人物，把帽子压到眉毛上，觉得另有一种风姿。"② 另一位没见过周瘦鹃的读者则不断地在心中勾画周瘦鹃的形象，还专门写了一篇名为《我心目中之周瘦鹃》的散文，他在文章之前表明："予自髫龄读小说，遂无日不晤瘦鹃于字里行间，读之久，慕之深，乃于瘦鹃之行动，竟摄一幻象于脑海中，每一见其作品，即如见其为人。雪窗无俚，戏以余心目中之幻象，笔之于书，瘦鹃阅此，必笑曰：漱红蜀人，固应知鹃乃尔。"③

由于广大市民对小说家的关注与倾慕，民初上海的各类面向市民的小报为了吸引读者大量刊载有关小说家的趣闻逸事。包天笑作为民初颇有影响的作家常常被报界追踪。一次包天笑刚离沪抵京，小报《风人》就登出了《天笑最近轶事》④。文章开头就表明了报道包天笑轶事的原因："海上大名鼎鼎的小说家包天笑先生，自从到了北京以后，东方时报上，常常看见他的大作。一般读者真是五体投地、莫可言喻。那些人对于他的作品既极注意，所以对于他的轶

---

① 王钝根：《本旬刊作者及诸大名家小史》，《社会之花》第1卷第1期。
② 南伯：《猜猜士的样子》，《天韵》1922年11月4日。
③ 冯漱红：《我心目中之周瘦鹃》，《半月》第3卷第10号。
④ 白蘋：《天笑最近轶事》，《风人》1924年7月12日。

事也甚留心。据记者所知就有两条,写出来给大家看看。"文章中
记载的所谓轶事,一件是包天笑与名妓笑痕交往的风流公案,一件
是包天笑在尴尬处境中弃帽潜逃的滑稽趣事。显然,这篇文章是想
抓住市民读者想窥探作家生活世界的心理,引起阅读兴趣。《礼拜
六》作为民国初年红极一时的小说周刊,它的重要作家也和包天笑
一样,常常成为报界争相谈论的话题。王钝根家丢失了四把红木椅
子,报纸详细地报道了其前后经过。① 周瘦鹃在《半月》创刊号上
刊登了包天笑的小说《再会》,该小说中提到的爱群女学校在上海
实有其校,因此与校方产生了矛盾,但很快就和解。《晶报》围绕
周瘦鹃、包天笑和爱群女学校大做文章。② 周瘦鹃给仅有一面之缘
但喜爱他的小说的妓女吟香寄赠了两册小说,被称为小报总统的
《晶报》就对这件事情反复炒作,③ 而周瘦鹃因避战乱晚归几日也被
报界小题大做,宣称"瘦鹃怕恢复自由"④。江红蕉在《小神州》上
写了名为《冯玉祥的吃醋本领》的文章,马上有人捕风捉影地写了
一篇《江红蕉的醋经验》⑤。上海的云轩出版部为了迎合广大市民对
小说家的好奇与兴趣出版了专载小说家轶事的《全国小说名家专
集》,《礼拜六》杂志的重要作家几乎全被收入。该出版部在广告中
宣布,此书的内容有"王钝根扮老头,王西神错戴帽子,江红蕉西
湖遇美人,李涵秋不会吃大菜,何海鸣纸上发牢骚,沈禹钟火车老
客人,周瘦鹃浑身紫罗兰,胡寄尘吃素吃鸡蛋,马二先生与马二姑
娘,施济群绝交竹先生,姚民哀脚小五寸六,徐卓呆嚇住老学究、

---

① 梅花馆主:《钝根失窃》,《金钢钻报》1923年12月21日。
② 不群:《半月半月之经过》,《晶报》1921年10月10日。
③ 倚虹:《香鹃初幕》,《晶报》1923年11月30日;周瘦鹃:《为香鹃初幕声明》,
《晶报》1923年12月3日;丁悚:《香鹃初幕声明之声明》,《晶报》1923年12月6日。
④ 孤云:《瘦鹃怕恢复自由》,《风人》1924年11月6日。
⑤ 丁戊:《江红蕉的醋经验》,《风人》1924年12月9日。

范烟桥巧扮太平军，贡少芹黑夜写鬼字，许廑父成名许一万，张舍我发狂掷酒杯，刘豁公璧赠姨太太，严独鹤书夜苦奔忙，严芙荪当街变戏法……取材滑稽，爱热闹的朋友不可不买"①。民初的报刊上常常刊登《礼拜六》作家的婚丧嫁娶的消息。1923年李涵秋去世，5月18日《晶报》立即刊登了毕倚虹的《李涵秋先生的死后观》、丹翁的《哭涵秋》和《挽涵秋》、大雄的《李君涵秋哀辞》等一系列文章。《半月》杂志还专门出了"李涵秋号"。1926年毕倚虹去世，5月21日的《风人》刊载了少芹的《哭毕倚虹》、芹孙的《挽倚虹》、忆兰室主的《哀倚虹》等文章。《礼拜六》作家的容貌、癖好、行踪、近况等也常在报刊上出现。署名酸梅汤的作者在《著作家的怕》一文中介绍了很多《礼拜六》作家所害怕的事情："徐卓呆怕吃鲞鱼，范君博怕见狗，陈去病怕多行路，周瘦鹃怕有人除去他的帽子（因为他头上的发已是没有了），郑逸梅怕见骨牌，徐碧波怕人说他搭架子，王瀛洲怕多写信（以其性懒也），施济群怕朋友不烂腿（否则他藏有上好的烂腿膏药，没处分送了），程小青怕电灯下写字……"② 这样的文字，颇似今日娱乐界的八卦新闻。"补白大王"郑逸梅在各类报刊上写了大量的文章谈论他所熟悉的《礼拜六》作家。例如，"许指严，年四十余，常御眼镜，嗜酒若命，常州人"；"李涵秋，身颀长，状殊沉默，作扬州白"；"张丹斧，年四十余，大腹便便，鬓斑白而肤红泽，固有白发红颜之号"；"江红蕉，风度潇洒"；"沈禹钟，体殊丰，善议论，有不可一世之概"。③ "叶劲风，拟廿九日来苏，小青、烟桥约游虎邱；施济群，定三十日来苏，游天平山；三月初一，赵眠云雇舟，请烟桥、君博、菊

① 《售书广告》，《金钢钻报》创刊号。
② 酸梅汤：《著作家的怕》，《天韵》1924年5月1日。
③ 郑逸梅：《我见过的文学小说朋友（一）》，《天韵》1922年10月11日。

高、逸梅同往陪德堂赏牡丹……上巳日，俞子天愤招眠云、烟桥、小青、逸梅游虞山，小青、逸梅困于校务，不果行。"① 另外，《半月》杂志的"说林珍闻"栏目，《小说日报》的"小说界消息"、"近代小说名家小史"栏目，《永安月刊》的"朋从偶记"栏目都介绍了大量的《礼拜六》作家的情况。报刊、杂志以及书籍对《礼拜六》作家各类消息的报道、介绍反映了广大市民对《礼拜六》作家的好奇与兴趣，这种好奇与兴趣很像今天"追星族"的行为。

广大市民的热情关注提高了《礼拜六》作家在社会上的知名度，在《晶报》所开列的《上海最近一百名人表》中，《礼拜六》的重要作家王钝根、周瘦鹃、天台山农、徐半梅（徐卓呆）等均排在前列。② 作家成了名人，就有名人效应，不少商家开始利用知名的作家做各种硬性或软性广告，以兜售产品。利用作家做商业广告的现象，始于晚清。1910 年 6 月 29 日，上海的《申报》刊登了一则标题为《吴趼人为黄楚九推广艾罗补脑汁》的广告。这则广告包括两个部分，第一部分是吴趼人给"艾罗补脑汁"的老板黄楚九的一封感谢信，信中说："楚九仁兄大人阁下，承赐艾罗补脑汁六瓶，仅尽其五，而精神已复归。弟犹不自觉也，家人自旁观察得之，深以为庆幸。然后弟自审度，良然取效于不知不觉之间，是此药之长处。因撰《还魂记》一篇以自娱。弟以为不必以之发表登报。盖吾辈交游有日，发表之后，转疑为标榜耳。匆草奉布，唯照不宣。弟吴沃尧顿首。"第二部分是吴趼人创作的一篇大约 500 字的散文《还魂记》。文章极力称赞了"艾罗补脑汁"的效果和功力。到了民国初年，作家做广告的现象比晚清要普遍得多，不少《礼拜六》的重要作家都参与过广告宣传活动，有时是主动参与，有时则是被商

---

① 郑逸梅：《小说界杂闻》，《天韵》，1923 年 4 月 16 日。

② 娇波：《上海最近一百名人表》，《晶报》1922 年 3 月 30 日。

家利用。民初的报纸杂志常常请名作家担任编辑，这本身就是在利用作家的名人效应。有很多作家同时担任几份刊物的编辑，不可能有精力对所有刊物的编辑工作都亲力亲为，有时他们仅仅是挂名而已，以此扩大刊物的影响，增强刊物对读者的吸引力。周瘦鹃和复刊后的《礼拜六》杂志也曾经有如此的关系。1921 年《礼拜六》杂志复刊后，版权页上初署编辑者瘦鹃、理事编辑钝根。第 157 期以后改署编辑者钝根、瘦鹃。实际上周瘦鹃自 1921 年 9 月创办《半月》以后逐渐无暇顾及《礼拜六》的编务，只有前三十几期是由王钝根与周瘦鹃合作编辑的，余下都是由王钝根一人独编。周瘦鹃的名字之所以一直保留在复刊后的《礼拜六》的版权页上，是因为此时的周瘦鹃已经成了深受广大市民关注和喜爱的小说家，成了沪上名人，周瘦鹃的名字本身就是活广告。深谙出版界情况的王钝根显然是想借用周瘦鹃的名气为《礼拜六》杂志招徕读者。在 130 余期之后，周瘦鹃在《礼拜六》杂志中所起的主要作用与其说是编辑，不如说是作者兼广告宣传。同样，《红杂志》的编辑严独鹤也是挂名，实际是由施济群、陆澹安负责编务。民国初年，新创刊的报刊为了吸引读者的注意，打开销路，也往往要请名小说家为其作宣传启示。一位读者在文章中谈到了自己看名家启示的心理："国耻日，申新两报的封面，都刊有他们屁股编辑鹤先生和鹃先生的很大启示，我骤然见了，以为他俩出了什么事，才要合在一块启一启，毕竟他们都是海上的名家，便引得我仔仔细细的读了一遍，原来是他俩替一个甚社做的介绍。"[①] 且不说"甚社"所办刊物质量如何，它借严独鹤、周瘦鹃做幌子引起读者注意的目的已达到了。《礼拜六》作家参与广告宣传的内容与形式都是丰富多样的。一位爱读小说杂志的读者在老《申报》上看到爱普庐影戏馆的电影广告

---

① 刮皮者：《独鹤瘦鹃大牺牲》，《光报》1925 年 5 月 11 日。

"今夜开映周瘦鹃先生"，他因"久仰周先生的风采，无缘识荆，常常引为憾事"，就欣然前往，希望能一睹为快。然而电影院实际放映的不是《周瘦鹃》而是《钟楼怪人》。回到家中重看报纸，他发现"周瘦鹃"之下还有几个小字："赞美《钟楼怪人》之评论"。这位读者方知上当，同时他也感叹影戏馆借周瘦鹃做幌子，招徕生意，广告术实在高明。① 严独鹤在《新闻报》副刊《快活林》的"谈话"栏目中谈论一种进口布料"毛斯纶"，为其作软性广告，结果几家大洋货店里的毛斯纶大为畅销，"毛斯纶的时髦势力，登时普及于一般女界"。知情者发出这样的感叹："毛斯纶、毛斯纶、你有这样的时髦势力，应该谢谢独鹤先生。"② 有的小说家还直接作商品的代言人，如张丹斧就为药物"百灵机"作宣传："敝人年来卖文，很觉精神不济，自服百灵机以来，顿觉神志一清。"③ 对广告宣传的参与说明了《礼拜六》作家在市民社会中占有不容忽视的地位。

《礼拜六》作家在五四时期曾受到了新文学家的猛烈批判，被戴上了"文丐"、"文妖"、"文娼"等一系列污辱性的帽子。然而，《礼拜六》作家只是被新文学家否定，并没有被广大市民读者否定。《礼拜六》作家并不是像某些研究者所描述的那样，在与新文学家的斗争中一败涂地，灰溜溜地退出了文坛。相反，他们依然热情地参与着大众文化事业，依然拥有着大量的读者。知名的《礼拜六》作家还像明星一样被广大市民关注着，倾慕着，甚至是追捧着。这是无法否认的历史事实。

---

① 柳楼居士：《开映周瘦鹃先生》，《光报》1924 年 12 月 13 日。
② 宝琦：《毛斯纶应该谢谢严独鹤先生》，《海报》1924 年 10 月 25 日。
③ 念四先生：《张丹斧吃百灵机》，《光报》1925 年 1 月 31 日。

第二节

挥不去的苏州情结

一

《礼拜六》杂志的作家毕竟不是真正由近代上海都市文明培养起来的都市儿女。他们多数来自苏州或来自一个类似于苏州的江南古城，他们不可能在短期内改变由那个"苏州"式的江南古城所塑造成的气质、情趣、爱好以及思维习惯和价值观念。因此，他们虽然在上海的文学市场中谋生存，并且在上海的市民社会中获得了名与利，但他们并没有在精神上真正认同上海。他们对繁华程度足以与同时的伦敦、纽约相匹敌的上海，与其说是欣赏、认可、赞美，倒不如说在心理上更多的是陌生、惊异与抗阻。

在《礼拜六》作家的眼中，上海常常是罪恶的渊薮。周瘦鹃在谈起自己与上海的关系时说："我的故乡虽是苏州，而我却生于上海，长于上海的，在上海度过了上半世的三十几个春秋，真是衣于斯、食于斯、歌哭于斯，跟上海是血肉相连呼吸相通而不可分割的。""而我却怕上海、憎上海，简直当它是一个杀人如草不闻声的魔窟，所以在九一八暴日发动入寇的那年，就乖乖地移家苏州，避开这万恶的上海了。"① 周瘦鹃对上海的这种感受在《礼拜六》的作家中非常普遍。张丹斧就认为"上海号称文明而为污秽之薮"，遍地皆逐臭之人。他在《晶报》上专门做了《逐臭》词以宣泄他对上海的厌恶："三更天，四马路，一品香来，阁上青莲去。蝇屎鱼排

---

① 周瘦鹃：《我与上海》，香港《文汇报》1963 年 9 月 28 日。

同下肚。内急难禁，一阵污穷裤。野鸡多，争捉住，白相侬家，强打苏州语，不必春风谈几度，扯扯拉拉，已着黄梅雨。"① 张枕绿也认为十里洋场表面繁华，但内里却如同昏暗的地狱。② 在《礼拜六》杂志所刊载的以上海为背景的小说中往往充斥着关于偷盗、欺骗、卷逃、拆白的内容。面对遍地的罪恶，作家或感叹"沪地道德堕落，何一至于此"③，或发誓"再也不愿看见这万恶的上海"④，或警告读者"上海一埠，实为万恶之薮，一举一动，处处宜慎"⑤。

对《礼拜六》的作家来说，上海的罪恶让他们憎恶，上海的喧嚣更让他们厌倦。作家小草曾说："沪上为通商巨埠，崇楼巨构，弥望皆是，来游者每惊诧其繁盛。顾地处海滨，实无山林点缀其间，足以供游览者。余居沪十年，心每厌其烦嚣，徒以职业所系，不能舍而他去。"⑥ 这正是为了谋生不得不寓居海上的《礼拜六》作家的普遍心态。繁华、喧闹的上海是他们的谋生之地，却不是他们灵魂栖息的家园。俗务的缠绕，心灵的疲惫，使他们都或显或隐地流露出归隐的欲望。侨居上海多年的王西神强烈地感觉到"阅世愈深、遁世愈切"⑦。他将自己的寓所命名为"逃虚空室"⑧ 正表达了他想逃离尘俗羁绊的愿望。周瘦鹃的笔墨生涯可谓名利双收，令人羡慕。但周瘦鹃却一直认为："插脚热闹场中，猎名弋利，俗尘可扑，脱能急流勇退，恬淡自处，作羲皇上人，宁非佳事?"⑨ 他表示

---

① 张丹斧：《逐臭》，《晶报》1919 年 5 月 12 日。
② 张枕绿：《季秋晦日登大世界大观楼口》，《金钢钻报》1923 年 11 月 9 日。
③ 黄葆良：《缫丝女郎》，《礼拜六》第 178 期。
④ 陈松峰：《钻戒的自由恋爱》，《礼拜六》第 189 期。
⑤ 花奴：《钓上鱼儿》，《礼拜六》第 69 期。
⑥ 小草：《婚姻鉴》，《礼拜六》第 63 期。
⑦ 王西神：《我家之新年》，《半月》2 卷 11 期。
⑧ 同上。
⑨ 周瘦鹃：《嚼蕊吹香录》，《永安月刊》第 15 期。

"种树读书，终老岩壑，则为吾生平唯一宏愿，始终不变，但愿其终有实现之一日耳"①。郑逸梅也对奔走于尘俗飞扬的上海感到苦闷不已，他这样感慨："我为了生活，担任了上海的工作任务，抛弃了清嘉的故乡，带着家眷，投向尘嚣的沪市，营营扰扰，一无善状。"② 他渴望闲云野鹤、超然世外的隐居生活："若得地十亩，必以三亩植梅，三亩树竹石，一亩凿莲沼，而所余三亩，凡筑屋皮藏文史图藉，鼎砚骨董，予偃仰舒啸其中，以度晨夕，此外则无所求矣"③。郑逸梅的隐居愿望引起了朋辈的强烈共鸣。他曾写信告诉姚民哀："蒿目时艰，伤心身世，颇有逃禅之想"，姚民哀将郑逸梅的"逃禅之想"揭之于《世界小报》，且加注语"欲与逸梅同参禅谛"。蒋吟秋阅后"亦修寸简引逸梅为同志"④。而郑逸梅的同学华吟水在给郑逸梅的信中也说："尘世茫茫，久厕无味，弟亦深愿与兄一同逃禅也。"⑤ 天虚我生从《礼拜六》杂志的复刊号开始连载长篇小说《我为谁》，小说塑造了一个厌倦繁华、看破世事、抛弃一切，携巨资离开上海，独自出走的主人公金独醒。王钝根一语道破了天虚我生的创作意图："天虚我生半世辛劳，几经挫折，前年发起家庭工业社，乘时际会，始克有成，家境既臻小康，向平之愿且了，于是仰俯慨然，有挟资漫游，弃家避世之志。《我为谁》小说，盖非无因而作也。"⑥ 后来，天虚我生因忙于实业，《我为谁》连载两期即停，王钝根为他补续成篇。因此长篇小说《我为谁》实际上是天虚我生和王钝根共同策划完成的归隐之梦。

---

① 周瘦鹃：《紫兰小筑九日记》，《紫罗兰》第4期。
② 郑逸梅：《我在故乡的居址》，《味灯漫笔》，古吴轩出版社1999年版，第244页。
③ 郑逸梅：《幽梦新影》，《艺林散叶续编》，中华书局1987年版。
④ 郑逸梅：《逃禅》，《半月》第4卷第15号。
⑤ 郑逸梅：《来鸿集中之隽语》，《半月》第4卷第2号。
⑥ 王钝根：《我为谁》（三），《礼拜六》第126期。

归隐的欲望加强了《礼拜六》作家对水土清嘉的苏州的眷恋，宁静、优雅的苏州可以洗涤他们在上海沾染的俗尘，也可以抚慰他们疲惫的身心。郑逸梅在他隽逸、灵动的散文小品中一次次地抒写着对苏州的怀念："水乡苏州，是我少时游钓之地，虽为了衣食，离乡背井，栖迟海上，超过半个世纪，可是深巷杏花、小桥流水，这印象犹索诸梦寐，兀是不能忘怀。"① "每逢岁时令节，兀是怀系着邓尉梅花、灵岩塔影，以及天平的钵泉、枫桥的古寺，几乎无时或释。"② 范烟桥也因谋生于上海，难回苏州感到苦闷不已："有家不归，坐使春树暮云，花开花落、衣食儿女之累人如此。"③ 而周瘦鹃的苏州情结已成了当时小报谈论的话题，有人因此为他作了《再度斜气歌》："周瘦鹃，年廿九，人在上海想苏州。"④ 寓居上海的周瘦鹃的确一直在想苏州，他曾专门写了想念苏州的短篇小说《我想苏州》刊载于星社社友的文集《星光》⑤。后来他又在探访苏州故园，暂住九日之后所写的散文《紫兰小筑九日记》中表达了对宁静、闲适的苏州生活的无限留恋："返苏以还，忽忽已历九日，目不睹报章，耳不闻时事，足不涉名利之场，似与尘世隔绝。所居在万绿中，看花笑，听鸟歌，日夕与自然接；所过从者多雅人墨客，或园丁花奴；所语均关花事，不及其他。此九日为时虽暂，固宛然一无怀氏之民也。"⑥

　　《礼拜六》作家对苏州的怀念并不是一种简单的游子思乡的感

---

①　郑逸梅：《难以忘怀的苏州》，《味灯漫笔》，古吴轩出版社 1999 年版，第 246 页。

②　郑逸梅：《我在故乡的居址》，《味灯漫笔》，古吴轩出版社 1999 年版，第 244 页。

③　范烟桥：《向庐十胜》，《永安月刊》第 80 期。

④　王元恨：《再度斜气歌》，《世界小报》1923 年 8 月 6 日。

⑤　纸帐铜瓶室主：《星社文献》，《永安月刊》第 52 期。

⑥　周瘦鹃：《紫兰小筑九日记》，《紫罗兰》第 4 期。

情，它实际上体现了这批文人在一个繁华、喧嚣的近代都市和一个恬静、安逸的江南古城之间的情感倾向和价值选择。为了生存，他们不得不留在上海。但在审美情趣和价值观念上，他们认可的还是古风沁人的苏州。

二

《礼拜六》作家虽然以满足普通市民读者的文化消费需求为创作宗旨和编辑方针，在小说创作中主动地迎合市民读者的阅读趣味，显示出了明显的随俗的倾向。但在生活中他们却追求、向往浪漫、闲适、优雅、超俗的士大夫作风。无论独处还是群居，他们都竭力地营造一种艺术化的生活情调，不愿意将自己等同于一个俗人。

《礼拜六》作家的个人生活大都有唯美、趋雅的倾向，他们对美和雅的生活环境与生活情调的追求显得专一而强烈。周瘦鹃说："我是个爱美成癖的人，宇宙间一切天然的美，或人为的美，简直无所不爱。所以我爱霞、爱虹、爱云、爱月。我也爱花鸟、爱鱼虫、爱山水。我也爱诗词，爱书画，爱金石。因为这一切的一切，都是美的结晶品，而是有目共赏的。我生平无党派，过去是如此，现在是如此，将来也是如此；要是说人必有党派的话，那么我是一个唯美派，是美的信徒。"[1] 周瘦鹃的这段话很能代表《礼拜六》作家的生活情趣。他们都是美的信徒。他们中的大多数都秉承着传统读书人寄情花木以及把玩诗词典籍、金石古董等种种雅癖。他们在对各种美和雅的事物的追寻、欣赏、玩味、沉迷中，为自己营造一种艺术化、审美化的人生。周瘦鹃生平以花木为良友，他认为"生

---

① 周瘦鹃：《〈乐观〉发刊辞》，《永安月刊》第20期。

平多恨事，而这颗心寄托到了花花草草上，顿觉躁释矜平，脱去了悲观的桎梏"①。他在苏州居所紫兰小筑中"累土叠石，引泉蓄鳞、罗列奇卉异草，芳菲成春，已则盘桓春间，躬督花奴，芟秽剔虫，抱瓮灌溉"②，沉迷其中，乐而忘倦。他居住在上海的日子也朝夕以花草为伍，蜗居前的一弓之地有小型盆栽一百多盆，室内终年有盆栽作清供。他还在上海王家库静安寺路口开辟香雪园，展出精心栽培、制作的花卉、盆景、盆栽等，并设茶座，供前来观赏者品茗赏花。宜烟宜雨，佐静添幽的香雪园充溢着苏州的情调，与十丈软红、车尘马迹的上海判若两个世界。因此郑逸梅在游香雪园时产生了"久不至故乡，对此不觉情眷眷怀归"③的感觉。周瘦鹃寄情花草的闲情雅致令郑逸梅赞赏不已，他认为周瘦鹃的高旷芳洁、超逸脱俗足以与沈三白相比："周子瘦鹃，今之沈三白也。"④而郑逸梅本人又何尝不是迷恋花木、迷恋欣赏、感受花木之美的幽韵情调。他说："予为衣食谋，走尘抗俗，幽之不能，何韵之有，然视花若命，闻有名种，则不惮舟车之劳，寒暑之酷，而以一领其色香为乐。"⑤范烟桥与程小青也对花木情有独钟。范烟桥的居所苔痕阶绿，草色帘青，花木环绕，清雅宜人，郑逸梅认为如此优雅脱俗的环境"大有南面王不易之乐"⑥。程小青的院中因广植名花、四季如春，引得朋辈纷往欣赏，他亲自做了一首七绝咏叹花木为他的生活所增添的雅趣："栽得名花四季春，嫣红姹紫总多情。小园日涉备

---

① 周瘦鹃：《我与中西莳花会》，《永安月刊》第 20 期。
② 纸帐铜瓶室主：《记香雪园》，《永安月刊》第 38 期。
③ 同上。
④ 同上。
⑤ 郑逸梅：《记静思庐之昙花》，《永安月刊》第 40 期。
⑥ 郑逸梅：《星社之创始人范烟桥》，《味灯漫笔》，古吴轩出版社 1999 年版，第 69 页。

成趣，一片才凋一片新。"①

在花草木石之外，《礼拜六》作家都喜欢玩味典籍、集藏雅物。周瘦鹃就经常沉浸在昔人的典籍中，寻找心灵的抚慰，他曾在古人诗词中搜集了大量的具有清闲情调的词句，辑为《清闲集》。他自言："蹒跚软红十文中，俗尘可扑，恨意马之不羁，苦心猿之难制，哭啼杂糅，歌哭无端，顾后瞻前，不知死所；无已，则唯沉浸于昔人典籍中，清其所清、闲其所闲、聊求心目之清闲而已。"② 在《清闲集》之外，周瘦鹃又花了三年的精力搜集嵌有"银屏"二字的诗词，辑为《银屏词》，"词多侧艳，极字里在飞之致"③。清新雅致的《银屏词》令周瘦鹃流连不已："花初月午，偶一讽诵，则复神往于红楼翠幕间，银屏银屏，赋我梦思已。"④ 郑逸梅也常常到昔人的典籍中寻找乐趣，他认为"人生之乐，莫过于闭门读书，得一僻书，识一奇字，遇一奇事，见一佳句，不觉踊跃，虽丝竹满前，不足喻其快也"⑤。他最喜欢读清雅隽逸的文字，清歙人张潮的《幽梦影》和镇洋朱锡绶的《幽梦续影》都令他百读不厌，在反复的诵读玩味中，他还拟作了《幽梦新影》⑥，文笔之清雅绝不逊色于昔人。

不少《礼拜六》作家都有集藏雅物的癖好。最典型的是郑逸梅。他在散文《自说自话》中详细地介绍了自己的集藏癖。他说："我有集藏癖：一、名人尺牍，以清末民初为多，间有若干通是明末清初的，我兼收并蓄着，甚至时人的手札，也都搜罗，除掉钢笔写的不留。二、折扇，约一百多柄，都是配着时人书画，装上扇骨

---

① 郑逸梅：《侦探小说家程小青》，《味灯漫笔》，古吴轩出版社 1999 年版，第 19 页。

② 周瘦鹃：《嚼蕊吹香录》，《永安月刊》第 18 期。

③ 同上书，《永安月刊》第 14 期。

④ 同上书，《永安月刊》第 13 期。

⑤ 郑逸梅：《搴芳披藻录》，《永安月刊》第 46 期。

⑥ 郑逸梅：《幽梦新影》，《艺林散叶续编》，中华书局 1987 年版。

的，每岁从用扇子起，至废扇止，每天换一柄，不致重复。三、册叶，有书有画，但书难请教，因此书多画少，书占十分之八，画占十分之二。其他如印章咧，名刺咧，古泉咧，稀币咧，我都贪多务得，实在生活太苦闷，无非借此排遣而已。"[1] 其他《礼拜六》作家虽然不是都像郑逸梅这样"兼收并蓄"，但对于集藏都兴致不浅。程小青广集名人字画，[2] 周瘦鹃收藏了大量的古花架、花盆，其中出自明清名手的陶盆有上百只。[3] 张丹斧所藏的古镜有一百七十多种。[4] 袁寒云对古花瓶、古币、古印和古玉的集藏达到了痴迷的地步。一次"张丹斧从道州何辛叔处易得汉赵飞燕的白玉环"，袁寒云"欣羡得了不得，甚至萦诸魂梦，梦见飞燕于未央宫，赐以玉环，因写《梦燕记》，以志因缘。"后将所藏的古董和张丹斧交换，且署其室为"燕环阁"，了却了心愿。[5] 还有一次，袁寒云为了得到张丹斧所藏的一个瓷瓶，以停止在《晶报》连载他的小说《辛丙秘苑》相要挟。为了小说的顺利连载，《晶报》主笔张丹斧只好忍痛割爱。[6] 由于都有集藏的雅癖，后来在星社的集会上他们拿出了各自珍藏的佳品，参加了"趣味展览会"[7]。

《礼拜六》作家对美和雅的追求已经渗透到了生活的细节当中，他们所使用的一事一物都刻意地追求玲珑精致。拿墨水和信笺来说，程小青用特制的小青便笺，精美小巧；范烟桥所用的信笺有红色方框，旁加"鸥夷室用笺"五字；姚赓夔所用之笺，上有小锌版

---

① 纸帐铜瓶室主：《自说自话》，《永安月刊》第 116 期。

② 郑逸梅：《纸帐铜瓶室琐志》，《半月》第 4 卷第 22 号。

③ 章品镇：《花木丛中人常在》，《随笔》1983 年 2 月号。

④ 纸帐铜瓶室主：《沪上公子袁寒云》，《永安月刊》第 85 期。

⑤ 同上。

⑥ 郑逸梅：《民国旧派文艺期刊丛话》，收入魏绍昌编《鸳鸯蝴蝶派研究资料》，生活·读书·新知三联书店香港分店 1980 年版，第 417 页。

⑦ 纸帐铜瓶室主：《星社文献》，《永安月刊》第 52 期。

制夔形图画及"曼云室主人用笺"等字，为胡亚光画师的手笔，用紫色墨水印成；① 天虚我生的信笺常带有玫瑰、紫兰的香味；以爱美著称的周瘦鹃最喜欢用紫色墨水，且在工整的字迹下加紫色小密圈，"遥视之，通体似刻成者"②。生活细节的美化与雅化使《礼拜六》作家的生活情调更具艺术色彩。

相近的气质、爱好、情趣使《礼拜六》的作家们常常聚在一起。如果说他们在独处的时候表现出对美和雅的渴求，那么他们在群居的时候则表现出对逸与闲的追慕。《礼拜六》的几位重要作家曾邀请志同道合的朋友举行不定期的聚餐会，赐以嘉名曰"狼虎会"。这种聚会常常是一星期举行一次，聚会的地点有时在上海，有时在苏州。聚会的形式是众文友轮流做东，茶余酒后高谈阔论，奢谈文艺。周瘦鹃曾记下了在他家里举行"狼虎会"的风雅场面：

> 某日，狼虎会同人集予庐，并予凡十人。饮宴尽欢，酒酣耳热，时江小鹣高歌上天台，铿锵动听；杨清磬与陈小蝶合演南词断桥，既毕，杨复戏效"蒋五娘殉情十叹"，自拉弦，索小蝶吹笙，予击脚炉盖和之，一座哗笑。天虚我生即席赋诗寄拜花余杭（拜花，吾宗，隐居于杭，亦酒阵诗场中一健将也），诗前系小序云：于休沐之日每一小集酌，惟玄酒朋，皆素心。而常与斯集者，有钝根、独鹤之冷隽，常觉、瘦鹃之诙谐，丁、姚二子工丹青，江、扬两君乃善丝竹；往往一言脱吻，众座捧腹，一篑甫陈，众箸已举，坐无不笑之人，案少生还之馔。高吟唧唧，宗郎之神采珊然；击筑呜呜，酒兵之旌旗可

---

① 明道：《香笺琐话》，《红玫瑰》第 2 卷第 11 期。
② 周瘦鹃：《紫罗兰庵杂笔》，《半月》第 1 卷第 3 号。

想。诚开竹林之生面，亦兰亭之别裁也。①

《礼拜六》作家在"狼虎会"上显露出的是浓郁的旧式才子的放浪气息和风雅本色。而天虚我生在他的诗前小序中也毫不谦虚地将《礼拜六》作家与竹林七贤相比，将"狼虎会"与"兰亭之会"并论。

不少《礼拜六》作家都参加了苏州的文人社团——星社。现代文学史上不同的文学社团都有不同的宗旨，作品的风格也有明显的差异，而组织活动的方式总是相似的，惟独星社不然。星社是在几个苏州文人喝茶闲谈中偶然产生的。据天命回忆，在民国十年的七夕，范君博、范烟桥、范菊高、顾明道、赵眠云、郑逸梅、姚苏凤、屠首掘八人"集会于苏州留园拥翠山庄。因为当时在又一村合摄一影，要题几个字留纪念，就由范烟桥题了'星社雅集'四个字。他的取义是这天正是双星渡河之夕。并且星的象征，是微小而发着灿烂的光芒，正和他们'不贤识小'的襟怀相合"。"苏州的留园，好像是一个工笔山水的长卷，在那里吃茶谈天，是很相宜的，并且深藏在卷心里的拥翠山庄，更是幽静得像深山萧寺，他们这一回的集合，有意无意间留下了文艺交流的种子。"② 星社的活动从此开始了。星社没有固定的负责人，只是每年推举两人为值年干事。它也没有明确的宗旨，没有定过社约，没有入社书，只要经过若干人的介绍，大家认为是同道中人，就引为社友。苏州城内的环境幽雅的茶坊——吴苑深处是星社常用的聚会之所。吴苑深处的东角话雨楼的前面有一方空地，上面盖着芦席棚，下面放着七八个桌子。

---

① 周瘦鹃：《记狼虎会》，《紫罗兰集》下册，上海大东书局1922年版。

② 天命：《星社溯往·动机》，范伯群等编《鸳鸯蝴蝶派文学资料》，福建人民出版社1984年版，第201页。

爱好文艺的星社成员们常在那里开着极自由的座谈会，"费了一个铜子，可以看一份上海的报纸，从报纸的副刊上得到文艺的消息，就成了座谈的题材。今天来了一位上海某报的主笔，明天来了一位某杂志的编辑。神交已久，相见恨晚。由于甲的介绍，认识了常写小说的乙，由于丙的说起，约了擅长小品文的丁，如此攀引，一见如故，这个集团就逐渐增大。为了友情的热络，约定了一个日期，到某人的家里去尽一日之欢，扰了一顿茶点，便得了答谢，第二回就到另一家去。彼此相邀，周而复始，这种车轮转的茶点，不断地举行了半年多。"①

星社的活动是在苏州闲适文化的氛围中开展的，活动的形式除了茶话还有酒集、船集、春游等，活动的内容有吟诗、作画、猜谜、文字游戏以及趣味展览会等。在星社社友的回忆录中，我们看到的是一种优雅、闲适、超逸、浪漫的传统士大夫般的生活。在程小青当值的一次茶话会中，星社社友聚集在东吴大学的大操场上，他们借了学生的坐椅团团围坐，"座臂附有小栏板，可以代书桌"，"果点每人一盘，各不相犯，好像中菜西吃"。末了举行小小文字游戏，用三个纸卷写了各人姓名、动作、所在，分类总和了，每人拈三个，揭晓后笑话百出。② 星社社友的聚会总是别出心裁，程瞻庐、蒋吟秋二人曾借荇溪圆通寺做社友们品茗畅谈之地，还"特请该寺高僧栖谷上人奏古琴，许多星侣莫不凝神静听"③。星社的成员都多才多艺，每一次聚会也是他们展示才华的机会。在一次"持螯会"上，众社友饮酒品茗、持螯赏菊的同时纷纷题诗，善丹青者还共同绘制了一幅"蟹菊图"，"由一飞作一蟹，闲鸥作雁来红，冷月作黄

① 天命：《星社溯往·茶话》，范伯群等编《鸳鸯蝴蝶派文学资料》，福建人民出版社 1984 年版，第 202 页。

② 徐碧波：《星零之什》，《永安月刊》第 62 期。

③ 同上。

菊,小青于菊丛间写蓝菊,亦婀娜有致,慕琴之茗壶,饶有古意,转陶于壶上画'一片冰心'四字①。在这次"持螯会"上,范烟桥"狂饮恣谈,日与直山半狂辈辩蹦蹦戏之来历,各执一端,龂龂不已"。"酒后,烟桥题诗,自称醉笔,及掷笔大呕",社友们"始信烟桥之果酩酊也"②。星社的社友们没有任何立山头、立门户的愿望和野心,他们完全是靠友情的契投和心灵的吸引走到了一起。星社的每一次聚会都诗酒流连、雅兴不浅,"这种萧闲如六朝的生活,无论哪一个文艺团体都望尘莫及"③。

《礼拜六》作家的生活情趣显然与近代上海快速发展的紧张节奏形成了强烈的反差。他们虽然身在上海,但实际上往往生活在另一个世界,一个自己营造的小世界,一个美而雅的世界,一个逸与闲的世界,一个充满了苏州情调的世界。他们生活在花木中,生活在诗词典籍中,生活在金石古董中,生活在诗酒风流的文人聚会中。在对优雅、超俗的生活情趣的执著追求中,外在世界的视野退缩了,内在世界的体味更深更细,这样他们就在某种程度上得以逃避俗尘的侵扰,并且与俗人划清了界线。他们从不承认自己是个俗人。郑逸梅曾以颇为谦虚的口气说:"我这个人,虽不敢谈到风雅,但却自认没有俗骨。"④ 天虚我生在临死前没有忘记强调自己是个名士,他对他的女公子说:"吾生平为名士,中途不幸溷堕工商界,遂为名人,今还吾干净,仍为名士去矣。"⑤ 他们不愿与俗人为伍,不愿让自己的雅士生活受到世俗趣味的干扰。一次,星社社友们在"天来福"菜馆聚餐,美味佳肴,文人兴会,雅兴不浅。美中不足

---

① 纸帐铜瓶室主:《星社文献》,《永安月刊》第 58 期。
② 同上。
③ 天命:《星社溯往》,《万象》第 3 卷第 2 期。
④ 郑逸梅:《自说自话》,《永安月刊》第 116 期。
⑤ 纸帐铜瓶室主:《说林涸谢录》(一),《永安月刊》第 50 期。

的是，"天来福"这个招牌未免太俗，有人提议拟一嵌字联，化俗为雅。蒋吟秋当场伸纸走笔写了一幅七言："天然清福诗书画，邈兮高风归去来。"[1] 他们借助这一幅自然浑成的嵌字联使自己与俗人、俗趣拉开了距离，使自己成了最高雅的人。

可见，《礼拜六》作家虽然在时代潮流的冲击下滑入了市民社会，并且已经成了市民中的一员，但他们仍然顽强地保持着传统文人的心态和情趣。他们虽然在上海的市民社会中谋生存，但仍然过着苏州式的生活。进入书局报馆，他们是个卖文为生的职业文人。回到家里，回到内心世界，他们仍然是优雅的士大夫。他们还没有真正融入市民社会、认可市民社会，还不具备现代市民的心态。在某种程度上可以说，他们是生活在上海的苏州文人，也是具有了新的身份、角色和谋生方式的传统文人。

---

① 郑逸梅：《具有悠久历史的星社》，《味灯漫笔》，古吴轩出版社 1999 年版。

第 五 章

在现代的门槛前徘徊

——《礼拜六》小说的文化风貌

近代上海经济的飞速发展和社会的急剧转型使传统的文学运作方式发生了彻底的改变，使市民文学在民国初年出现了空前的繁荣，然而近代上海文化观念递变的相对缓慢却无法为市民文学的发展注入全新的内涵。同时，民初文人虽然以极大的热情投入市民文学的创作，但"脚踏两城"的文化姿态使他们还不能彻底地认同自己的市俗角色，还不能真正地亲和市民社会，更不能站在市民社会的立场上理性地反思传统文化，在整个传统文化的价值体系的对立面揭示出适应着都市化和资本主义发展而产生的现代市民社会的价值观念。这就注定了民国初年以《礼拜六》杂志为代表的市民文学不可能成为具有现代市民观念的新市民文学，而只能在现代的门槛前徘徊。

第一节

新时代的市井传奇

在中国文学史上，"传奇"本来用以指称唐宋人用文言文写作的短篇小说，如《南柯太守传》、《李娃传》等。因为这些小说多为后代说唱和戏剧所取材，故宋元戏文、诸宫调、元人杂剧、明清戏曲也被称为"传奇"。到了现代，"传奇"一词的用法已经非常泛化。它可以总称为"一种情节离奇、节奏明快、人物行为超常的传说故事"，"一种消遣性、娱乐性较明显，大众化、通俗化、民族化较强烈的文学品类"①。《礼拜六》杂志中的小说基本上都可以归属于这种广泛意义上的"传奇"。

《礼拜六》杂志中的小说几乎都追求故事的传奇性，或是演绎奇人、奇事，或是铺叙奇情、奇遇，可谓无奇不成书。然而值得注意的是，《礼拜六》小说的传奇内容和传奇色彩与近代都市的关系并不大。《礼拜六》杂志虽然是经由近代大都市上海的孕育、滋养而出现的，但《礼拜六》作家并没有把都市作为独立的审美对象，更没有建立起新的都市文化价值观念。在他们的笔下，上海不是繁华、喧嚣的享乐之所，就是藏污纳垢的罪恶渊薮。他们没有写出有特色的都市，没有写出有神韵的近代上海。与此同时，《礼拜六》作家也没有写出真正具有近代都市的气质、性格的普通市民和有质有感的市民生活。他们津津乐道的往往是帝王宫妃、妖狐鬼怪、英雄豪侠、才子佳人等超常人物及其超常的行为、情感和超常的故

---

① 陈必祥主编：《通俗文学概论》，杭州大学出版社 1991 年版，第 220—221 页。

事。他们虽然也曾将笔触伸向普通市民的世俗生活，但他们所关注的并不是平凡、琐细的日常生活本身，而是日常生活中的伦理、道德。他们没有咀嚼出普通市民的悲欢，没有咂摸出世俗人生的滋味。显然，《礼拜六》杂志中的小说还具有浓郁的古典"市井"的气息。然而，《礼拜六》的作者和读者所赖以生存的上海毕竟已不是从前那个被称为"小苏州"的上海。正所谓"文变染乎世情"①，随着都市的发展和时代的转型，民国初年的市民文学也必然会发生变化。因此，《礼拜六》中的小说既不能归入近代"都市传奇"，也不是纯粹的古典"市井传奇"，而是产生在新的时代的，具有新的特征的"市井传奇"。

夏志清谈到"鸳鸯蝴蝶派"文学时曾指出："这一派的小说，虽然不一定有什么文学价值，但却可以提供一些宝贵的社会性资料。那就是：民国时期的中国读者喜欢做的究竟是哪几种白日梦。"② 至于"鸳鸯蝴蝶派"是否具有文学价值应另作别论，但不可否认，夏志清的这段话实际上既点中了普通市民读者的阅读期待，也道出了市民文学的重要功能。现实是平庸的、琐碎的、不如意的，而小说能为人们建构一个弥补缺憾的梦幻的世界。民国初年，上海开埠已经超过半个世纪。随着都市的发展，人们的生活节奏日益加快，精神也日益紧张。同时，清朝坍塌，革命失向，整个社会变乱纷呈，支离破碎，让人们感到沮丧、茫然。这就使民国初年的

---

① 刘勰：《文心雕龙·时序》。
② 夏志清：《中国现代小说史》，刘绍铭等人译，香港中文大学出版社 2001 年版，第 20 页。

市民读者更渴望能在虚幻的小说情境中寻找精神的放松、情感的寄托和心灵的安慰。《礼拜六》的作家正是以各种充满传奇色彩的小说为广大市民营造了一个迷人的梦幻的世界，满足他们对"白日梦"的需求。

民国初年在上海居住、谋生的市民显然比传统农业社会中的居民获得了更多的人身自由和更多的价值选择的机会。但是，"随着工业齿轮的运转加速和商业贸易的兴隆发达"，"市民的生活节奏的频率空前增速，人们觉得脑力和筋肉的弦绷得太紧"①。而他们在感到繁忙、紧张、疲倦的同时不可避免地还会体验到都市生活中的平庸、苦闷和孤寂。这就促使他们寻找适当的方式调剂精神世界的紧张、转化现实生活中的不如意。《礼拜六》作家在小说中借助野史掌故、奇闻轶事所演述的各种神秘、奇异的故事正迎合了市民的这种精神需求。《礼拜六》杂志创刊号上的第一篇小说《塔语斜阳》所演述的就是关于"三公主塔"的野史遗闻。小说开篇就以废弃的阿勃兰宫、残败的三公主塔营造了一种神秘、悲凉的气息：

> 格蜡那达，既为基督教人所收复，阿勃兰宫遂渐荒废。翠华久不临幸，九天阊阖，阒焉无人，而宫花禁柳，亦一一现为凄怨之色。每当日轮西下，回光返射，照遍屋脊，惟见红瓦鳞鳞，与暮霭相映。及至黄昏，则殿影深黑，鸱尾亦为暮色所蒙，卧长影于地。一若造物特设此惨淡悲凉之景，以供后人之兴亡凭吊者。而所谓三公主塔者，则尤残败不堪。绮窗雕槛，但见蟏蛸。公主妆楼，则已尽为蝙蝠鸱鸮之窟宅。存者仅规模耳，犹人之但留残骨于人间。故游人踪迹，亦不时至。而伧夫

---

① 范伯群：《中国近现代通俗作家评传丛书·总序》，南京出版社1994年版，第2—3页。

老媪，又复倡为迷信之谈，谓此塔中，乃有多情之鬼。每于断栏残槛中，时见官妆女郎，窥客于柳丝之底。而小公主芳魂，每于月光如画之时，行吟水次，且时闻幽怨之琴声。凡此诸说，初非都属渺诞，概人皆秉灵魂而生，体魄伪也，不过性灵偶与体魄相值，遂负之出胎，迫人既死，则不过偶失其暂有之体魄，其灵魂初未漫灭。然则花晨月夕之时，偶然一现色相，亦其宜也。读者以吾言为怪诞乎？则请举三公主塔之历史以示读者。①

在这种神秘、悲凉的气息中，作者层层剥开"三公主塔"的秘密，将读者引入那个虚忽缥缈、如梦似幻、离奇曲折、凄美动人的爱情故事之中。《塔语斜阳》中所显示出的"揭开隐秘、展示传奇"的创作倾向正是《礼拜六》杂志中大量的以野史、掌故、遗闻为题材的小说的共同特色。不才的《瑶台第一妃》② 写洪秀全的瑶台第一妃徐氏投靠穷书生陈某，为陈生讲述宫中秘事，并以自己所蓄金珠为陈生置田产、房产；率公的《贵胄飘零记》③ 写清朝贵族之后五姑娘沦为妓女后被皇帝赏识、控制以及她与棣华之间的苦恋；天白的《章皇外纪》④ 写清朝皇帝与董鄂妃之间生死不渝的爱情；许指严的《鱼壳外传》写⑤清室二十三皇子遭遗弃后被捕鱼老翁收养，为躲避宫中争权者追杀又隐居海外之岛的传奇经历。这些小说都是在对往昔旧事的钩沉打捞中向读者讲述一个个神奇而又隐秘的故事。《礼拜六》的作家还热衷于渲染各种奇闻轶事，其中包括大量

---

① 小蝶：《塔语斜阳》，《礼拜六》第 1 期。
② 不才：《瑶台第一妃》，《礼拜六》第 4 期。
③ 率公：《贵胄飘零记》，《礼拜六》第 18 期。
④ 天白：《章皇外纪》，《礼拜六》第 33 期。
⑤ 许指严：《鱼壳外传》，《礼拜六》第 31 期。

的关于妖狐鬼怪的传闻。阿蒙的《冢中人》① 讲述毕大深夜在坟间打猎，被鬼鞭打；吴双热的《妖魔窟》② 讲述了七则鬼的故事；瘦蝶的《妖火》③ 讲述延陵氏莫名遭火灾，疑为大仙所为；杏痴的《棺异》④ 讲述统领率兵入寺庙遇到鬼，兵马皆死。另外，《花间人影》⑤、《绿格子少年》⑥、《孤灯幻遇记》⑦、《月下女》⑧、《三生孽缘》⑨、《玉骨冰肌》⑩ 等小说都描述了主人公在夜间遇见美丽的女鬼的奇幻情形。这些小说都写得鬼气弥漫、离奇怪诞。在这些关于妖狐鬼怪的传闻之外，各种怪诞、奇异之事也都在《礼拜六》作家的搜罗之列。在《礼拜六》的小说世界中，各种离奇的故事层出不穷：农民耕地无意中锄开了古墓，发现了成于战国的"迴风"宝剑⑪；染坊中文弱的店徒每日以拳击井水，不知不觉中练成了奇技⑫；贫穷的坏者意外地获得了梧桐井中所藏之金，成为巨富，并"以多金运动，选为上议士"⑬；被叔叔虐待的孤儿欲遁入空门却误入匪窝，成了匪首的书记，开始了他传奇的一生⑭。真可谓无奇不有。

《礼拜六》作家在演述野史掌故、奇闻轶事的小说中为读者营

① 阿蒙：《冢中人》，《礼拜六》第 26 期。
② 吴双热：《妖魔窟》，《礼拜六》第 6 期。
③ 瘦蝶：《妖火》，《礼拜六》第 3 期。
④ 杏痴：《棺异》，《礼拜六》第 40 期。
⑤ 天白：《花间人影》，《礼拜六》第 6 期。
⑥ 老鹭：《绿格子少年》，《礼拜六》第 8 期。
⑦ 叶匋（叶圣陶）：《孤灯幻遇记》，《礼拜六》第 19 期。
⑧ 韦士：《月下女》，《礼拜六》第 38 期。
⑨ 胡碧痕：《三生孽缘》，《礼拜六》第 90 期。
⑩ 孤星：《玉骨冰肌》，《礼拜六》第 97 期。
⑪ 仁后：《迴风》，《礼拜六》第 3 期。
⑫ 天愤：《井中怪》，《礼拜六》第 40 期。
⑬ 小蝶：《梧桐井》，《礼拜六》第 3 期。
⑭ 指严：《此中人语》，《礼拜六》第 11 期。

造了奇异的故事情境。在这种奇异的故事情境中，读者不仅能享受休闲、放松的乐趣，缓解被紧张的都市节奏绷紧的神经，还能产生种种遐想，满足他们在平淡、苦闷、孤寂的生活中寻求刺激的渴望。一位读者在看了《绿格子少年》之后，对主人公张根生与美丽的女鬼之间的奇遇艳羡不已，他这样感叹："聊斋一样的滋味，美人美事，可见现在并非未有，只是偏偏我遇不着。"①

民国初年是中国历史上一个名副其实的乱世。辛亥革命的胜利给人们带来的兴奋是短暂的，社会很快就陷入了混乱与动荡。军阀们拥兵自贵、翻云覆雨；政客们欺世盗名、播弄权谋。中国的政治舞台上演着一出出闹剧。在前百期《礼拜六》杂志的停刊号上，瘦蝶的小说《李伯鲁庆寿》②将出版了一百期的《礼拜六》杂志比喻为百岁老人李伯鲁。并以李伯鲁回顾当年、感慨身世的方式戏谑地道出了民国初年变乱纷呈的时局。李伯鲁这样说："在老朽心目中，自从中华民国三年六月六日出世以来，所经历的千奇百怪的世变，真可称得沧桑变幻。好好的民国，忽地变了帝国。既然是帝国了，却忽地又翻转来，变了民国。他们变戏法似的变化，把个老朽却变了个三朝元老了。"在这种动荡、混乱的社会情势中，人们所企盼的民主共和、公平正义、国泰民安根本无法兑现。孙中山在回顾民初这段历史的时候就愤怒地指出："夫去一满洲之专制，转生出无数强盗之专制，其为毒之烈，较前尤甚。于是而民愈不聊生矣！"③范文澜也曾指出："自 1912 年袁世凯取得政权，直到 1919 年'五四'运动以前，短短 7 年的时间里，一切内忧外患都集中表现出来，比起过去 70 年忧患的总和，只有过之而无不及。"④的确如此，

----

① 乃：《钝根造孽》，《礼拜六》第 13 期。
② 瘦蝶：《李伯鲁庆寿》，《礼拜六》第 100 期。
③ 孙中山：《建国方案》，《孙中山选集》上卷，人民出版社 1962 年版，第 104 页。
④ 范文澜：《中国近代史的分期问题》，《社会科学战线》1979 年第 1 期。

在民国初年，内忧外患一起涌现，整个社会混乱不堪。然而，现实越是混乱、动荡，人们就会越强烈地渴望社会的公正、政治的清明和国家的强盛。《礼拜六》杂志中大量的侠义英雄小说和畅想国家未来的小说就恰切地表达了民初市民的这些梦想。

《礼拜六》作家在侠义小说中所塑造的侠客形象与传统的侠义英雄一样都具有超人的胆识、智慧、武艺和强烈的正义感、使命感。《女侠》① 中15岁的少女略施小技就能退败群盗。《樵女》② 中的女郎能以树枝杀死猛虎。《侠盗》③ 中的江湖大盗"专劫贪官污吏，且时时为人雪不平事"。《粉城公主》④ 中粉城王麾下的侦使"遇贪污官吏必行劫而诛杀之"。这些身怀绝技、见义勇为、济困扶危、主持正义的侠义英雄，往往高蹈世外，行踪诡秘。花奴的《白燕儿》⑤ 写无赖刁某冒充奇侠白燕儿调戏妇女，真白燕儿突然出现，妇女得到解救。无我的《古刹中之少年》和藜青的《惩妒》⑥ 等一系列小说中的侠客也都是在关键时刻突然出现，解人急难，使无辜小民免于灾祸，然后神秘地消失。充满传奇色彩的侠义英雄和大同小异的锄强扶弱、除暴安良的故事在《礼拜六》的侠义小说中反复出现使这类作品带上了明显的复制痕迹，缺少艺术个性。但正是这些带有复制痕迹的作品为读者营造了一个幻想的世界。在这个幻想的世界中，读者可以暂时告别现实，忘我地接受奇侠的形象，并在某种程度上满足对公平与正义的渴望。

《礼拜六》杂志中有不少小说涉及了对国家前景的构想。孙剑秋的《莺啼燕语报新年》⑦ 中的男主人公对侵略中国的日本不屑一

---

① 杏痴：《女侠》，《礼拜六》第35期。
② 韦士：《樵女》，《礼拜六》第36期。
③ 剑秋：《侠盗》，《礼拜六》第4期。
④ 渔郎：《粉城公主》，《礼拜六》第7期。
⑤ 花奴：《白燕儿》，《礼拜六》第56期。
⑥ 藜青：《惩妒》，《礼拜六》第74期。
⑦ 剑秋：《莺啼燕语报新年》，《礼拜六》第38期。

顾，他在战胜日本，凯旋后对心上人说："敌气日恶，举倾国兵入境，主帅惶迫无以计。仆乃大愤，以为区区岛国，一靴尖可踢倒，而乃猖獗至此，遂率部下健儿，出奇计以攻之。一战于摩天岭，再战于豆满江，夺其重驳，斩其大将，捕获其鬼头司令，正拟乘胜进取，直捣其国，与诸将士痛饮樱花酒，一洗我国耻。不意敌人震慑，遣使气和，愿推出历年所占之地。我大总统推以大字小之心（原文如此，笔者注），慨然允之，命仆参与和议。"这种轻而易举地大胜日本的大快人心之事显然是国人的梦想，是作者的假想和虚构。周瘦鹃的《新年好梦》① 也很典型。小说写"我"在"民国十一年元旦晚上"梦见自己当了大总统，具有至高无上的权力，开始实施一系列的强国措施。"第一天先把全国贪官污吏处死的处死，放逐的放逐。""第二天削去武人大权，把全国一百万大兵减去十分之九。""第三天下了一条强迫教育的命令。""第四天奖励工作。""第五天国富民强，有恃无恐，就向号称大国强国的各国算旧账，把他们以前巧取豪夺的许多土地，许多铁路，许多矿产和其余许多零零碎碎的权利，一起要回来……""到了第六天上，各国知道中华民国已成了一等一的大国，不但把土地路矿一起交还，还附送了无数的礼物。从此大中华民国便真的变做超等国了，全世界大小列国都得听我们的命令。"在《圣经·创世纪》里，上帝工作了六天，创造了世界；周瘦鹃在小说《新年好梦》中，也只用了六天就缔造出了一个强大的中华民国。除了上述作品，志云的《烟卷军舰》②、谷神的《良心上之敌气》③、无怀的《破釜沉舟》④、流浪客的《沙中人语》⑤ 以及周

---

① 周瘦鹃：《新年好梦》，《礼拜六》第 146 期。
② 志云：《烟卷军舰》，《礼拜六》第 50 期。
③ 谷神：《良心上之敌气》，《礼拜六》第 63 期。
④ 无怀：《破釜沉舟》，《礼拜六》第 66 期。
⑤ 流浪客：《沙中人语》，《礼拜六》第 152 期。

瘦鹃的《吾教你们一首功课》①、《一诺》② 等小说中都有类似的情节。这些小说与晚清时期梁启超以《新中国未来记》所开创的"理想体"小说一脉相承，它们几乎无一例外地预言了中国在短期内战败敌国，取消不平等条约，迅速走向富强，并且称霸世界的美妙前景。不可否认这是一种天真而不切实际的幻想，但它却表达了弱国子民对国家富强的强烈渴望。

民国初年的确是一个混乱而动荡的年代，但辛亥革命毕竟对旧有的一切造成了冲击。只是这种冲击是有限的，似乎一切都大变而未变，未变而又将变，整个社会处于新旧混杂的过渡时期。拿婚姻制度来说，民初的宪法都宣称保障中华民国公民的自由平等的权利，这必然要促进青年男女对自由恋爱的追求。同时，上海这座开埠多年、受西方价值观念渗透的城市也为男女自由恋爱提供了相对自由的环境。但在当时，新的婚姻观念包括男女自由交往、自由结婚、自由离婚等都未能被大多数人所接受，传统的婚姻观念仍然占据主导地位。这就注定了多数追求婚恋自由的青年男女要承受悲剧的结局。《礼拜六》的作家周瘦鹃就曾与一位活泼秀美的女学生周吟萍发生了真挚而热烈的恋情，但由于双方贫富悬殊，吟萍的父母认为门不当、户不对，不肯将女儿许配给周瘦鹃这个穷书生，两人只好劳燕分飞。这段难以忘怀的伤心情史对周瘦鹃成为小说界的"哀情巨子"无疑起到了促进作用。民国初年普遍存在的爱情悲剧能造就周瘦鹃这样的言情小说名家，更能造就大量的言情小说的读者，这必然会大大提高言情小说（特别是哀情小说）的社会需求。正如范烟桥所说："辛亥革命以后，'父母之命，媒妁之言'的婚姻制度渐起动摇，'门当户对'又有了新的概念。新的才子佳人，就

---

① 周瘦鹃：《吾教你们一首功课》，《礼拜六》第44期。
② 周瘦鹃：《一诺》，《礼拜六》第101期。

有新的要求，有的已有了争取婚姻自主的勇气，但是'形隔势禁'，还不能如愿以偿，两性恋爱关系没有解决，青年男女苦闷异常。从这些社会现实和思想要求出发，小说作者就侧重描写哀情，引起共鸣。"①《礼拜六》杂志中大量的言情小说也正是适应这一"社会现实和思想要求"而出现的。《礼拜六》的言情小说的重要内容是演绎才貌双全的青年男女之间的感情纠葛，与传统的"才子佳人"小说有着直接的传承关系。两者之间最大的区别是，传统的"才子佳人"小说大多轻快欢畅，《礼拜六》杂志中的言情小说则"哀感顽艳"，欢情少而悲情多。但无论是欢情还是悲情，《礼拜六》作家所强调、赞美的都是才子与佳人之间生死不渝的真情。孙剑秋的《死鸳鸯》②写才华出众的李生与貌若"汉皋神女、洛水仙妃"的名校书朱素贞真心相爱。但李生贫，无三千金为素贞赎身，难谐百年之好。绝望中两人双双自尽，"合抱而死"。休宁华魂的《双泪落》③写"年未弱冠，而文章风采，名已大噪"的才子陈石仙与美艳绝伦的兰娘一见倾心，两情相悦。武昌起义，石仙投笔从戎，兰娘之母亲乘机迫其嫁富家子。兰娘为了不负石仙，在出嫁之日自杀于花轿中，石仙则"终身不娶作义夫焉"。被称为"哀情巨子"的周瘦鹃发表在《礼拜六》上的一系列言情小说也大都以青年男女矢志不移的爱情为主旋律。《午夜鹃声》④和《断肠日记》⑤的主人公都因无法与相爱的人结成眷属而饱受相思之苦，但又都无怨无悔、痴心不改、真情不移。《留声机片》⑥中的主人公情劫生因情人倩玉迫于父

---

① 范烟桥：《民国旧派小说史略》，魏绍昌编《鸳鸯蝴蝶派研究资料》，生活·读书·新知三联书店香港分店 1980 年版，第 171 页。

② 剑秋：《死鸳鸯》，《礼拜六》第 9 期。

③ 休宁华魂：《双泪落》，《礼拜六》第 10 期。

④ 周瘦鹃：《午夜鹃声》，《礼拜六》第 38 期。

⑤ 周瘦鹃：《断肠日记》，《礼拜六》第 52 期。

⑥ 周瘦鹃：《留声机片》，《礼拜六》第 108 期。

母嫁给别人而逃到太平洋的"恨岛"之上，相思成疾，以至病危，临死前将自己想要说的话制成留声机片寄给倩玉。倩玉听到留声机片中的声音伤心欲绝，终于在一个晚上死在留声机畔。综上观之，《礼拜六》的言情小说中的青年男女在爱情受到挫折时往往选择死亡或矢志不嫁不娶。在某种程度上也可以说，选择死亡或矢志不嫁不娶已经成了《礼拜六》作家渲染爱情的真诚、热烈、专一的惯用方式。以这种方式演绎出的哀感缠绵的爱情故事在今天看来未免天真，甚至有滥情之嫌。但是在传统婚恋观念初步动摇的民国初年，那些强烈地企盼爱情又不能如愿以偿的市民读者却能在这样的言情小说中找到情感的寄托和心理的补偿。周瘦鹃的小说《留声机片》曾受到新文学家的点名批评。沈雁冰就对这篇小说"一句'才貌双全的好女儿'就交代过背景里极重要的'情劫生'恋爱对象，几句'他就一往情深，把清高诚实的爱情全个用在这女郎身上，一连十多年没有变心……'就交代过他们的恋爱史[①]"这种无聊的记账式的叙述进行了严厉的指责。沈雁冰的批评的确点中了周瘦鹃的要害，但他只注意到了这篇小说在叙述上的缺陷，却没有意识到小说中的才子与佳人之间充满传奇色彩的生死恋情正契合了当时普通市民对真挚的爱情的梦想。当时有一位武进的梁女士，因遇人不淑而怏怏成病，临死前几天，读了《留声机片》，私下对她的同学说道："瘦鹃真是我的知己，居然把我的心事借他的一枝笔衬托出来了，我死可以无憾了。"[②]

民初上海的市民在渴望休闲放松、向往公平正义、梦想国家富强、企盼真挚的爱情的同时，还希望能了解外面的世界。上海开埠

---

① 沈雁冰：《自然主义与中国现代小说》，《小说月报》第 13 卷第 7 号。
② 严芙孙：《周瘦鹃》，魏绍昌编《鸳鸯蝴蝶派研究资料》，生活·读书·新知三联书店香港分店 1980 年版，第 457 页。

之后，西方人首先带到租界的是西方的物质文化设施和市政管理制度。"这些物质文化设施，包括诸如服饰、生活方式，市政设施包括道路、煤气灯、自来水、电灯、电话、火车、公园、公共卫生等等，都和传统方式迥异。上海人对之，初则惊，继则异，再继则羡，后继则效。"① 到了民国初年，上海市民的生活出现了明显的"洋化"倾向，在衣食住行等方面争相效仿西方。民初年轻人的一种最时髦的装束是"手拿'司的克'（洋手杖），眼戴'克罗克'（洋眼镜），嘴吸'茄的克'（洋烟）"②。当时还有一首专门描写生活洋化的《竹枝词》："洋帽洋衣洋式鞋，短胡两撇口边开。平生第一伤心事，碧眼生成学不来。"③ 与此同时，由于近代上海新闻出版业的日渐兴盛，报刊在民国初年出现空前繁荣，民初上海的市民可以通过传媒接触来自海外的各种信息。后百期的《礼拜六》就聘请了"海外通信记者"，为杂志提供有关国外见闻的资料。因此，民初上海的市民虽然还远不具备现代的市民观念，但已经拥有了较为开阔的视野和相对开放的心态。这就促使他们在享受西方物质文明、模仿西方生活方式的同时也萌生了领略异域风情的渴望。恽铁樵在他刊载于《礼拜六》的长篇翻译小说《海中人》④ 的开篇所加的议论或许可以反映民初市民对域外世界的好奇与向往："语云，天下之大，无奇不有。又云，深山大泽，实生龙蛇。员峤方壶之间，汪洋无际，蛟龙之所出没，鲸鲵之所潜藏。形形色色，实有禹鼎所未铸，穆传所未详者。设海外真有灵槎，客星可容问津，好风借力，一

---

① 唐振常：《近代上海探索录》，上海书店1994年版，第62页。

② 李喜所：《民国初年生活观念和习俗的变迁》，薛度君、刘志琴主编《近代中国社会生活与变迁》，中国社会科学出版社2001年版，第154页。

③ 转引自胡绳武、金冲及：《辛亥革命史稿》第4卷，上海人民出版社1991年版，第115页。

④ ［法］威尔奴：《海中人》，《礼拜六》第48—56期。

探贝阙珠宫之胜，归而访诸君平于蜀都，谈瀛洲之胜概，烟涛微茫，拂拂从唇舌间出，令人作举头天外，俯视寰中之想，则壮哉此游。宁不较骑鹤扬州为胜？"由此可见，民初市民并不仅仅满足于"骑鹤扬州"，他们已经开始渴望"问津海外"。然而在民国初年，能真正有机会走出国门的人毕竟尚属少数。对于多数普通市民来说，亲自领略异域的风情只能是一个白日梦。在这种情况下，对翻译小说的阅读在某种程度上就成了满足广大市民渴望"问津海外"的间接途径。

《礼拜六》是以创作为主的文学杂志，但也刊载了不少翻译作品。前百期《礼拜六》中有长篇翻译小说 4 篇，短篇翻译小说 130篇，短篇小说存疑（未注明是译是著，但讲述的是外国的故事，人名是外国的人名，有待存疑考证）72 篇。相比之下，后百期《礼拜六》的翻译作品较少，长篇翻译小说为零，短篇翻译小说为 46篇，另外短篇小说存疑 19 篇。域外小说的出现显然为《礼拜六》杂志增添了不同于传统市民文学的新气息。《礼拜六》作家对外国文学作品的翻译与介绍要早于五四新文学家。但与五四新文学不同的是，《礼拜六》作家从事文学翻译的主要目的不是为了借鉴外国文学的优秀之作以促进中国小说的现代化，而是为了向读者介绍新奇、有趣的异域之情和异城之事，从而增加读者的阅读兴趣。出于这一目的，《礼拜六》作家在译作的选择上明显地偏重于故事性、趣味性较强的侦探小说、冒险小说、历史传奇、滑稽小说、诡奇小说和言情小说。其中惊险刺激、离奇曲折的侦探小说尤其受到《礼拜六》作家的青睐。在《礼拜六》仅有的四部长篇翻译小说中，《恐怖窟》①、《秘密之府》②、《孽海疑云》③ 三部都属于侦探小说。

---

① 科南达里：《恐怖窟》，常觉、小蝶合译，《礼拜六》第25—56 期。
② William Le Queux：《秘密之府》，太常仙蝶译，《礼拜六》第28—56 期。
③ William Le Queux：《孽海疑云》，李常觉口译，小蝶笔录，天虚我生删润，《礼拜六》第76—99 期。

在《礼拜六》杂志的短篇翻译小说中，侦探小说所占比例也相当大。

《礼拜六》作家对外国文学作品的翻译带有很大的随意性，他们往往按照自己的创作习惯对原作进行删节、增补、改写，并随时加入自己对作品的理解、感受和评价。周瘦鹃在他翻译的《空墓》[①]中，按照自己的喜好将主人公亨利安芙林与哀兰姑娘之间圆满的爱情故事改写成了悲剧结局。他在篇末的附志中说明了改写原作的原因："看满月不如看碎月。圆圆的一轮，像胖子的脸一般，又有什么好看？看他个残缺不全，倒觉得别有韵味呢。看官们，我本来喜欢说哀情的，请你们恕我杀风景吧。"周瘦鹃在他的另一篇翻译小说《恐怖》（土耳其苏丹哈密之逸事）中则加入了自己的描写，有这样一段译文："苏丹生平最怕死，最怕暗杀。杯弓蛇影，风声鹤唳，都当是暗杀党。所以杜门不出，谢绝交际。仿佛吾们中国从前的十七八女郎，待字深闺，羞涩见人的一般……平日发出什么关于国事的命令，都由秘书出去交给大小百官施行，他却从不抛头露面。在下倒有一个滑稽的譬喻在这里，这土耳其赫赫大皇帝，好似吾们西厢记上那个千娇百媚的崔莺莺，那秘书好似红娘，那大小百官简直是风流逸韵的张解元。可是那莺莺小姐既然娇羞，自不得不嘱咐阿红休便阻，替侬传简到郎前咧"[②]。这段译文中出现了两次比喻，第一次将土耳其皇帝比作"吾们中国从前的十七八女郎"，第二次将土耳其皇帝、秘书、大小百官分别比作《西厢记》中的崔莺莺、红娘、张解元。这些比喻显然非原著中所有，它们是译者对作品中人物的理解与再描述，而且还是在典型的中国文化背景下的理解与再描述。另外，从"在下倒有一个滑稽的譬喻在这里"这一句

---

① 周瘦鹃译：《空墓》，《礼拜六》第 116 期。
② 瘦鹃译：《恐怖》，《礼拜六》第 10 期。

译文可以看出，译者已经化身为"在下"参与了小说的叙述。与周瘦鹃相似，李常觉在他翻译的《樱唇》的开篇也加入了自己的议论：

> 看官，照伦敦的繁华而论，那些男女暧昧的事情，原是题中应有之义，算不得什么。只是那桑诺克伯爵夫人和这陶斯东医学博士的事，却要当别论的。他们二人，一个是交际场中的班头，一个是医学界上的泰斗；一个是素著艳名的阀阅贵妇，一个是万人景仰的手术专家。论他二人的才貌，自是不消说得，正合着我们小说家所常道佳人才子两个徽号。要知道这两个徽号却很不易当，当了才子佳人，便须履行那才子佳人的职务。什么吟风啊，弄月啊，什么恋爱啊，殉情啊，都是才子佳人应尽的责任，应守的约法，丝毫不容假借的。列位看的小说也多了，大约总信得过在下这几句话，不是扯谎哩。闲话少说，单表那桑诺克夫人和陶斯东博士，既有了说部中才子佳人的资格，便也未能免俗，谨谨恪恪的遵着一般小说家所指定的轨道行去。[①]

译文中出现的"看官"、"列位"、"在下"、"闲话少说"、"单表"等词都是中国传统章回体小说惯用的，显然是译者添加的。而"论他二人的才貌，自是不消说得，正合着我们小说家所常道佳人才子两个徽号"一句显然是译者直接站出来对作品中人物发议论。接下来议论的具体内容"什么吟风啊，弄月啊，什么恋爱啊，殉情啊，都是才子佳人应尽的责任"正是民国初年才子佳人小说中最常见的内容。很明显，李常觉的翻译是以他对民初言情小说的理解转

---

① 常觉译：《樱唇》，《礼拜六》第6期。

述一个西方的爱情题材小说。周瘦鹃和李常觉这种超越译者的权力，直接介入原作的叙述，为原作添油加醋的翻译作风在《礼拜六》作家中非常普遍。对故事性、趣味性的追求和对原作叙述的介入在某种程度上已经使《礼拜六》作家笔下的译作成了以中国作家的口吻重新讲述的海外奇谈。在重新讲述的过程中，作品失去了原貌，并在艺术趣味上向中国传统小说靠近。

由于不忠实于原作，《礼拜六》作家的文学翻译活动明显地带上了缺憾，但我们并不能因此抹杀他们译介外国小说的功绩。或许，正是这种类似海外奇谈、艺术趣味比较接近中国传统小说的译作让普通市民读者感到既亲切有好奇，适合了他们的阅读口味，满足了他们渴望领略异域风情的梦想，开拓了他们的视野，并引起了他们对域外小说的兴趣。在某种程度上可以说，这些译著为后来五四新文学家那些严格直译的作品真正进入读者的视野打下了基础。而与此同时，《礼拜六》中也有一些优秀的译作，这主要是指周瘦鹃所翻译的一些名家短篇小说，其中包括托尔斯泰、大仲马、莫泊桑、巴比塞、欧·亨利等人的作品。这些小说大部分都收入了周瘦鹃的翻译小说集《欧美名家短篇小说丛刊》。当时在教育部任职的鲁迅对这部书进行审定时，既指出了它的不足，也对它的优点给予了充分的肯定，认为"当此淫佚文字充塞坊肆时，得此一书，俾读者知所谓哀情惨情之外，尚有更纯洁之作，则固亦昏夜之微光，鸡群之鸣鹤矣"[①]。

《礼拜六》作家为市民读者写作，以充满传奇色彩的小说写出了广大市民读者所喜欢做的"白日梦"。这些"白日梦"反映出了生活于大都市和动乱环境之中的市民读者的精神、文化需求。"这种需求不能简单地称之为'逃避现实'、'自我麻醉'，从另一方面

---

① 鲁迅：《通俗教育研究会审核小说报告》，《教育公报》1917 年 11 月 30 日。

言之，这倒也是自有文化以来人类即已具有的一种含有形而上的追求在内的精神需要"①。在很大程度上，正是市民读者的这种精神需要使《礼拜六》杂志有了广阔的文化市场。

二

《礼拜六》作家在为读者营造迷人的梦幻世界的同时，也将笔触伸向了普通人和普通人的日常生活，书写世俗人生中的传奇故事。在上海的文化市场中谋生存的《礼拜六》作家是以商业社会中的雇佣者的身份从事各种文化活动，并以满足广大市民的精神文化消费需求为自己的创作宗旨，这就决定了他们必须努力地使自己的作品贴近市民的生活。然而，《礼拜六》作家在内心深处并没有认可自己的世俗身份，也没有完全摆脱传统文人的价值观念。他们对世俗生活并没有浓厚的兴趣，也从不承认自己是个俗人。他们在生活中总是极力地维持着士大夫般的优雅、超俗，过着充满苏州情调的生活，并尽量将自己与俗人划清界限。这种避俗的心态必然会影响他们在创作中的价值选择和精神倾向。一个明显的表现就是，当他们将目光转向世俗生活，他们所关注的往往不是世俗生活本身的平实、琐细、朴素与凡俗，而是世俗生活中带有神圣色彩的道德和伦理。

《礼拜六》作家喜欢在普通人身上寻找传统美德。韦士的《雪里红》②写吴氏婢女雪里红侍奉主妇忠心耿耿。在吴氏宅院遭火灾时，雪里红为救主妇之幼子牺牲了自己的生命。作者高度赞扬了雪

---

① 范伯群主编《中国近现代通俗文学史》上卷，江苏教育出版社 2000 年版，第 468 页。
② 韦士：《雪里红》，《礼拜六》第 15 期。

里红的行为："义哉，婢也，可以风世矣。"侠隐的《义仆徐升传》①也同样对仆人忠心侍主给予了极力的赞美。徐升的主人某公病死，"诸仆咸星散"，而徐升"独留不去，为主母经理家事"。后因主母贫困益甚，"渐至饔飧不继"，徐升才改投郭观察门下，每岁所入数百金，除供老母之菽水外，"余资尽归献主母"。作者认为，徐升的道德境界"真堪与程婴、杵臼争光矣，就其气节，奚止为士大夫之师?"《雪里红》和《义仆徐升传》写的是仆人对主人的忠与义，《三义士传》②写的则是朋友之间的义与信。金帮彦、陆人俊与杨忠三人都温厚和善、为人正义。他们共同外出，互助经商，金邦彦不幸途中病逝。为了运亡友的棺木回故里，陆、杨二人历尽了艰辛。后来为了保住金家的财产和名誉，不负亡友，陆、杨二人又饱受了十年的苦难。由于具有了不寻常的道德行为，《礼拜六》作家笔下的平凡人物不再平凡。周瘦鹃的《守信》③写犯人荷生为了和病危中的情人见最后一面，与同狱室的徐壁虎一起越狱出逃。而当徐壁虎欲杀死追赶他们的狱卒林三时，荷生出于正义救了无辜的林三。他向林三请半天假看望情人。半天后，荷生如约回到狱中，并告诉林三他的情人已死，他也服了毒，只是为了不负与林三的半日之约，不拖累林三，在毒发毕命前赶回监狱。荷生虽是个犯人，但由于重情守信，他身上已经具有了人格的闪光，他的死也带上了几分悲壮。周瘦鹃的另一篇小说《圣贼》④仅从标题就可以看出主人公的不同寻常。小说中的陈德怀少年时因为做贼而受尽歧视，不容于社会。是孤儿院的院长戈先生收留了他，给了他改正过失、重新做人的机会。后来为了报答戈先生的恩德，保住恩人的令名，陈德怀

---

① 侠隐：《义仆徐升传》，《礼拜六》第 32 期。
② 剑山：《三义士传》，《礼拜六》第 23 期。
③ 周瘦鹃：《守信》，《礼拜六》第 132 期。
④ 周瘦鹃：《圣贼》，《礼拜六》第 134 期。

为戈先生的儿子顶替了偷盗的罪名，并死于狱中。在陈德怀的感化之下，恩人之子也痛改前非。作者高度评价了陈德怀的义举，认为他最后的结局虽然"仍死在铁窗之下，却正像耶稣在十字架上就义，有牺牲的精神"。主编王钝根在这篇小说的按语中特别强调了王德怀的不同凡俗。他说："尝忆《红楼梦》评语有云：'伯夷圣之清者也，柳下惠圣之和者也，孔子圣之时者也，贾宝玉圣之情者也'，吾今更为之续曰：'陈德怀圣之贼者也'。"显然，《礼拜六》作家通过对道德的强调，已经将笔下的凡人圣化了。而他们所认可的也正是这种被圣化了的凡人。

家庭生活是《礼拜六》小说最重要的题材之一。但是，《礼拜六》中以家庭生活为题材的小说重点书写的往往不是家庭中的衣食住行、柴米油盐，而是家庭中的伦常关系。这类小说在总体上主要讲述了三种类型的故事。第一类故事是赞美子女对长辈的孝。《礼拜六》中有大量赞美孝道的小说。孙剑秋的《新婚一夕话》[①] 从标题看来似乎写的是新婚夫妇的家庭私生活，然而整篇小说的内容却是妻子在新婚之夜向丈夫讲述自己为救治父母两次割股的经过以及丈夫被妻子的孝所感动。作者在小说前的题词中感叹："今人动称割股为愚孝，然不愚之孝有几人哉？"周瘦鹃的《父子》[②] 塑造了一个孝顺父亲的新派学生陈克孝，无论父亲怎样打骂他，他都甘心忍受，毫无怨言。后来父亲被汽车撞伤，他为父亲输血。结果父亲救活了，他却因总血管破裂而死。壁魂女士的《孝子慈孙》[③] 写李材虐待老父，他的儿子干雄却很孝顺。后李材患病，卧床不起，干雄服侍父亲不辞劳苦。李材被儿子感动也开始善待老父。从此父慈子

① 剑秋：《新婚一夕话》，《礼拜六》第4期。
② 周瘦鹃：《父子》，《礼拜六》第40期。
③ 壁魂女士：《孝子慈孙》，《礼拜六》第86期。

孝，全家和乐。与上述孝子、孝女形象相反，钱小畬的《笋》①、张碧梧的《病》②、郑醉玉的《母的心》③都写了老母病卧在床，不孝之子不闻不问，只知自己取乐。周瘦鹃的《孝子贤媳》④和《又一孝子贤媳》⑤分别写了来自下层社会和上层社会的小夫妇将老父老母虐待至死。对这些不孝的行为，《礼拜六》作家给予了极力的谴责，从反面强调了孝的可贵。

　　第二类故事是提倡父母对子女的慈。孙剑秋的《慈母泪》⑥和异观的《孝道》⑦都赞扬了在丈夫去世后含辛茹苦、尽心尽力地抚育幼儿的母亲。周瘦鹃在自传性小说《噫之尾声》⑧中讲述了母亲的慈爱。继《噫之尾声》之后，周瘦鹃又在《珠珠日记》⑨中借一个十二岁小女孩之口再次表达了对慈母的赞美。而周瘦鹃的另一篇小说《代罪》⑩则塑造了一个慈父的形象。深受糖厂主人赏识的小松动了发财之念，挪用糖厂五万块钱入交易所，结果蚀了本，焦急欲自尽。他的刚出狱的父亲为了保全儿子的名誉和幸福自认偷了钱，并跳入黄浦江，为儿子代罪。《礼拜六》杂志中更多的小说是对虐待子女的行为进行道义上的谴责。江红蕉《前妻之子》⑪和汪逸庵的《苹儿之堕落》⑫都写了男子娶了继室就不顾前妻之子，任

①　钱小畬：《笋》，《礼拜六》第 109 期。
②　张碧梧：《病》，《礼拜六》第 114 期。
③　郑醉玉：《母的心》，《礼拜六》第 134 期。
④　周瘦鹃：《孝子贤媳》，《礼拜六》第 141 期。
⑤　周瘦鹃：《又一孝子贤媳》，《礼拜六》第 143 期。
⑥　剑秋：《慈母泪》，《礼拜六》第 74 期。
⑦　异观：《孝道》，《礼拜六》第 184 期。
⑧　周瘦鹃：《噫之尾声》，《礼拜六》第 67 期。
⑨　周瘦鹃：《珠珠日记》，《礼拜六》第 73 期。
⑩　周瘦鹃：《代罪》，《礼拜六》第 124 期。
⑪　江红蕉：《前妻之子》，《礼拜六》第 104 期。
⑫　汪逸庵：《苹儿之堕落》，《礼拜六》第 158 期。

其堕落。恨人的《孽镜台》中的慧镜也同样是娶了新妇就忘记亡妻，并遗弃前妻所生之女。恨人在小说中感叹："道德堕落，名教沦亡，天理良心，殆不可问，我述此编，我心碎矣。"另外，叶匋（叶圣陶）的《博徒之儿》①、一梦的《芦衣痛》②、严芙孙的《金和银》③、张剑天的《继母之恩》④ 和天愤的《七百八十文的当票》⑤ 等一系列小说都讲述了后母对非亲生子女的虐待。为了表达对不人道的后母的愤怒，在《门外冷得很》⑥、《毒汁惨报》⑦ 等小说中，作者都为后母安排了害人自害，恶有恶报的结局。

　　第三类故事是在夫妻关系中主张双方互敬互爱，但小说往往对丈夫的缺点和不忠表示宽容，并极力地强调、赞美妻子的贤惠与对丈夫无条件的温顺。周瘦鹃的《千钧一发》⑧ 和企翁的《苦教员》⑨ 都写了在贫困中相濡以沫、互敬互爱的底层夫妇，尤其赞美了勤俭持家，相夫教子，与丈夫同甘苦、共患难的贤妻。张碧梧的《妻……妾》⑩ 通过妻子与小妾的对比赞美了妻的贤惠。小说中的仲衡宠爱挥霍无度的小妾，冷淡他的贤妻，仲衡破产负债后，小妾离他而去，贤妻却拿出私蓄为他还债，毫无怨言地与他共度贫苦生活。赤羽的《友人之妻》⑪ 以友人自述的方式赞美他妻子的勤劳、贤惠、

① 叶匋（叶圣陶）：《博徒之儿》，《礼拜六》第 12 期。
② 一梦：《芦衣痛》，《礼拜六》第 97 期。
③ 严芙孙：《金和银》，《礼拜六》第 109 期。
④ 张剑天：《继母之恩》，《礼拜六》第 130 期。
⑤ 天愤：《七百八十文的当票》，《礼拜六》第 136 期。
⑥ 矢辛：《门外冷得很》，《礼拜六》第 77 期。
⑦ 天愤：《毒汁惨报》，《礼拜六》第 137 期。
⑧ 瘦鹃：《千钧一发》，《礼拜六》第 23 期。
⑨ 企翁：《苦教员》，《礼拜六》第 53 期。
⑩ 张碧梧：《妻……妾》，《礼拜六》第 119 期。
⑪ 赤羽：《友人之妻》，《礼拜六》第 106 期。

温顺。汤笔花的同名小说《友人之妻》①则以友人自述的方式指责妻子的不贤与不孝。《礼拜六》杂志中有一些小说客观地描写了夫妻之间的不平等，反映了女性的悲剧，但在小说的结尾却常常附上一段作者或编者的话，指责女性，并为男性的无理行为辩解。知先的《爱河水》②写梅丽和查理在结婚之始伉俪甚笃。但查理性格暴躁，酗酒无度，无日不烂醉，所得俸给，偿酒债且不足。梅丽对其渐生厌恶，一年后夫妇间几如仇敌。梅丽的表兄亨达医生给梅丽一瓶治夫妇反目病的药水，并叮嘱梅丽："此水效力极大，尔于查理归时，俟其入门，即取而饮之。勿下咽，亦勿启口，至查理酒醒后，乃出而哇之，否则无效。"梅丽如法饮之，果然奇效，夫妻和好。然而梅丽所饮之药水实际上是自来水。亨达对梅丽说："吾今明以告尔：尔夫妇之所以不和者，由于不能忍耐耳。今尔既饮此一口水，欲争不得；彼以唇枪来，尔不能以舌剑往矣。彼见尔柔顺如绵羊，自然心平气和，将自悔所谓之不是矣。"小说中的查理恶习不改，无理取闹，梅丽本来就有苦难言，表兄却劝她忍耐。梅丽所服用的"爱河水"实际上是男权社会中女人的苦水。服用"爱河水"就是以忍耐和顺从来获得丈夫的欢心，就是以压抑自我来维持家庭的平静，就是以失去主体性来换取他人的认可。小说以一个看似轻松有趣的故事写出了女性的悲剧。这个故事耐人寻味，引人深思。但是作者却在结尾加了一个偏袒男性、声讨女性的"著者曰"："今之女界心醉平等，往往视其夫如奴隶，一言不合，即狮声乱喊，因之而反目者比比。一读此篇，当恍然自知其失矣。"是龙的《闺中人语》③写丈夫移情别恋，爱上小凤。妻子不满，丈夫却理直气

---

① 汤笔花：《友人之妻》，《礼拜六》第128期。

② 知先：《爱河水》，《礼拜六》第28期。

③ 是龙：《闺中人语》，《礼拜六》第11期。

壮地为自己辩解："我之爱若，乃别有所取，卿不知乎？人言妻不如妾，妾不如婢，婢不如嫖，嫖不如偷，偷得着不如偷弗着，卿试思之，此言何味哉？凡为男子，莫不乐人之温存体贴，殷勤小心。此技实为婢妾辈所优为，而为我爱卿所不屑。至于脉脉含情，心心相印，若离若合，可接而不可近者，人必尤为之颠倒。卿其易地思之，当知我言非不确也。"妻子欲学小凤以得丈夫欢心，但却没做到，又被丈夫埋怨。小说写出了丈夫自私自利、用情不专、强词夺理的无赖行径，也写出了身为妻子面对丈夫移情别恋的无奈和悲哀。但在篇末作者却以"记者曰"的方式跳出故事之外写下这样一段指责女性的文字："今我国女子，竭力步武西方美人，苛责其夫，役使其夫。独于彼妇对于药砭之柔情软语，殷勤体贴，不使心上人有一丝毫不快意者，默然无动于衷。如此而欲求一双两好，笑态盈盈，无或嗔无或怒，无或一反目，不其难哉？余述此，余概有遗憾焉。"梅郎的《妻财误我》[1] 写贫穷的沈郎为了财与色娶活泼不羁的富家女素素为妻，素素无贤妇淑女之态，喜欢抛头露面。沈郎无法管束素素，受到朋友讥笑。他以留学为由骗取妻子的钱财，另觅新欢，与印霞订婚。然而素素知道了真相。在结婚之日，出现在沈郎面前的新妇不是印霞而是素素，沈郎惊慌色变。小说中的沈郎无赖、卑琐，素素的形象却颇为可爱，她有经济的独立，有行动的自由，不愿做以丈夫为中心的失去自我的传统贤妇。她对母亲说："苟他日往沈家者将身不越闺门一步耶？然则儿宁以丫角终，不愿有夫婿也。"沈郎反对素素抛头露面，素素反驳道："吾未嫁时，吾之性情业已如此。""尔既爱我，不以我为非，吾又何必强自钦抑求悦于若辈？"在沈郎本性暴露，移情别恋之后，素素也没把自己变成自怨自艾的怨妇，她揭穿真相并指出沈郎的卑劣行为："尔实非

---

① 梅郎：《妻财误我》，《礼拜六》第 38 期。

爱吾者，尔之乞婚，非婚我，乃婚金耳。"素素身上已经表现出了女性的自我意识的朦胧觉醒，这是难能可贵的。然而主编王钝根却在小说的结尾以"钝根曰"的方式感叹素的不贤，表达对女界的失望，并为男性抱不平："梅郎作此篇，不知其胸中有几许块垒，抑何形容尽致，至于如此耶？夫中国女子，素不受教育，不知孝弟廉耻为何物，求其少秉良赋，长为贤妇者，百不得一。于是懦夫匍匐裙下，窃窃祝妻速死；暴夫攘臂挥拳，悻然斥妻为不淑。呜呼，何其妄哉？汝何人，乃欲得百不得一之贤妇耶？汝欲得贤妇，必俟中国人尽得贤妇而后可；欲中国人尽得贤妇，必俟数十年后真实无妄之女学普及而后可。梅郎独归咎于妻财，尤非探本之论也。虽然，此篇之作，所以力挽贪财好色之徒，使勿堕于九幽地狱者，其功德自不可没。"以上三部小说所讲述的故事已经露出了一丝亮色，能在一定程度上引起读者对夫妻关系以及传统性别体系的反思。但令人遗憾的是，作者或编者在篇末附加的一段话却都与小说中的故事的意义背道而驰，又回到了男尊女卑、男主女从的传统性别体系和伦理规范之中，极力地强调妻子的贤惠、温顺、忍让、无我是夫妻和睦、家庭和乐的重要前提。

从上述三类故事看来，《礼拜六》中以家庭生活为题材的小说在实质上大都属于家庭伦理小说。小说中所演述的家庭故事不管如何的离奇曲折，基本上都是围绕着家庭中的伦常关系展开的。作家对伦理道德的关注在很大程度上超过了生活本身。

在如何看待世俗生活这一问题上，《礼拜六》作家与20世纪三四十年代出现的另一批市民文学作家——"海派"作家形成了鲜明的对照。《礼拜六》作家笔下的世俗生活充满了伦理道德的色彩，与其说他们在写世俗生活，不如说他们是在写世俗生活中的伦理道德。海派作家则"把人类的日常生存从伦理道德和国家政治的统一化要求中分离了出来"①，让它成为一个相对独立的私人领域，并对统治阶级的意识形态为被统治的民众树立的"道德"和"牺牲"的观念进行批判；对《礼拜六》作家来说，日常生活的平凡、琐碎、朴素与凡俗很难进入他们的视野。海派作家则与中下层市民亲近，不避世俗情味，不避"形而下"的一切。他们从衣食住行、柴米油盐谈起，写市民的人生相、社会相和最通常的生活样式，咀嚼他们小小的悲欢，关心普通市民喜好的一切；《礼拜六》作家喜欢在普通人身上寻找传统美德，并通过对道德的强调将凡人圣化，而他们认可、赞美的也正是这种具有高度道德行为的不同凡俗的凡人。海派作家则不再赋予任何人物以伦理道德的优越感，他们以人的世俗性消解人的神圣性，认为人类的真相是脱离不了"财色"根性的俗人，他们所认可的也正是这种俗人。张爱玲就一口断定："世上有用的人往往是俗人。"② "凡人比英雄更能代表这时代的总量"③；《礼拜六》作家极力宣扬、赞美的伦理道德所反映的基本上是建立在宗法制家庭和国家之上的以利他精神为主旨的价值观念，其核心是强调人的牺牲、奉献，忽视甚至排斥普通人的人生需要、欲望和经验。而海派作家则恰恰相反，他们所标举的是经济的、实用的以及利己的价值观。他们张扬人的主体精神，执著于现实生命，主张欲望满足的正当性、实在性，把人的生存作为第一需要和至高目标。

《礼拜六》作家与海派作家在创作中的分歧反映出的正是旧市民社会和新市民社会的区别。所谓新市民社会，在黑格尔看来是一

---

① 李今：《海派小说与现代都市文化》，安徽教育出版社 2000 年版，第 289 页。

② 张爱玲：《也必正名乎》，《张爱玲散文全编》，浙江文艺出版社 1992 年版，第 46 页。

③ 张爱玲：《自己的文章》，《张爱玲散文全编》，浙江文艺出版社 1992 年版，第 114 页。

个市场式、契约式的社会，它"是在现代世界中形成的"①，是一个
与资本主义社会相等同的东西。其基本特征可归纳为以下几点：
1. 个人主义被肯定。2. 对人权的肯定。3. 市场关系扩散为整个社
会的基础，社会普遍地商品化。4. 市民社会中的人基本上是自利
的。② 海派作家在创作中所体现出的经济的、实用的、利己的精神
正与这些基本特征相一致，海派小说向我们展现的也正是伴随着中
国近现代都市文明和资本主义经济发展而出现的新的城市生活和现
代新市民的精神风貌。而《礼拜六》作家却没有写出新的市民社
会，他们虽然也在努力地使自己的创作靠近当下的市民生活，但他
们小说中所呈现的世俗精神面貌主要来自传统。

第二节

难以跨越现代之门

　　《礼拜六》作家并不是顽固的守旧者。他们顺应时代的发展和
社会的转型调整自己的谋生方式，参与大众文化事业，成了自食其
力的社会个体，成了中国第一代职业作家。为了适应这一新的谋生
方式，他们努力地使自己的创作贴近市民的生活，也努力地在小说

---

　　① 黑格尔：《法哲学原理》，范杨、张企泰译，商务印书馆1995年版，第197页。
　　② 参见石元康《市民社会与重本抑末》，《从中国文化到现代化：典范转移?》，生
活·读书·新知三联书店2000年版，第177—178页。

中反映新的时代情绪，甚至曾经追赶新思潮。但是，由于《礼拜六》作家还没有真正认同自己的世俗角色，还没有完全摆脱传统文人的心态和价值立场，他们不可能成为传统的叛逆者，也不可能接受激进的社会变革，而只能是在传统文化的大框架中接受新的事物，对传统文化观念进行修枝剪叶的改良。这就注定了《礼拜六》的小说在价值观念上难以跨越现代之门，实现由"旧"到"新"的质变。

———

民国初年，言情小说崛起，其数量之多，大有席卷文坛之势。据姚公鹤的估计，当时"上海发行之小说"，"十之八九为言情之作"①。这个估计可能有些夸大，但言情小说在民初的文坛已占据主流地位是不争的事实。《礼拜六》的小说中占比例最大的就是言情小说。

以言情小说为主的消遣性文学在民国初年大量出现，使民初小说失去了晚清小说那种强烈的政治意识。这一转变曾被不少人视为晚清小说的堕落。姚公鹤在意识到言情小说盛行文坛的同时认为它不如晚清小说有益于世道人心，并为此忧心忡忡："清季欧化东渐，外国小说，渐以流行，实为吾国小说家别开生面，然犹未盛行也，至近年来，则蒸蒸日上矣。论者谓自民国二年国会解放以来，人民对于政治，殊形冷淡。作者因出其绪余，以投时好，而阅者更借此以为消遣之用。此等现状，于政治上、社会上有何影响，今且不论；惟现行之小说，是有裨于世道人心，抑仅仅为玩物丧志之具，宁非小说家所当自审。"② 晚清倡导"小说界革命"的梁启超对辛亥

---

① 姚公鹤：《上海闲话》，上海古籍出版社1989年版，第124页。
② 同上。

革命之后小说的转变表示了更为强烈的不满，他愤怒地写道："呜呼！吾安忍言！吾安忍言！……于以煽诱举国青年子弟，使其桀黠者濡染于险波钩距作奸犯科，而摹拟某种侦探小说中之节目；其柔靡者浸淫于目成魂与逾墙钻穴，而自比于某种艳情小说之主人翁。"① 蔡元培也认为民初文坛上的"侧艳之诗，恋爱之小说"会陷溺国民之人格②，这些对民初言情小说的否定性批判显然体现了以文学的社会功用为首要标准的评论立场。如果能走出这种单一的价值立场，从言情小说的发展重新审视从晚清到民初的小说的演变，就会发现，恰恰在如何演绎男女之间的爱情故事这一问题上，以《礼拜六》为代表的民初小说比晚清小说有了明显的进步，并且在伦理价值观念上有了新的突破。

晚清的作家并非不知道男女之情在小说中的重要性。早在1897年，严复、夏曾佑就在《本馆附印说部缘起》一文中提出，凡为人类莫不有一"公性情"，曰"英雄"、曰"男女"，"男女之情，盖几几乎为礼乐文章之本，岂直词赋之宗已也"③。但实际上，晚清作家在创作中明显地重"英雄"而轻"男女"。王妙如的《女狱花》和海天独啸子的《女娲石》中都有关于男女感情的描写，但小说中的女主人公都英雄之气有余，巾帼之味不足。作家着重描写的是她们的政治行动而不是情感生活。岭南羽衣女士的《东欧女豪杰》中的女主人公苏菲亚也是一个女英雄的形象。她虽然娇小、文弱，却热心地投身革命，慨然以救世自任。最后，她为了革命牺牲了自己的爱情。晚清小说家一般都避免为言情而言情，他们总是力图使小说中的男女之情与时代风云、国计民生联系在一起。正如林纾所提倡

---

① 梁启超：《告小说家》，《中华小说界》第2卷第1期。
② 蔡元培：《〈国民杂志〉序》，《国民杂志》创刊号，1919年1月。
③ 别士、几道：《本馆附印说部缘起》，《国闻报》1897年10月16日至11月18日。

的"拾取当时战局，纬以美人壮士"①。张肇桐的《自由结婚》既写了主人公黄祸和关关从事的革命活动，也写了他们之间的爱情。作者在小说的"弁言"中说："全书以男女两少年为主，约分三期：首期以儿女之天性，观察社会之腐败；次期以学生之资格，振刷学界之精神；末期以英雄之本领，建立国家之大业。"② 这显然表达了作者欲借主人公的爱情故事观察社会、反映时代的创作动机。相比之下，吴趼人的《恨海》和符霖的《禽海石》可以说是晚清比较地道的言情小说，这两篇小说是真正以青年男女的爱情悲剧为描写中心。但两位作者同样没有忘记"拾取当时战局"，他们都将爱情悲剧放在庚子事变的大背景下进行表现，并把形成爱情悲剧的主要原因归结为社会的动乱。小说中的父母都同明清"才子佳人"小说中的长辈一样通情达理，对青年男女的自由相恋并没有构成障碍。这样的言情小说在某种程度上揭露了社会的动荡与黑暗，但它不能充分展示那个时代的精神束缚，更不能真正进入到青年男女的内心世界，从而从人物所遭受的封建宗法制的精神束缚和思想禁锢上来展现爱情的悲剧，揭露封建礼教的罪恶，显示出封建宗法制套在人们头上的精神枷锁。

与晚清小说相比，以《礼拜六》为代表的民初小说在对爱情故事的演述上更关注爱情本身，更能揭示爱情悲剧的内在性。对《礼拜六》作家来说，"言情"的目的就是书写爱情本身，他们并不想在小说中借助青年男女的爱情故事观察社会，反映时代，或传达政治意识。在《礼拜六》众多的言情小说中，只有蓬青的《鹃啼血》③

---

① 林纾：《〈劫外昙花〉序》，《中华小说界》第 2 卷第 1 期，1915 年。
② 张肇桐：《自由结婚·弁言》。转引自陈伯海、袁进主编《上海近代文学史》，上海人民出版社 1993 年版，第 292 页。
③ 蓬青：《鹃啼血》，《礼拜六》第 36 期。

和南邨的《笛史》^① 这两个短篇小说继承了晚清的《恨海》和《禽海石》的"战乱＋悲情"的模式，让相爱的青年男女在社会的动荡中饱受颠沛流离、生离死别的苦难。在其余的言情小说中，晚清作家所感兴趣的时代风云和国计民生都被淡化，爱情本身得到了凸显。《礼拜六》杂志中的言情小说基本上都是以悲剧告终，造成爱情悲剧的主要原因已不是社会的动乱而是使青年男女不能自主婚姻的封建礼教，其祸根往往是父母的反对。韦士的《采桑女》^② 写韩才与采桑女在采桑的过程中自然地产生恋情，并真心相爱。但他们纯洁的爱情遭到了父母的反对和邻里的讥笑、挖苦。采桑女最终不堪羞辱，投河自尽，韩才也在悲痛中触桑树而死。在小说的结尾，作者借一老叟的悲叹对逼死儿女的专制父母表示强烈的不满："昨溺一女，今死一童，此二人非皆有母耶？"在《礼拜六》杂志中，也有不少言情小说涉及"革命"的问题，但仅仅是一笔带过，绝不是作家描写的重点。而小说中的主人公也很少像晚清小说中的人物那样为了革命而放弃爱情，恰恰相反，他们往往是因为爱情受挫、情场失意而在绝望中参加革命、走上战场。无怀的《破釜沉舟》^③写碧霞和成杰青梅竹马、两情相悦，但碧霞之母逼迫她嫁给洋行买办。碧霞无力反抗，投海自尽。成杰在悲痛中从军，欲战死沙场。后来他擒贼首立功，胜利凯旋，死于碧霞之墓前。成杰参加革命的动机与其说是为了救国，不如说是为了寻找死亡。他是想以殉国的方式殉情，将他送上死路的是不近人情的封建礼教。显然，作者所要突出渲染的仍然是婚恋不自由的悲剧，而不是成杰救国救民的壮举。

---

① 南邨：《笛史》，《礼拜六》第 38 期。
② 韦士：《采桑女》，《礼拜六》第 39 期。
③ 无怀：《破釜沉舟》，《礼拜六》第 66 期。

《礼拜六》作家对这些由于婚姻不能自主而产生的悲剧给予了深切的同情。与此同时，他们也意识到了中国传统婚姻制度的弊病。中国封建社会的婚姻制度，是以家族为本位的。婚姻由父母包办，当事男女被剥夺了独立选择的机会。而父母择婚的标准，首先考虑的是家族或家庭的利益，很少考虑男女双方的爱情。青年男女的自由与独立人格因此被扼杀。《礼拜六》作家常常通过小说中人物之口表达对传统婚制的不满。《情场惨劫》①中的素芳在目睹了两位女友因父母包办婚姻而陷入愁城苦海之后悲愤地感慨："吾国数千年来，夫妇之道最苦，但凭媒妁之言，非出于两情之愿，暗中摸索，遽结丝萝，其终未有不仳离者。"《剑胆箫心》中的赵生对"父母之命、媒妁之言"的传统婚姻制度进行了更为强烈的指责："中国婚姻制度，一仍旧辙，迥非欧美文明国崇尚自由，不以媒合而以情合可比。若是则何得以文明国律绳之于野蛮未化之国人乎？试问以一素不相识之男与一素不相识之女，徒凭媒妁之诡言，日者之妄断，若父若母漫然许之而成夫妇，其性情之如何乌从知，学识之如何乌从知，而犹大言曰，夫妇为五伦之一，不可废也，稍有心肝者，忍言之乎？"②

《礼拜六》作家对婚恋悲剧的同情和对传统婚姻制度的不满显示出了对自由的追求，对情感的渴望和朦胧的"人"的意识的觉醒。这显然对传统观念形成了背离，具有新的思想情绪。实际上，《礼拜六》作家比五四新文学家更早指出了封建包办婚姻的弊病，更早触及了封建宗法制对"人"的压迫问题。但是，由于《礼拜六》作家仍然秉承着传统的价值立场，他们还不能从"人"的解放的高度来观照婚恋自由，也不能对传统婚恋观念进行理性的反思。

---

① 一梦：《情场惨劫》，《礼拜六》第 37 期。
② 杏痴：《剑胆箫心》（第二十六回），《礼拜六》第 75 期。

因此，他们虽然对包办婚姻表示不满，但他们只是希望对传统婚制进行改良，让它看上去易于被人接受，而不能再向前跨出一步，彻底否定包办婚姻。小邨的《青春误》[①]写了包办婚姻摧毁三位青年终身幸福的悲剧。作者在结尾感叹："予草是篇，深慨吾国婚姻不能自由，以致演成一误三人，终身悲恨。"但同时作者又强调："予非为现今野蛮自由结婚说法也，尚望为人父母者，于儿女婚姻大事，勿过夺其自主之权，若恐其知识幼稚，则稍加监督可耳。"周瘦鹃的《鬼之情人》[②]中的金宝因父亲的阻拦不能与意中人自由结婚而憔悴至死。当金宝的鬼魂与情人茂哥相见时，她鉴于自身的悲剧奉劝茂哥："将来儿子长大了，你千万别贪了妆奁，把一个不相干的女子与他拉扯在一起，葬送他一辈子的幸福。""替小说家造哀情小说的资料"，"不如让儿子张开了眼儿，自己去择偶。"然而，金宝也提醒茂哥："不过你也须稍稍加以鉴察，万不可听他流入不正之途。"显然，《礼拜六》作家在提出不要对儿女婚姻太过专制的同时，也强调父母（礼法的代表）要以监督者的身份出现在青年择偶的过程中，进行所谓必要的"干预"。他们还不能，而且也不愿建立与传统相对立的现代婚恋观念。

二

　　五四之后，市民文学虽然再次掀起高潮，但此时的市民文学作家基本上都受到了新思潮和新文学的强大压力。1920年，商务印书馆将老牌的市民文学杂志《小说月报》交给新文学家沈雁冰主持。沈雁冰在接编《小说月报》时提出的条件是："已买下的稿子

---

① 小邨：《青春误》，《礼拜六》第70期。
② 周瘦鹃：《鬼之情人》，《礼拜六》第46期。

（主要指'鸳鸯蝴蝶——礼拜六派'的作品）一概不在《小说月报》上刊登，以后《小说月报》的编辑方针不受馆方的约束。"[①] 1921年1月，他对刊物进行了彻底的改革。从此，《小说月报》成了新文学的一块重要阵地，市民文学家失掉了一份一直引以为自豪的杂志。1921年3月，停刊五年的《礼拜六》杂志复刊。被革新后的《小说月报》排斥在外的大部分市民文学作家都聚集到了《礼拜六》的麾下，后百期《礼拜六》俨然成了与革新后的《小说月报》相抗衡的刊物。面对新思潮的压力，一些《礼拜六》作家在焦虑中必然会产生追随新思潮的倾向。这种追随新思潮的倾向使复刊之初的《礼拜六》在价值观念上闪过了一丝亮色。张枕绿的《毁誉》[②] 对一个年轻女子不在乎他人的毁誉、评说，勇敢地追求个人婚姻幸福的行为表示赞赏。小说写她由于生活不能自立被迫离开自己所爱的人，由父亲包办嫁给徐氏子。后来她不顾邻人说她"不守妇道"、父亲骂她"不知廉耻"，走出了旧婚姻，通过做教员获得自立，并与她所爱的人"互助成家，过那清淡的光阴"。当别人瞧不起她，说她是个再醮妇的时候，她和她的丈夫有一句绝妙的答语："名誉是什么东西，怎比得上精神的安乐。"张碧梧的《虚伪的贞操》[③] 仅从标题就可以看出对陈旧的伦理道德观念的指责。小说中的亚琴在自己从未谋面的未婚夫死后服从父母的安排嫁到夫家守节，尝尽了辛酸。她在痛苦中感叹："贞操，贞操，从古至今，也不知坑死了多少女子。"最后，十九岁的亚琴苦闷、郁病而死。作者对被传统礼教折磨至死的亚琴给予了深切的同情，认为她就像"一朵初开放的好花，不知加意的培养，却无故的把他幽闭在室中，不得受日的

---

① 茅盾：《关于"文研会"》，《现代》第 3 卷第 1 期。
② 张枕绿：《毁誉》，《礼拜六》第 102 期。
③ 张碧梧：《虚伪的贞操》，《礼拜六》第 107 期。

烘照，风的吹嘘，和雨露的滋润，那花自然枯萎了"。周瘦鹃的
《十年守寡》①也在女性的贞操问题上显示出了进步意义。小说中的
王夫人守寡十年，被人们赞为节妇。在第十一年，王夫人终于抵制
不住情欲的诱惑，与亲戚家的一个男子同居，生下了孩子，从此众
人都嘲笑她是个失节妇。王夫人的遭遇揭示了她悲剧命运的根源就
是传统贞节观，如果她安分地守节，就必须默默忍受内心巨大的痛
苦；如果她再嫁，就要遭到社会的嘲笑和谴责。可谓守节苦，不守
节亦苦，传统贞节观逼得她无处逃遁。小说写出了寡妇在传统社会
中的辛酸处境。在小说的结尾，作者颇为开明地为王夫人的失节辩
护并对"一女不嫁二夫"的贞操观念表示不满，他说："中国几千
年的老例，是男子死了一个妻，不妨再娶十个八个妻的；女子死了
夫，却绝不许再嫁，再嫁时就不免被人议论，受人嘲笑。以后就好
似在额上印了再醮妇三个大字，再也不能出去见人。这社会中一种
无形的潜势力，直是打成了一张钢罗铁网……王夫人的失节，可是
王夫人的罪么？我说不是王夫人的罪，是旧社会喜欢管闲事的罪，
是旧格言'一女不嫁二夫'的罪……我可怜见王夫人，便蘸着眼泪
做这一篇可怜的文字。"

显然，这些带着新气息的小说在价值观念上与五四新小说已经
接近。但是，《礼拜六》作家并没有沿着这个方向继续向前走。与
上述三篇小说相类似的作品在后百期《礼拜六》杂志中数量不多，
而且它们仅仅是在复刊之初一闪而过。这是因为一向以改良的温情
对待传统文化的《礼拜六》作家很快就发现，五四新思潮对传统道
德的激烈批判是他们难以接受的，而且新思潮正是把他们作为批判
的对象。与此同时，这些新思潮并没有被广大的普通市民所认可。
这就促使他们很快地从追随新思潮转向了对新思潮的排斥和在某种

---

① 周瘦鹃：《十年守寡》，《礼拜六》第112期。

程度上对旧道德的退守。

在后百期《礼拜六》杂志的小说中，新人物往往被丑化，新人物所提倡的家庭革命以及平等、自由、解放等常常遭到讽刺与挖苦。新文化运动中难免会有一些过激的言论，《浙江新潮》曾刊发了施存统的《非孝》①一文。作者在文章中向家庭制度开炮，他说："我的非'孝'，目的不单在于一个'孝'，是要借此问题，煽成大波，把家庭制度根本推翻，然后从而建设一个新社会。"这篇文章在社会上引起了轩然大波，赞成者誉之为"雷霆风雨"，反对者视之为大逆不道。一直以忠孝为美德的《礼拜六》作家都对"非孝"的提法表示极度的反感，这种反感促使他们对一些主张家庭革命、反叛旧道德的新人物进行了丑化与讽刺。周瘦鹃赞美传统孝道的小说《父子》②就是针对"非孝"而创作的，小说中的克孝是文武双全的优秀青年，父亲出了车祸，克孝为父亲输血。父亲摆脱了危险，克孝却血管破裂而死。周瘦鹃在小说中表明自己的写作目的是"要使人知道，非孝声中还有一个孝子在着"。这篇小说受到了五四新文学家的批判。③王钝根又针对五四新文学家对周瘦鹃的批判专门创作了嘲讽新人物的《嫌疑父》④。小说的主人公医学博士何止百是"矫枉过正会的会长"，"鼎鼎大名世界最新思潮大家"，但他一直不知道自己的父亲是谁。一次，名震全国的维新怪杰陈德淫（这一命名显然是讽刺新人物道德败坏、违背伦理）先生缺血病危，前来就诊。何止百决定牺牲自己的血液，补救这位新派人物。然而输血之前，何止百发现陈德淫贴身保存着他母亲的照片，他"大惊失

---

① 施存统：《非孝》，《浙江新潮》第 2 期，1919 年 11 月。
② 周瘦鹃：《父子》，《礼拜六》第 110 期。
③ 西谛：《思想的反流》，《文学旬刊》第 4 号，1921 年 6 月 10 日；郭沫若：《致西谛先生信》，《文学旬刊》第 6 号，1921 年 6 月 30 日。
④ 王钝根：《嫌疑父》，《礼拜六》第 117 期。

色"，立即停止了救护，这是因为陈德淫对他有"父亲的嫌疑"。作者写道："照新道德家讲起来，朋友舍生救朋友的命，便是极荣誉的英雄，儿子舍生救父的命，便成了极不名誉的孝子。何止百博士是一位轰轰烈烈的新思潮专家，岂肯平白地犯行孝的重罪，为新道德家所不齿，断送毕生的名誉？"由于放弃救护，何止百的"嫌疑父"很快就死了。王钝根在篇末的附志中说道："瘦鹃做了一篇小说《父子》，写一个儿子把自己的血补救老子，就有人大骂瘦鹃，不该提倡行孝，我想在这非孝的时代，瘦鹃还是说孝，真太不识时务，所以特地做这一篇，替瘦鹃忏悔。"与王钝根的小说相比，陆鄂不《废父》①中主张家庭革命的新人物遭到了更为严重的丑化。小说中的潘崇新因"醉心改革风化，涤新社会的伟人名誉"而提倡废妾，但他自己的美妾却难以割舍。为了维持自己的名誉，他决定更换废妾的招牌，提出更新鲜的主意来耸动社会。他想："现在正是盛行非孝的时代，可是虽然盛行非孝，却还没有把父母的名词明目张胆的废去，我何妨就做一个首倡者？"同时他又想"他的父亲伶仃老迈，要靠他度日，如果把父废了，也可以每年省些衣食。拿这笔钱和他姨太太多坐几趟汽车马车也是好的。"于是潘崇新成了"提倡废父的大名家"，组织了"废父会"。然而正当他在"废父会"上演说为什么要"废父"，出尽了风头的时候，他的父亲中了五万元的头彩。这笔诱人的财产又使潘崇新改变了主意，他回家向父亲表示，要和几个规矩的朋友商议，"组织一个'尊父会'来维持社会的礼教，抵制'废父'的邪说"。

　　实际上在关于传统道德的问题上，五四新文学家与《礼拜六》作家之间并非完全对立、水火不相容。但他们都不能理性客观地理解对方，更不能心平气和地进行对话。《礼拜六》作家虽然在一定

---

① 陈鄂不：《废父》，《礼拜六》第 149 期。

的程度上留恋传统道德，但他们所留恋的传统道德如孝顺父母、善待长辈等并非都是糟粕，也并非是五四新文学家在现实生活中彻底反对的。然而五四新文学家却已经形成一种思维定式，认为《礼拜六》作家所赞美的传统道德都是不人道的，都是应该彻底批判的。周瘦鹃的小说《父子》中的克孝虽然对父亲过于顺从，但他因为爱父亲而为父亲输血并不是愚孝，本来无可厚非，这也不能看成是父亲对儿子的压迫。但郑振铎却对之做出了猛烈的批判："《礼拜六》的诸位作者的思想本来是纯粹中国旧式的。却也时时冒充新式，做几首游戏的新诗；在陈陈相因的小说中，砌上几个'解放'、'家庭问题'的现成名辞。同时却又大提倡'节'、'孝'……想不到翻译《红笑》、《社会柱石》的周瘦鹃先生，脑筋里竟还盘踞着这种思想。我虽没有医学知识，却没有听见过流血过多，可以用他人的血来补足的。照他这样说，做孝子的可要危险了。小心你父亲受伤；他受伤了，你的总血管可要危险了。这真比'割股疗亲'还要不人道些。残忍的医生！自私的父亲！中国人的理想高妙至如此，真是玄之又玄了。"[1] 郑振铎把输血与割股疗亲相等同是缺少医学知识闹的笑话，可他彻底否定儿子救父亲的行为显然是偏激的。针对郑振铎的文章，学过医的郭沫若在《致郑西谛先生信》[2] 中认可了输血的科学性，也纠正了周瘦鹃对输血描写的细节错误。但他也同样不加分析地指责周瘦鹃赞美儿子为父亲输血是思想陈旧的表现，他在文章中提到了一篇名为《父子》的德国表现主义戏剧，剧中父亲想以自己的方式严格地教育儿子，后来"儿子向父亲要求撤去父子之间的障碍，要求父亲做他的朋友。父亲听他儿子这种要求，激昂起来便扑打他的儿子，儿子也敌对他的父亲。最后父亲呼得警吏来弹

---

① 西谛：《思想的反流》，《文学旬刊》第 4 号，1921 年 6 月 10 日。

② 郭沫若：《致郑西谛先生信》，《文学旬刊》第 6 号，1921 年 6 月 30 日。

压，儿子大愤，说他父亲是暴君，是人性的轻视者；短枪一发，把老头打死在地。"由此，郭沫若又将批判的矛头指向周瘦鹃："《父子》的作者不知道已经有了儿子没有？是那种不理解近代精神的作家，要谨防被他儿子打死呢！哦哈哈，我这要算是向驴马鼓琴了！"新文学家批判陈旧的伦理道德对人性的压制，但他们并不至于主张儿子真正杀死父亲或置父亲的生死于不顾。郭沫若写这篇文章的目的是为了批判《礼拜六》作家，他在文章开头就说："先生攻击《礼拜六》那一类的文丐是我所愿尽力声援的……攻击呦！攻击呦！用著二十四门的大炮去攻击呦！我不久也要来助战了。"为了达到批判《礼拜六》作家的目的，郭沫若不惜让自己走向了极端。在五四新文学家的刺激之下，《礼拜六》作家也同样有走极端的倾向。新文化运动所倡导的家庭革命主要是针对中国自古以来窒息个人的自由意志，损害个人自尊和独立人格的封建传统文化中的家族观念。"非孝"只是少数人的过激言论。然而，不少《礼拜六》作家却将"非孝"作为新人物的标志，对之大加嘲讽，似乎主张家庭革命的新人物都是虐待父母、不讲亲情、灭绝人性的。《礼拜六》杂志的主编王钝根还在"怪问答"栏目中专门设计了一个问题："儿子有什么用处？"[①] 答案是："儿子为杀爷之用。"[②] 他对这个答案所作的解释是："近有新派人物，提倡儿子杀爷。谓爷若强迫儿子学习儿所不愿学之职业，则儿子当以手枪击毙专制之爷云。"[③] 显然，五四新文学家和《礼拜六》作家在道德问题的论证中都有情绪化的倾向，以至于各执一端，走向了情绪上的对抗。而他们那些带有情绪化色彩的文字都不能代表他们的全部思想观念。

---

① 王钝根：《怪问答》，《礼拜六》第 118 期。

② 同上书，第 119 期。

③ 同上。

前百期《礼拜六》杂志中的小说对婚恋悲剧的同情和对"父母之命、媒妁之言"的传统包办婚姻制度的不满比五四新文学家更早揭示出了在封建礼教禁锢下的人们对自由与解放的渴望。这一类小说虽然在复刊之后的《礼拜六》杂志中仍然存在，但它们在五四之后已显示不出曾有的进步意义。相比之下，后百期《礼拜六》杂志中更引人注目的却是大量的小说开始对新人物（特别是新女性）所追求的女性解放和婚姻恋爱自由进行嘲讽。在不少后百期《礼拜六》杂志的小说中，女子追求解放，就是要以男子为玩物。王钝根的《娶夫如之何》[①] 中的劳女士主张选择学识、体力、财力甚至容貌都不如自己的男子为夫，她认为这样"才可以使他恭恭谨谨、服服帖帖，终身在我的支配之下"。严芙孙在《解放的女子》[②] 中所塑造的一个"文明解放的女子"闻敏仁在女子解放大会上演讲时也说："我们女界快觉悟吧，可怜我们女子数千年来受尽男子的束缚，给男子做傀儡，给男子做玩物……从今天起，我们必得完全脱离男子的束缚，要使男子做我们的玩物，受我们股上的玩弄才好。"在《礼拜六》作家的笔下，追求自由、解放的新女性除了以男子为玩物之外，几乎都放荡、堕落、玩弄感情、及时行乐游戏生活。似乎是新女性的登场葬送了纯洁真挚的爱情。前百期《礼拜六》所追求的自由婚恋在后百期《礼拜六》中已变成了新人物的滑稽闹剧。第152期《礼拜六》杂志刊载了谬子翻译的《自由婚姻之滑稽剧》。全文仅有四行：

　　　第一幕　彼等之目光相遇矣。
　　　第二幕　彼等之唇吻相遇矣。

---

① 王钝根：《娶夫如之何》，《礼拜六》第105期。
② 严芙孙：《解放的女子》，《礼拜六》第107期。

第三幕　彼等之灵魂相遇矣。

第四幕　彼等之律师相遇矣。

作者在译文之后对这四幕剧进行了解释："第一幕为自由婚姻之初步，即俗所谓'吊膀'。第二幕为爱情发生之表示。第三幕遂结为夫妇，故灵魂相遇。第四幕则彼等之律师相遇，提出离婚矣。"根据作者所附的原文，标题"Drama"是"戏剧"的意思，并没有涉及自由婚姻。而正文内容也仅仅是关于"闪电式"婚姻的一篇谐文，并非讽刺自由婚姻，作者的翻译显然是对原文的误解。而作者的误解在某种程度上也正反映了相当数量的《礼拜六》作家对与传统婚姻制度相对立的自由婚恋的误解、偏见与反感。张潜鸥的《妇女的心》①写两位新学界中的人物友声与佩芬在学校的展览会上一见钟情，迅速订婚，一个月后自由结婚。但结婚不到一个月两人就离婚了。佩芬很快又嫁给了有二十多万家产的王敏生。又过一段时间，友声看见佩芬与一个少年携手同游，那少年却已不是王敏生。白俊英的《五分钟爱情》②开篇就以嘲讽的口气写道，杜秋菊和石素贞"都是饱受新思想的人物，对于提倡自由恋爱、婚姻解放等主义非常热心，所以一谈之下志同道合。从此以后，他俩就实践从前所提倡的自由恋爱了"。可是两人结婚不久就登报离婚，"于是各走各的路，再想试行第二次自由结婚了"。自此以后的一年中，人们又看到石女士在报上登载了八次离婚广告。赵浪在《女博士》③中所写的女博士陈自由更为放荡、堕落。陈自由曾留学东洋，是"新文化运动大将"，是"自由恋爱提倡家兼实行家"，她在自由恋爱讨

---

① 张潜鸥：《妇女的心》，《礼拜六》第173期。

② 白俊英：《五分钟爱情》，《礼拜六》第193期。

③ 赵浪：《女博士》，《礼拜六》第168期。

论大会上演讲时说:"我陈自由最恨空谈,所以我讲自由恋爱,是主张实行的。诸位不信,请调查法庭里我陈自由和别人离婚的次数,便知道我提倡自由恋爱的成绩了。"演讲结束,陈自由立即与听众中专写新诗的"新文学大家"朱平等实行了自由恋爱。但不久之后,在一次解放女子大会上,陈自由又与一个"劳工神圣团团长"有了自由恋爱的关系。在这些描写新人物特别是新女性的婚恋题材小说中,已经看不到前百期《礼拜六》杂志婚恋题材小说对生死不渝的爱情的赞美与歌颂,取而代之的是作者对爱情的嘲讽、悲观和失望。这种情绪在杂志的封面中也有所反映,第181期《礼拜六》杂志的封面画的是一个小爱神坐在一座大楼顶上独自垂泪,眉头紧锁,神情忧郁,爱神之箭背在身后。大楼正面写着英文字母"SHANGHAI"。这个封面暗示了在上海这座城市已经找不到爱情,爱神之箭不知射向何处,爱神只能黯然神伤、独自哭泣。

《礼拜六》作家所讽刺的追求婚恋自由的新女性在当时的社会并非不存在。"本来在婚姻制度开始变革的时期,产生一些与新制度不相符的'越轨行为'是常见的现象,它既有对旧礼教冲击的一面,也有新思想、新教育、新制度有待完善的一面"[①]。但《礼拜六》作家对这些新女性形象的讽刺并不是对新思潮中的缺陷进行理性的反省,而是对与传统的女性形象和角色相对立的新女性的反感。在中国历来的传统社会中,男人对女人有无上的权力,女人只能从属于男人而存在。丈夫可以休妻,可以多娶,妻子在夫权的压制下却毫无独立人格可言。而追求自由与解放的新女性显然对这一切造成了冲击。《礼拜六》作家对新女性的冷嘲热讽,以及认为女性追求自由与解放就是要以男子为玩物,就是放荡、堕落,在某种

---

① 陈伯海、袁进主编:《上海近代文学史》,上海人民出版社1993年版,第335页。

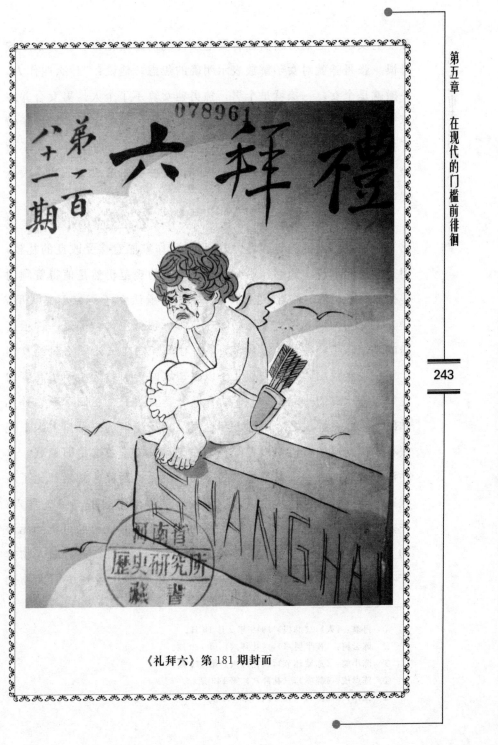

《礼拜六》第 181 期封面

程度上反映了他们对新女性将要危及传统的家庭伦常和社会秩序的恐惧。张丹斧就对女子解放表示明确的焦虑，他说："什么叫作人，一撇就是个女，一捺就是个男。独男独女算不了个人。男女合并才算个人。男子只管做一捺的事，女子只管做一撇的事。倘或男子做了女子的事，就变成两撇无捺了。女子做了男子的事，也成了两捺，怎样像人呢？……我因此又想到，有些主张解放女子的，大概要叫她把一撇变成一捺啊！"①

在排斥新思潮的同时，《礼拜六》作家还在大量的小说中表现出了对旧道德的赞美与缅怀。《礼拜六》作家愿意接受改良的礼教，但是对他们来说，能够自愿坚守传统礼教的规范仍然是值得赞颂的美德。陈云柯在《夜半哭声》②中一方面承认女子再嫁不是大辱，一方面又强调，如果丈夫死后能守节，行独身主义，那是一件很高尚的事。陈小蝶在《赤城环节》③中对黄节妇在夫死子殇后绝食四十年，独居荒山，为丈夫和儿子以手塑坟的苦节行为给予了高度的礼赞。陈彦成的《辞岁》④则写了一个婆婆慈爱、媳妇孝顺、孙儿乖的旧家庭在辞岁之际团圆、和谐而又充满亲情的一幕。主编王钝根在小说结尾的按语中以无限留恋的笔调写道："这是旧家庭，这是没有解放的家庭，但是他们的平安、敬爱、勤俭、知足却比了新式家庭还好。我就怕从今以后，再没有这样的家庭了。"《礼拜六》作家还经常在小说中通过新旧人物的对比凸显旧道德的可贵。无净的《流星》⑤塑造了一对新人物方苟丕、尤昌夫妇和一对旧人物方守本、方苟能父子。仅从人物的命名就可看出作者赞美旧人物勤

---

① 丹翁：《人》，《晶报》1919 年 9 月 18 日。
② 陈云柯：《夜半哭声》，《礼拜六》第 170 期。
③ 陈小蝶：《赤城环节》，《礼拜六》第 110 期。
④ 陈彦成：《辞岁》，《礼拜六》第 143 期。
⑤ 无净：《流星》，《礼拜六》第 169 期。

劳、本分，而讽刺新人物狗屁不通、类似娼妇。小说中的"新文化健将"方苟丕和尤昌主张所谓的"非孝"和"公妻主义"，四处胡闹。后来，方苟丕堕落为乞丐，尤昌则生了一身杨梅大疮。而方守本却越老越健康，方苟能已有了两个可爱的孩子，他们生活得平静而快乐。作者在小说的结尾表明方苟丕和尤昌"自命为新文化中的明星，后来流落了"，所以小说题目叫做《流星》。作者将新人物视为"流星"，其言外之意显然是表明，只有旧道德才是永恒的。

　　《礼拜六》作家对旧道德的赞美和缅怀与五四新文学家相比显然是落后了，但他们缓慢的道德意识改良与广大市民的精神发展是基本和谐的。因此他们在受到五四新文学家激烈的批判的同时却没有失去广大市民读者的支持。

第 六 章

契合市民的阅读期待

——《礼拜六》小说的文体特征

第一节

松动的文言与通俗的白话

五四新文学革命是中国文学语言变革的关键时期。对中国文学的语言变革作出突出贡献的新文学家是胡适。1917 年，胡适在《新青年》上发表了《文学改良刍议》。他从文学进化论的角度提出"一时代有一时代之文学"，提出文言文作为一种文学工具已经丧失了活力，中国文学要适应现代社会，就必须进行语体革新，废除文言而倡导白话。不可否认，五四新文学革命促成了言文合一的"国语运动"，促进了白话文的全面推广。但正如胡适所说"一时代有一时代之文学"，用文言文创作的文学作品也不能简单地视为一种固定不变的存在。它在随时代的发展而不断地变化，这变化当然包括文学语言即文言文本身。从先秦两汉到唐宋时期，再到元明清和民国初年，文言文一直都随时代的变化而调整自身。在晚清时期，梁启超就提倡"时杂以俚语韵语及外国语法，纵笔所至不检束"的"新文体"①。林纾也在他用文言文翻译的小说中引入了口语、外来语和欧化语法。他们都已经打破了文言文的清规戒律。到了民国初年，文言文发生了更大的变化。管达如曾按语言特征的不同将当时的小说分为三类："一古文……非有甚深之学力者不可晓解。""一普通文……其句法字法，虽不能尽符乎古，而亦不能尽符乎今，故亦非普通人所能知。""一通俗文……其语法字法，全与今日之语言相同，直不啻举今日之语言，记载之以一种符号而已，故了解甚为容易。"② 在民国初年，对于市民读者来说，"非有甚深之学力者不可晓解"的文学作品是难以接受，而对于习惯用文言写作的民初文人来说，"全与今日之语言相同，直不啻举今日之语言，记载之以一种符号而已"的彻底的白话文创作也是难于驾驭的。因此，当时数量最多且能被大众接受的是在语言上"虽不能尽符乎古，而亦不能尽符乎今"的作品。前百期《礼拜六》杂志中的小说所运用的语言就反映了这种特征。

前百期《礼拜六》杂志中的小说大多数是用文言文创作的。但这些文言文已经不是艰涩难懂的文言文，而是在很大程度上冲破了古文森严的文戒的松动、易懂的文言文，也是能让为数不少的普通市民读者接受的文言文。例如以下几段文字：

> 某生者，翩翩少年也。鼻架金丝边眼镜，足穿皮革履，衣服丽都，丰仪秀美。一望而知为新学界之新人物。顾某生美秀

---

① 梁启超：《清代学术概论》，东方出版社 1996 年版，第 77 页。
② 管达如：《说小说》，《小说月报》第 3 卷第 9 号。

其外而茅塞其中，中西文字，仅识之无。各种科学，尤属门外。以是有绣花枕之称。①

广场一片，矮墙四围，芳草绵芊，砂路纡曲。天顶一轮红日如火线之张空，炙得此青青者尽作憔悴之色。巍巍洋房，三三两两，点缀此偌大广场间。若大洋中之海船然。翳何地？翳何地？此某学校之运动场也。②

天帝孽哉，霪霖已月有半。雨尚不止，今年收成又将无望矣。言者为一老农，披蓑行溪侧，后随二子，无蓑戴笠。雨滴滴自笠沿坠，衣尽湿。③

钝根自编小说周刊《礼拜六》以来，社会欢迎，万人倾倒。每至礼拜六，棋盘街之车马塞途。或询之，则曰往中华图书馆购《礼拜六》小说也。④

这几段文字基本上没有出现生僻、艰涩、拗口的文言词句，所运用的判断句、省略句等文言句式在具体的语境中也都不难理解。无论是描写人物的"翩翩少年"，"鼻架金丝边眼镜，足穿皮革履，衣服丽都，丰仪秀美"，描写环境的"广场一片，矮墙四围，芳草绵芊，砂路纡曲"，描写天气的"天帝孽哉，霪霖已月有半。雨尚不止"，还是描写场景的"社会欢迎，万人倾倒。每至礼拜六，棋盘街之车马塞途"，在语言表达上都做到了明了易懂。其中"中西文字"、"各种科学"、"广场一片"、"三三两两"、"社会欢迎"、"万人倾倒"等已经可以等同或接近五四之后的白话文中的词语。显然，前百期《礼拜六》杂志中的小说所运用的文言文已经不是纯粹的文言文，

---

① 海鹤：《抄袭家》，《礼拜六》第 14 期。
② 黑子：《追悔》，《礼拜六》第 25 期。
③ 韦士：《老农家乘》，《礼拜六》第 27 期。
④ 觉迷：《钝根造孽》，《礼拜六》第 10 期。

它对于普通的市民读者来说没有太大的阅读障碍。《礼拜六》是民国初年最畅销的文学杂志之一，如果它所刊载的作品的语言让普通市民看不懂，接受不了，它不可能获得广大读者的喜爱并在文学市场中走红。

在前百期《礼拜六》杂志中，文言文出现松动，趋于明了易懂的现象非常普遍。在总体上可以分为以下四种情况：

一、夹杂英文或英文译音

上海开埠之后，在市民中就逐渐流行一种"洋泾浜英语"，即"一种用中国土音（尤其是宁波土音。宁波人在江南一带最先与外国人打交道）、中国语法注出的可笑的外语"[①]。一元洋钿叫"温得拉"（one doller），二十四念作"吞的福"（twenty four），"翘梯翘梯"（have tea）是喝杯茶，"雪堂雪堂"（sit down）是请侬坐[②]。到了民国初年，上海的不少学校开设了英文课程。更多的普通市民开始接触、了解英文，他们也许知之不多或知之不深，但已有不少人因略懂英文而自豪。这一时期，英文不仅进入了市民生活，还经常出现在文学创作中。《礼拜六》杂志的封面就标明了英文名称："THE SATURDAY"。民初市民文学家中有一定英文基础的为数不少。《礼拜六》杂志的一些重要作家如王钝根、程小青、周瘦鹃、李常觉、陈小蝶等都有较好的英文水平。这些有英文基础的作家不仅尝试翻译了不少西方文学作品，还常常在自己创作的小说中夹杂英文。英文在民初小说中的出现显然会导致文言文的松动。

---

① 吴福辉：《都市漩流中的海派小说》，湖南教育出版社 1995 年版，第 49 页。
② 薛理勇：《上海俗语切口》，上海人民出版社 1992 年版，第 2—3 页。

周瘦鹃的小说《WAITING》①直接以英文命名。周瘦鹃的另一部小说《断肠日记》引用了英国女诗人波拉德之名作《Dear》的英文版原文，共 28 行。吴双热的小说《蘸着些儿麻上来》②中写到慧珠用英语嘲笑阿萱："your face as red as rose"（人面红于玫瑰花）。休宁华魂的《可怜侬》中称秀俪夫人的丈夫俞履如是"他最亲爱的husband"。这位俞履如可以随口说英文，他对妻子说："我真是古调翻新的，终日里为着那些什么 ABCD、温秃师利夫都闹糊涂了。"这里的"温秃师利夫"是英文"one two three four（一二三四）"的译音。王钝根的小说《礼拜六》③将一位讲授英文的英国女教师命名为煞透沓，"煞透沓"是英文礼拜六即"Saturday"的译音。煞透沓夫人有两位聪明、顽皮的学生李伯鲁和凤珠，两人在课间闲聊时用英文字母比喻煞透沓夫人身体的各个部位。小说中这样描写："休读之际，戏以师之各体，比诸字母。谓其鼻似 A，目似 D，耳似 B，肩似 M，撮口似 O，伸舌似 Q，扭腰作态时似 S，横足斜坐时似 R，两手脱腮时似 W，举臂搔首时似 P，诸如此类，不一而足。"这一段文字插入了 10 个英文字母，比喻也颇为形象、新奇。李伯鲁与凤珠情投意合，两情相悦。他们在煞透沓夫人的帮助下喜结良缘。结婚日为某礼拜六，煞透沓夫人就将两人的吉期命名为"Merry Saturday"（美丽的礼拜六）。东野的小说《杀脱头》④开篇写道："杀脱头！杀脱头！！快快来看杀脱头！！！"这是利用礼拜六的英文"Saturday"的译音写《礼拜六》杂志叫卖的场面，颇有趣味。马二先生的小说《阿木林》⑤写了乘汽车看戏的场面："九时

① 周瘦鹃：《WAITING》，《礼拜六》第 25 期。
② 吴双热：《蘸着些儿麻上来》，《礼拜六》第 7—12 期。
③ 王钝根：《礼拜六》，《礼拜六》第 1 期。
④ 东野：《杀脱头》，《礼拜六》第 3 期。
⑤ 马二先生：《阿木林》，《礼拜六》第 11 期。

后，忽来二女客，随一婢一媪。乘摩托卡既抵剧场门，则昂然直入。""摩托卡"是民国初年市民对汽车惯用的称呼，也是由汽车的英文的译音转化而来。在文言文中夹杂英文使这些小说增添了一丝新时代的气息，这是传统文言文中所没有的。

二、运用新词汇

民国初年，出现了很多新生事物，传统的文言文已经无法表达这些在新的年代出现的新事物，必须引入新的词汇。如新出现的交通工具、照明工具、日用物品、人物身份等等。

《礼拜六》的小说中写到了很多新事物。《中国难得之少年》①中写了上海街道上的电车："春申江上，某星期日之夕，街静无尘，明月如画，南京路各电车，正在风驰雷动，往来如梭。"《棺中盗》②中写了火车站和火车："黄昏月黑，烟树模糊，小屋数，一灯如豆。此何地也？曰某处之火车站。呜！呜！汽笛一声，火车至矣。"《思儿电》③写了新的通讯工具电话："铃铃铃！喂喂喂！此电话声也。吾邑有电话自丑十一月始。是月之初九日，吾家即装置于寒门外。"《反目病》④写了验光配眼镜的过程："引少恒至验光室，出镜片十余种，一一试戴，最后得一种曰吸力克。少恒戴之，欢呼：是矣！……佳哉此镜。"《谁之子》⑤提到普通市民对报纸和广告的关注："一日，新闻报广告栏，揭一短小之广告，以二号字标其题目曰：雇仆。扬州老三骤读此行，尚未辨其作何词，忽呼其妻曰：'此佳运

---

① 了青：《中国难得之少年》，《礼拜六》第 3 期。
② 艮如：《棺中盗》，《礼拜六》第 29 期。
③ 天愤：《思儿电》，《礼拜六》第 32 期。
④ 钝根：《反目病》，《礼拜六》第 97 期。
⑤ 行乐：《谁之子》，《礼拜六》第 49 期。

也，喜喜，速来读此。'喜喜，或即其妻之小字耳。"《救命符》①借用当时上海畅销的几种药物写读者对《礼拜六》杂志的喜爱，有国产的，也有进口的："哈哈，好灵药，救命符！真起死回生之功效。较之韦廉士之红色补丸，五洲大药房之艾罗补脑汁，德善两博士之仁丹，均有过之而无不及也。斯何药？曰礼拜六是也。"醉农的小说《噫！怎不见酸化炭出来呢》②讲述了一节化学试验课的经过：

> 钟声铛铛然，履声橐橐然，学生排班入教室上课矣。俄而教室门訇然辟，一中年肥胖之教员入，虎头豹眼，状殊狰狞可怖。继之者，为一校役，携玻璃瓶若干，药品瓶若干，酒精灯若干，置案上讫，乃垂手侍立于室隅。阅者诸君，亦知此为化学实验课乎？诸君慧心人，想早已知矣。于是教师立讲台上，循例点名讫，乃发其宏大之声浪曰："诸生乎，今日所试验者，即昨日所讲之酸化炭素也。"言毕，取蓚酸入长颈之玻璃瓶中，用漏斗加注浓硫酸讫……教员举其首以观学生曰："试观余燃酒精灯于其下，徐徐热之，则蓚酸分解而发酸化炭素。但此中尚混有少许之炭酸瓦斯，需以苛性曹达液除去之。"言时，复取一盛苛性曹达液之玻璃瓶，以橡皮管通之，又以他一橡皮管，导入于盛稀苛性曹达液水槽内之倒立玻璃管，管中注有水。事毕，教员乃以手抓其头复摸其耳。

随着新式学校的建立，课程体系的更新，民国初年的学生不再像传统私塾中的弟子们专读四书五经，他们已经开始接触英文、物理、化学等新的课程。这段文字中写的化学试验中需要的"玻璃瓶"、

---

① 休宁华魂：《救命符》，《礼拜六》第15期。
② 醉农：《噫！怎不见酸化炭出来呢》，《礼拜六》第45期。

"药品瓶"、"漏斗"、"酒精灯"、"玻璃管"、"橡皮管"等工具，以及"酸化炭素"、"蓨酸"、"炭酸瓦斯"、"浓硫酸"、"苛性曹达液"等一系列化学药品名称都是古代文言文中所没有的。

除了上述新的交通工具、各类物品等，《礼拜六》小说也写到了新的人物身份。剑秋的小说《女总会》①中有这样一段描写："福州路之西，胡家宅之东，有舞台焉。名角如林，声誉鹊起。某日之夕，门前忽现特别之标识，上书京津著名青衣，其下横书梅兰芳三大字。电灯照耀之下，发为异彩。……洋场风气，遇有名伶至沪，必争先恐后，举国若狂。……此乃某洋行买办……"这一段文字写到了新的照明工具"电灯"，写到了上海新的名称"洋场"，也写了生意场上的新人物"洋行买办"。除了洋行买办，民国初年读书人的身份也有了新的称呼。这一时期，科举制度已经废除，状元、榜眼、探花、秀才已经逐渐淡出人们的视野，而留学、游学、硕士、博士等则成为人们谈论的新话题。周瘦鹃的小说《情天不老》②以赞赏和羡慕的语气写了陈国栋的求学经历："少年者，陈姓，国栋其名，中土人也。……十七岁毕业于中学，卓荦有大志。以官费负笈游学于英伦，入奥克司福之牛津大学，越五年，已毕业，得硕士学位。"这里不仅提到了硕士学位，还提到了英国的"奥克司福之牛津大学"。周瘦鹃的另一篇小说《冷与热》③中，普通的少女能随口讲出硕士、博士的称呼。小说中写道："仲平曰：'渠从美国耶路大学毕业归矣，居然得硕士学位，是实出人意表。'湘云曰：'志成原是人中龙凤，即得博士亦意中事耳，得一硕士，何云出人意表？'"

---

① 剑秋：《女总会》，《礼拜六》第 3 期。
② 周瘦鹃、丁悚合著：《情天不老》，《礼拜六》第 38 期。
③ 周瘦鹃：《冷与热》，《礼拜六》第 13 期。

民国初年，市民并非只关心身边之事，他们也关注国家以及国际的形式。《欧西风云中之七岁儿童》[①] 写了中国的外交与财政状况，作者借用儿童之口说："不闻吾中国供给恒告贷于银行团乎？今日闻先生言，奥赛启战乱矣，世界之股票公司已停止，财政团已函绝我财政部矣。如此中国之财政瞬息将不堪设想，继彼黑奴红种之后者，有日矣。"文中的"银行团"、"奥赛启战乱"、"股票公司"、"财政团"、"黑奴红种"等都是随时代的发展、形式的变化而出现并逐渐进入市民视野的新词汇。

还有一些作者在创作中借用翻译小说中的词汇。这种借用就改变了文言文中一些惯用的表达方式。例如，在中国古代文言文中对美貌女子的描写有闭月羞花、沉鱼落雁，也有貌似嫦娥、西施、貂蝉等，而《礼拜六》中有不少小说对女性容貌的描写都借用了西方小说中的"安琪儿"一词，以下两段就很典型：

> 郎休矣，终日寻花问柳，不顾阿侬冷落，床头人又非黄脸婆，心上人儿岂果天仙花人，美丽若安琪儿，只应天上，难得人间，遂使阿郎颠倒，不复谓人之多言，阿侬心碎耶？[②]
>
> 读者试思，普天下女子中宁有几许安琪儿乎？男子中宁有几许大英雄乎？安琪儿与英雄何不见于普通交际之社会，而独多于情场之中，何通都大邑不见有所谓安琪儿与英雄，而至旷野之地或荒岛之中，即斗变为安琪儿与英雄？[③]

《礼拜六》的作家对西方小说中词汇的借用在一定程度上也改变了

---

① 休宁华魂：《欧西风云中之七岁儿童》，《礼拜六》第 13 期。
② 是龙：《闺中人语》，《礼拜六》第 11 期。
③ 梅郎：《我为过来人》，《礼拜六》第 60 期。

文言文的面貌。

三、口语化

《礼拜六》中不少小说在语言表达上吸收了日常口语的特点，使文言文出现了口语化的倾向。这既有叙述语言的口语化，也有人物语言的口语化。大错的小说《礼拜六》①开头有这样一段描写："咦！咦！咦！咦！欢迎！欢迎！哈哈！礼拜六果然来了，如愿如愿！愉快！诚大愉快！余自礼拜一始，今儿盼明儿，明儿盼后儿，一日两，两日三，情切切，意悬悬，眼巴巴，手痒痒，不知挨过了多少时候，毕竟也有今日，毕竟也被我盼到手了。真是大大的快事！"这段文字通俗易懂，"今儿盼明儿，明儿盼后儿"保留了口语中的儿化音，"眼巴巴，手痒痒"保留了口语中为了突出某种情感而常用的叠音现象，这些都不符合文言文的表达习惯。剑秋的小说《卖花女郎》②写了卖花女郎的叫卖："斯时也，即有一卖花女郎，出现于楼上，一手携花篮，一手执鲜花三四朵。姗姗而来，且行且呼曰：'阿要白兰花……阿要珠兰花……'。"卖花女郎口中喊出的"阿要白兰花"、"阿要珠兰花"不是文言文中的句式，而是典型的以"阿"开头的上海市民的口语。东野的小说《杀脱头》③中关于叫卖《礼拜六》杂志的描写也保留了日常口语的特征："杀脱头！杀脱头！！快快来看杀脱头！！！"

口语化显然使《礼拜六》中的文言文更加明了易懂，而且增加了一份亲切感，能拉近作品与读者的距离。

---

① 大错：《礼拜六》，《礼拜六》第1期。
② 剑秋：《卖花女郎》，《礼拜六》第5期。
③ 东野：《杀脱头》，《礼拜六》第3期。

四、文白夹杂

《礼拜六》中还有一部分作品在语言表达上既有文言，也有白话；既不是纯粹的文言文，也不是纯粹的白话文，呈现出文白夹杂的面貌。周瘦鹃的小说《鬼之情人》在语言表达上非常独特，小说的叙述语言是文言文，而人物对白则全用白话文。《礼拜六》小说语言文白夹杂的情况更多地表现为文言文与白话文掺杂融会，例如以下几段文字：

斜阳荧荧，南薰习习，当六月六日礼拜六之下午，此两种语调，数数起于棋盘街福州路一带。系为谁？系为谁？盖皆喜孜孜，活泼泼，手一广四五英寸许之新出版小册子，而欢迎礼拜六者，吾初不知其为谁。吾更不暇一一问其若为谁，吾无以名之。名之曰：是有福消受礼拜六之主人翁。[1]

天寒岁暮，有一处人声嘈杂，大家皆瞋目攘臂，喧哗争夺，好不热闹。是一个世界上的绝大赌场。[2]

在下前几天不是曾经有过八篇短篇的哀情小说，总名唤作"噫"的吗？瑟瑟哀音，流于言外。涛涛泪海，泻于行间。想看官们读了，也曾掉过几行眼泪，叹过几口气来，不道吾叹了这八口不舒畅的鸟气，却惹了一场不大不小的恶病。[3]

光阴忽忽，育才公学寒假至矣。我伤口尚未痊愈。校中屡来询问。我只得据实缓却。不知不觉，我在医院已有两个多月

---

① 大错：《礼拜六》，《礼拜六》第 1 期。
② 马二先生：《赌》，《礼拜六》第 38 期。
③ 周瘦鹃：《噫之尾声》，《礼拜六》第 67 期。

了，睡得浑身酸痛，大不耐烦。一日就对医生说道，我要回去了。医生道你的伤口尚没有好，宜静心调治，再等一两个礼拜，大约可以回家了。我再三哀恳，医生始允送我回家。此时如狱底重囚犯，一朝释放，莫名愉快。①

我与若结缡之日，我年甫逾冠耳。当我毕业于打巴医学校之日，即为我二人定情之夕。汝非我邻圣沙司女校之学生乎？我见尔时，绿发鬈鬈裁覆额。皓腕如雪，举环其颈，以一手加冠沿，为畏葸不前之状。②

这几段文字中关于环境、天气、情景、背景的描写保留了文言文的表达习惯，如："斜阳荧荧，南薰习习"，"天寒岁暮"，"瑟瑟哀音，流于言外。涛涛泪海，泻于行间"，"光阴忽忽"等。对具体情况、情节的讲述则用白话文，如："是一个世界上的绝大赌场"，"叹过几口气来"，"吾叹了这八口不舒畅的鸟气，却惹了一场不大不小的恶病"，"我在医院已有两个多月了"等。还有一些句子将文言文的词语和白话文的词语掺杂在一起，如："手一广四五英寸许之新出版小册子"，"育才公学寒假至矣"，"我与若结缡之日"，"汝非我邻圣沙司女校之学生乎？我见尔时，绿发鬈鬈裁覆额"等。这种文白夹杂的表达方式与纯粹的文言文已经有很大的距离。

夹杂英文或英文译音、运用新词汇、口语化以及文白夹杂等都说明了《礼拜六》杂志中的作品所运用的文言文已经出现了松动，并且趋于明了易懂，符合普通市民读者的阅读习惯。这样的文言文已经不是纯粹的文言文，在某种程度上可以说是一种"白话化"的文言文，是一种介于文言文与白话文之间的"虽不能尽符乎古，而

---

① 严成煦：《九五扣之足趾》，《礼拜六》第 95 期。

② 姚鹓雏：《怨》，《礼拜六》第 79 期。

亦不能尽符乎今"的语言。

除了用松动易懂的文言文创作的小说，前百期《礼拜六》杂志中也有少量用白话文创作的小说。如《真假爱情》[①]、《柔乡苦海录》[②]、《千钧一发》[③]、《卖菜儿》[④]、《毋忘侬》[⑤]等。到了后百期，《礼拜六》杂志中的白话小说已经占了大多数，有些作品还用了新式标点。

在对白话文的提倡和运用上，民初市民文学家并不比五四新文学家晚。1917年1月，胡适在《新青年》上发表了作为新文学革命发难之作的《文学改良刍议》，提出文言已死，白话文是正宗，主张废文言而倡白话。同年同月，包天笑在《小说画报》创刊号的《例言》中说："小说以白话为正宗，本杂志全用白话体，取其雅俗共赏，凡闺秀学生商界工人无不咸宜。"五四前后，多数市民文学期刊都以白话文为主。这就说明民初的市民文学家们已经意识到了作为文学工具的语言必须变革。但民初市民文学家与五四新文学家对白话文的运用还是有区别的。五四新文学家在倡导白话文的过程中借鉴的主要是西方文学的语言，而民初市民文学家在运用白话文的过程中借鉴的主要是日常口语。同时，民初市民文学家大多有文言文的基础，也大多曾有过用文言文创作的经历，所以，他们在运用白话文时，常常自觉或不自觉地化用文言词句。这就使得他们的白话文在口语化的同时又有一丝文言的痕迹，在通俗化的同时，还有一份雅趣。

后百期《礼拜六》杂志中的小说所使用的白话文就是如此。张

---

① 周瘦鹃：《真假爱情》，《礼拜六》第5期。
② 瘦菊：《柔乡苦海录》，《礼拜六》第9期。
③ 周瘦鹃：《千钧一发》，《礼拜六》第23期。
④ 天愤：《卖菜儿》，《礼拜六》第36期。
⑤ 天白：《毋忘侬》，《礼拜六》第62期。

枕绿的小说《毁誉》①的开头有这样的描写："瞎眼星家口中的吉日良辰，正是一个凉秋雨夜，一间喧哗杂沓的新房中，有一个青年女子坐在床沿上将那半下的粉红绸纱帐儿障了粉面，暗在那里流泪，伊那半露的玉臂、玲珑的足尖，以及种种饰物，都做了众人赞慕调笑的资料。"这段文字明显有口语化的倾向，"瞎眼星家口中的吉日良辰，正是一个凉秋雨夜"就像是与人聊天、拉家常的口气。但同时文中所用的"杂沓"、"半下"、"粉面"、"玉臂"、"足尖"等词汇都有化用文言文的痕迹。这种情况在后百期《礼拜六》的小说中非常普遍，例如以下几段：

炮是件最凶猛的武器，只要炮声一响，世界便扰乱起来，死的死，伤的伤，妻流子散，败产倾家的，不知有多少。所以炮真是个不祥之物。如今，我为何在这不祥的凶猛的恐怖的炮字上加上和气两个字，是有些不伦不类，但这其中却有个道理。②

近来报纸上一种交易所的广告，触目皆是。我因此感想到一件事情，上海的各种交易所自然是投机事业，做这种投机事业的人，就是经纪人。一个交易所平均有五十个经纪人，那就有六七百人，六七百人一天做多少生意，可想上海吃空心饭的人真多得可怕。③

我是件什么东西，有这般大的势力？升平的世界，为着我动了干戈，万灵的人类，为着我起了纷扰。父子之恩，兄弟之爱，夫妇朋友之情，一概都可以断绝。却都费尽心血气力，抢

---

① 张枕绿：《毁誉》，《礼拜六》第 102 期。
② 张碧梧：《和气炮》，《礼拜六》第 104 期。
③ 江红蕉：《悔》，《礼拜六》第 106 期。

我到手，又鞠躬尽瘁，肝脑涂地的保守着我。只要他们一天不死，就一天不肯放松我一步。人家都说美人有颠倒众生的魔力，我的容貌可丑陋极了，还有些儿臭气。①

俗语说得好，天堂的媳妇不如地狱的闺女，这两句话算是把旧家庭媳妇的苦况形容个痛快淋漓。任你生龙活虎般女孩，一入人家，便归苦海。物极思反，矫枉过正。所以自由恋爱之说一传，刹那间风靡海内。②

这几段白话文通俗易懂，近于"说话"，又化用了文言文。这恰恰符合了民初市民读者的阅读口味。

第二节

执著于故事

对于民国初年的普通市民读者来说，阅读小说是一种休闲娱乐的方式，就像看戏、听说书一样。而能给市民读者带来快乐，达到休闲、娱乐目的的就是小说中的故事。他们阅读小说的重要目的也是寻找有趣的故事。为了满足读者的需求，《礼拜六》作家都执著于对故事的讲述，无论篇幅长短，他们都追求故事，而

① 张碧梧：《我》，《礼拜六》第 111 期。
② 菁菁：《你是谁》，《礼拜六》第 173 期。

且常常是完整的故事。天虚我生的小说《一行书》①就很能说明问题。这篇小说的标题表明作品的篇幅短小，仅仅一行字。小说的全部内容是："海丽得情人书，遂赴约，讵为奸人所绐，鬻为娼，觅死勿得。后遇情人，遂成眷属。奸人以略诱，受处分。"在这个长度仅有一行的小说正文之后，作者加了一个篇幅为小说正文数倍的"案"：

> 案：此篇仅三十八字，而情节曲折，若使编为长篇，则可分十四章之多。第一章得书；第二章赴约；第三章被绐；第四张诱鬻；第五章坠溷；第六章觅死；第七章遇救；第八章劝妆；第九章应客；第十章重遇；第十一章赎美；第十二章结婚；第十三章控奸；第十四章裁判。直可化做三万八千言也。因《礼拜六》篇幅有限，用特倡为此格，应请比照甲等倍酬，给洋三角八分。庶得向老虎灶买水，以润一个月之枯笔，不识钝根、剑秋与众读者以为如何？（天虚我生戏注）

天虚我生把这个"案"称为"戏注"，他是以游戏的笔墨与主编王钝根、孙剑秋开了个玩笑。但他所谓的"戏注"正说明了这个小说虽然篇幅短小，仅有三十八个字，但却讲述了一个情节曲折、过程完整的故事。

对故事的执著追求，使《礼拜六》作家常常将小说的叙述过程转化为讲述故事的过程。将小说的叙述转化为讲述故事的方式主要有以下四种：

---

① 天虚我生：《一行书》，《礼拜六》第38期。

一、"白头宫女说玄宗"

《礼拜六》杂志中有为数不少的记录野史秘闻的小说。这类作品故事性强，而且具有神秘色彩，符合市民读者的口味。作者创作这一类小说的目的并非以古鉴今，借古事谈今事，而是钩沉打捞往昔旧事，为读者揭开一段隐秘的历史，提供一个离奇曲折的故事。小说的叙述往往以回顾的方式展开，娓娓道来，节奏缓慢，有"白头宫女说玄宗"的情调。小蝶在《塔语斜阳》①的开头先以废弃的阿勃兰宫、残败的三公主塔渲染一种神秘、悲凉的气息。然后娓娓叙穆罕默德家事："当回回全盛之时，王者为穆罕默德，其为人勇悍无伦。每临战阵，辄握长刀，指挥士卒死斗，右臂既断，而威猛如故。人民窃加以徽号曰断臂穆罕默德。顾王之行事固暴犷，不能无疵，然自有正史在，毋待余之喋喋，今所记者，但涉其家事而已。"不才的《瑶台第一妃》②借太平宫人徐氏（即洪秀全的瑶台第一妃）之口讲述往昔的洪杨秘史。小说开头就交代了太平军中的轶事如何神秘传奇，耐人寻味，并把讲述洪杨秘史的徐氏比作"天宝宫人"："幼时喜听人谈太平军中轶事。及长，读评定粤匪纪略等官书，附记洪杨事状，颇多秽恶，心焉非之。及近年革命家言，谓其君臣有高世想，饶智略，能实行种族革命，而其十戒胜三章之法。崇人道主义焉，正足覆专制之庭穴而扫其毒。由是官书不可信。太平朝实无惭德者，然百战百胜，而一旦忽焉斩灭，厥系何因？是非交战，颇难自决。数十年来，虽时闻故老称述，终苦不获真相。壬子冬，偶闻人谈粱溪旧事。因及一奇妇人，能现身说洪杨秘密，如

---

① 小蝶：《塔语斜阳》，《礼拜六》第 1 期。
② 不才：《瑶台第一妃》，《礼拜六》第 4 期。

天宝宫人。纵非信史，故转述之吻，亦已离奇诙诡，波折万态。"其他小说如《香妃异闻》①、《贵胄飘零记》②、《章皇外记》③ 等也是采用同样的笔调。

二、某生体

《礼拜六》中有一部分作品在开篇就介绍主人公的姓名以及籍贯、家境、容貌、性情等基本情况，如以下几段文字：

> 某生，性狂妄，以胆力自诩，人或谈鬼怪事，辄嗤之以鼻曰鬼物何畏哉？尔辈自不中用耳。④

> 歌雏灵儿者，幼慧，某隐士女，善舞。惜独以歌名。每遇良辰，跳跃繁花芳草间。丰格翩翩，飘然几欲仙。⑤

> 某氏女，小家碧玉也，居住虎阜左近，虽蓬门弱质，罗绮末香，而一种楚楚风致，自足动人。父某，以灌园卖花为业。七里山塘间，生涯亦颇不恶。女幼从邻师读，通文义，吟咏唐宋人小诗，琅琅上口。⑥

> 吾友愔愔，越中名士也。丰姿濯濯极似张绪当年，人亦蕴籍和平，毫无城府，仕京居某要职，喜结纳文人逸士，每与友人谈宴，批风评月口角津津。⑦

> 杏儿，秦淮妓，以色艺名。所出不能考，鸨媪讳言之，或

---

① 指严：《香妃异闻》，《礼拜六》第 6 期。
② 牵公：《贵胄飘零记》，《礼拜六》第 18 期。
③ 天白：《章皇外记》，《礼拜六》第 33 期。
④ 剑秋：《活死人》，《礼拜六》第 2 期。
⑤ 韦士：《歌雏劫》，《礼拜六》第 3 期。
⑥ 语侬生：《西冷梦幻》，《礼拜六》第 1 期。
⑦ 南村：《愔愔艳史》，《礼拜六》第 12 期。

曰宦裔也，父母客死，杏儿遂坠藩溷。①

在介绍主人公主要的基本情况之后，紧接着讲述的是主人公的故事或经历，就像是要记录某人的历史，或为某人作传。这类作品也常常以"史"或"传"命名，如《惜惜艳史》、《杏儿别传》、《镜台小史》、《朝霞小传》、《长谦外史》、《雅仙小传》等。这类作品被称为"某生体"。"某生体"的叙述方式曾受到五四新文学家的批判。但这种叙述方式恰恰与传统讲故事的方式相吻合，是民国初年没有摆脱传统文化观念和阅读习惯的市民读者乐于接受的。市民读者可以把这样的小说当故事看，可以在阅读的过程中不动脑筋地打发自己的休闲时间。

三、说书体

不少《礼拜六》作家习惯以说书人的口气展开小说的叙述。周瘦鹃的小说《真假爱情》② 开篇就以说书人的口气交代故事的背景："却说辛亥那年桂花香候，这三百年沉沉欲睡的中国，蓦地里石破天惊的起了大革命，那无数头颅如斗的革命健儿，先在武昌树了革命之帜，黄鹤楼头，白旗飞舞；黄鹤楼下，血战玄黄，替这寂寂无声的山河增色不少，各省热心之士，都龙虎而起，赶到武昌去仗力杀敌。江山如画，一时多少豪杰，小足为吾门四万万人吐气。"小说紧接着展开主人公郑亮的故事："单表江西九江城中中学校里有一个学生，姓郑，单名一个亮字。平日气概不凡，抵掌谈天下事，豪气往往压倒侪辈。"文中的"却说"、"单表"等词汇都是典型的

---

① 韦士：《杏儿别传》，《礼拜六》第 17 期。
② 周瘦鹃：《真假爱情》，《礼拜六》第 5—6 期。

说书人的语言。类似的作品还有很多，以下几段文字也都明显地带有说书人的口气：

> 话说亚洲天都郡，白鹤县地方，有一个热心的女士，名唤秀俪夫人，素抱着一个拯救女界的心，平日里兴的公益倒也不少。如什么"天足会"哩，"贫女教养院"哩，很有几椿是久为天都人士所倾仰的。①

> 话说地球上东海滨有个穷岛，在这个岛上住的都是一班穷鬼，就是有几个略该些家当的，但是从他祖上传下来的穷相穷样，仍然改脱不去。若论起穷鬼的来历，真真稀奇。②

> 却说去年今日，杭州城里某街某客栈内有一老者，骨瘦如柴，呻吟床褥，看这病势很是不轻。③

> 看官们呀，世界上万不得已的事正多咧，到了万不得已的时候，才作出万不得已的事来，小的琐琐屑屑，不必去说他……如今且说正文咧，话说前清甲辰年间，杭州城里拿住了一个革命党人。姓白，单名一个殷字。年纪不过二十五六岁，出落得面如冠玉，唇若涂脂，姣好如处子。④

> 看官，前天是星期日，在下饭后无事，便雇一辆黄包车，进城到城隍庙逛一会儿。正踱到得意楼门前，忽地里一位老先生向在下说道：先生气色正好，看先生这相定要大富大贵……事有凑巧，在下看到报上的封面告白，却又想起那位张铁口一句话儿了。看官，这封面告白登的是什么，且听在下说来。⑤

---

① 休宁华魂：《可怜侬》，《礼拜六》第 10—11 期。
② 惜侬：《穷鬼》，《礼拜六》第 12 期。
③ 梅郎：《双妒记》，《礼拜六》第 13 期。
④ 周瘦鹃：《万不得已》，《礼拜六》第 19 期。
⑤ 觉迷：《储蓄票》，《礼拜六》第 29 期。

却说亚洲东方，有个新兴的强国，有一年，会集了南北洋的海军，在黄海里大操，欧美各国政府，派了许多专员，前来看操，居然博得个个赞美，人人道好。看官必定诧异，说是小子扯谎，照数年前的中国，民穷财尽，几乎破产。什么内国公债哩，什么储蓄彩票哩，闹了好久，也不敷行政经费，哪有闲款兴复海军呢？难道人家平白地把战舰一艘一艘的送给中国吗？看官不用性急，且听小子道来。①

咳，各位，世界上的事愈出愈奇，愈进愈妙，百年前扳死的一个地球，今日弄得活泼泼地，东说西应，南通北达，呆鸟样的人，忽地变得神仙似的一般。钻天入地，涉海跨山，你说奇怪不奇怪，不才还有一件更新鲜的事儿，各位如若欢迎，就介绍与各位见见。②

作家模拟说书人身份叙述小说的同时，读者也可以在阅读的过程中将自己假想为听书的人。面对"话说"、"却说"、"如今且说"、"各位"、"听小子道来"等提示语和小说中类似说书的表述习惯，读者可以感受到作者在说，自己在听。作者与读者之间说和听的关系在很大程度上将小说转化成了故事，使读者更容易接受。

四、倾诉体

《礼拜六》作家还经常让小说中的人物扮演倾诉者的角色，把小说的叙述转化成人物的倾诉。这样的小说可以称之为"倾诉体"。"倾诉体"包括人物的自述和转述两种。

---

① 志云：《烟卷军舰》，《礼拜六》第50期。
② 废人：《天眼通》，《礼拜六》第68期。

自述有两种类型。一种类型是主人公直接以第一人称讲述自己的亲身经历。瘦菊的小说《柔乡苦海录》①就是典型的作品。小说开头，主人公由青楼和杜牧的诗引发出对自我的感慨："十年一觉扬州梦，赢得青楼薄幸名。我在去年今日读唐诗到这两句时，还笑杜牧太傻。青楼非安乐窝，沉溺十年，亏他还有这老面皮，向人前卖弄，不料今日翻卷，又见此诗，令我追忆一年来颠倒迷离的经历。不能不佩小杜大有见地，章台走马，曲院寻芳，十载留连，一笑回首，博得韵迹千秋，不愧雅人深至，讲到我呢，咳！我今一腔牢骚气，吐既吐不出，吞又吞不下，一眶子酸泪，洒既然洒不脱，含又含不落。这都是花了不少冤枉钱，受了许多冤枉气购来的成绩。正所谓一失足成千古恨，而今不堪回首。铁错铸成，只索得自怨自艾罢了。"紧接着，小说主人公做了自我介绍："我姓李，行三，乃是洋场十里间纨绔界中数一数二的人物。虽然今年只得二十二岁，所交的朋友，还比一班四五十岁的老先生多上几倍。而且我还有一种绝好脾气，遇见与我年岁相等的少年，一经相接，莫不情投意合，乐与偕游。因此我的朋友愈多，我的声名也愈加大了。"自我介绍之后，主人公"我"讲述了自己的荒唐经历。整篇小说都是"我"的自述。南邨的小说《侬误矣》②开篇就是一个女子以忏悔的语气泣述："侬误矣，侬误矣。侬自误，并误侬夫矣。侬夫今日已不可复见，侬亦奄奄有去日而无来日。人之将死，其言也善。侬今将乘我生命未绝之前，泣血呕心以书侬一生之罪史，借为我躬之忏悔，并作世人之镜砭。"接着女子自述因用情不专而害己害人的痛苦经历。在篇末，女子又悲叹："此篇既竟，侬亦无意于人间，愿早死以见吾夫于地下，自承愆尤。嗟夫，昊天！嗟夫，吾夫！侬

---

① 瘦菊：《柔乡苦海录》，《礼拜六》第 9 期。
② 南邨：《侬误矣》，《礼拜六》第 34 期。

误矣，侬今觉而悔之矣，侬今愿戕此身以自赎，顾不知尚能谅侬否耶?"类似的作品还有很多。孙剑秋的小说《新婚一夕话》①写妻子在新婚之夜向丈夫讲述自己为父亲、母亲割股疗病之事以及自己的惨痛经历。实际上是妻子的自述。笑余的《血泪》②写一个从小被卖为妾的女子自述她的悲苦命运。另一种类型是小说中的一个人物向另一个人物倾诉自己的故事。《老泪》③写我拜访亲戚的过程中遇到一位老妇人抚棺哭泣，我问棺中人是谁，妇人向我诉说儿子在战乱中惨死的伤心事。《埋儿惨史》④写我目睹一妇人活埋小儿，上前劝阻，妇人向我讲述她的家人被陷害，自己欲埋儿并自杀的悲惨故事。《孤鸾泪》⑤写童子福生在山中欲自杀，黄某救之。福生向黄某讲述父母双亡、自己受人虐待的惨痛经历。《咳，苦呀》⑥写我在深夜听到邻居十六岁的童养媳哭诉自己的悲惨生活。《情场惨劫》⑦写我在寒夜独坐，陈继云来访，向我讲述他与慧姑的恋爱悲剧。《君亦吸枝雪茄否》写我乘车遇到一男子，男子向我讲述他的伤心往事。

《礼拜六》杂志中转述他人故事的小说也很多。《后悔》⑧写我居僻巷，春梦君来访，向我讲述秋芹的故事。《孤凰操》⑨写我游吴兴，见一少女拜祭痛哭。一位妇人向我详细讲述少女芷馨年幼守寡的经过。《欧西风云中之七岁童》⑩写我拜访朋友，朋友向我讲述他

---

① 剑秋：《新婚一夕话》，《礼拜六》第 4 期。
② 笑余：《血泪》，《礼拜六》第 37 期。
③ 天韵：《老泪》，《礼拜六》第 3 期。
④ 恨人：《埋儿惨史》，《礼拜六》第 6 期。
⑤ 梅郎：《孤鸾泪》，《礼拜六》第 27 期。
⑥ 雪芳：《咳，苦呀》，《礼拜六》第 30 期。
⑦ 一梦：《情场惨劫》，《礼拜六》第 37 期。
⑧ 胡寄尘：《后悔》，《礼拜六》第 5 期。
⑨ 息游：《孤凰操》，《礼拜六》第 7 期。
⑩ 华魂：《欧西风云中之七岁童》，《礼拜六》第 13 期。

七岁的儿子有可贵的爱国心。《坟场谈话录》①写我在坟场见一少年痴痴哭诉，朋友给我讲述坟中女子谢韵薇之事。《声声泪》②写我到农村休养，一位农妇向我讲述邻居的惨事。

无论自述还是转述，上述小说中的人物实际上都是扮演了倾诉者的角色，他们是以倾诉的方式讲述自己或他人的故事。而读者就是这些故事的倾听者。

从上述四种将小说的叙述转化为讲述故事的方式可以看出，《礼拜六》作家在小说的创作中把讲述故事放在重要的位置上。在某种程度上，他们把读者当成了听众，希望借助故事抓住那些跃跃欲听者。为了引起读者听故事的兴趣，《礼拜六》作家在叙述的过程中还经常以讲述故事的方式直接与读者交流。陈小蝶在描绘关于三公主塔历史的传奇故事之前这样提示读者："读者以吾言为荒诞乎？则请举三公主塔之历史以示读者。"③休宁华魂在演述离奇的爱情悲剧之前向读者感叹："请阅者诸君不要说奇，抛掉数分钟工夫，听在下慢慢的道来罢。"④东野在讲述阿棠的故事之前以提问的方式猜测读者的心态："读者诸君，当急欲知阿棠为何人。"⑤这些表达似乎都在提醒读者：准备好了，打起精神，精彩的故事就要开始了！以下几段文字也起到了相似的作用：

> 再说上文说的那王雪楼，看官诸君，你道这个人是谁呀呢？在下至此竟不忍写下去。⑥

---

① 幻影女士：《坟场谈话录》，《礼拜六》第 19 期。
② 幻影女士：《声声泪》，《礼拜六》第 22 期。
③ 小蝶：《塔语斜阳》，《礼拜六》第 1 期。
④ 休宁华魂：《可怜侬》，《礼拜六》第 11 期 。
⑤ 东野：《棠影录》，《礼拜六》第 1 期。
⑥ 休宁华魂：《可怜侬》，《礼拜六》第 11 期。

看官们要晓得我的姓名，那么我倒有些难为，请恕不告诉了罢，哈哈，再会，再会。①

看官，这个景象你道凄惨不凄惨呢？②

我说了一篇空话，想诸君必等得不耐烦了。③

笔者述至此，当可搁笔。第此数笺具何魔力，乃足倍徙少年之悲。胶终秘之，不且堕诸君于五里雾中，特著者良弗欲迳直言之，无已，则请诸君自思。④

阅者诸君，亦知女郎与死者有何关系而哭之哀也？吾述此事，吾请先言女郎家世。⑤

作者在叙述过程中与读者交流在《礼拜六》小说中很普遍，这种交流能拉近读者与作者和作品的距离，减少阅读的障碍。

除了与读者交流，《礼拜六》作家还常常渲染、强调小说中故事的真实性，这在某种程度上也是吸引读者的手段。孙剑秋在《新婚一夕话》⑥的开篇就说明这篇小说所讲述的是朋友妻子的故事，是自己亲耳闻之："吾友某君，年二十三始娶妻，新婚之明日，余笑问夜来光景，某君怅然如有所感。余怪之，某君乃喟然谓余曰，兹事正无庸为君讳。方余之解衣就寝也，自以为今夕何夕，乃人生第一愉快之日。顾鸳鸯枕上，新娘乃时时匿其左臂，若有秘密，不可告人者。余乘其不备，捉而摩挲之，则自肘以上，有隆然坟起者二，询其故，则知为两次割股之创痕，并为余

① 是龙：《烟杆子》，《礼拜六》第12期。
② 梅郎：《双妒记》，《礼拜六》第13期。
③ 黑子：《苏州城内之四马路》第14期。
④ 允倩：《痴心男子》，《礼拜六》第46期。
⑤ 藜青：《鸳鸯劫》，《礼拜六》第59期。
⑥ 剑秋：《新婚一夕话》，《礼拜六》第4期。

道其颠末甚详。至东方已明始已。嗟乎，吾妻苦矣。吾妻以此苦者，谁也？余闻其言，不觉肃然起敬，夫今人动辄称割股为愚孝，然不愚之孝曾有几人哉？因述其辞。"休宁华魂在《双落泪》① 中声明这篇小说写的是真实的故事，是自己的亲身经历。休宁华魂在另一篇小说《可怜侬》② 的开篇也强调这是自己一位朋友的真实故事："在下著《可怜侬》，平空的写出这段文字来，吾知阅者诸君很为诧异。夫不知，这就是《可怜侬》书中之可怜主人翁濒危一段凄凄惨惨、呜呜咽咽之遗话。作者今写了出来。"南村在《憎憎艳史》③ 的结尾补述了故事的真实性："吾与憎憎交最久，夙知其底蕴，兹略述其在京所遇之历史，介绍于读者诸君之前，当可证明憎憎为今世之奇男子，断非好色登徒所能望其项背也。憎憎真姓氏例不能宣布，至所遇诸人一一均用真名，草蛇灰线曲折可寻。也有明眼人或能按迹以求，恍然于憎憎究为谁某也。"王钝根在小说《心许》④ 的正文之后加了一段文字："钝根曰：此为吾友昙影女士自述。篇中地名、人名，均属假托，聊寄哀思而已。女士今年三十有一，缟袂临风，花容带雨，若不胜凄怨之致。予谓天下痴情人当无过于昙影女士者。"王钝根在此不仅表明小说中的故事是来自朋友昙影女士的自述，而且还对昙影女士作了一番描述，更让人相信昙影女士确有其人。

为了使小说中的故事更吸引读者，《礼拜六》作家还常常有意地将故事的效果推向极致，制造大喜大悲的审美效果。《礼拜六》杂志中有一些小说刻意营造美满团圆的气氛。孙剑秋的《莺啼燕

---

① 休宁华魂：《双落泪》，《礼拜六》第 10 期。
② 休宁华魂：《可怜侬》，《礼拜六》第 11 期。
③ 南村：《憎憎艳史》，《礼拜六》第 12 期。
④ 钝根：《心许》，《礼拜六》第 78 期。

语报新年》①写了男主人公黄震威梦幻般圆满的人生经历。他刚从军时"仅一偏裨耳，所部仅数百人"，后来率部下健儿出奇计，轻而易举地战胜了日本，迫使日本遣使乞和。返乡后他收到京中来电，电中述大总统策令："陆军上将黄震威特授以勋二位。"另附一奖励命令："陆军上将黄震威自率师出战以来，躬林前敌，奋不顾身，斩将搴旗，用奏殊绩。此皆我先祖黄帝在天呵护，故能笃生伟人。收复旧疆，湔洗国耻，本大总统深欣悦，除特授以勋二位外，复奖给银十万两，以彰劳勋，并通令大小各将士，当奉为仪式，人人以爱国雪耻为心，则我中国之强，计日可待矣。"黄震威功成名就、名利双收之后与心上人举行了隆重的婚礼，"中外士女来贺者，骈肩接踵，花团锦簇，翠绕珠围，见者皆啧啧焉，称为天上神仙云"。真可谓英雄儿女、富贵团圆，一切皆大欢喜。小说中洋溢着喜庆之气。陈彦成的《辞岁》②描写了一个家庭的美满。这个家中婆婆慈爱、媳妇孝顺、孙儿乖巧，他们在辞岁之际团圆、和谐而又充满亲情。周瘦鹃的《喜相逢》③写梅一云受富翁牵连，家中失火，失去了房屋和老母，孤身一人，遭人白眼，与意中人也无法相见。但梅一云坚强地活下来，在小说征文中获得一千元奖金，并与意中人在上海相逢。结局极为圆满。《礼拜六》杂志中更多的小说是极力渲染悲情，特别是言情小说。一梦的《情场惨劫》④就很典型。小说写继云与慧珠相恋，继云之父横加阻拦。慧珠归家后，在叔叔的逼迫下做了严某的小星，慧珠痛不欲生。继云与素芳（慧珠的好友）的未婚夫紫沧往严家赎慧珠，被拒绝。一位神秘的老叟持刀夜闯严家救出慧珠，

① 孙剑秋：《莺啼燕语报新年》，《礼拜六》第 38 期。
② 陈彦成：《辞岁》，《礼拜六》第 143 期。
③ 周瘦鹃：《喜相逢》，《礼拜六》第 120 期。
④ 一梦：《情场惨劫》，《礼拜六》第 37 期。

继云带慧珠回故里。而紫沧却被官府当作夜闯严家的盗贼捉拿归案并处死。消息传来，素芳昏倒，本已病重的慧珠一恸而绝，继云欲泣无泪，莫知所为，在自责中触柱而死。素芳苏醒后看到"继云血肉模糊，慧珠梨花面白，呼吸已断，一恸遂绝，香魂渺渺，竟离此五浊世界而去矣。"两对相爱的痴情男女成了同坟鸳鸯。作者在篇末感叹："嗟夫！播恨有因，种恨无果。爱河森森，湮沉几许？青年情海滔滔，断送两双佳偶。梦幻欤？泡影欤？握管至此，为之三叹！"《礼拜六》中大部分言情小说都写得悲情汹涌，情场上上演着一幕幕惨剧。在一定程度上，"情场惨劫"四个字可以概括这些小说的结局。除言情小说之外，《礼拜六》中其他类型的小说也同样在渲染悲情，如《赤钳恨》①、《埋儿惨史》②、《可怜侬》③、《声声泪》④、《孤鸾泪》⑤、《二芳惨史》⑥ 等仅从标题就可以看出小说中故事的悲剧色彩。显然，《礼拜六》杂志中的大部分小说是喜者极喜，悲者极悲。这种大喜大悲的审美效果在一定程度上能刺激读者的感情，带来阅读快感。但同时也存在煽情与程式化之嫌。

对故事的执著追求使《礼拜六》杂志中的小说在叙述上明显地带有传统的痕迹。但这种带有传统痕迹的叙述方式正符合了民国初年市民读者的阅读期待。

---

① 韦士：《赤钳恨》，《礼拜六》第 5 期。
② 恨人：《埋儿惨史》，《礼拜六》第 6 期。
③ 休宁华魂：《可怜侬》，《礼拜六》第 11 期。
④ 幻影女士：《声声泪》，《礼拜六》第 22 期。
⑤ 梅郎：《孤鸾泪》，《礼拜六》第 27 期。
⑥ 恕公：《二芳惨史》，《礼拜六》第 34 期。

第三节

创新的尝试

在执著追求故事的同时,《礼拜六》杂志的作家也在小说的叙述技巧上做了多种创新的尝试。

《礼拜六》杂志中有一部分小说打破了故事的完整性,以几个片段相组接的方式结构小说。周瘦鹃的《冷与热》[①] 由三个片段组成,每个片段都有一个标题。第一个片段的标题是"冷",写美丽的少妇静珠在傍晚等待丈夫王仲平归来,共度结婚纪念日,但王仲平却冷落、嘲讽妻子,去与情人湘云约会。第二个片段的标题是"热",写王仲平以饱满的热情赴约,湘云却要去赴别人的约会,对之冷淡。第三个片段的标题是"冷与热",写王仲平回到家中,对妻子表示热情,妻子却已心灰意冷。三个片段相连,互相对比衬托,写出了一个移情别恋的男子的尴尬和一个被丈夫冷落遗忘的少妇的伤心绝望。周瘦鹃的另一篇小说《花开花落》[②] 由 14 个片段组成,写一个小说家对一个美貌少女进行的 14 次观察,猜测。小说对少女的姓名及基本情况没有做任何介绍,但一系列的片段描写已经营造出了一个感伤、缠绵的爱情故事。叔良的小说《二百五十文》[③] 也是由几个片段组接而成。第一个片段是众人看杀犯人,犯人因为二百五十文的交易伤了人命,也赔上了自己的性命。作者感

① 周瘦鹃:《冷与热》,《礼拜六》第 13 期。
② 周瘦鹃:《花开花落》,《礼拜六》第 8 期。
③ 叔良:《二百五十文》,《礼拜六》第 125 期。

叹一条人命一百二十五文，全中国人的性命值几个钱呢？第二个片段写鱼行中的鱼每条二百五十文（两条人命的价钱），士兵取鱼一文不付还打人。第三个片段是一个轿子撞到了老妇人，不扶起来反骂她不回避。妇人怒而骂其奴狗："靠了二百五十文的事业运动得指头大一个官就夜郎自大！"这三个片段在时间空间上没有直接的联系，作者是用"二百五十文"这根纽带把它们巧妙地连接在一起，三个片段的相互照应能引发读者对生命价值的思考和对人性丑恶的反思。小说也因此耐人寻味。严芙荪的小说《金和银》①和《扫帚星》②都属于家庭伦理小说，而且两篇小说都采用了片段组接的结构方式。《金和银》分上下篇，每篇都是一个片段。上篇的标题是"金"，写一个满脸杀气的妇人骂可怜的孩子金宝，金宝是前妻之子。下篇的标题是"银"，写金宝已死，妇人对亲生孩子银宝疼爱不已，怪金宝的小棺材吓坏了银宝。《扫帚星》由三个片段组成，第一个片段标题为"东边厢"，写东边厢产妇富有且生儿子，第二个片段标题为"西边厢"，写西边厢产妇家贫且生女儿，第三个片段标题为"两面观"，写婆婆对东边厢满意，对西边厢则骂声不停。这两篇小说都通过片段的对比思考家庭伦理的问题。《礼拜六》中还有一些小说如《五分钟之冷暖》③、《病》④、《汽车》⑤、《捉赌》⑥和《一个兵的家》⑦等也都是采用片段组接的方式结构小说。

不少《礼拜六》作家尝试将日记引入小说创作。与五四新文学家直接运用"日记体"不同，《礼拜六》作家在借用日记体创作小

275

---

① 严芙荪：《金和银》，《礼拜六》第 109 期。
② 严芙荪：《扫帚星》，《礼拜六》第 113 期。
③ 天白：《五分钟之冷暖》，《礼拜六》第 63 期。
④ 张碧梧：《病》，《礼拜六》第 114 期。
⑤ 张碧梧：《汽车》，《礼拜六》第 120 期。
⑥ 济航：《捉赌》，《礼拜六》第 149 期。
⑦ 李兰瑛：《一个兵的家》，《礼拜六》第 198 期。

说时常常在篇首交代日记的来源。周瘦鹃的《断肠日记》① 在小说的开头交代日记来源：一伤心女郎楼头独吟，击断玉簪，坠下日记。卖菜者拾之，卖与一文士，文士乃瘦鹃之友。瘦鹃将日记稍加润饰，面之于世。小说的主体部分是 18 则日记，记录女郎伤心的恋爱史。小说结尾还有作者附志和题诗，抒发对"断肠日记"的感慨。周瘦鹃的另一部小说《珠珠日记》② 也在开篇交代日记来源：作者积病乍愈，感到人生在世如"漂流过客"，"争名夺利，无一非空"，只有慈爱的母亲是最宝贵的财富，他感叹"生平无所有，亦无所长，惟有此慈母，实足以骄人"。此时收到十二岁少女珠珠寄来的信和日记。然后以"其日记曰"引出珠珠日记的原文。珠珠日记的内容是母亲的慈善、仁爱，与作者在篇首的感悟相照应。篇末又附了作者瘦鹃给珠珠的一封信，赞赏珠珠"方在髫年，已知孝亲之道"的可贵，并鼓励她"俾善自保养，以成完才，他日者出其所学，光大女界"。胡寄尘《可怜相爱不相识》③ 开篇表明："这篇小说不是我做的，是抄袭两位朋友的日记，凑合而成的。"小说的正文由"朋友甲的日记"和"朋友乙的日记"两部分组成。两篇日记的内容都是青年男女互相爱慕却不相识。浪子的《最录小簿子》④ 在篇首说明"我"在电车上捡到某女郎的小册子，无人认领，发表于《礼拜六》杂志，小册子中的内容，主要是女郎的日记。除了上述作品，缪贼菌的《孀妇日记》⑤、王建业的《侬之日记》⑥、姚庚夔的《一个懦夫的日记》⑦ 也都是借用日记体创作的小说。

---

① 周瘦鹃：《断肠日记》，《礼拜六》第 52 期。
② 周瘦鹃：《珠珠日记》，《礼拜六》第 73 期。
③ 胡寄尘：《可怜相爱不相识》，《礼拜六》第 115 期。
④ 浪子：《最录小簿子》，《礼拜六》第 102 期。
⑤ 缪贼菌：《孀妇日记》，《礼拜六》第 108 期。
⑥ 王建业：《侬之日记》，《礼拜六》第 139 期。
⑦ 姚庚夔：《一个懦夫的日记》，《礼拜六》第 143 期。

有些《礼拜六》作家在小说创作中借鉴了戏剧的因素，以人物对话为主，通过语言表现人物性格，推动情节的发展。我们可以称之为"戏剧体"小说。王钝根的《请客》①开篇第一句是："聚丰园正厅上，有一位阔买办在那里请客。"这句话交代了地点、人物和事件。接下来小说主要人物对话展开，而且分行排列：

（跑堂的）钱大人，客来！

（买办忙站起来）唷唷，子翁，来得好早，多承赏光！

（子翁）不敢不敢。

（买办）拿烟卷来！吓，这烟卷太坏。子翁是吃茄力克的。

（子翁）一样的，一样的。

（买办）哪里的话，伙计来几盒茄力克，再来一盒亨白拉吕宋烟。

（跑堂的）可是十块钱一盒的大亨白？

（买办不耐烦）你不用管，哪怕一百块钱一盒，尽管拿来。

这一段对话表现出了买办钱大人热情好客而且财大气粗。接下来写新人物登场："一个学生，脖子里挂着一只木箱，掀开门帘，恭恭敬敬的对着众人鞠了一个躬。"情节因此发生转折：

（学生）诸位先生，可怜可怜五省的灾民，捐几块钱给华洋义赈会吧。

（买办）我最不赞成这些噜哩噜嗦的，好好的学生，不读书，偏要做这化子般的营生。

（学生）先生别这么说，我们也是万不得已，总不成瞧着

_____

① 王钝根：《请客》，《礼拜六》第106期。

同胞饿死了袖手不救的……先生是大资本家，哪里不花了一两块钱。

（买办对众客）兄弟生性就爱周济穷苦，却不愿意把钱扔在瞧不见的地方。除非我亲眼瞧着灾民，亲手给他钱，别说一两块，就是一两百块也行。

买办的话得到了众客人的恭维，但此时又有新的人物登场："学生出去了，跑堂的进来了，后面还跟进一个人来，衣服破旧，样子很窘。"新人物与买办的对话再次推动情节向前发展：

（跑堂的）钱大人，客来！

（买办回头一瞧，登时翻脸）混账东西，怎么带进化子来了？

（窘客）钱大哥，你不认识我了么？我就是劳实仁。五年以前我们还是同事。

（买办冷笑）我哪里有这么个同事？

（窘客）我很惭愧，我也知道我是错的。我不该来打扰你贵客满座的盛会，实在情急了才来找你的。我承一个做苦工的朋友，他答应带我搭轮船回南去，不用买票，明天就得开船咧。我求你周济我一两块钱，路上买饭吃，不至于饿死。我终身感你的救命大恩。

（买办）我没有钱。

经过一番争执，窘客被撵了出去。这篇小说就像是以买办、学生和窘客为主要人物，以聚丰园为舞台上演的短小的三幕剧。通过三组对话，层层拨开买办钱大人虚伪的面目和丑恶的灵魂。除了王钝根

的《请客》、周瘦鹃的《鬼之情人》①、马二先生的《斩黄袍》②、严
渭渔的《馨儿》③、徐卓呆的《蚁的人类观》④ 等小说在叙事上也明
显地借鉴了戏剧。

《礼拜六》中还有为数颇多的以心理描写为主的"心理小说"。
但《礼拜六》中的"心理小说"多数不是侧重于以心理描写刻画人
物，而是侧重于反映人物的心理情绪。因此这类小说往往表现为对
人物的内心独白的记录。周瘦鹃的《阿郎安在》⑤、《私愿》⑥，天白
的《勿忘侬》⑦ 和《断肠花》⑧ 等作品都是以人物心理情绪的变化
为线索，通过人物的内心独白展开作品。对人物心理的关注使这类
作品的叙事时间放慢，非情节因素突出，打破了传统小说以故事情
节为中心的叙事模式。

《礼拜六》小说的文体呈现出两种趋向。从语言来说，既有文
言，也有白话。其中，文言是松动易懂，市民读者能理解的文言，
白话则是没有脱离文言气息但市民读者乐于接受的白话。从叙述技
巧来说，既有保留传统色彩的追求故事性的叙述，也有多方面的创
新的尝试。对故事的执著追求，是《礼拜六》作家抓住读者的重要
手段，创新的尝试则表现了民初市民文学自身的发展与嬗变。

279

① 周瘦鹃：《鬼之情人》，《礼拜六》第 46 期。
② 马二先生：《斩黄袍》，《礼拜六》第 71 期。
③ 严渭渔：《馨儿》，《礼拜六》第 94 期。
④ 徐卓呆：《蚁的人类观》，《礼拜六》第 120 期。
⑤ 周瘦鹃：《阿郎安在》，《礼拜六》第 19 期。
⑥ 周瘦鹃：《私愿》，《礼拜六》第 83 期。
⑦ 天白：《勿忘侬》，《礼拜六》第 62 期。
⑧ 天白：《断肠花》，《礼拜六》第 72 期。

结　语

文学杂志常常被看作是某一类文学作品的载体。例如改革后的《小说月报》一直被视为典型的五四新文学的载体，而《礼拜六》杂志则往往被视为刊载旧文学的载体。文学杂志的确为作品的存在提供了载体，但我们不能把它简单地看作是仅仅具有形式范畴意义的外在的载体，也不能仅仅依据一份杂志所刊载的作品判定它的特性和风貌。文学杂志本身是一个丰富而复杂的存在，要深入研究一份文学杂志，不仅要考察它登载的作品，还要探究它的背景、诞生、运行以及它的编者、作者等多方面的因素。基于这一考虑，本书将民国初年的《礼拜六》杂志放在"杂志—都市—文人—文学"的结构中进行全面、深入的探讨。

《礼拜六》杂志是伴随着近代上海都市的发展、市民阶层的崛起而出现的，是近现代上海社会由传统农业文明向资本主义工业文明转型这一现代化进程中的产物。它的出现不是反动，更不是逆流，而是历史发展的必然。然而，近代上海社会并不是古代上海社会自然发展、演变的结果。它的崛起带有明显的"后起性"和"速成性"。可以说是1843年开埠通商以及随后租界的建立突然打断了上海自身发展中缓慢的中世纪步伐，并将其迅速拖入了现代化的进程。这一被动而又残酷的过程使上海获得了超乎寻常的发展，也使它严重地失去了平衡。一方面，上海的租界和老城厢在发展速度上出现了很大的差距。另一方面，上海市民的文化心态和文化观念的演变没有跟上上海政治、经济的发展步伐。近代上海在西方文化的冲击下的确出现了许多迥异于传统的新气象，但从社会的文化氛围和市民的文化观念来说，直到民国初年，上海还处于现代都市未成型时期，它在很大程度上还是一个传统的社会。

《礼拜六》杂志创刊的背景是一座失衡的都市，而《礼拜六》杂志的创作主体也是一批心态失衡的作家。《礼拜六》杂志的作家是在科举制度废除、传统文人由士而仕的官道彻底断绝之后进入上海的文学市场，寻求新的谋生之路，成为卖文为生的职业作家。不少《礼拜六》作家依靠写作和编辑报刊过上了较好的生活，还在一定程度上获得了精神与人格的独立，并且得到了广大市民的热情关注。但是，《礼拜六》作家并不是在具备了现代市民心态的前提下主动选择市民社会作为自己的安身立命之所，而是在时代潮流的冲击下身不由己地滑入了市民社会。他们虽然已经在市民社会中安置自己的人生，成了市民中的一员，但他们在一定程度上仍然保持着传统文人的心态和情趣。他们虽然在上海的市民社会中谋生存，但仍然过着苏州式的生活。进入书局报馆，他们是个卖文为生的职业文人；回到家里，回到内心世界，他们仍然是优雅的士大夫。他们还没有真正融入市民社会、认可市民社会，还不具备现代市民的心态。在某种程度上可以说，他们是具有了新的身份、角色和谋生方式的传统文人。

都市的失衡和作家心态的失衡注定了《礼拜六》杂志不可能成为具有全新市民观念的新市民文学杂志，当然也不可能具备王德威所说的"被压抑的现代性"。不可否认，王德威所提出的"被压抑的现代性"这一观点很有启发性，它提醒我们不能割断五四新文学和其他各种类型文学之间的联系，提醒我们要消解长期以来在研究界所形成的以五四新文学为唯一的中心和标准的思维方式，更全面、更客观地看待中国近现代文学的发展与演变。但是，在现代都市尚未成型，《礼拜六》作家还未能彻底实现自身精神的蜕变，《礼拜六》杂志的世俗精神面貌主要来自传统的情况下，"被压抑的现代性"从何而来？"反动逆流"的帽子可以摘下来，但"被压抑的现代性"这顶帽子不能轻易地戴上，烧饼不能简单地翻过来。

失衡的都市和失衡的文人心态无法使《礼拜六》杂志成为具有全新市民观念的新市民文学杂志不等于《礼拜六》杂志没有价值和意义。目前不少研究者认为以《礼拜六》杂志为代表的民初市民文学是中国近现代文学新旧交替时期出现的具有过渡意义的文学现象，是沟通传统与现代的桥梁。因此，它不是五四新文学的对立面，而是曾起过先导作用的具有前现代性的同路人。这种观点在表面看来有一定的道理，但是却难以说明问题的实质。如果说"反动逆流"和"被压抑的现代性"对于《礼拜六》杂志来说是错误的帽子，那么前现代性也是一顶过大的、不合适的帽子。在新旧交替的历史转折时期，很多文学现象都是半新半旧，既传统又现代，都可以说具有过渡的意义，都可以看作是沟通传统与现代的桥梁。很多新文学家早期的创作也是如此。例如胡适的《尝试集》中就有不少半文半白、半新半旧的诗歌。曾有研究者称《尝试集》是"沟通新旧两个艺术时代的桥梁"①。但《尝试集》的过渡意义和《礼拜六》杂志的过渡意义显然是不一样的，胡适和《礼拜六》作家的观念与心态也是不一样的。沿着胡适的方向向前发展，的确是可以挣脱中国古典诗歌的形式传统，建立现代汉语抒情诗的形式法则。但沿着《礼拜六》作家的方向向前发展，却不可能发展成为五四新文学。

---

① 康林：《〈尝试集〉的艺术史价值》，《文学评论》1990年第4期。

显然，《尝试集》和《礼拜六》是不同的文学样式，胡适和《礼拜六》作家不能被简单地视为"同路人"。曾经在《礼拜六》杂志上发表过不少作品的刘半农、叶圣陶是加入了五四新文学的创作队伍，但他们身份的转变不是沿着原来的方向渐进的结果，而是重新选择文学道路的结果，是跳出"鸳蝴派"、骂倒王敬轩的结果。

如果以《礼拜六》杂志为代表的民初市民文学的价值和意义仅仅在于它是沟通传统与现代的桥梁，那么在新文学站稳脚跟确立历史地位之后这座桥就失去了它存在的价值，五四新文学家就可以过河拆桥。但是新文学家却拆不掉，因为它根本不是一座桥，而是一条船，它有属于自己的航道，而且是与五四新文学不同的航道。不管新文学家如何猛烈地批判，以《礼拜六》杂志为代表的市民文学依然具有顽强的生命力。它在相当长的一段时间内与五四新文学同时存在，相互竞争，并且在竞争中不断地自我调整、自我发展、自我改善，努力地适应着普通市民读者变化中的阅读需求。我们不否认处于新旧交替时期的《礼拜六》杂志在某种程度上曾起过过渡的作用，但我们不能无视《礼拜六》杂志本身的主体性，以五四新文学为唯一的标准和尺度，一相情愿地把过渡的价值看得大于一切。《礼拜六》杂志存在的目的并不是仅仅为了给新文学铺路搭桥，它不能简单地被视为五四新文学的前奏或过渡到五四新文学的文学现象。《礼拜六》杂志与五四新文学之间的关系既不是敌对，也不是同路，他们是两个具有不同特点的文学分支。《礼拜六》杂志是现代都市未成型时期的市民文学，它选择了市民社会和市民读者，满足了民初市民的文化消费需求，推动了市民文学向前发展，有自己独立的价值，而且这种价值不能用五四新文学的标准进行衡量。

参考文献

（一）参考书目

陈子展：《中国近代文学的变迁》，中华书局 1929 年版。

林明德：《晚清小说研究》，台北联经出版事业公司 1988 年版。

欧阳建：《晚清小说史》，江苏古籍出版社 1997 年版。

任访秋主编：《中国近代文学史》，河南大学出版社 1988 年版。

武润婷：《中国近代小说演变史》，山东人民出版社 2000 年版。

陈平原：《二十世纪中国小说史》第一卷，北京大学出版社 1989 年版。

陈平原、夏晓虹编：《二十世纪中国小说理论资料》第一卷，北京大学出版社 1997 年版。

陈平原：《中国小说叙事模式的转变》，上海人民出版社 1988 年版。

陈平原：《小说史：理论与实践》，北京大学出版社 1993 年版。

陈平原：《文学史的形成与建构》，广西教育出版社 1999 年版。

刘纳：《嬗变——辛亥革命时期至五四时期的中国文学》，中国社会科学出版社 1998 年版。

刘增杰：《云起云飞——20 世纪中国文学思潮研究透视》，上海文艺出版社 1997 年版。

关爱和：《悲壮的沉落——十九—二十世纪中国文学思潮史》第 1 卷，河南大学出版社 1992 年版。

陈伯海主编：《近四百年中国文学思潮史》，东方出版中心 1997 年版。

王继权、周榕芳编：《台湾·香港·海外学者论中国近代小说》，百花洲文艺出版社 1991 年版。

郭延礼：《中西文化碰撞与近代文学》，山东教育出版社 1999 年版。

王德威：《如何现代，怎样文学？——十九、二十世纪中文小说新论》，台湾麦田出版社 1998 年版。

杨宋森主编：《二十世纪中国作家心态史》，中央编译出版社 1998 年版。

王志宏编：《翻译与创作——中国近代翻译小说论》，北京大学出版社年版。

陈伯海、袁进主编：《上海近代文学史》，上海人民出版社 1993 年版。

王文英主编：《上海现代文学史》，上海人民出版社 1999 年版。

钱理群、温儒敏、吴福辉：《中国现代文学三十年》，上海文艺出版社 1987 年版。

杨义：《中国现代小说史》，人民文学出版社 1998 年版。

夏志清：《中国现代小说史》，刘绍铭等人译，香港中文大学出版社 2001 年版。

陈思和：《中国新文学整体观》，上海文艺出版社 2001 年版。

范伯群主编：《中国近现代通俗文学史》，江苏教育出版社 2000 年版。

汤哲声：《中国现代通俗小说流变史》，重庆出版社 1999 年版。

张赣生：《民国通俗小说论稿》，重庆出版社 1991 年版。

徐德明：《中国现代小说雅俗流变与整合》，社会科学文献出版社 2000 年版。

陈子平：《中国近现代通俗历史小说史略》，四川民族出版社 1996 年版。

曹正文：《世界侦探小说史略》，上海译文出版社 1998 年版。

孔庆东：《超越雅俗——抗战时期的通俗小说》，北京大学出版社 1998 年版。

栾梅健：《前工业文明与中国文学》，广西教育出版社 2000 年版。

鲁湘元：《稿酬如何搅动文坛——市场经济与中国现代文学》，红旗出版社 1998 年版。

陈明远：《文化人与钱》，百花文艺出版社 2001 年版。

韩毓海：《从"红玫瑰"到"红旗"》，上海远东出版社 1998 年版。

旷新年：《现代文学与现代性》，上海远东出版社 1998 年版。

李欧梵：《现代性的追求》，生活·读书·新知三联书店 2000 年版。

李欧梵：《徘徊在现代与后现代之间》，上海三联书店 2000 年版。

唐小兵：《英雄与凡人的时代》，上海文艺出版社 2001 年版。

程文超：《1903：前夜的涌动》，山东教育出版社 1998 年版。

孔庆东：《1921：谁主沉浮》，山东教育出版社 1998 年版。

王智毅编：《周瘦鹃研究资料》，天津人民出版社 1993 年版。

魏绍昌编：《吴趼人研究资料》，上海古籍出版社 1980 年版。

魏绍昌编：《鸳鸯蝴蝶派研究资料》，生活·读书·新知三联书店香港分店 1980 年版。

芮和师、范伯群等主编：《鸳鸯蝴蝶派文学资料》，福建人民出版社 1984 年版。

袁进：《鸳鸯蝴蝶派》，上海书店 1994 年版。

刘扬体：《流变中的流派——"鸳鸯蝴蝶派"新论》，中国文联出版公司 1997 年版。

范伯群：《礼拜六的蝴蝶梦》，人民文学出版社 1989 年版。

郑择魁主编：《吴越文化与中国现代文学》，杭州大学出版社 1998 年版。

费振钟：《江南士风与江苏文学》，湖南教育出版社 1995 年版。

吴福辉：《都市漩流中的海派小说》，湖南教育出版社 1995 年版。

李今：《海派小说与现代都市文化》，安徽教育出版社 2000 年版。

许道明：《海派文学论》，复旦大学出版社 1999 年版。

李嵘明：《浮世代代传——海派文人说略》，华文出版社 1997 年版。

孙克强：《雅俗对举》，华文出版社 1997 年版。

杨炳华编：《几度风雨海上花》，上海三联书店 1996 年版。

范伯群主编：《中国近现代通俗作家评传丛书》，南京出版社 1994 年版。

包天笑：《钏影楼回忆录》，香港大华出版社 1971 年版。

包天笑：《钏影楼回忆录续编》，香港大华出版社 1973 年版。

栾梅健：《通俗文学之王包天笑》，上海书店 1999 年版。

袁进：《小说奇才张恨水》，上海书店 1999 年版。

柳无忌、殷安如编：《南社人物传》，社会科学文献出版社 2002 年版。

袁进主编：《鸳鸯蝴蝶派散文大系》，东方出版中心 1997 年版。

苏曼殊等著、马玉山点校：《民权素笔记荟萃》，山西古籍出版社 1997 年版。

周瘦鹃：《花前新记》，江苏人民出版社 1958 年版。

周瘦鹃：《花前琐记》，通俗文艺出版社 1956 年版。

周瘦鹃：《紫兰忆语》，古吴轩出版社 1999 年版。

郑逸梅：《味灯漫笔》，古吴轩出版社 1999 年版。

郑逸梅：《清末民初文坛轶事》，学林出版社 1987 年版。

郑逸梅：《淞云闲话》，上海日新出版社 1947 年版。

郑逸梅：《书报旧话》，学林出版社 1983 年版。

尤玉淇：《霜庐小品集》，吉林人民出版社 1999 年版。

尤玉淇：《蕉肥竹瘦轩小札》，吉林人民出版社 1996 年版。

尤玉淇：《三生花草梦苏州》，江苏古籍出版社 2000 年版。

王染野：《响竹斋散墨》，百花文艺出版社 1999 年版。

曹聚仁：《文坛三忆》，生活·读书·新知三联书店 1999 年版。

曹聚仁：《书林又话》，上海书店 1999 年版。

夏晓虹：《晚清的魅力》，百花文艺出版社 2001 年版。

孙燕京主编：《晚清遗影》，山东画报出版社 2000 年版。

吴福辉：《京海晚眺》，江苏人民出版社 1997 年版。

方汉奇：《中国近代报刊史》，山西人民出版社 1981 年版。

方汉奇主编：《中国新闻事业简史》，中国人民大学出版社 2000 年版。

杨光辉、熊尚厚、吕良海、李仲民编：《中国近代报刊发展概况》，新华出版社 1986 年版。

李白坚：《中国出版文化概观》，广西教育出版社 1999 年版。

张静庐：《在出版界二十年》，上海书店 1984 年版。

张静庐辑注：《中国近代出版史料初编》，中华书局 1957 年版。

张静庐辑注：《中国现代出版史料甲编》，中华书局 1954 年版。

张静庐辑注：《中国现代出版史料乙编》，中华书局 1955 年版。

马光仁：《上海新闻史》，复旦大学出版社 1996 年版。

郭汾阳、丁东：《书局旧踪》，江西教育出版社 1999 年版。

郭汾阳、丁东：《报馆旧踪》，江西教育出版社 1999 年版。

唐振常：《近代上海探索录》，上海书店 1994 年版。

张仲礼主编：《近代上海城市研究》，上海人民出版社 1990 年版。

熊月之主编：《上海通史》，上海人民出版社 1999 年版。

钱化佛述、郑逸梅撰：《三十年来之上海》，上海书店 1984 年版。

唐振常主编：《上海史》，上海人民出版社 1989 年版。

上海通社编：《上海研究资料续集》，上海书店 1984 年版。

姚公鹤：《上海闲话》，上海古籍出版社 1989 年版。

［美］霍塞：《出卖上海滩》，越裔译，上海书店 2000 年版。

曹聚仁：《上海春秋》，上海人民出版社 1996 年版。

李欧梵：《上海摩登》，毛尖译，牛津大学出版社 1999 年中文版。

蒯世勋编：《上海公共租界史稿》，上海人民出版社 1980 年版。

梅朋、傅立德：《上海法租界史》，倪静兰译，上海译文出版社 1983 年版。

邹依仁：《旧上海人口变迁的研究》，上海人民出版社 1980 年版。

徐雪筠：《上海近代社会经济发展概况》，上海社会科学出版社 1985 年版。

马逢洋编：《上海：记忆与想象》，文汇出版社 1996 年版。

张仲礼：《东南沿海城市与中国近代化》，上海人民出版社

1996 年版。

[美] 施坚雅:《中国封建社会晚期城市研究——施坚雅模式》,王旭等译,吉林教育出版社 1991 年版。

[美] 施坚雅主编:《中华帝国晚期的城市》,叶光庭等译,中华书局 2000 年版。

王卫平:《明清时期江南城市史研究:以苏州为中心》,人民出版社 1999 年版。

钱杭、承载:《十七世纪江南的社会生活》,浙江人民出版社 1996 年版。

陈书禄主编:《江苏文化概观》,南京大学出版社 1998 年版。

[德] 黑格尔:《法哲学原理》,范扬、张企泰译,商务印书馆 1982 年版。

[英] 多米尼克·斯特里纳蒂:《通俗文化理论导论》,阎嘉译,商务印书馆 2001 年版。

[美] 约翰·费斯克:《理解大众文化》,王晓珏、宋伟杰译,中央编译出版社 2001 年版。

[英] 安吉拉·默克罗比:《后现代主义与大众文化》,田晓菲译,中央编译出版社 2001 年版。

[美] 理查德·凯勒·西蒙:《垃圾文化——通俗文化与伟大传统》,关山译,社会科学文献出版社 2001 年版。

吴士余主编:《大众文化研究》,上海三联书店 2001 年版。

陆扬、王毅:《大众文化与传媒》,上海三联书店 2000 年版。

陈少明、单世联、张永义:《近代中国思想史略论》,广东人民出版社 1999 年版。

桑兵:《清末新知识的社团与活动》,生活·读书·新知三联书店 1995 年版。

罗志田:《权势转移——近代中国的思想、社会与学术》,湖北人民出版社 1999 年版。

王先明：《近代新学——中国传统学术文化的嬗变与重构》，商务印书馆 2000 年版。

王跃：《变迁中的心态——五四时期社会心理变迁》，湖南教育出版社 2000 年版。

朱义禄：《逝去的启蒙——明清之际启蒙学者的文化心态》，河南人民出版社 1995 年版。

金耀基：《从传统到现代》，中国人民大学出版社 1999 年版。

石元康：《从中国文化到现代性：典范转移》，生活·读书·新知三联书店 2000 年版。

林毓生：《中国传统的创造性转化》，生活·读书·新知三联书店 1988 年版。

龚书铎：《中国近代文化探索》，北京师范大学出版社 1988 年版。

龚书铎主编：《中国近代文化概论》，中华书局 1997 年版。

陶鹤山：《市民群体与制度创新——对中国现代化主体的研究》，南京大学出版社 2001 年版。

黎仁凯：《近代中国社会思潮》，河南人民出版社 1996 年版。

昌切：《清末民初的思想主脉》，东方出版中心 1999 年版。

唐德刚：《晚清七十年》，岳麓书社 1999 年版。

［美］周策纵：《五四运动史》，岳麓书社 1999 年版。

王岳川：《现象学与解释学文论》，山东教育出版社 1999 年版。

金元浦：《接受反应文论》，山东教育出版社 1999 年版。

刘志琴主编：《近代中国社会文化变迁录》，浙江人民出版社 1998 年版。

薛君度、刘志琴主编：《近代中国社会生活与观念变迁》，中国社会科学出版社 2001 年版。

赵英兰编著：《民国生活掠影》，沈阳出版社 2001 年版。

李定夷：《民国趣史》，江苏广陵古籍刻印社 1998 年版。

李华兴主编：《民国教育史》，上海教育出版社 1997 年版。

宋荐戈：《中华近世通鉴·教育专卷》，中国广播电视出版社 2000 年版。

（二）参阅期刊

《新小说》，梁启超主编，1902 年创刊于日本（13 号后迁往上海）。

《绣像小说》，李伯元主编，1903 年创刊于上海。

《月月小说》，吴趼人主编，1906 年创刊于上海。

《小说林》，黄人、徐念慈主编，1907 年创刊于上海。

《小说月报》，恽铁樵等主编，1909 年创刊于上海。

《小说时报》，包天笑主编，1909 年创刊于上海。

《游戏杂志》，王钝根、天虚我生主编，1913 年创刊于上海。

《礼拜六》（前百期），王钝根主编，1914 年创刊于上海。

《礼拜六》（后百期），周瘦鹃、王钝根主编，1921 年复刊于上海。

《小说丛报》，徐枕亚等主编，1914 年创刊于上海。

《小说新报》，李定夷等主编，1915 年创刊于上海。

《妇女杂志》，王蕴章主编，1915 年创刊于上海。

《小说画报》，包天笑主编，1917 年创刊于上海。

《半月》，周瘦鹃主编，1921 年创刊于上海。

《红玫瑰》，赵苕狂主编，1922 年创刊于上海。

《小说世界》，叶劲风主编，1923 年创刊于上海。

《社会之花》，王钝根主编，1924 年创刊于上海。

《紫罗兰》，周瘦鹃主编，1925 年创刊于上海。

《良友》，伍联德、周瘦鹃等主编，1926 年创刊于上海。

《永安月刊》，郑留主编，1939 年创刊于上海。

《小说月报》，顾冷观主编，1940 年创刊于上海。

（三）参阅报纸

《申报》，美查创办，1872 年创刊于上海。

《沪报》，郁慕侠主编，1913 年创刊于上海。

《新世界》，夏小谷主编，1917 年创刊于上海。

《晶报》，余大雄主编，1919 年创刊于上海。

《天韵》，骆无涯、王瀛州主编，1922 年创刊于上海。

《最小报》，张枕绿主编，1922 年创刊于上海。

《小说日报》，严芙孙主编，1922 年创刊于上海。

《世界小报》，姚民哀主编，1923 年创刊于上海。

《上海繁华报》，来岚声主编，1923 年创刊于上海。

《金钢钻报》，陆澹安、朱大可主编，1923 年创刊于上海。

《海报》，朱瘦菊主编，1924 年创刊于上海。

《光报》，王瀛州主编，1924 年创刊于上海。